Lori Nelson Spielman est enseignante et vit à East Lansing, dans le Michigan. *Demain est un autre jour* (cherche midi, 2013) est son premier roman. Les droits d'adaptation cinématographique en ont été achetés par la Fox. Elle a ensuite publié *Un doux pardon* (2015) et *Tout ce qui nous répare* (2018) chez le même éditeur.

**Retrouvez toute l'actualité de l'auteur sur :
www.lorinelsonspielman.com**

TOUT CE QUI NOUS RÉPARE

DU MÊME AUTEUR
CHEZ POCKET

DEMAIN EST UN AUTRE JOUR

UN DOUX PARDON

TOUT CE QUI NOUS RÉPARE

LORI NELSON SPIELMAN

TOUT CE QUI NOUS RÉPARE

Traduit de l'anglais (États-Unis)
par Laura Derajinski

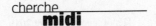

Titre original :
QUOTE ME

Pocket, une marque d'Univers Poche,
est un éditeur qui s'engage pour la préservation
de l'environnement et qui utilise du papier fabriqué
à partir de bois provenant de forêts gérées
de manière responsable.

Le Code de la propriété intellectuelle n'autorisant, aux termes de l'article L. 122- 5, 2° et 3° a, d'une part, que les « copies ou reproductions strictement réservées à l'usage privé du copiste et non destinées à une utilisation collective » et, d'autre part, que les analyses et les courtes citations dans un but d'exemple et d'illustration, « toute représentation ou reproduction intégrale ou partielle faite sans le consentement de l'auteur ou de ses ayants droit ou ayants cause est illicite » (art. L. 122- 4).
Cette représentation ou reproduction, par quelque procédé que ce soit, constituerait donc une contrefaçon, sanctionnée par les articles L. 335-2 et suivants du Code de la propriété intellectuelle.

© Lori Nelson Spielman, 2016
© le cherche midi, 2018, pour la traduction française

ISBN : 978-2-266-28777-7

Dépôt légal : octobre 2019

1

Erika

Si tu as un doute, arrête-toi. C'est ce qu'aurait dit ma mère. Je sens un parfum de pain perdu. J'entends un tintement de vaisselle. Il me faut quelques secondes pour lire les chiffres sur mon réveil. Il n'est même pas 6 heures. Kristen est restée debout toute la nuit. Une fois encore.

Mais plutôt que d'appeler mon ex-mari comme mon instinct me le dicte, je traverse le couloir et coupe par la salle à manger.

L'aube se fond sur les murs beiges. Un rai de lumière émerge de la cuisine adjacente et éclaire le sac à main de Kristen abandonné sur la table. Son portefeuille et un paquet de pastilles à la menthe s'en sont échappés. Je remarque un faux permis de conduire appartenant à une dénommée Addison... ou bien Madison ? Enfin, Kristen, tu es plus maligne que ça ! Je le saisis, puis me ravise et le repose aussitôt. Comme beaucoup d'autres étudiants, ma fille s'est acheté une pièce d'identité falsifiée. Pourquoi laisser une dispute gâcher notre dernière matinée ensemble ?

J'avance et je m'arrête à l'entrée de la cuisine, habituellement immaculée. Poêles et casseroles s'accumulent sur les plans de travail en marbre blanc, à côté des emballages de beurre et des coquilles d'œufs. Les lattes sombres du plancher sont saupoudrées de sucre glace. Elle a battu la crème dans un cul-de-poule en cuivre et même d'ici, je vois l'écume blanche des projections sur la cuisinière en acier inox.

Elle est là, debout devant l'îlot central, encore vêtue de la petite robe jaune qu'elle portait hier soir. Ses cheveux blonds se sont échappés de sa queue-de-cheval brouillonne, ses pieds nus laissent entrevoir ses ongles d'orteils au vernis lavande. Écouteurs sans fil vissés dans les oreilles, elle chante faux et fredonne une mélodie hip-hop en tartinant du beurre de cacahuètes sur les épaisses tranches de pain.

Je suis tiraillée entre l'envie d'enlacer et d'étrangler mon idiote de fille.

— Bonjour, ma chérie.

Elle répand une pluie de miel sur le beurre de cacahuètes, se lèche les doigts puis laisse tomber la tranche de pain dans les bulles de beurre au centre de la poêle sans cesser de hocher la tête en rythme.

Je traverse la pièce et tapote son épaule osseuse. Elle sursaute, puis un sourire s'épanouit sur son visage.

— Salut, maman !

D'un coup sec, elle retire les écouteurs de ses oreilles, les pulsations de la musique bourdonnent jusqu'à ce qu'elle appuie sur un bouton de son téléphone.

— Prête pour le petit déj' ?

Ses yeux bleus dansent mais je remarque, sous l'allégresse matinale, les brumes vitreuses du manque de sommeil.

— Tu devrais être au lit, ma puce. Tu as dormi cette nuit ?

Elle lève sa minuscule tasse d'expresso et hausse les épaules.

— Dormir, c'est pour les bébés et les mamies. Hé, attends de voir ce que j'ai préparé !

Je caresse sa joue rose et me fais la promesse d'appeler Brian plus tard. Dans les moments comme celui-ci – lorsque les humeurs de mon ado de dix-neuf ans se succèdent aussi vite que les chansons de ses playlists – je suis contente que mon ex soit médecin.

— J'espère que tu as prévu de nettoyer tout ce…

Je m'interromps en voyant l'affiche rédigée à la main, scotchée au placard de la cuisine.

Au revoir maman ! Tu vas nous manquer ! xoxo

Je me fiche bien qu'elle ait les mains gluantes. Je l'attire contre ma poitrine, hume les effluves de son parfum Flowerbomb mêlés au miel et au beurre.

— Merci, mon adorable fillette.

Elle recule et pointe l'index vers l'empreinte collante qu'elle a laissée sur mon blazer.

— Oups ! Désolée.

Elle s'élance vers l'évier pour y attraper un torchon dégoulinant qu'elle utilise pour frotter la tache.

— T'es sacrément bien sapée pour un simple voyage en voiture, Mamster.

Avant que j'aie eu le temps de lui expliquer le changement de programme, elle lance le torchon dans l'évier et reporte son attention sur la poêle.

— Bref, je me disais qu'il fallait qu'on se dise au revoir correctement.

Se dire au revoir correctement. Une expression qu'employait ma mère. Mais c'est moi qui devrais être là, à préparer un petit déjeuner d'au revoir à mes filles, et non l'inverse. Satané M. Wang... Son appel matinal a fichu en l'air notre organisation.

Kristen jette la spatule sur le plan de travail et me conduit à la table où trois assiettes ont été disposées. Un pichet de jus d'orange au centre, ainsi qu'un vase de fleurs roses qui ressemblent étrangement aux pentas de la terrasse, celles qu'Annie a plantées au printemps dernier.

Elle tire une chaise pour que je m'y installe, puis elle se rue dans le couloir.

— Hé, Annie ! Lève-toi et ramène tes fesses !

— Kristen, s'il te plaît. Tu veux réveiller tout l'immeuble, ou quoi ?

— Désolée, dit-elle en pouffant de rire. Attends d'avoir goûté à ça. Pain perdu à la banane et au beurre de cacahuètes. Orgasme gustatif garanti.

Je secoue la tête quand Annie, ma deuxième fille de dix-neuf ans, sort de sa chambre en traînant les pieds. Ses origines latino-américaines et le soleil d'été ont donné un beau hâle à son joli minois rond et ses longs cheveux bruns sont emmêlés en une tignasse bouclée. Malgré son mètre cinquante-cinq, elle reste ma petite Annie dans son pyjama rayé et ses chaussons en forme d'éléphants. Je me lève et l'embrasse.

— Bonjour, ma chérie.

— Elle a encore fait une nuit blanche ? murmure-t-elle avant de croiser les bras devant sa poitrine, une habitude développée depuis le CE2 quand, à sa grande horreur, ses seins avaient fait leur apparition précoce.

— Elle nous prépare un petit déjeuner, dis-je en lui décochant un sourire que j'espère rassurant.

Annie pousse un grognement quand elle aperçoit les fleurs coupées. Elle se dirige vers la cuisinière où sa sœur laisse tomber une autre tranche de pain dans le beurre crépitant de la poêle, et elle retire un peu de crème fouettée dans les cheveux de Kristen.

— Qu'est-ce que tu as fait, Krissie, tu as lâché une bombe de crème ou quoi ?

Elle lui parle d'une voix douce, comme si elle s'adressait à une personne fragile.

— C'est mon petit déj' d'adieu, dit Kristen en retirant la première fournée de pain perdu à l'aide de la spatule et de ses doigts. Pour toi et maman.

— Tu veux dire pour maman, corrige Annie.

Kristen lève les yeux vers sa sœur, puis vers moi.

— Oh, c'est vrai, dit-elle avant de se lécher les doigts. Notre petit déj' d'adieu pour maman. Parce qu'on s'en va aujourd'hui, toi et moi… ensemble.

— Qu'est-ce qui se passe, mesdames ? L'une de vous espère-t-elle rallonger ses vacances d'été ?

Je me tourne vers Annie.

— Tu es contente de retourner au campus pour les cours, non ?

— Mais ouiiiii, dit-elle et elle étire le *i*, pour me signifier son agacement.

Annie est ma petite casanière, elle doit déjà avoir le cafard. Je n'insiste pas. Kristen nappe le pain perdu d'une généreuse couche de sirop d'érable, puis ajoute une cuillère de crème fouettée.

— Ta-da ! dit-elle en brandissant l'assiette comme une offrande aux dieux. (Elle la tend à Annie.) Je vous prie de livrer ceci à maman.

Kristen prépare l'assiette suivante et nous livre un compte rendu détaillé de sa nuit avec ses amis, ponctué de rires et de gestes enthousiastes. Difficile de croire qu'une semaine plus tôt, cette enfant était cloîtrée dans sa chambre et refusait de manger. J'en conclus que les choses se sont arrangées entre elle et son petit ami Wes, dans leur relation perpétuellement instable, mais je m'abstiens de poser la question. Loin de moi l'envie d'enfoncer une épingle dans la baudruche de son ballon de joie.

— J'ai dansé pendant, genre, trois heures d'affilée !

Elle fait quelques pas de valse entre la cuisinière et la table, la troisième assiette entre les mains, avant de s'affaler sur la chaise à côté de moi.

— On part à quelle heure, aujourd'hui ?

Je me crispe. Qu'est-ce que je suis en train de faire ? S'il y a bien une raison qui m'a poussée à choisir une carrière dans l'immobilier, c'était la possibilité d'adapter mon emploi du temps en fonction des matchs de foot, des concerts de l'orchestre et des spectacles de danse. Et aujourd'hui, pour le déménagement dans leur logement du campus. Mais M. Wang… Et Carter… Et le concours… Et mon classement…

— Alors, à ce propos… je commence, mais Kristen me coupe la parole.

— Je suis tellement contente de ne pas avoir à prendre le train, lance-t-elle en enfonçant sa fourchette dans une banane. Où est-ce qu'on va aller déjeuner ? Je pensais au White Dog Café. Ou au Positano Coast.

Je grimace.

— Euh, et si on parlait plutôt de dîner ? dis-je en regardant mes filles alternativement. Je dois faire une visite de dernière minute, ce matin, et ça signifie qu'on n'aura pas terminé avant...

La fourchette d'Annie tinte quand elle s'écrase dans son assiette.

— Impossible. Krissie a une réunion d'association cet aprèm.

Kristen hausse les épaules.

— Je la louperai.

— Non ! Tu ne peux pas !

— Prenez le train ce matin, dis-je. Demain, je vous apporte vos affaires.

— Peut-être que papa peut nous accompagner, propose Kristen en ignorant ma suggestion. C'est son vendredi de congé ?

Annie soupire.

— C'est ça, ouais. Même s'il ne bosse pas, il sera occupé. Avec un truc vraiment *très* important, genre, un cours de Crossfit... ou un match de tennis... ou une nouvelle blondasse.

— Annie, je l'avertis en levant le menton.

Mes filles savent que je ne tolère pas les méchancetés au sujet de Brian. Même s'il était plus facile de le défendre, avant. *Votre père serait venu mais son métier est capital. Il est en train de sauver des vies à l'instant même.* Sauf que de nos jours, avec les réseaux sociaux, mes filles voient désormais à quoi leur père occupe son temps libre. Et il s'agit rarement de sauver des vies.

— Désolée mais c'est la vérité, déclare Annie. (Elle croise les mains et m'adresse un regard suppliant.) S'il te plaît, maman, il faut absolument que tu nous accompagnes.

J'incline la tête.

— Qu'est-ce qui t'arrive ? Jusqu'à présent, ça ne t'a jamais posé problème de prendre le train.

Elle laisse échapper une expiration.

— J'imagine que gagner ton concours est plus important à tes yeux que la promesse que tu nous as faite.

Elle ne peut pas croire un mot de ce qu'elle dit. Je lui donne une petite tape sur le bras, l'air faussement sévère.

— Tu es injuste, Annie. (Je lève mon téléphone.) Oubliez tout ça. Je vais dire à M. Wang que je ne peux pas assister au rendez-vous.

Kristen tend le bras au-dessus de la table et pose la main sur mon téléphone.

— Arrête. Le train, ça nous va très bien, pas vrai, Annie ?

Elle jette un coup d'œil à sa sœur avant de se tourner à nouveau vers moi :

— T'en es où du classement cette semaine, maman ? Tu figures déjà parmi les cinquante meilleurs agents immobiliers de Manhattan ?

Je pousse un soupir, ravie qu'au moins une de mes filles me soutienne.

— Je ne sais pas. Numéro soixante-trois, je crois. (Je ne peux m'empêcher de parader un peu.) Mais j'ai deux ventes à conclure la semaine prochaine.

— Tu déchires tout, maman ! Tu vas gagner ce concours, pas vrai ?

J'ai un petit geste de la main, feignant l'indifférence, mais je pense qu'elle lit clairement en moi. Gagner ce concours serait une étape majeure dans ma carrière, et mes filles le savent. Ce qu'elles ignorent, heureusement, c'est que je suis motivée par une profonde rancune. Si je gagne, j'aurai mon petit instant de vengeance, ma minute « Alors on rigole moins maintenant » avec Emily Lange, la conseillère en immobilier qui a failli mettre un terme à ma carrière il y a neuf ans.

— Le 30 avril, c'est dans huit mois, je rétorque. Tant de choses peuvent encore changer, d'ici là.

Mais en mon for intérieur, je suis convaincue que c'est possible. Grâce à un départ en retraite anticipé à la Lockwood Real Estate Agency, ma liste de clients – et de ventes – a grimpé en flèche. Cela n'aurait pas pu tomber au meilleur moment : un an plus tôt, quand mes filles étaient entrées à l'université, laissant derrière elles un trou béant dans mon cœur et dans mon emploi du temps.

Mon téléphone bipe. C'est encore M. Wang. Je retourne l'appareil, écran contre la table.

— Fonce ! dit Kristen. À l'assaut du top cinquante !

Devrais-je annuler la visite avec M. Wang ? Mon estomac se serre. Carter va péter un plomb s'il apprend que j'ai flanqué par terre une vente à huit chiffres. Et, comme Brian aime à me le répéter, les filles ne sont plus des bébés. L'année dernière, ç'aurait été hors de question. Mais c'est leur deuxième année de fac. Ça ne les tuera pas de prendre le train.

Je me tourne vers Annie et lui serre le genou.

— Qu'est-ce que tu en dis, ma chérie ?

— Comme tu veux, répond-elle en montrant les crocs à sa sœur. De toute façon, j'ai bien l'impression d'être en infériorité numérique.

Kristen éclate de rire.

— Dans les dents, frangine !

Puis elle se tourne vers moi :

— Bon, maman, si tu nous poses un lapin aujourd'hui, t'as intérêt à ce que ça en vaille la peine.

Promets-nous de gagner le concours, de devenir une star de l'immobilier d'ici l'année prochaine, et de dire à ceux qui essaient de bousiller nos projets d'aller se faire...

Je lève la main et quitte ma chaise.

— D'accord, je vais essayer, promis. Mais aujourd'hui, je suis encore l'employée de Carter à la Lockwood Agency. Une employée qui doit aller au travail. Je suis vraiment désolée.

— Allez, vas-y, dit Kristen. Oh, et tu peux rajouter un peu d'argent sur mon compte ?

— Déjà ? Mais qu'est-ce que tu as fait de tout ce que j'ai déjà déposé lundi ?

Elle baisse le menton, lève les yeux et affiche cette expression qui dit : « Ne sois pas en colère s'il te plaît mais je n'ai pas pu me retenir. »

— J'ai croisé un vieux monsieur dans la rue, il avait un tout petit chien qui était si maigre et triste...

— Oh, Kristen.

Je secoue la tête et je choisis de ne pas évoquer les nouvelles sandales Tory Burch que je l'ai vue porter la veille au soir, celles à lanières qui mettaient en valeur sa pédicure toute fraîche. Après tout, si je travaille aussi dur, c'est pour offrir à mes filles toutes ces extravagances que je n'ai jamais eues.

— Je vais te transférer un peu d'argent cet après-midi. Pour tes besoins quotidiens, pas pour nourrir un chiot, compris ?

Elle sourit et se lève à son tour.

— Compris.

Je dépose une bise sur sa joue.

— Merci pour le délicieux petit déjeuner. Je t'aime, mon cœur.

Annie s'approche de moi. Je passe un bras autour d'elle, l'autre autour de Kristen.

— Soyez gentilles, dis-je en les embrassant sur le front. Faites de votre mieux.

Ce sont mes petits mots d'adieu personnels, les mêmes qu'avait jadis utilisés ma mère. Alors que je tourne les talons et m'apprête à sortir, je sens Annie à mes côtés.

— Je t'accompagne à la porte.

J'étouffe un grognement et me prépare à recevoir une leçon de morale de ma fille aux grands principes.

Annie s'accroche à mon coude dès que Kristen ne peut plus nous entendre.

— Maman, murmure-t-elle. Tu l'as vue ? Elle est complètement déchaînée.

Je passe un bras autour de ses épaules.

— Je sais. Ça fait plaisir de la voir à nouveau heureuse, pas vrai ?

— Mais ses humeurs sont tellement chaotiques, on dirait qu'elle est sur une balançoire, en haut et en bas et encore en haut. Elle se comporte comme au printemps dernier pendant la semaine d'exams, comme si elle était dingue.

— Hum hum, dis-je, et Annie laisse échapper un soupir.

Elle sait parfaitement qu'on n'emploie pas cet adjectif pour décrire les gens. Elle lève les mains, clairement exaspérée.

— D'accord, alors elle se comporte comme si elle était bipolaire ou je sais pas quoi. Sérieux, maman, j'arrive pas à croire que tu la laisses prendre le train toute seule.

— Premièrement, personne ici n'a de trouble de la personnalité. (J'enroule une mèche de ses cheveux autour de mon doigt dans l'espoir de lui apporter une assurance que je n'éprouve pas moi-même.) Et deuxièmement, c'est le propre des ados d'avoir des sautes d'humeur. Mais je comprends ton inquiétude. Je vais demander à votre père de nous recommander un psy. Elle subit une grosse pression avec les cours, son entrée dans la sororité du campus, et sa séparation avec Wes.

— Un psy ? Je pense qu'elle a carrément besoin de médocs.

Je cherche mes clés et je choisis d'ignorer le diagnostic sauvage d'Annie.

— Elle supporte mal les changements. Ça ira mieux dès qu'elle sera de retour au campus. (Je baisse la voix.) Elle a une fausse carte d'identité. Je pense qu'elle a bu, hier.

Annie incline la tête.

— Alors… tu veux dire qu'elle est juste ivre ?

— Soit ça, soit un excès de café.

Annie grimace.

— Sérieusement ? Tu crois que son problème, c'est le café ?

Je m'efforce de garder patience.

— J'ai dit que j'appellerais votre père, je vais le faire. En attendant, arrête de te faire du souci, s'il te plaît. Elle va se calmer. Et tu seras avec elle.

Une ombre passe sur son visage et mon cœur se serre. Je pose la main sur sa joue.

— Je suis vraiment désolée, ma chérie. Essaie de comprendre, s'il te plaît. Je suis… je me sens tiraillée.

M. Wang est un client important. Une vente pareille, ce serait inestimable.

Elle baisse les yeux vers ses chaussons et acquiesce, les bras serrés contre sa poitrine.

— Revenez toutes les deux pendant les congés de Labor Day, on ira ensemble à Easton.

Ma fille si sensible, qui se montre si protectrice envers sa sœur, s'anime un peu.

— Peut-être qu'avec un peu de chance, il y aura encore une panne d'électricité.

Nous échangeons un sourire, et je pense que nous avons toutes les deux à l'esprit le voyage à Chesapeake Bay entrepris l'automne dernier sur un coup de tête. En arrivant à notre maison de LeGates Cove sous une pluie battante, nous avions découvert que l'orage avait coupé le courant et que nous étions privées d'électricité.

J'avais fait un feu dans la cheminée et nous avions allumé une demi-douzaine de bougies. Avec Annie d'un côté et Kristen de l'autre, nous nous étions blotties dans le canapé sous une montagne de couvertures. À la lueur d'une lampe tempête, j'avais lu à voix haute *Les Quatre Filles du docteur March*, leur livre préféré pendant leur enfance. La tête de mes filles au creux de mes coudes, la chaleur de leurs corps contre le mien, j'avais lu, ma voix réduite à un simple chuchotement jusqu'à 3 heures du matin, craignant qu'elles ne se réveillent si je m'interrompais. Je voulais savourer cet instant aussi longtemps que possible, les heures délicates à étreindre les deux personnes que j'aimais le plus au monde, un duo de filles en équilibre entre l'enfance et l'âge adulte.

La journée d'aujourd'hui aurait-elle pu figurer parmi ces souvenirs mémorables ? Je jette un œil à mon téléphone. Je pourrais envoyer un texto à M. Wang et lui dire…

— Tu ferais mieux d'y aller, me lance Annie comme si elle prenait la décision à ma place. Et je ferais mieux d'aller surveiller Krissie. Elle doit préparer un soufflé, à l'heure qu'il est.

Je souris et caresse sa douce joue.

— Tu pourras l'aider à nettoyer la cuisine avant de partir, s'il te plaît ?

Annie se tapote le ventre.

— Tu me connais, je suis la spécialiste pour faire disparaître la nourriture.

Annie est ma fille toute en courbes, hanches larges et cuisses en harmonie avec sa poitrine généreuse – un physique que l'on aurait adulé dans de nombreuses cultures. Mais à New York, une ville où affluent les mannequins en herbe, Annie a acquis une image déformée d'elle-même. À l'époque de la puberté, Annie a décrété qu'elle était la moche de service, la « gamine adoptée, grassouillette et bronzée, avec une sœur mince et blonde » – ses propres termes, pas les miens. J'ai eu beau essayer, je n'ai jamais réussi à la convaincre de ce que je vois en face de moi : une beauté naturelle, intérieure et extérieure, un cadeau de la vie qui m'émerveille chaque jour, une fille qui est mon enfant de A à Z, quoi qu'en dise l'ADN.

— J'aime le sain appétit de ma magnifique fille.

D'un geste taquin, je la pince. Elle recule et je l'enlace pour un dernier câlin.

— Garde un œil sur ta sœur. Envoie-moi un texto quand vous arriverez à Philadelphie. (J'attrape mon sac à main accroché au portemanteau.) Sois gentille. Fais de ton mieux.

Je ferme la porte derrière moi. Il fait froid dans le couloir et il y règne un silence inhabituel. Je marche jusqu'à l'ascenseur mais mes pieds traînent malgré moi, comme si l'on était en fin de journée et non au début. Elle évolue dans mon sillage, à quelques mètres en retrait, lourde, sombre et prête à bondir : la culpabilité d'une mère qui travaille.

J'enfonce le bouton de l'ascenseur. Je ne fais pas de mon mieux, non. Je devrais annuler le rendez-vous de ce matin. Quelque chose me fait douter. Je devrais m'arrêter.

Les portes de l'ascenseur s'ouvrent. Je m'y engouffre.

2

Annie

Annie s'appuie contre la porte et pousse un grognement. Son plan est tombé à l'eau. Elle comptait cracher le morceau juste avant que Krissie et sa mère ne partent ce matin, laissant à sa mère la journée entière, en compagnie de Krissie, pour digérer la nouvelle avant qu'Annie ne se retrouve face à face avec elle. Au lieu de cela, quand sa mère rentrera du travail et que Krissie ne sera plus à ses côtés en guise de soutien moral, Annie va être obligée d'expliquer qu'elle a été renvoyée d'Haverford pour l'intégralité de sa deuxième année.

Elle porte les poings à ses yeux. Si elle faisait vraiment de son mieux, elle aurait tout avoué avant que sa mère ne parte. Impossible que sa mère laisse Krissie prendre le train si elle savait qu'Annie ne l'accompagnait pas. Pas aujourd'hui, vu son état. Mais elle n'a pas eu les tripes de lui dire la vérité. Pas encore.

Elle traîne les pieds jusqu'à la cuisine et soulève une poêle grasse. Sur le plan de travail, elle aperçoit le portable de sa sœur. La batterie est à plat. Dans la pièce voisine, elle entend Krissie éclater d'un rire hystérique devant la télé.

Annie laisse tomber la poêle. Le rangement attendra. Elle a des choses bien plus importantes à faire, comme s'assurer que sa sœur se calme, s'habille et retourne à la fac. Hors de question que Krissie voyage seule. Sa mère est peut-être en plein déni, mais pas elle.

Une heure plus tard, après avoir poussé sa sœur sous la douche et l'avoir aidée à préparer son sac de voyage, Annie est debout sur un tabouret dans le dressing de Krissie et scrute un entrelacs de sandales et de bottes sur une étagère. C'est du Kristen tout craché, ça, de perdre son recueil d'adages. Comment va-t-elle s'en sortir à Philadelphie sans Annie ? Elle saute du tabouret et elle jurerait que le plancher grince sous son poids. Elle n'aurait pas dû manger autant de pain perdu.

— Il n'est pas là, crie-t-elle à sa sœur en sortant du dressing.

— J'aurais pu te le dire depuis le début.

Kristen est debout sur son matelas instable et inspecte l'étagère de livres fixée au mur au-dessus de son lit. Elle perd l'équilibre et se rattrape de justesse.

— Ouh là ! s'esclaffe-t-elle, et elle se met à sauter sur le lit. Allez, Annie, viens sauter avec moi !

— Arrête, Krissie. Il faut qu'on retrouve ton carnet. Il est ici, quelque part. Forcément.

— T'es pas marrante.

Elle descend pourtant du lit, son corps mince atterrit sans un bruit, avec autant de grâce qu'une gymnaste à sa réception finale.

— Il faut que j'y aille. Envoie-le-moi par la poste si tu le retrouves.

Annie se rend au bureau de sa sœur et fouille dans le tiroir supérieur. Quand elles avaient six ans, leur mère leur avait offert à chacune un recueil d'adages pour Noël. Celui d'Annie était argenté et celui de Kristen, doré. C'était un cahier où elle avait écrit les citations qu'aimaient à utiliser leur grand-mère et leur arrière-grand-mère, mais les préférées d'Annie sont celles de sa mère. La sagesse de ces trois générations lui fait désormais office de doudou d'adulte.

Elle secoue la tête.

— Bon, réfléchis un peu, Krissie. Notre train part dans une heure.

— *Notre* train ?

— Je t'accompagne.

— Non, pas question.

— C'est bon. Je vais t'aider à arriver à temps à la réunion de l'association et…

— Je n'ai pas besoin de ton aide.

Annie tourne les yeux vers le tiroir ouvert. Inutile de discuter quand Krissie refuse d'écouter.

— Maman aurait dû t'emmener. Pourquoi tu n'as rien dit ? Elle t'aurait écoutée, toi.

— Tu es juste furax parce que ton plan ne fonctionne pas comme prévu. Pourquoi tu ne lui as pas simplement dit la vérité, histoire d'en finir ?

Annie secoue la tête.

— Je ne pouvais pas. Elle va être tellement déçue. (Elle tire brutalement un sweat du tiroir.) Où tu l'as fourré ? On va être en retard.

— Et puis merde. Je prendrai le train de 10 heures.

— Non, Krissie. Tu vas arriver trop juste.

Kristen s'affale sur le lit.

— Franchement, je me contrefous de cette réunion, ou de mon retour au campus... si j'y retourne un jour.

Annie a envie de hurler. Si seulement Krissie avait idée des sacrifices qu'a faits sa sœur pour qu'elle puisse retourner à l'université de Pennsylvanie. Mais bien sûr, elle n'en sait rien... et Annie ne le lui dira jamais.

— Comment ça, tu t'en contrefous ? Tu adores cette fac.

— Ça ne rime plus à rien. Je vais peut-être laisser tomber les cours et m'installer dans le New Hampshire.

Elle émet un rire douloureux, entre euphorie et désespoir.

Le New Hampshire... Autrement dit, Hanover... la ville où l'ex-copain de Krissie est inscrit au Dartmouth College. L'estomac d'Annie fait une pirouette.

— C'est Wes qui te met ces conneries en tête ?

— Wes ne veut même plus que je l'approche, répond-elle en se redressant sur le lit. Il faut que j'arrange la situation. Mais je ne trouve jamais les bons mots.

Annie est tentée de citer son arrière-grand-mère : *Il n'y a jamais de bonne formulation quand on s'adresse à la mauvaise personne.* Dernier en date dans sa longue série de désastres relationnels masculins, Wes Devon est le genre de mec qui ferait n'importe quoi pour l'amour de sa vie. Malheureusement pour Kristen, l'amour de sa vie, à Wes Devon, c'est Wes Devon.

Krissie et elle ont commencé à fréquenter Wes en juin, deux jours après leur arrivée à l'île Mackinac pour leur séjour annuel avec leur tante et leur grand-père. Mais depuis leur retour à New York deux semaines auparavant, et depuis que Wes est rentré à Dartmouth, il s'est muré dans un silence absolu.

— Ne gratifie jamais d'un point d'exclamation quelqu'un qui se contente de te ponctuer d'une virgule, déclare Annie en citant leur mère.

— C'est-à-dire ?

— Oublie-le, Krissie. Tu es trop bien pour lui.

Kristen va à la fenêtre et pose le front sur la vitre.

— Il faut que je lui parle une dernière fois.

Annie saisit sa sœur par les bras.

— Non. Ce qu'il faut, c'est que tu retournes à la fac en Pennsylvanie et que tu oublies ce pauvre con. Tu vas avoir ton diplôme dans trois ans et tu vas devenir le prochain Steve Jobs – mais en version fille... et en plus jolie. (Elle lève l'index.) Sauf qu'il faut d'abord retrouver ton recueil d'adages.

Kristen renâcle.

— Comme si un recueil d'adages allait avoir un impact sur mon destin.

Perchée sur le lit, elle attire Annie près d'elle :

— Écoute, Annie, il faut que je te dise un truc. Tu ne vas pas croire ce qui m'arrive.

Annie regarde l'heure. Merde ! Il est 8 heures passées. Elle n'a pas le temps d'écouter un nouvel épisode de la saga Wes et Krissie, épisode cinq cent vingt et un.

— Quoi ? Raconte-moi, mais vite.

Krissie se mord la lèvre.

— Laisse tomber. Tu vas aller tout raconter à maman.

— Non, je ne lui dirai rien du tout.

— Mais sérieusement, il faut que tu lâches un peu la main de maman. T'as pas envie d'être enfin indépendante ?

— Euh, au cas où tu l'aurais oublié, j'étais à Haverford l'année dernière, et sur l'île pendant tout l'été.

— Ouais, mais tu appelais maman, genre, tous les jours.

— Non, c'est faux. (Elle détourne le regard.) Parfois, je lui envoyais juste un texto, marmonne-t-elle.

Kristen lève les mains en un geste d'impuissance. Même Annie est bien obligée d'en rire.

— Tu as toute une année de libre, dit Kristen. Va quelque part... loin d'ici, un endroit enthousiasmant, genre à Paris.

— Mais maman...

— Tu n'as pas besoin de maman. Ni de moi. Tu gères bien toute seule. Maman sera soulagée. Elle a une vie bien remplie, maintenant, au cas où tu ne l'aurais pas remarqué.

Tout le monde avait une vie bien remplie, semblait-il. Sauf Annie. La solitude, sa compagne volage, l'étreint un instant. *Tu es différente. Tu n'as ta place nulle part.* Comment les choses avaient-elles pu tant changer ? Un an plus tôt, elle était la jeune poétesse la plus prometteuse d'Haverford, du moins c'était comme ça que l'appelait son professeur de littérature. Krissie n'était pas loin, un simple trajet de train séparait les deux sœurs. Elle n'avait aucun secret pour sa mère. Mais c'était avant que tout ne bascule.

— Hé, dit Kristen. Je ne voulais pas te faire de la peine. Je veux juste que tu partes à l'aventure. Et en août prochain, quand tu reviendras à la maison, et moi aussi... (Kristen s'interrompt pour glisser une mèche de cheveux derrière l'oreille d'Annie.) On s'assiéra côte à côte sur ce lit, et on échangera nos anecdotes.

Annie s'efforce de sourire.

— Bien sûr.

Kristen l'enlace si fort qu'elle lui coupe presque la respiration.

— T'es la meilleure sœur du monde. Tu le sais, hein ? dit-elle avant de reculer et de plonger son regard dans celui d'Annie. Ne l'oublie surtout pas, quoi qu'il arrive.

L'intensité de sa voix, l'expression lointaine et vitreuse de ses yeux donnent à Annie une violente chair de poule. Elle donne une petite tape à sa sœur, dans l'espoir de détendre l'atmosphère.

— Et toi, tu es la plus chiante de toutes, ne l'oublie jamais, déclare-t-elle en se levant. Attends. Je vais chercher mon recueil d'adages. Tu pourras l'emprunter jusqu'à ce que tu retrouves le tien.

— Laisse tomber le cahier. Je me tire d'ici.

Kristen saute au bas du lit et attrape son sac.

— Non, attends, dit Annie. Je reviens tout de suite. Je t'accompagne.

Elle disparaît dans sa chambre au bout du couloir. Elle enfile un pantalon de yoga et un T-shirt, prend au passage son recueil d'adages sur sa table de chevet.

— Ne fais pas gaffe aux commentaires un peu mélos que j'ai écrits dans la marge, lance-t-elle. C'est gênant mais parfois, je me fais des notes à moi-même.

Elle trottine pieds nus jusqu'à la chambre de Krissie, le cahier contre sa poitrine :

— Si tu me le perds, je jure de te traquer jusqu'en enfer, ma vieille. (Elle regarde autour d'elle.) Krissie ?

La chambre est vide. Elle laisse tomber le cahier sur le lit de sa sœur et s'élance dans le couloir.

— Krissie !

Merde ! Sa sœur est partie sans elle... et sans le recueil d'adages porte-bonheur.

Elle court dans le hall d'entrée et ouvre la porte à la volée. Krissie est partie. Elle tourne sur elle-même, se prend la tête entre les mains. Peut-elle encore la rattraper ? Elle ouvre le placard de l'entrée et se démène pour enfiler une paire de baskets. Les lacets sont noués trop serrés.

— Eh merde !

Elle les lance contre le mur et se précipite dans sa chambre. Elle fouille le bas de son placard en quête de ses tongs.

— Merde ! Merde ! Merde !

Elle laisse échapper un gémissement et s'effondre contre une étagère de vêtements. C'est inutile. Sa sœur l'a laissée tomber. La gare de Penn Station est bondée de monde, à cette heure de la journée. Elle ne la retrouvera jamais. Et de toute évidence, Kristen ne veut pas qu'on la retrouve.

Elle fonce vers la cuisine et sort la dernière tranche de pain perdu dans sa flaque de beurre coagulé. Elle ignore les bananes, verse une dose supplémentaire de sirop d'érable et le reste de crème fouettée. Elle saupoudre le tout de sucre glace et attrape une fourchette.

Aussi horrible soit votre situation, vous pouvez toujours y ajouter une séance de boulimie qui vous fera sombrer cent fois plus bas.

3

Erika

Il est midi et demi ce vendredi et je suis perchée sur un tabouret de bar au Fig and Olive, où je fête avec un verre de vin la vente d'un appartement prestige au Plaza. J'écris un nouveau texto aux filles et leur demande si elles sont bien arrivées au campus. Pendant ce temps, je sens que l'homme à l'autre bout du comptoir m'observe. Je finis par lui décocher un regard. Son visage s'éclaire.

— Erika Blair ! s'écrie-t-il. Je pensais bien t'avoir reconnue !

Je dévisage le bel homme aux cheveux poivre et sel, qui ressemble étrangement à une version plus âgée de mon ancien collègue de Century 21, à Madison. J'éclate de rire.

— John Sloan ?

Il prend son verre et se dirige vers moi d'un pas nonchalant.

— Ça alors, je n'y crois pas. Je suis venu pour une conférence. J'en avais ma claque du réseautage et des discours sur les impôts, alors j'ai pris mon après-midi. Qui aurait pu croire que j'allais te croiser ?

— Je suis ravie de te voir. Assieds-toi, je t'en prie.

Il s'installe sur le tabouret de bar à côté de moi et nous passons les vingt minutes suivantes à évoquer le bon vieux temps. Il me donne des nouvelles de nos anciens collègues et de sa vie. Il travaille toujours dans la même agence mais il se concentre désormais sur les locaux commerciaux. Son fils unique est en dernière année à l'université du Wisconsin. Sa femme et lui ont divorcé trois ans plus tôt.

— La Lockwood Agency, dit-il en lisant la carte de visite que je viens de lui donner. Je pensais que tu aurais déjà ta propre agence. Ça n'a pas toujours été ton rêve ?

— Tu sais ce qu'on dit au sujet des rêves…

Mon petit rire tombe à plat. Je ne suis pas près de lui avouer que s'il ouvrait mon sac à main, il trouverait la carte de visite que je porte encore, celle que Kristen avait réalisée en cours d'arts graphiques au collège et qui annonçait fièrement : *Blair Agency*.

C'est peut-être le vin, mais pour la première fois depuis des années, je laisse s'insinuer en moi un filet de nostalgie. Je sens presque l'odeur rance du bureau sans fenêtre que je louais à Brooklyn lorsque les filles avaient onze ans. Un endroit où, quatre mois durant, j'avais passé mes journées à appeler des clients potentiels et j'avais dû me contenter de me faire raccrocher au nez ou envoyer paître. J'éprouve encore la douleur du dernier jour… Je sortais de la station de métro d'un pas traînant, exténuée et bouleversée, en me demandant comment j'allais payer le loyer. En arrivant devant notre immeuble, j'avais vu Kristen et Annie assises sur le perron, où elles mangeaient une grappe de raisin. J'avais craqué. Ce raisin était pour leur déjeuner à l'école le lendemain. J'avais gravi les marches d'un pas sévère et je leur avais arraché le bol vide des mains.

— Mais qu'est-ce que vous avez dans le crâne ? Vous savez bien que vous n'avez droit qu'à six grains de raisin après l'école !

Annie avait levé les yeux vers moi et je n'oublierai jamais son air blessé. Mais ce sont les yeux de Kristen qui m'avaient chagrinée le plus. Leur expression dégoûtée.

J'avais contacté Carter Lockwood dès le lendemain. J'avais besoin d'un contrat d'embauche et d'un chèque en fin de mois, au diable l'indépendance.

Je me tourne vers John :

— Rien ne vaut la sécurité financière d'une grosse agence, surtout quand on élève seule ses enfants.

Je pince le pied de mon verre, affligée par la nullité de mon excuse. La vérité, c'est que j'ai baissé les bras, et nous le savons tous les deux.

— Ton ex t'a arnaquée au moment de fixer les termes du divorce ?

— Pas vraiment. On n'avait pas de biens à notre nom. Brian remboursait encore ses études de médecine.

John acquiesce.

— Tu te spécialises toujours dans les primo-accédants ?

Je fais non de la tête.

— Je me concentre plutôt sur le marché étranger – les investisseurs asiatiques, en particulier. Je parle un peu le mandarin, maintenant, ce qui m'aide. L'agent de l'acquéreur passe vingt-quatre ou quarante-huit heures ici. Je lui montre une demi-douzaine de propriétés qui correspondent aux critères de son client et hop, nous lui choisissons une maison. C'est un peu du speed dating, mais dans l'immobilier.

— Plutôt un rendez-vous à l'aveugle, non ?

Il plisse le front, comme abasourdi par mon parcours. Ce qui se comprend. J'ai trébuché et atterri si loin de mon objectif initial. Voilà huit ans que j'ai ouvert – et fermé – la Blair Agency. J'ai de l'argent, à présent. L'avenir de mes filles est assuré. Le marché immobilier flambe. Qu'est-ce qui me retient de suivre mon rêve et de retenter ma chance ?

La réponse reste en suspens, presque hors de portée.

— Comment vont les jumelles ?

Je m'illumine, heureuse de ce changement de sujet. La plupart des gens concluent que mes filles sont jumelles, bien qu'elles ne se ressemblent pas du tout, car elles ont à peine cinq mois d'écart. Je ne le corrige pas.

— Elles sont en deuxième année à la fac. (Je lève mon téléphone, dans l'attente d'un texto.) Elles doivent être de retour au campus, à l'heure qu'il est. Kristen est à l'université de Pennsylvanie. Une vraie boute-en-train, je suis toujours vigilante avec elle. Elle a des tonnes d'amis, elle aime s'amuser.

Je souris et passe un doigt sur le bord de mon verre avant de poursuivre.

— Annie, à l'inverse, préfère passer du temps avec sa maman et sa sœur. C'est ma petite sensible, elle aime faire plaisir mais elle est hyper critique envers elle-même. Une incroyable poète, aussi, l'étoile montante d'Haverford même si elle ne l'admettra jamais. Elle a choisi de s'inscrire à Haverford pour qu'elle et sa sœur soient toutes les deux à Philadelphie. (Je jette encore un coup d'œil à mon téléphone.) J'attends de leurs nouvelles d'un instant à l'autre.

— Être parent, dit-il. La seule relation où tu finis seul quand elle est réussie.

— C'est vrai, dis-je, impressionnée par sa sensibilité.

Il prend un stylo dans sa poche de poitrine et me le tend avec une serviette en papier.

— Tiens, vas-y. Note-la. Je me souviens de ton obsession pour les citations.

Je cille.

— Ah. Oui. C'est vrai.

Je griffonne sa phrase sur la serviette.

— Je t'avoue tout, dit-il. Elle est de mon ex, cette citation. Pas de moi.

Je ris et repousse la serviette.

— Je me demande pourquoi ça ne me surprend pas...

Il s'esclaffe à son tour.

— Hé, tu as déjà mangé ?

Je pointe le menton vers un bol vide.

— À part les bretzels ?

Il se penche vers moi, le visage empreint d'un enthousiasme enfantin.

— Allez, on réserve une table. Je t'invite à déjeuner.

Je jette un coup d'œil à mon téléphone. Toujours pas de message. J'ai l'après-midi libre, puisque j'avais pris ma journée pour les filles.

— Pourquoi pas ? dis-je, éprouvant une petite décharge d'excitation et de malice.

— Super.

Il fait signe au barman de lui apporter l'addition.

— J'ai tellement hâte de dire à Bob Boyd que je t'ai revue par hasard. Il en pinçait vraiment pour toi

– bon sang, nous tous, en fait. Chaque fois que je vois un film avec Sandra Bullock, je pense à toi.

J'ai les joues en feu. Je suis sûre que toutes les femmes à la tignasse brune et au grand sourire s'entendent dire qu'elles ressemblent à Sandra Bullock. Mais c'est quand même un compliment agréable, même s'il est tiré par les cheveux.

Il m'adresse un sourire.

— Et tu es plus resplendissante que jamais.

— Ouais, c'est ça, dis-je en l'écartant d'un geste de la main.

Mais pour la première fois depuis des années, je me sens sexy et séduisante et un tantinet ivre.

John éloigne mon tabouret.

— Et n'oublie pas ça, dit-il en me tendant la serviette en papier.

— Ah oui. La citation.

Tandis que je range la serviette dans mon sac, je lève les yeux vers la télé au-dessus du bar. Elle diffuse les infos de CNN. Flash infos.

Pour une raison étrange, l'instinct sans doute, je m'arrête. Sur l'écran, des images apparaissent. De la fumée et des débris éparpillés dans un paysage urbain.

La légende annonce :

UN TRAIN DÉRAILLE CE MATIN
EN BANLIEUE DE PHILADELPHIE

Je me fige et porte la main à ma gorge, instantanément dessaoulée.

— Mes filles, dis-je, alors que mon sang ne fait qu'un tour. Elles sont à bord de ce train.

4

Annie

Annie est assise à l'îlot central de la cuisine, son ordinateur portable devant elle. Elle fait pivoter le tabouret de bar, reprend une poignée de chips et scrute sa lettre. Elle est bien. Tous ses sentiments y sont soigneusement arrangés en phrases concises et en paragraphes, la ponctuation crée des pauses et des effets. Comme c'est ironique qu'elle ait justement été renvoyée à cause d'un texte – son unique source de fierté.

Elle relit la lettre une dernière fois, remplace « Si je retourne à Haverford » par « Quand je retournerai à Haverford », avant d'imprimer enfin son explication de deux pages.

Annie laissera la lettre sur le plan de travail où sa mère la trouvera en rentrant. À ce moment-là, elle sera déjà chez son père, à qui elle expliquera la situation.

Elle prend le flacon de vernis à ongles violet qu'elle a appliqué une heure plus tôt. Les jours normaux, une couche de vernis tient généralement jusqu'au soir. Pas aujourd'hui. À midi, elle a déjà gratté la couleur sur ses dix ongles.

Elle est prête à répondre aux questions de ses parents… aussi prête qu'on peut l'être. Elle va prendre une année sabbatique et travailler dans un Starbucks, ou peut-être au Strand. Et à l'automne suivant, elle retournera à Haverford, puisque le doyen, M. Peckham, lui a promis qu'elle le pourrait.

Son téléphone sonne. Elle regarde le numéro qui s'affiche. Merde ! C'est encore elle ! Un appel téléphonique, maintenant, au lieu d'un texto. Devrait-elle répondre et faire croire qu'elle est de retour au campus ? Non. Elle est nulle pour mentir.

Elle songe à laisser le répondeur prendre le relais mais c'est trop lâche à son goût, même pour une fille qui a passé l'été entier à dissimuler son secret.

— Salut, maman, dit-elle, et elle gratte les derniers éclats de vernis violet sur l'ongle de son auriculaire.

— Oh, mon Dieu ! Oh, ma chérie ! Je suis tellement soulagée.

Annie se lève.

— Tu… tu es soulagée ?

— Oui, ma puce. Oui ! Tu vas bien. Je croyais que toi… et Kristen…

Elle semble essoufflée mais continue :

— Elle ne décrochait pas. Alors j'ai imaginé le pire et…

— Calme-toi. Le portable de Krissie n'a plus de batterie. Tu es où ?

Sa mère lâche un rire nerveux et baisse la voix.

— J'allais déjeuner avec un homme, Annie. Tu y crois, toi ? Mais c'est là que j'ai vu les infos sur le train, et j'ai imaginé le pire.

Le cœur d'Annie s'emballe. Elle s'appuie à l'îlot de la cuisine pour ne pas vaciller.

— Quel train ? De quoi tu parles, maman ?

— C'était l'Acela Express. Aux abords de Philadelphie. C'est horrible, Annie. Il a percuté un camion-citerne. Dieu merci, vous n'étiez pas dans le train.

Les genoux d'Annie se dérobent. Elle glisse le long du placard jusqu'à ce que son corps touche le parquet glacial.

— Krissie, murmure-t-elle d'une voix qui semble émaner de quelqu'un d'autre.

Elle presse les articulations de ses poings contre ses tempes.

— Oh, mon Dieu. Krissie.

5

Erika

Quelqu'un est entré dans mon corps, je me retrouve soudain dans un lieu dépourvu de couleurs et de parfums. Je suis assise sur le siège passager dans la berline de Brian et je regarde par la fenêtre. Je ne vois rien. Mais j'entends. C'est une bande-son irritante, qui se rembobine et rejoue sur un rythme constant : *C'est ta faute. Kristen serait encore vivante, si tu avais tenu ta promesse.*

La pression s'accumule derrière mes paupières. Je me mords l'intérieur de la joue et je me remémore les paroles qu'avait répétées mon père, encore et encore, après la mort de ma mère. *Ferme les vannes du barrage !* À onze ans, j'avais sagement obéi. Chaque fois que mon menton tremblait, que les larmes me montaient aux yeux ou que ma gorge se serrait, je rassemblais toutes mes forces, je contenais mes pleurs et faisais en sorte que ma tristesse soit invisible. Grâce à mon père, je suis devenue experte en blocage de vannes.

Nous arrivons au Mercy Hospital de Philadelphie. Une femme nous accueille dans le hall d'entrée. Elle fait partie de l'équipe de gestion de crise de l'hôpital.

Nous la suivons jusqu'à l'ascenseur. Puis dans un long couloir. Je me prépare à ce qui va suivre : une morgue désolée. Une table en métal froid. Le corps inerte de ma fille. Au lieu de cela, Joanna, une psychologue afro-américaine entre deux âges, nous fait entrer dans un petit bureau. Brian et moi nous asseyons dans des chaises trop raides de part et d'autre d'Annie, face à Joanna. D'une voix douce, elle nous dit à quel point elle est désolée pour notre perte. Elle nous assure que nous pourrons prendre le temps nécessaire pour identifier le corps de notre fille.

— Tout sera fait ici même, dans cette pièce, avec des photos.

— Non ! Il faut que je voie ma fille, dis-je en regardant Joanna puis Brian.

— Je suis désolée, madame Blair. Le chauffeur du poids lourd est soupçonné d'homicide volontaire et d'acte criminel. Le médecin légiste refuse que l'on voie les corps avant l'autopsie et la fin de l'enquête. (Elle fait un geste vers une écritoire à pince posée sur ses genoux.) Quand nous en aurons terminé avec les photos, vous pourrez décider d'entreprendre des analyses d'empreintes digitales et dentaires, ou renoncer à ce droit.

— Je vous en prie, dis-je encore. Il faut que je la voie.

— Vous en aurez la possibilité une fois l'autopsie effectuée, répète-t-elle, plus lentement cette fois.

— Mais…

— Nous comprenons, m'interrompt Brian pour me faire taire.

Joanna retire la première photo de l'écritoire.

— Avant de retourner chaque photo, je vais vous expliquer exactement ce que vous y verrez. (Son regard bienveillant rencontre le mien.) Votre adorable fille nous a facilité la tâche. Grâce à la carte d'étudiante retrouvée dans la poche arrière de son jean, nous pouvons être relativement certains que le corps en question est celui de Kristen Blair.

Elle me tend la photo de la carte de Kristen. Je scrute le visage de mon enfant d'amour. Je passe un doigt sur le sourire malicieux de mon bébé, insouciant, ignorant tout du destin qui l'attendait. Je plaque la main contre ma bouche mais ne parviens pas à contenir un petit cri dans ma gorge. Mon larynx se resserre. J'inspire par petites impulsions à travers ce qui ressemble à une paille écrasée, j'étouffe.

— Excusez-moi, dis-je en luttant pour respirer.

Joanna pose la main sur mon bras.

— Je comprends.

Je suis prise d'une envie de lui hurler dessus, lui dire qu'elle ne sait foutre rien de ce que j'éprouve en cette seconde. Comment pourrait-elle savoir ce qu'on ressent en apprenant que la vie de son enfant – chaque rêve, chaque espoir et chaque promesse – vient d'être anéantie en un seul instant ? Elle ne peut pas comprendre ce que l'on ressent à l'idée de ne plus jamais pouvoir caresser la peau de sa fille, ne plus jamais entendre sa voix, ne plus jamais voir son sourire.

Brian se penche vers moi.

— Ça va aller ?

J'acquiesce et j'attrape la main d'Annie. Il faut que je reste forte, pour elle. Je devrais remercier le Ciel qu'elle soit encore en vie. Annie avait oublié son téléphone. Elle était retournée à la maison pour le récupérer et elle avait raté le train. Mais je ne peux remercier personne…

pas maintenant. Ma rage est trop profonde. Quel genre de Dieu n'aurait pas épargné Kristen, elle aussi ?

— La première photo est celle de son pied droit, dit Joanna. Gardez en tête que son corps a subi de sérieux traumatismes. Vous allez voir des ecchymoses et des gonflements. Je veux que vous cherchiez des indices évocateurs, comme des taches de naissance ou des grains de beauté, un tatouage ou une cicatrice.

Elle retourne la première photo. Je vois un pied pâle et enflé qui ne ressemble en rien à celui de ma fille. Mais c'est alors que j'aperçois les ongles couleur lavande. Je porte la main à ma gorge et je sens le monde s'effondrer autour de moi, une fois encore.

Une après l'autre, Joanna retourne les photos de ma fille, ses chevilles, ses jambes, son torse. Malgré le gonflement de ses chairs, je reconnais sa cage thoracique osseuse, son ventre légèrement enflé. J'embrasse la photo.

— Ma chérie, je murmure. Mon enfant d'amour.

Joanna attend que je me ressaisisse.

— Les photos qui suivent vont être particulièrement difficiles. La partie supérieure de son corps a subi de sérieuses brûlures, du fait de l'explosion.

Annie gémit et je passe le bras autour de ses épaules. J'aimerais tant apaiser sa douleur.

— Ma puce, on peut sortir un moment.

— Non, insiste-t-elle en se redressant. Je vais me reprendre.

Elle paraît soudain bien plus âgée. Bien sûr. Ce n'est pas par choix, mais elle vient d'être projetée dans le monde adulte, initiée de la plus cruelle des manières.

Joanna retourne la photo. Annie pousse un cri. D'instinct, je l'attire contre ma poitrine et l'empêche d'en voir davantage. Je jette un coup d'œil à l'image avant de me relever à la hâte.

— Je pense que nous en avons vu assez, dis-je, en priant pour que le dernier souvenir que nous gardions de Kristen soit son magnifique sourire, et non ce visage calciné, noir de suie. Je caresse la tête d'Annie qui pleure en silence dans le creux de mon bras.

— Brian, tu peux terminer ?

Il se passe la main sur le visage.

— Bien sûr.

Il est déçu que je lui laisse ce fardeau, et je ne peux pas lui en vouloir. Mais pour l'instant, Annie a besoin de moi.

— Prenez ça, dit Joanna en me tendant sa carte de visite. Je suis disponible vingt-quatre heures sur vingt-quatre, sept jours sur sept. Je pourrai vous recommander un psychologue à Manhattan, dès que vous serez prêts. En attendant, n'hésitez pas à m'appeler si vous avez la moindre question.

Ma pression artérielle grimpe soudain. Je la dévisage.

— Des questions, ça, j'en ai. Qui se trouvait dans ce foutu camion-citerne ? Et qu'est-ce qu'il foutait sur les rails ?

Annie tressaille.

— Maman !

— Le conducteur du train l'a-t-il vu venir ? Et Kristen ?

— Erika, dit Brian. On est venus identifier le corps.

— Le FBI aide les autorités locales, m'assure Joanna. Il y aura une enquête en bonne et due forme.

— Ah ouais ? Et cette enquête pourra-t-elle me dire si ma fille a eu peur ? Ce qui lui a traversé l'esprit ?

Si elle a souffert ? Les derniers mots qu'elle a prononcés ?

— Allez, dit Annie en me tirant hors du bureau.

Elle referme la porte mais j'ai le temps d'entendre Brian.

— Oui, dit-il à Joanna. C'est bien elle. C'est notre Kristen.

Tandis qu'Annie se réfugie aux toilettes, j'attends sur un banc dans le couloir et je scrute la carte d'étudiante de Kristen. Je garde les yeux baissés et j'essaie de me ressaisir avant le retour d'Annie. Ferme les vannes. Ne t'avise pas de craquer maintenant.

Il faut que je sois forte pour Annie, il faut lui faire croire que tout ira bien. Mais je crains qu'elle ne voie clair dans mon jeu. Annie est avisée. Elle le sait aussi bien que moi : quelque chose vient d'être volé à notre famille, jadis si belle, et elle ne s'en relèvera pas. À cause d'une promesse que je n'ai pas tenue.

6

Annie

Dans les toilettes de l'hôpital, Annie s'asperge le visage d'eau froide sans cesser de marmonner :
— Oh, Krissie. Je suis tellement, tellement désolée, Krissie.

Elle attrape une feuille d'essuie-tout et se tapote le visage. C'est sa faute. Krissie ne voulait pas y aller. Elle voulait attendre le train de 10 heures mais Annie n'avait pas été d'accord. Sa sœur avait un comportement bizarre, et pourtant, Annie l'avait laissée partir. Seule. C'est sa faute si Krissie est morte. Et ses parents doivent apprendre la vérité. Elle a essayé de leur expliquer sur le chemin de l'hôpital mais elle s'est dégonflée au dernier moment, elle a trouvé une excuse minable pour expliquer qu'elle n'était pas avec Krissie dans le train à cause d'un oubli de téléphone qui l'avait obligée à retourner à la maison.

Elle pose la main sur la poignée de la porte des toilettes et prend trois profondes inspirations. Son cœur lui martèle les côtes, elle ouvre la porte et sort doucement.

Au bout du couloir, sa mère est assise sur un banc en bois, digne comme une comtesse. Mais même à cette distance, Annie voit son regard vide, comme si quelqu'un en avait aspiré chaque parcelle de joie. Quelqu'un qui s'appelait Annie.

— Elle ne voulait pas prendre ce train.
— Quoi ?
— C'est vrai.

Annie gratte le vernis de son pouce droit et rassemble son courage :

— Il faut qu'on parle de ce qui s'est passé hier matin, maman.

Le visage de sa mère pâlit soudain et elle se détourne.

— Plus tard, Annie, s'il te plaît.

Annie s'installe sur le banc à côté d'elle.

— Krissie n'aurait pas dû être dans ce train. Il est temps que tu...

Sa mère se lève d'un bond.

— Viens. On va attendre ton père devant le bureau.

Elle emploie ce ton pincé, celui qui annonce : « Fin de la conversation. » Pourquoi sa mère ne la laisse-t-elle pas s'expliquer ? Une vague monte depuis son ventre. Il faut qu'elle avoue... qu'elle demande... qu'elle supplie qu'on lui pardonne.

— Tu l'as vue, toi aussi, maman. Tu sais de quoi je parle. Elle n'était pas dans son état normal, hier matin. Et tu le sais.
— Arrête !
— Non ! Écoute-moi. S'il te plaît. Il faut que tu m'écoutes. Elle n'aurait pas dû être à bord de ce train. Mais au lieu de l'aider...
— Ça suffit !

Le visage de sa mère est constellé de taches rougeâtres, déformé par la colère. Ou est-ce par la peur ?

— Je ne veux pas aborder ce sujet, Annie. S'il te plaît.

— Mais ça me tue, rétorque-t-elle d'une voix douce. Il faut que je me libère de ce poids. J'ai essayé de te le dire…

— Je sais ! (Une veine saille sur son front.) Je sais que tu as essayé ! Tu crois que ça aide ?

Les larmes montent aux yeux d'Annie. Sa mère ne veut pas entendre sa confession. Elle ne lui pardonnera jamais. Et pourquoi le ferait-elle ? À cause d'Annie, sa merveilleuse fille est morte.

7

Erika

Brian nous dépose sur le trottoir devant notre immeuble. Annie jaillit de la voiture et claque la portière. Brian se tourne vers moi.

— Qu'est-ce qui se passe entre vous deux ?

Je secoue la tête.

— J'ai... je me suis emportée. La colère d'Annie était insoutenable. Pour l'instant.

Il incline la tête.

— La colère ? Ce n'est pas ta faute, Erika.

Mais si. Un jour, je lui dirai comment j'ai laissé tomber mes filles, en ne tenant pas ma promesse. Comment Annie a essayé de m'alerter, de m'expliquer que Kristen n'était pas dans son état normal, mais que je n'ai pas écouté. Comment j'ai obligé mes filles à prendre le train. Un jour, oui. Mais pour l'instant, c'est trop insoutenable.

— Ils nous appelleront quand ils auront terminé l'autopsie, dit Brian. On pourra y retourner et voir le corps.

— Non. Je veux me souvenir d'elle comme avant.

Il acquiesce.

— Je vais demander l'autorisation de transférer le corps jusqu'à New York.

Je fixe le pare-brise sans le voir.

— D'accord.

— Tu veux que je m'occupe de la crémation, ou tu...

— Fais-le, toi. S'il te plaît.

Je lève la main vers ma bouche mais Brian l'attrape.

— Hé... Tu as le droit de pleurer, tu sais.

Je retire ma main et me détourne. Au cours de nos onze ans de mariage, Brian ne m'a jamais vue pleurer une seule fois, ce qui lui « posait un problème », m'avait-il déclaré plus tard, quand notre couple battait de l'aile.

— Il faut que tu lâches prise, Erika.

Je secoue la tête. Comment lui expliquer que si je lâche prise, je risque de ne plus jamais réussir à me rattraper ?

Le soleil d'après-midi filtre par la fenêtre. Dehors, les gens se promènent dans Central Park, bavardent au téléphone, courent avec leurs chiens. Ne se rendent-ils pas compte que la fin du monde a eu lieu ? Je baisse les stores et je me mets au lit, souhaitant mourir pour y échapper, ou du moins, sombrer dans le néant obscur du sommeil. Sans succès. Les paroles d'Annie tournent en boucle dans ma tête.

Elle n'aurait pas dû être à bord de ce train. Mais au lieu de l'aider...

Dans la solitude de ma chambre, j'autorise Annie à terminer sa phrase. *Au lieu de l'aider à retourner à la fac comme tu le lui avais promis, tu l'as ignorée. J'ai essayé de te prévenir que quelque chose clochait. À cause de toi, ma sœur est morte.*

Pendant trois jours, je me lève uniquement pour aller aux toilettes et boire un peu d'eau. Un jour, je vois Annie assise dans la cuisine. Un autre, le regard vide devant l'écran de son ordinateur. Un autre encore, allongée sur son lit. Chaque fois, elle se détourne quand elle me voit. Je lui murmure que je suis désolée. Je ne suis pas sûre qu'elle m'entende.

Je retourne à mon lit quand je m'arrête devant la porte fermée de la chambre d'Annie. Je lève la main, prête à frapper avant d'entrer. Que fait-elle là-dedans ? Que puis-je faire pour qu'elle me pardonne ?

Je laisse retomber mollement mon bras le long de mon corps. Je regagne ma chambre et me déteste d'être trop faible pour mettre des mots sur ma honte.

Je scrute le plafond lorsque mon téléphone vibre. Est-ce le matin ou le soir ? Quel jour est-on ? Mardi ? Mercredi ? Je grogne et j'enfonce mon visage dans l'oreiller. Je n'ai pas envie de discuter avec Brian, ni avec Kate, ni avec une connaissance bien intentionnée qui souhaite me présenter ses sincères condoléances. Je tends la main vers la table de chevet pour couper l'appel mais mon répondeur s'est déjà mis en route. Je me tourne dans le lit quand j'aperçois le nom de mon interlocuteur. Carter Lockwood.

Je cille un instant. Le travail. Une autre vie. La Lockwood Agency m'apparaît comme un univers alternatif… un univers où je serais une personne capable… où je contrôlerais la situation. Je me redresse sur les coudes. Un univers où peut-être, simplement peut-être, je pourrai tout oublier, ne serait-ce qu'une heure.

Je compose le numéro de la messagerie et enclenche le haut-parleur. La voix de Carter emplit la pièce, puissante et intrusive.

— Blair, c'est Carter. C'est vraiment trop naze pour ta fille.

Son commentaire brut me fait sursauter. Mais il a raison… C'est vrai.

Je pose le téléphone sur le chevet et ferme les yeux, j'attends la phrase suivante, je me prépare à un « C'était le destin », ou « Elle est mieux, là où elle est ».

— Et puis merde, poursuit-il. Je vais pas tourner autour du pot. On a besoin de toi, Blair. Dennison est sur le point d'obtenir l'exclu sur un immeuble dans Columbia Circle. Allison est débordée. J'ai besoin de toi pour prendre en charge quelques estimations. Rappelle-moi dès que tu peux.

La plupart des gens auraient été outrés. La plupart des gens auraient envoyé paître leur patron. Je saute du lit et attrape mon téléphone comme une femme en pleine noyade empoignerait une bouée de sauvetage.

Je me suis préparée aux regards surpris qu'échangent mes collègues à mon retour à l'agence jeudi matin, six jours à peine après l'accident. J'accepte leurs étreintes maladroites et leurs condoléances gênées. Pendant une heure, ils évoluent avec délicatesse autour de moi, comme si j'étais un vase fêlé qu'ils craignaient de voir tomber en miettes. Mais à midi, je suis à nouveau comme une poêle en fonte – solide, résiliente, indestructible.

Erika, j'ai besoin d'aide pour estimer un appart à One57.

J'ai une visite à Tower Verre. Tu as des infos ?

J'ai quelqu'un au téléphone qui ne veut négocier qu'avec toi. Tu peux prendre l'appel ?

Je m'immerge dans les listes de biens, de clients et d'appels. Un engourdissement salvateur m'envahit. C'est mon univers – un univers de chiffres, de statistiques et de contrats. Un univers qui me permet de me détacher de la réalité. Et de la culpabilité. Le jugement d'Annie, pareil à un poignard, est un peu moins douloureux à cette distance, et le rappel de mon manquement moins constant. Je travaille jusqu'à 22 heures, et je reviens à l'agence à 7 heures le lendemain.

8

Erika

L'automne laisse place à l'hiver. J'ai lu quelque part que soixante-dix-neuf pour cent des couples s'effondrent à la mort d'un enfant. La communication se bloque. Les accusations tombent. La culpabilité prend possession des lieux. La colère s'impose.

Je ne trouve aucune statistique sur les relations mère-fille. Je n'ai que mon expérience personnelle. Les fêtes de fin d'année, ainsi que le vingtième anniversaire d'Annie, passent dans un brouillard morne de plats tout préparés et de cadeaux achetés sans réfléchir par correspondance. Dans tous les domaines, Annie et moi sommes non pas divorcées, mais officiellement séparées. Nous n'entrons en contact qu'en cas d'absolue nécessité. Nous sommes courtoises et solennelles. Nous ne rions plus. Nous ne nous touchons plus.

Heureusement, aux alentours du Premier de l'an, Annie renonce à vouloir parler de cette ultime matinée avec Kristen, acceptant peut-être enfin que le sujet soit trop difficile à aborder pour moi. Janvier laisse place à février. Chaque jour n'est qu'un croquis monotone au crayon à papier, noir, blanc et gris.

Il est 22 heures ce mercredi, le 15 février, quand j'entre dans l'appartement sombre. Annie doit être dans sa chambre, comme d'habitude. Vais-je la voir ce soir ? Va-t-elle se glisser dans mon lit, comme avant, et me raconter sa journée ? Non, bien sûr que non. La distance qu'elle nous impose est mon châtiment.

Je retire mes chaussures à talons et attrape une paire de chaussettes de Kristen à l'endroit où je l'ai laissée près de la porte, puis je pénètre dans la pénombre de la cuisine.

J'allume la lumière et me verse un verre de vin avant de me diriger vers mon lit. J'approche de la chambre d'Annie quand j'entends sa voix. Mon cœur se serre. Ma fille me manque. Un jour, je l'autoriserai à exprimer toute sa colère. Un jour, je serai assez forte pour entendre ce qu'elle a à me dire. Et peut-être qu'un jour, elle me pardonnera.

— Ce n'était pas elle.

La porte est entrouverte, sa voix est claire. Je ralentis. À qui parle-t-elle ?

Par l'entrebâillement, je distingue un poster encadré sur son mur qui annonce la sortie de *Harry Potter et les Reliques de la Mort*, dédicacé par J.K. Rowling en personne, et sur sa table de chevet, le recueil de poèmes de Billy Collins que je lui ai acheté. Elle est sur son lit, son téléphone à la main.

— Elle avait une fausse carte d'étudiante. Elle a dû échanger la sienne avec la fille du train.

Je me fige et reste plantée dans l'ombre du couloir.

— Est-ce que tu l'avais vue au moins une fois depuis le mois d'août ? Dis-moi la vérité, putain ! La vie de Krissie en dépend.

La peur fourmille dans ma colonne vertébrale. De quoi parle-t-elle ? Kristen est morte. Annie a vu les photos.

— Tu étais là quand je suis venue à Dartmouth le mois dernier, pas vrai, Wes ? Tes collocs m'ont menti. Tu étais là, et Krissie aussi.

Mon cœur bat la chamade. C'est Wes Devon à l'autre bout du fil, le petit copain de Krissie pendant les vacances d'été. Est-ce qu'elle me joue un mauvais tour, une sorte de blague cruelle ? Non, pas ma si gentille Annie.

— Qui sait ? Peut-être que vous étiez cachés tous les deux dans le placard ?

Elle n'a jamais eu un ton aussi déterminé. Que lui est-il arrivé au cours des six derniers mois ?

— Elle ne voulait pas retourner à la fac. Elle m'a dit qu'elle voulait te parler.

Je suis prise de vertige. Était-ce finalement Kristen qui avait envie de se dégonfler, ce dernier matin avant le retour à l'université ? Je porte la main à ma tête. Pourquoi n'ai-je pas posé davantage de questions ?

— Attends... Quoi ? Tu es à Mackinac ? L'île Mackinac ? En ce moment ? Pourquoi ?

— ...

— Tu me jures devant Dieu qu'elle n'est pas avec toi ?

— ...

— Tu me préviens si jamais elle essaie de te contacter ?

— ...

— Promis ?

— ...

— D'accord, tu as mon numéro. Quoi ? Non. Je ne suis pas folle. Krissie est toujours vivante. Tu verras.

Folle – ce terme que je n'ai jamais pu tolérer déclenche quelque chose au plus profond de moi. Mon sang ne fait qu'un tour dans mes veines, et j'ouvre à la volée la porte de la chambre d'Annie.

9

Annie

— Il... il faut que je te laisse.

Annie appuie sur une touche de son téléphone et scrute la femme qui vient de faire irruption dans sa chambre. Le visage de sa mère est blanc crayeux, sans la moindre trace de maquillage. Elle porte une paire de chaussettes en laine de Krissie. Elle affiche une expression de rage absolue. Une rage dirigée vers Annie, qu'elle tient pour responsable. Celle qui a gâché sa vie.

— Mais qu'est-ce que tu fabriques, bon sang ? demande sa mère.

— Hein ?

— J'ai tout entendu, Annie. Tu parlais avec Wes Devon, hein ? Tu dis n'importe quoi. Il faut que tu arrêtes ça tout de suite !

Annie recule lentement, se trouve acculée contre la tête de lit. Son cœur lui martèle la poitrine. Le moment est venu. Il faut qu'elle arrive à convaincre sa mère qu'elle ne dit pas n'importe quoi, qu'elle est parfaitement sensée. Et qu'elle a raison. Krissie est vivante.

Annie essaie de déglutir mais sa gorge est sèche et poussiéreuse. Ce n'est pas comme si elle n'avait pas déjà réfléchi à tout ça, chaque minute de chaque jour, et ce depuis six semaines. Elle avait d'abord eu pour obsession que sa mère lui pardonne. Elle avait essayé un million de fois d'aborder le sujet de cette dernière matinée. Mais sa mère l'interrompait invariablement et laissait Annie, seule, frustrée et triste comme jamais. Un jour de début janvier, alors qu'elle zappait à la télé, elle était tombée sur une rediffusion de l'émission de Dr Phil, ou bien était-ce Dr Oz. On y parlait de deux femmes blondes victimes d'un terrible accident, et dont les corps avaient été confondus des semaines durant.

L'esprit d'Annie avait bugué, puis s'était remis en marche. Et si… et si Krissie n'était jamais montée dans ce train ? Et si les photos qu'ils avaient vues n'étaient pas vraiment de Krissie ? Elle avait rejoué leur dernière conversation jusqu'à ce que chaque syllabe lui revienne, jusqu'à saisir chaque nuance. Krissie avait un problème. Elle n'était pas dans son état normal. Cela semblait tellement logique, soudain. Ils avaient identifié la mauvaise personne. Krissie était vivante.

Alors, le besoin de pardon qu'elle éprouvait s'était mué en un autre, plus pressant encore. Elle devait retrouver sa sœur.

Elle se tourne vers sa mère, elle désire de tout son cœur qu'elle la croie. Car Annie vient d'obtenir un indice majeur : Wes Devon est de retour sur l'île Mackinac. Elle parierait sa virginité que Krissie est avec lui. C'est la cachette idéale : une langue de terre isolée et quasi déserte.

Ses mains tremblent quand elle attrape son ordinateur sur la table de chevet et qu'elle l'ouvre. Le gros titre de l'article est encore affiché sur l'écran : *Une femme que l'on croyait morte, victime d'une erreur d'identification*. Elle tourne l'écran vers sa mère :

— Je fais des recherches sur le sujet depuis un mois. C'est déjà arrivé, des cas d'erreurs d'identification. Regarde cet article.

— Oh, Annie, tu ne crois pas vraiment que…

Elle porte la main à son front et s'assied lourdement sur le lit.

— C'est exactement ce que je crois. Lis l'article jusqu'au bout. Deux filles originaires de l'Indiana ont eu un accident, j'ai vu l'une d'elles à la télé. La scène était un véritable chaos, exactement comme avec l'Acela Express. Elles étaient affreusement défigurées, comme la fille sur les photos qu'on a vues. Les filles ont été confondues pendant des semaines. Celle que l'on pensait morte était en réalité vivante !

Sa mère ferme les yeux mais Annie continue :

— Il y a d'autres cas semblables, maman. Tiens, je vais te montrer un…

Sa mère lui attrape le poignet, ses ongles s'enfoncent dans la chair tendre d'Annie.

— Arrête, Annie. Je n'ai pas besoin de voir un autre article. On a vu les photos, toi et moi. Krissie est morte. Reviens sur terre ! Tu me fais peur.

Annie a des palpitations dans les tempes.

— Ce n'était pas elle. (Elle plante son regard dans celui de sa mère.) J'ai fait des recherches sur Google, sur les symptômes bipolaires. Je suis certaine que c'est ce dont souffre Krissie.

Une veine apparaît sur le front de sa mère.

— Non !

Elle devrait s'arrêter là. Sa mère commence à s'énerver. Mais les enjeux sont trop importants.

— L'impulsivité est une caractéristique majeure. Les comportements à risque, aussi, et l'automutilation. C'est logique. Elle a vu ça comme une opportunité de disparaître de la circulation. Tu savais qu'un tiers des sans-abri souffrent en fait d'une maladie mentale ? Ils errent dans les rues et les parcs. Ils dorment sous les ponts. On les croise tous les jours.

Les larmes lui montent aux yeux, Annie les refoule d'un battement de paupières. Elle ne peut pas céder à l'émotion, pas maintenant, alors que la vie de Krissie est entre ses mains.

— Arrête, Annie. Je n'ai pas envie d'entendre ce genre de choses.

— Mais il faut que tu les entendes. Elle se cache et elle a besoin de notre aide. Wes vient de me dire qu'il est dans la maison de vacances familiale à Mackinac, il fait des recherches pour un module d'études indépendantes. Je te parie tout ce que tu veux que Krissie est avec lui, sur l'île. C'est la cachette idéale à cette époque de l'année. Il faut qu'on y aille et qu'on la ramène à la maison !

— Ressaisis-toi, Annie. Ce n'est pas drôle.

Annie balance les jambes sur le bord du lit pour se retrouver assise à côté de sa mère.

— Rappelle-toi les dernières vacances de printemps, quand elle nous avait dit qu'elle était dans le Connecticut avec Jennifer, mais qu'elle avait pris un vol pour l'Utah avec un pisteur secouriste qu'elle venait de rencontrer à l'aéroport ? C'était tout à fait son genre d'agir sur un coup de tête.

— Partir au ski en secret, c'est risqué. Feindre d'être morte, c'est juste cruel.

— Elle n'a pas conscience qu'elle est cruelle !

s'écrie Annie en assénant un coup de poing dans le matelas. Krissie ne réfléchit pas vraiment quand elle est dans cet état.

— Enfin, Annie. Elle avait sa carte d'étudiante dans sa poche de jean.

— Premièrement, Kristen ne mettait jamais sa carte dans sa poche. Jamais ! Elle avait toujours un sac à main. Et deuxièmement, elle avait une fausse carte. Tu me l'as dit toi-même. Ce qui signifie que quelqu'un avait peut-être la sienne. Et ce quelqu'un, c'est la fille qui était dans le train !

Elle soupire et croise les bras devant sa poitrine.

— Hein, qu'est-ce que tu dis de ça ?

Sa mère lance d'un ton méprisant :

— Pourquoi quelqu'un s'amuserait à échanger sa carte avec une étudiante mineure ? Ça n'a aucun sens. Et ses ongles de pieds... Tu as vu le vernis lavande. Elle venait de se faire une pédicure.

Annie se prend la tête à deux mains. Elle se sent sur le point d'exploser.

— Mais enfin, maman ! Des milliards de filles mettent du vernis à ongles violet. Honnêtement, ne viens pas me dire que c'est ce qui t'a convaincue.

Annie remarque l'expression alarmée qui passe sur le visage de sa mère. Mais elle baisse la voix comme quand elle s'efforce d'apaiser la situation.

— On est allées identifier son corps. Elle a été incinérée. On a beau ne pas vouloir y croire, ma chérie, il faut pourtant qu'on l'accepte.

Sa mère la traite comme une enfant ! Annie se lève d'un bond.

— *Papa* l'a identifiée, oui. Nous, on a vu le visage de cette fille pendant à peine une seconde. Ce n'était pas Kristen ! (Elle serre le bras de sa mère.) Pourquoi n'est-on pas retournés voir le corps en vrai, après l'autopsie ? Pourquoi avez-vous voulu l'incinérer ? Pourquoi ne pas avoir fait un test ADN ? Franchement ! Qu'est-ce qui t'a pris, maman ?

Sa mère frotte son front crispé.

— J'ai pensé que ce serait plus facile pour tout le monde, une fois qu'on aurait tourné la page et laissé tout ça derrière nous.

Annie sent sa poitrine se serrer, elle se mord la lèvre. Elle doit rester forte, continuer à se battre, malgré l'air pitoyable de sa mère. Elle doit lui faire comprendre.

— Eh bien, ce n'est pas plus facile. Tu veux savoir ce que je fais toute la journée, depuis six semaines ? Je cherche Krissie. Tous les matins, je vais au parc où elle faisait son footing. Je vais au Starbucks, à la boutique Apple et à Lululemon. Je suis allée à Dartmouth dans l'espoir de voir Wes. Parfois, je vais dans les foyers de sans-abri.

Sa mère affiche un regard peiné.

— Annie, je t'en prie. Les gens vont croire que...

— Je prends le train jusqu'à Philadelphie une fois par semaine. On ne sait jamais. Elle pourrait être là-bas.

— Oh, ma puce. Tu ne mérites pas ça. Je suis désolée, Annie. Je suis tellement, tellement désolée. Ta sœur devrait être en vie, oui.

— Mais elle *est* vivante ! Pourquoi tu ne veux pas me croire ? Tu ne m'écoutes pas. Tu refuses de m'écouter.

Annie pourrait jurer que les yeux de sa mère s'embuent mais c'est impossible. Sa mère ne pleure pas – un détail qu'elle trouve à la fois rassurant et déconcertant. Avec ou sans larmes, une chose est claire : sa mère se radoucit. Peut-être, oui, peut-être qu'elle va l'écouter, maintenant.

Annie prend une profonde inspiration. Il faut qu'elle avance avec prudence. Elle devrait sans doute abandonner le sujet pour aujourd'hui et l'aborder à nouveau demain.

— C'est malsain, Annie.

Sa mère incline la tête comme si elle essayait de prendre un air sage et supérieur. Elle poursuit :

— Il faut que tu sortes un peu de la maison, ma puce. Que tu trouves un travail. Et de nouveaux amis.

La frustration d'Annie se mue aussitôt en fureur.

— Je ne suis pas Krissie ! Et je ne changerai jamais. (Son cœur s'emballe.) Il faut que tu en prennes conscience. De ça, et d'autres choses aussi.

Elle gratte le vernis sur l'ongle de son pouce.

— Il faut encore qu'on parle de ce dernier matin, maman. Le moment est venu de prendre enfin le sujet à bras-le-corps, tu ne crois pas ?

10

Erika

Oh, non, pitié. Pas encore. J'essaie de ralentir mon souffle, de parler calmement mais mon pouls s'emballe.

— De quoi veux-tu qu'on parle ?

Je lui pose la question bien que je connaisse déjà – ou que je redoute – la réponse.

Annie cille mais ne détourne pas le regard.

— Qu'on parle de ce dernier matin… De la façon dont tout s'est déroulé… De la promesse non tenue.

Une lame s'enfonce dans mon cœur. Ma fille ne me pardonnera jamais.

— On en parlera bientôt. C'est promis. Je… je ne me sens pas encore assez forte pour l'encaisser.

— Et moi, je ne me sens pas assez forte pour l'ignorer.

Ses yeux sont noirs comme le charbon, et elle continue :

— Krissie n'aurait jamais dû être seule dans ce train. On le savait, toi et moi. Ne va pas me faire croire que tu n'y penses pas chaque jour.

— Je ne peux pas, Annie…

Je vais à la fenêtre, je prends appui sur le rebord en bois et je tourne le dos à ma fille, le regard dans le vide.

— Il faut que tu y arrives, maman ! Ce... ce mensonge est gros comme une maison. Laisse-moi me libérer de ce poids. Il faut que je me libère de ce poids qui me pèse. J'en ai ma claque de faire semblant, putain !

Ne comprend-elle pas à quel point elle me blesse ? Mes ongles s'enfoncent dans le bois. Je ne peux pas supporter son jugement, pas maintenant. Chaque parcelle de mon être est sur la défensive et s'embrase. Le sang me martèle les tempes. Comme un tortionnaire de cour de récré pris sur le fait qui accuse un gamin innocent pour se dédouaner, les mots cinglants jaillissent de mes lèvres avant que j'aie le temps de les contenir.

— Ça suffit ! (Je fais volte-face en criant.) Si ta sœur était si mal en point, alors pourquoi tu n'es pas allée avec elle ?

Le silence obscurcit la chambre.

Les larmes lui montent aux yeux.

— Ça ne peut plus continuer comme ça, maman. Je ne peux plus vivre avec toi. Je ne peux pas faire semblant d'ignorer ce que tu penses. C'est trop dur.

Je me tourne à nouveau vers la fenêtre et je me cache le visage entre les mains. La seule fille qu'il me reste, l'amour de ma vie, veut me quitter. Et je dois lui donner mon autorisation. C'est le prix à payer pour ma promesse bafouée.

— Je comprends, je murmure. Vas-y. C'est bon. Je t'en prie. Ça vaut mieux pour nous deux. Chaque fois que je croise ton regard malheureux, ça me rappelle cette erreur fatale.

Le lit grince quand elle se lève. Je me redresse, paralysée par la honte et le chagrin. J'entends le bruit de ses pas dans le hall d'entrée. La porte s'ouvre, puis claque.

Jamais, de toute ma vie, je ne me suis autant détestée.

Je me glisse dans le lit et je compose le numéro de Brian. C'est son répondeur qui se met en marche. Eh merde !

— Brian, c'est moi. Annie est partie chez toi. Elle a… des soucis. Sois gentil avec elle, s'il te plaît, écoute-la. Je… je ne peux pas gérer tout ça pour l'instant.

Je m'enfonce sous la couette. Mon corps tout entier tremble. Qu'est-ce qui cloche chez mon adorable fille, celle qui s'est toujours montrée solide comme un roc ?

J'étais folle de joie quand j'avais reçu l'appel de l'agence d'adoption. Peu m'importait que j'aie seulement vingt-trois ans et que je sois mariée depuis à peine quatre mois. Je voulais une famille, et Brian aussi, lui qui avait dix ans de plus que moi. Nous savions que mes chances d'avoir un enfant étaient maigres. J'avais une endométriose et on m'avait dit que je ne tomberais sans doute jamais enceinte. Nous avions contacté une agence d'adoption dès notre retour de voyage de noces. Nous avions entendu des histoires déchirantes de couples ayant attendu des années, parfois des décennies, avant d'avoir un enfant.

— On a un bébé ! m'étais-je écriée en appelant Brian à l'hôpital, ce jour-là. Il doit naître dans quatre mois. Nous pourrons être là pour sa naissance !

La semaine suivante, nous avions rencontré Maria, la mère d'Annie, une jeune femme de quinze ans.

— Vous allez avoir une fille, nous avait-elle dit.

Deux mois avant la naissance de notre bébé, nous avions appris une autre bonne nouvelle. Contre toute attente, j'étais enceinte.

— Bon, avait dit Brian en rentrant de notre rendez-vous chez l'obstétricien. Comment on va annoncer ça à Maria ?

Il m'avait fallu un moment pour comprendre ce qu'il voulait dire. Mais quand j'avais saisi, quelque chose avait changé en moi. Un instinct de possession m'avait envahie, plus féroce, aussi évident et naturel que jamais.

— Non, Brian. Cette enfant est notre fille, elle fait partie de notre famille. Sa place est chez nous. Point final.

Et j'avais raison. Maria m'avait tendu mon bébé et ma vie s'en était trouvée changée pour toujours.

— Prenez soin de mon petit ange, m'avait-elle dit.

Quand le front minuscule du nourrisson s'était finalement détendu, et qu'Annie avait ouvert ses grands yeux noirs, mon visage avait été le premier qu'elle avait vu. À l'instant où nos regards s'étaient croisés, j'étais devenue mère. Et j'avais su, sans l'ombre d'un doute, que je serais capable de faire n'importe quoi, absolument n'importe quoi, pour protéger cette enfant. J'avais embrassé son petit visage et réussi à articuler ces mots malgré ma gorge serrée :

— Je la protégerai. Je le promets.

Je ne l'ai avoué à personne, mais je n'ai plus jamais revécu cet instinct sauvage, même quand j'ai accouché de Kristen cinq mois plus tard. Les docteurs, nos amis et notre famille, tous surnommaient Kristen *l'enfant miracle*, et j'étais d'accord avec eux. Mais au fond de moi, j'avais toujours eu le sentiment que le surnom était déjà pris. C'était Annie, mon miracle.

Je regarde le réveil avaler les heures… Minuit… 1 heure… 2 heures. À 4 heures, je me lève et longe le couloir. Dans la pénombre de l'appartement, le vide résonne, me raille et me rappelle que je suis désormais seule. Mes deux filles ont disparu, par ma faute.

Je m'arrête devant la chambre vide d'Annie.

— Rentre à la maison, ma chérie, je murmure.

Le vent siffle et soulève les fins rideaux en dentelle à sa fenêtre. Un souvenir me revient abruptement. Je l'écarte aussitôt et repars vers la cuisine, bouleversée.

Afin d'obtenir le pardon, je dois avant tout me confesser. Je l'ai bien compris. Mais ce mépris de moi-même est trop profondément ancré. Annie, mon miracle, ne comprend pas que la culpabilité me hante depuis des années, et non des mois. J'ai caché ma honte silencieuse pendant presque trois décennies et jusqu'à présent, ça a marché.

Jusqu'à présent.

11

Annie

Jeudi soir (vingt-cinq heures et trente minutes après sa dispute avec sa mère, non pas qu'elle compte les secondes ou quoi que ce soit…), un taxi dépose Annie sur les docks de la petite ville endormie de Saint-Ignace. Sa sœur serait fière d'elle. Elle a enfin réussi. Elle a quitté New York toute seule. Sa mère lui a dit de partir, alors elle est partie.

Au lieu d'éprouver un sentiment gratifiant de vengeance, ou même de fierté, Annie sent sa poitrine se serrer, débordante de tristesse, de tendresse, d'un besoin désespéré de retrouver sa famille. Elle traîne sa valise jusqu'au bout du ponton, laisse tomber son sac à dos sur le béton et sort de sa poche sa photo préférée.

Sa mère est si jolie, coincée entre l'épaisse carrure d'Annie et le corps mince de Krissie, toutes deux arborant leurs coiffes et leurs manteaux de cérémonie. La vieille rengaine de « Sesame Street » tourne en boucle dans sa tête. *L'un de ces objets n'est pas comme les autres. L'un de ces objets n'a pas sa place ici.* C'est clair comme de l'eau de roche. Elle est une étrangère, une intruse dans la famille Blair.

— Krissie, murmure-t-elle en contemplant la photo à travers ses larmes. Je suis là, dans le Michigan. Je vais te ramener, tu vas retrouver ta place.

Elle lève les yeux au ciel et inspire l'air frais. Mon Dieu, elle avait presque oublié l'épaisseur du silence, ici, la façon dont la voûte céleste scintille de milliards d'étoiles minuscules, comme une décoration de Noël permanente.

Enfant, elle contemplait les cieux et imaginait les étoiles comme des poignées de diamants éparpillés sur le velours noir d'une robe de soirée. Mais sa sœur se moquait d'elle et lui lançait des termes scientifiques comme gaz interstellaires et nuages moléculaires. Elle avait fait des recherches sur le système solaire, elle avait disséqué ces joyaux étincelants, chaque centimètre de mystère et de romantisme. Annie sourit. Comment deux personnes si diamétralement opposées pouvaient être si proches ?

Elle déroule son écharpe et baisse les yeux vers l'eau gelée du détroit de Mackinac, une étendue de glace reliant le lac Michigan au lac Huron. L'étendue blanche et immobile est si différente des flots bleus et immenses qui les ont accueillies chaque été, Kristen et elle, depuis dix ans. Après le divorce de leurs parents, leur mère n'avait pu leur offrir en guise de vacances que de longs week-ends sur l'île Mackinac. Plus tard, quand elle avait gagné de l'argent et qu'elles auraient pu voyager où bon leur semblait, Kristen et elle choisissaient invariablement Mackinac. Mais leur mère restait à la maison.

— Mackinac est votre camp d'été à toutes les deux, disait-elle, mais Annie savait que c'était un prétexte.

Elle ne comprend toujours pas pourquoi sa mère refuse de venir ici, dans ce paradis, et pourquoi elle se hérisse chaque fois qu'on évoque le nom de Papy.

Annie sautille d'un pied sur l'autre, regrettant de ne pas être allée aux toilettes de l'aéroport. Où est le taxi motoneige réservé par tante Kate ? L'île, dont l'unique heure de gloire est d'avoir servi de décor à un vieux film intitulé *Quelque part dans le temps*, n'a jamais autorisé l'accès aux voitures. Les seuls véhicules motorisés permis sont les motoneiges, et seulement entre novembre et avril, en l'absence des riches estivants et des millions de touristes, lorsque la population locale se réduit à l'effectif d'une classe d'école.

Elle n'est allée qu'une seule fois sur l'île en hiver. À Noël, l'année qui avait suivi le départ de son père. Krissie et elle avaient passé leurs journées à explorer ce merveilleux paysage enneigé mais sa mère avait été malade pendant tout le séjour. Elle se souvient de l'avoir vue allongée dans la chambre d'amis de Kate, rideaux tirés, jour après jour.

— Elle a besoin de dormir, murmurait tante Kate en fermant la porte. Elle va se remettre.

C'est drôle comme le souvenir lui revient alors que, le matin même, elle ne parvenait pas à se remémorer une seule fois où sa mère avait laissé paraître sa fragilité. Son divorce la perturbait-elle, à cette époque ? À l'exception de ces vacances sur l'île, sa mère n'exprimait jamais ses sentiments, exactement comme en ce moment.

La tristesse se fraye un chemin en elle, suivie d'un nouvel accès de colère. Si seulement elle parvenait à parler avec sa mère, lui dire à quel point elle regrette, la supplier de l'aimer à nouveau. Mais non, sa mère refuse de lui en donner la possibilité. Elle la tient pour coupable de ce qui s'est passé. Et c'est une des raisons pour lesquelles elle doit retrouver Krissie sur cette île, vivante, afin de tout reconstruire.

Elle sursaute en entendant le rugissement lointain d'un moteur. Un phare unique apparaît à l'horizon. Une minute plus tard, une motoneige se gare sur le dock, un traîneau fixé à l'arrière.

— Annie Blair ? hurle le conducteur par-dessus les grondements du moteur.

Elle acquiesce. Le conducteur coupe le moteur, laissant place à un silence si épais qu'elle entend les battements de son pouls dans ses tempes. Il retire son casque et tend la main.

— Curtis Penfield. Je vous ai croisées, toi et ta sœur, l'été dernier, mais tu ne dois sûrement pas t'en souvenir.

Oh, si, elle s'en souvient. Un type mignon, la quarantaine, qu'Annie et Kristen avaient vu torse nu en train de nettoyer son voilier alors qu'elles se promenaient dans la marina. Elle se souvient que Kristen avait flirté avec lui.

— Je pourrais me le taper, avait-elle dit à Annie plus tard.

Annie lui avait donné un petit coup de coude. Le mec aurait pu être leur père, sans parler du fait que Krissie se « tapait » déjà Wes Devon.

Il tapote le siège de la motoneige.

— Grimpe. Je vais m'occuper de tes bagages.

Pendant que Curtis charge sa valise sur le traîneau, Annie s'installe sur le cuir froid. Elle grimace en voyant qu'elle occupe les trois quarts de l'étroite selle.

— Ta mère et moi, ça remonte à longtemps. Comment elle va, d'ailleurs ?

— Elle va bien, répond-elle.

Mais va-t-elle bien ? Ou bien est-elle en panique, de savoir qu'Annie s'est rendue seule sur l'île ?

Il attrape son casque.

— Prête pour la balade ?

Il parle de la traversée du détroit gelé, en suivant un pont de glace – une piste qui relie le continent à l'île Mackinac, bordée de sapins de Noël abandonnés là. Son estomac se retourne.

— C'est un passage sûr, hein ?

— On peut l'espérer. Tout le monde sait qu'on traverse toujours à ses risques et périls. Mais tu es du genre à prendre des risques, non ?

Elle renâcle.

— Tout à fait. Audacieuse comme une Banshee.

Et c'est alors qu'elle s'en souvient. Son recueil d'adages porte-bonheur. Il est resté à la maison, enfoui sous la couette de Krissie. Merde ! Elle voulait l'emporter mais à la dernière minute, elle a préféré le laisser à sa sœur. Krissie est en galère. Si l'instinct d'Annie la trompe et que sa sœur ne se cache pas sur l'île, qu'elle rentre à la maison avant Annie, alors Krissie aura besoin du réconfort de ces citations.

Annie enfile le casque et elle espère que son corps tremblant ne va pas faire tomber le mec de sa moto-neige.

Curtis fonce sur le détroit gelé comme s'il se prenait pour un pilote de Formule 1. Annie s'accroche de toutes ses forces et aimerait qu'il ralentisse. Elle aperçoit des trous d'eau entre les plaques de glace, elle sent Curtis mettre les gaz chaque fois qu'ils franchissent un interstice. Elle essaie de ne pas penser à leur grand-mère Tess, morte sur cette étendue de glace. Est-ce pour cela que sa mère déteste cet endroit ? Annie ne comprend pas la logique de la situation. Être ici devrait la rapprocher de cette mère qu'elle adorait tant.

Quand le moteur se tait, Annie récite une prière de remerciement silencieuse.

— La motoneige ne peut pas nous emmener plus loin, dit Curtis quand ils atteignent le rivage.

Il transfère ses bagages sur une charrette tirée par un cheval.

— Encore quelques semaines de beau temps et le détroit ressemblera à un martini *on the rocks* géant.

Elle hésite à lui demander de l'emmener directement à la maison de Wes sur la falaise. Mais tante Kate l'attend. Et puis si Krissie est sur l'île, elle n'ira nulle part cette nuit. Annie peut attendre le lendemain matin.

Vingt minutes plus tard, ils arrivent devant la minuscule maison en pierre de sa tante, près du centre du village. Tante Kate ouvre la porte à la volée et descend les marches à la hâte dans ses chaussons fourrés.

— Annie-Fo-Fannie ! s'écrie-t-elle en étreignant sa nièce. Je suis tellement, tellement désolée.

Annie est prise au dépourvu. Désolée de quoi ? C'est alors qu'elle se souvient. C'est la première fois que sa tante la voit depuis la disparition de Krissie. Elle pense que Krissie est morte.

Un parfum délicat de café, de bois et de vanille accueille Annie quand elle entre dans la maison. Des tapis navajos usés par le temps recouvrent le plancher aux larges lattes, se chevauchant comme des dents tordues. Des peintures, des croquis, des photos occupent presque chaque centimètre carré des murs. Dans un angle, une cheminée en pierre abrite un feu crépitant. Elle prend une profonde inspiration et se sent déjà mieux. Annie a beau vivre dans un des immeubles les plus chics et élégants de Manhattan, c'est pourtant à cela que devrait ressembler une maison, dans son esprit.

Elle repère une boule de poils blottie sur une peau de mouton dans un panier.

— Lucy ! s'écrie-t-elle, et elle prend dans ses bras le chat angora de Kate.

Elle sursaute quand son grand-père, surnommé Cap' Franzel par les insulaires, se lève de son fauteuil style colonial.

— Papy ! Qu'est-ce que tu fais ici ? Tu ne devrais pas être au lit, à cette heure ?

— J'ai reçu ton e-mail.

Il avance d'un pas lourd et pose son énorme main sur la tête d'Annie :

— J'ai préféré attendre et te dire bonjour. À mon âge, faut pas compter sur la certitude du lendemain.

Sa voix est rauque et rude, et Annie entraperçoit le capitaine du navire de fret qu'il était jadis, avant de devoir se résoudre à transporter les touristes entre l'île et le continent. Le côté gauche de son visage est paralysé – résultat d'une bagarre de bar, d'après ce que sait Annie. Cap' Franzel ne peut plus sourire, depuis cette époque.

L'Homme au Visage Figé, comme l'appellent les gamins de l'île. Leur grand-père défiguré terrifie presque tous les enfants, Krissie aussi. Mais pas Annie. Elle dépose un baiser sur sa joue difforme.

— Oh, Papy, c'est toi le meilleur. Tu m'as manqué.

Comme d'habitude, son grand-père semble déconte-nancé par les marques d'affection d'Annie et il détourne la conversation.

— Comment va ta mère ?

Les coutures du cœur d'Annie craquent. Papy se lan-guit de sa fille. Annie se languit de sa mère. Sa mère se languit de Kristen. Un triangle d'amour disparu.

— Pas très bien. Elle m'a fichue dehors, c'est pour ça que je suis venue.

Annie ne risque pas de leur révéler la véritable raison de sa présence. Ils la feraient interner, s'ils savaient qu'elle est venue chercher Krissie.

Kate tapote le canapé.

— Qu'est-ce qui se passe, mon bébé ?

Annie s'installe à côté de sa tante sur les coussins de la méridienne, imposant sa taille quarante-deux à côté de la taille trente-six de Kate. Son regard passe du beau visage de sa tante à celui de son grand-père, taché par le soleil, deux personnes qui l'aiment encore. Son cœur prend de l'élan avant de sauter. Elle ne leur a jamais parlé de cette dernière matinée avec Krissie. Pourrait-elle – devrait-elle – leur raconter comment elle a obligé Krissie à prendre un train plus tôt que prévu ? Comment elle avait promis de veiller sur sa sœur mais qu'elle ne l'a pas fait ? L'aimeraient-ils encore s'ils savaient qu'elle est responsable de la mort de sa sœur ? Ou lui en tiendraient-ils rigueur pour tou-jours, comme sa mère ?

Elle croise les bras devant sa poitrine et plonge le regard dans le feu.

— C'est trop difficile de vivre avec maman. Trop difficile pour nous deux. Surtout en sachant que c'est devenu presque insupportable pour elle de me regarder.

— Je sais, dit Kate à voix basse. Elle est obnubilée par ce dernier matin.

Annie dresse l'oreille.

— Elle... elle a dit ça ?

— Hm hmm. Je lui ai répété, encore et encore, qu'elle devait tourner la page. Tout le monde fait des erreurs. Mais elle... je ne sais pas... ça la paralyse.

— C'est ridicule, si tu veux mon avis à deux sous, déclare son grand-père en hochant la tête. D'attribuer cette mort à l'erreur de quelqu'un plutôt que de la voir telle qu'elle est. Un foutu accident tragique, quelque chose qu'elle n'aurait jamais pu contrôler.

Une erreur... L'erreur d'Annie. Ils sont donc au courant. Annie porte la main à sa bouche tremblante.

— Elle sait que je suis ici ?

Tante Kate acquiesce.

— Elle a appelé tout à l'heure. Elle était bouleversée par votre dispute d'hier soir. J'ai glissé au passage que tu allais venir. Elle n'arrivait pas à croire que tu viennes jusqu'ici, seule. Je lui ai dit qu'un peu de distance pourrait vous être bénéfique à toutes les deux. (Kate caresse la main d'Annie.) Les choses vont s'arranger, Annie Bananie. Ça ne fait que six mois.

— Elle ne s'en remettra jamais. Elle n'est plus la même. Elle est tellement furieuse, et je ne peux pas lui en vouloir. Elle ne fait que travailler, pour ne pas être obligée de me voir.

— Elle est du genre à éviter plutôt que d'affronter, celle-là, intervient Papy. Elle a toujours été comme ça.

— Le travail, c'est son échappatoire, dit tante Kate. Ça lui donne la sensation de contrôler quelque chose quand tout le reste déconne. (Elle grimace.) Pardon, papa.

— Je pense que c'est parce que Krissie n'est plus là, et elle est furieuse parce qu'elle est coincée avec moi.

— Alors là, tu te goures totalement, réplique tante Kate. Elle souffre. Il faut que tu le comprennes.

Son grand-père acquiesce.

— Un chien blessé est plus enclin à mordre.

Les mots de Mamie Tess, page seize de son recueil d'adages – le cahier qu'elle a oublié à la maison et qui lui manque déjà. Annie aime à croire qu'aux yeux de Papy Tess était l'amour de sa vie, bien qu'il n'évoque jamais sa défunte épouse.

— Je jure que je serais prête à la laisser tranquille autant que nécessaire, si seulement j'avais la certitude qu'elle reviendra vers moi un jour, ma petite maman. Ma maman qui aime, qui écoute, qui pardonne…

Annie se détourne, ébranlée par le souvenir du visage de sa mère, son expression de déni, fermée et hermétique, quand elle lui avait dit qu'elle pensait Krissie vivante.

— Une maman qui croit encore aux miracles.

Son grand-père laisse échapper un éclat de rire rocailleux.

— Tu t'attends à ce qu'elle croie encore aux miracles, après ce que la vie vient de lui balancer ? (Sur son visage se juxtaposent soudain un sourire et un froncement de sourcils.) Pour te dire la vérité, ça fait des années que ta mère a cessé de croire aux miracles. Elle ne va pas recommencer, juste parce que sa fille le lui demande. Il faudrait vraiment un miracle pour que cette femme reprenne ses esprits.

A-t-il raison ? Elle voudrait le presser de questions, mais quelque chose dans l'aspect de sa mâchoire lui conseille de se taire. Elle se tourne vers la cheminée et ferme les yeux.

Faites en sorte que je retrouve Krissie, s'il vous plaît. La vie de ma sœur en dépend. Et celle de ma mère, aussi.

12

Erika

Il est 7 heures ce vendredi matin, un jour et demi après ma dispute avec Annie, et je suis seule dans les locaux de la Lockwood Agency. Le manque de sommeil me pique les yeux – même mes somnifères Lunesta sont contre moi. Assise à mon bureau, je rédige des contrats de vente. Je cesse de me frotter les paupières quand mon téléphone tinte pour me signaler un e-mail reçu à mon adresse professionnelle. Je prends mon portable, avec l'espoir que ce soit un message d'Annie, et mon cœur plonge. L'adresse de l'expéditeur n'est pas la sienne. J'ouvre l'e-mail et découvre cette unique phrase :

Chasse ce qui te pèse et cherche ce qui t'apaise.

Qu'est-ce que c'est que ce truc ? Je lis une nouvelle fois l'adresse de l'expéditeur – une adresse que je ne reconnais pas – et je clique sur supprimer. Je me prends la tête entre les mains. Ma fille est morte. Et cet idiot – un client quelconque avec qui j'avais dû échanger un jour, ou un ancien collègue perdu de vue, ou une bonne volonté imbécile qui aurait eu vent de la mort de Kristen et aurait retrouvé ma trace à la Lockwood Agency – s'imagine que m'envoyer ce genre de message pourrait me réconforter ?

Je reprends mon téléphone et j'appelle ma sœur Kate, à mille cinq cents kilomètres de là et dans un autre univers, me semble-t-il. Elle est de service ce matin au Seabiscuit Café. Heureusement, on est hors saison sur l'île Mackinac, et elle doit être seule dans l'établissement.

Je fais les cent pas dans mon bureau, pestant en boucle contre cet e-mail intrusif.

— Les gens ne comprennent rien. Ils n'ont aucune idée de ce que je traverse.

— Tout doux, frangine, dit-elle de sa voix tranquille. Je pense que cette personne, quelle qu'elle soit, essayait de t'aider. On essaie tous.

Je m'interromps et laisse échapper un soupir.

— Je sais.

— Est-ce que ça pourrait venir d'Annie ? Une façon bien à elle de te recontacter ?

— Ça ne vient pas d'Annie. Je n'ai pas reconnu l'adresse d'envoi. (Je ferme les yeux et soupire à nouveau.) Comment allait ma fille, ce matin ?

— Pareil qu'hier soir. Laisse-la respirer, Rik.

— Elle est bien installée ? Je n'arrive toujours pas à croire qu'elle soit venue sur l'île toute seule.

— C'est vrai, hein ? C'est un grand pas pour elle. Elle devait vraiment vouloir partir. Mais on a bien discuté, hier soir. Papa était là, lui aussi.

— Papa ?

Mon cœur s'accélère à cette simple évocation.

— Tu ne m'avais pas prévenue.

— Il l'a même attendue, continue Kate. C'est gentil, hein ?

Je me frotte les yeux.

— Bref.

— Ta fille espère que tu vas arrêter de déconner et te ressaisir pendant qu'elle est ici, dit Kate avant d'éclater de rire. Désolée, Rik, c'est moi qui ai dit ça, pas elle.

Mon univers s'obscurcit à nouveau. Après tous ces mois, je n'arrive toujours pas à avouer, même à ma sœur, qu'Annie me tient responsable de la mort de Kristen, et qu'elle a bien raison. Je ferme les yeux de toutes mes forces et j'articule péniblement les mots coincés dans ma gorge.

— Elle t'a parlé de sa théorie comme quoi Kristen serait encore vivante ?

— Non. Je m'attendais à ce qu'elle aborde le sujet mais elle ne l'a pas fait. Elle a peut-être retrouvé ses esprits.

— Elle doit avoir peur que tu ne réagisses comme moi. Ne lui dis pas que je t'en ai parlé, s'il te plaît – elle me détesterait encore plus. Ça m'inquiète, Kate. Elle va être blessée et déçue, elle va revivre cette épreuve une deuxième fois.

— Je serai là pour elle.

Je me frotte la gorge.

— Je suis contente qu'elle t'ait à ses côtés, maintenant qu'elle a perdu sa meilleure amie.

Kate attend quelques secondes avant de répondre :

— Tu parles de Kristen, ou de toi ?

La voix douce de ma sœur est teintée de reproche.

— Je t'en prie, ne me fais pas la morale sur mon boulot, Kate. Pendant huit heures, je peux presque oublier ce cauchemar.

— C'est plutôt douze heures par jour, si j'en crois Annie. Mais je comprends. Le boulot te permet de penser à autre chose.

Je m'approche de la fenêtre. La neige tombe du ciel couleur nickel. Vingt-huit étages en contrebas, les lumières de la Ire Avenue scintillent. Les gens doivent trouver ça joli, j'imagine.

— Pas seulement de penser à autre chose, je réponds. Il me permet de rester en vie.

— Tu vas t'en sortir. Tu vas y arriver.

— Ah bon ? Annie me déteste. Kristen n'est plus là. Je ne la reverrai plus jamais.

Je plaque ma main sur ma bouche, je ferme les yeux, j'inspire... j'expire, encore et encore, jusqu'à ce que je puisse me remettre à parler.

— Et j'ai mal... Son absence me fait mal physiquement. Comment peut-on se remettre d'un truc pareil, Kate ?

— Écoute-moi, tu n'es pas seule. Quand Annie sera prête à repartir, je l'accompagnerai à New York. Et j'amènerai papa.

— Non !

Le mot s'échappe de mes lèvres, plus fort que je n'aurais voulu. Je ne veux pas voir l'homme responsable de la mort de ma mère. Comment ma sœur peut-elle imaginer une seule seconde que cela puisse m'aider ? Et puis, il n'a jamais quitté une seule fois l'île Mackinac pour me rendre visite, j'imagine mal qu'il commence maintenant. Après l'accident de Krissie, j'ai reçu sa carte et le vase de fleurs des champs que Kate avait dû commander en son nom, j'en suis certaine. Je n'attends plus rien de lui, je n'ai plus besoin de rien.

— Je sais que tu cherches à bien faire, Katie, mais je ne veux pas de compagnie, pas maintenant. Je te l'ai déjà dit cent fois. Comprends-moi, s'il te plaît. On va organiser une cérémonie à la mémoire de Kristen. En octobre, je pense.

— En octobre ? Mais c'est dans huit mois.

— L'automne était sa saison préférée. Nous serons plus fortes à ce moment-là.

— Oh, Rik, viens nous rejoindre sur l'île. Prends un peu de temps avec Annie pour guérir.

— Tu viens de me dire qu'Annie avait besoin que je la laisse respirer. Et puis tu le sais bien, l'île ne me réconforte pas, elle me paralyse.

J'entends presque ma sœur secouer la tête. Heureusement, elle n'insiste pas.

— J'ai une amie qui dirige une agence en Europe pour placer des filles au pair, explique-t-elle. À l'automne dernier, j'avais proposé à Annie de s'inscrire et d'envoyer sa candidature. Je vais lui en reparler. Ça lui ferait du bien.

— Annie ne partirait jamais en Europe toute seule. Tu le sais bien. Je n'ai même pas réussi à la convaincre de retourner à Haverford ce semestre. Elle est encore en deuil.

— Et toi, Rik ? Tu es en deuil ? Tu as pleuré, ne serait-ce qu'une seule fois ?

Sa voix douce comme une berceuse ressemble tant à celle de notre mère. Je m'effondre dans mon fauteuil de bureau et ferme les yeux.

— Je pleure en silence, dis-je dans un souffle. Un truc que papa m'a appris.

J'appuie mon crâne contre le dossier du fauteuil avant de poursuivre :

— Pourquoi ai-je brisé cette dernière promesse à Kristen ? Si seulement je pouvais rejouer cette minuscule seconde du passé, tout irait bien aujourd'hui.

— Arrête, murmure-t-elle.

— Je m'attarderais à la table du petit déjeuner, j'écouterais le moindre de ses mots. Est-ce que je l'ai au moins remerciée d'avoir préparé le petit déjeuner ? Je ne m'en souviens pas, Kate. Cette fois, je lui dirais à quel point j'apprécie son geste adorable, et combien je l'aime. Je mettrais le boulot de côté et j'accompagnerais les filles à la fac en voiture.

Je laisse retomber ma tête dans ma main et j'ajoute mentalement à la liste de ma culpabilité cette autre chose, la plus horrible : j'ai délibérément ignoré les supplications d'Annie. Le comportement de sa sœur était anormal. Je ne l'ai pas écoutée.

— Si seulement je pouvais remettre les compteurs à zéro.

Dans le combiné, j'entends l'aboiement rauque et brusque de mon père en arrière-fond.

— On remet les compteurs à zéro trois cent soixante-cinq fois par an. Ça s'appelle minuit.

Je me lève d'un bond et mon cœur cogne dans ma poitrine. Mon père est avec elle au café ? A-t-il écouté toute notre conversation ? Je vois presque la ride profonde qui lui barre le front, les veines violettes de son nez rouge et enflé. Je suis furieuse que mon père – capitaine d'un ferry minable pour touristes – puisse avoir un tel effet sur moi.

— Wouah, merci, dis-je en espérant qu'il m'entende. Je ne l'oublierai pas, Platon.

Mon sarcasme ne peut pas être plus évident.

— Plat de thon ? lâche-t-il. Qu'est-ce que tu me parles d'un plat de thon, toi ?

Je refuse de me laisser décontenancer.

— Coupe le haut-parleur, Kate. Tout de suite.

— Il est coupé, dit-elle d'une voix à présent plus audible. Attends. Je vais en cuisine.

— Pourquoi tu ne m'as pas dit que papa nous écoutait ?

— Calme-toi. Ce n'est pas un monstre. Il essaie de t'aider, en te conseillant de commencer chaque journée avec un regard nouveau.

Kate n'avait que deux ans à la mort de notre mère. J'en avais onze. À part Sheila, une serveuse que mon père avait épousée en un mariage instable de seize mois, Kate n'a jamais eu d'autre parent que papa. Elle n'a aucun souvenir de notre mère, cette femme douce et drôle. Elle ne sait pas ce qu'elle a perdu. Je l'envie, parfois.

— Ah ouais ? Eh ben, il a trois décennies de retard, pour me prodiguer ses conseils paternels.

Mes joues brûlent de colère, de rancœur et de honte.

— Bon, écoute, dis-je, il faut que j'y aille. Je t'aime, Katie. Rappelle-moi plus tard. Dis à Annie que je l'aime et… (Mon menton se met à trembler, je le pince de toutes mes forces.) Et que je suis désolée.

13

Annie

Le premier matin d'Annie sur l'île Mackinac est limpide et brillant comme les yeux d'un nouveau-né. Ce qui est un bon présage pour retrouver sa sœur, elle en est convaincue. Pendant que sa tante travaille au Seabiscuit Café, Annie engloutit un gigantesque pain à la cannelle – une spécialité de l'établissement – et rédige un message privé sur Facebook à Krissie, ce qu'elle a fait chaque jour depuis presque six semaines maintenant.

Salut Krissie. Je suis arrivée à Mackinac. J'espère que tu es ici, toi aussi. Je ne baisserai pas les bras et ne te laisserai jamais tomber, pigé ? Bisous !

Les réseaux sociaux. Son seul espoir de joindre sa sœur. Peut-être qu'un jour prochain, Krissie va allumer son ordinateur portable, se connecter à son compte Facebook et lire les messages d'Annie. Peut-être qu'elle rentrera en courant à la maison, qu'elle lui dira à quel point elle regrette d'avoir fait croire à sa mort.

Et peut-être que tout sera pardonné. C'est le rêve d'Annie.

Son cauchemar, c'est que sa sœur ne veuille plus jamais être retrouvée.

Elle inspire l'air aux parfums printaniers tandis qu'elle gravit West Bluff Road qui surplombe la ville. Que se passe-t-il, avec cette météo de février ? Quand la maison apparaît dans son champ de vision, Annie a déjà noué son manteau autour de sa taille et remonté ses manches. Elle fait une pause sur la route et masse une douleur dans le petit bourrelet de son ventre, sans quitter des yeux l'immense maison aux murs blancs. Si Krissie est sur l'île, elle a choisi la cachette idéale, loin de la ville afin que personne ne la voie, et quand les cottages alentour sont fermés.

Perchée sur une falaise surplombant la baie, la Calyx House est la résidence d'été de la famille Devon depuis quatre générations. Cela fait bizarre de la voir en cette journée de février, sans atours, comme une belle starlette sans maquillage. Pas de géraniums rouges dans les jardinières blanches aux fenêtres. Sous les parcelles de neige à moitié fondue, la pelouse habituellement impeccable en été est à présent jaune et nue.

Elle avance sur l'allée en briques et son cœur lui martèle la poitrine. Wes va être surpris de la voir. C'est tout l'intérêt des visites surprises. Il n'aura pas le temps d'inventer un baratin.

Elle grimpe les marches du porche. Les planches vert brillant grincent lorsqu'elle traverse la vaste terrasse. Elle jette un coup d'œil par le vitrail d'une fenêtre, mais le verre irrégulier ne laisse rien voir de l'intérieur de la maison. Elle prend une profonde inspiration et s'arrête un instant pour se donner du courage.

Que va dire Wes ? Elle n'a pas peur de lui. Elle est plutôt intimidée – et pas seulement parce qu'il a vingt-trois ans et qu'il est déjà en troisième cycle à la fac. Wes Devon est juste un peu trop parfait. Il fait partie du club des trois F, comme disait Krissie : Fabuleux, Friqué et Fils-à-papa. Les garçons du club des trois F ont tendance à donner à Annie l'impression qu'elle appartient au club des T : Timide, Torturée et Taciturne.

L'été dernier, quand sa grande gueule de frangine avait dit à Wes qu'Annie écrivait des poèmes, il avait pratiquement levé les yeux au ciel.

— Sérieux ? Plutôt du genre Taylor Swift ? Ou plutôt genre Dr Seuss ?

Elle avait redressé les épaules.

— Je dirais plutôt que mes poèmes s'inspirent de Sylvia Plath.

Il avait arqué les sourcils.

— Super modèle de vie. La nana, elle s'est suicidée.

Annie prend une profonde inspiration. Elle ne se laissera pas maltraiter. Elle veut des réponses. Elle saisit le heurtoir en fleur de lis sur la porte en noyer, et elle frappe. Elle attend, frappe à nouveau.

— Annie ? C'est toi ?

Annie fait volte-face. Molly Christian, la mère de son ancienne meilleure amie, s'est arrêtée avec son vélo en bord de route. Merde ! Elle n'a pas le temps de bavarder.

Elle lève la main.

— Euh, bonjour, madame Christian.
— Tu cherches Wes ?
— Oui.

Et ma sœur, par la même occasion, mais Annie se garde d'ajouter ce détail. Elle se tourne à nouveau vers la porte et frappe encore, plus fort.

— Il est parti sur le continent.

Annie grogne et descend laborieusement les marches du porche pour rejoindre Molly.

— Vous savez quand il va revenir ?

Molly hausse les épaules.

— Qui sait ? Il est parti il y a deux jours. Il a dit qu'il se sentait claustrophobe.

Annie en a le souffle coupé.

— Il y a deux jours ? Vous êtes sérieuse ? Je croyais qu'il allait rester tout le semestre.

— Il avait besoin de faire une pause. Ça faisait un mois qu'il était terré ici, je pense qu'il commençait à tourner en rond et qu'il a craqué. La vie sur l'île, coupée du monde, n'est pas si facile en cette saison. Il a de la chance, sa famille possède une maison dans le Connecticut et un bungalow à Maui. Je ne sais pas exactement où il est allé. Mais il va revenir bientôt, j'en suis sûre.

Bientôt ? Ce n'est pas suffisant. Il faut qu'elle retrouve Krissie maintenant. Elle ne va pas bien. Annie est prise de vertiges.

— Il y avait quelqu'un avec lui ?

— Non. Les richards ne sont pas là, à cette époque de l'année.

Les richards, comme Kristen... et elle.

— Quelqu'un vit avec lui ? Genre... une copine, peut-être ?

Molly m'adresse un sourire triste.

— Non. Je ne crois pas qu'il ait eu de copine après le départ de Krissie. (Son regard s'adoucit et elle tend la main vers Annie.) J'étais tellement désolée d'apprendre la nouvelle de cet accident.

Annie acquiesce et se raidit face à la compassion de Molly. Cette femme ne sait pas que sa sœur est encore en vie.

— J'ai essayé d'appeler ta mère mais elle ne répond pas.

— Elle apprécie votre geste. Sincèrement. Mais accordez-lui un peu de temps. C'est vraiment difficile pour elle de parler, en ce moment.

Annie ignore pourquoi elle prend la défense de sa mère. Mais quelque chose lui dit que c'est la bonne attitude à adopter.

— Elle ne mérite pas ça, après tout ce qu'elle a traversé. Sa mère et tout le reste, tu vois.

Annie cille. Oui. Erika n'avait que onze ans quand sa mère s'est noyée. Elle aime raconter de belles anecdotes au sujet de Tess, elle récite ses dictons si sages, mais elle n'évoque jamais l'accident. Annie se souvient des paroles de son grand-père, son cœur s'arrête un instant de battre. *Pour te dire la vérité, ça fait des années que ta mère a cessé de croire aux miracles.* Est-ce à cette époque qu'elle a commencé à changer, à la mort de sa mère ? Annie se creuse la cervelle pour changer de sujet, trouver une conversation qui ne lui donnera pas envie de pleurer.

— Comment va Jonah ?

Les yeux de Molly pétillent.

— Il rentre à la maison demain !

— C'est vrai ? C'est super.

— C'est un battant. Il a subi six mois d'opérations chirurgicales et de kiné.

Annie et Krissie étaient encore sur l'île l'été dernier quand le fils de Molly, Jonah, âgé de dix-sept ans, était tombé de skateboard et s'était fracturé le crâne sur l'asphalte. On l'avait conduit en urgence au service neurologique sur le continent. Sa sœur et elle avaient passé leurs derniers jours sur l'île à aider la classe de terminale de Jonah à organiser une collecte pour contribuer aux frais d'hospitalisation.

— Je suis tellement contente qu'il aille mieux.

— Les atteintes du système nerveux laisseront des séquelles permanentes, explique Molly. Mais tu connais Jonah – il est déterminé à remarcher un jour.

Annie a soudain la bouche sèche. Remarcher ? Elle ne savait pas qu'il avait été si grièvement blessé. Elle gratte le vernis sur l'ongle de son annulaire et cherche quelque chose de positif à dire.

— Alors il y arrivera. Il y croit.

— Dieu merci, il a gardé l'usage de ses mains et de ses bras. Et ton grand-père est une bénédiction. Il lui donne des cours.

— Papy donne des cours ?

Molly acquiesce.

— Il fait le trajet sur le continent deux fois par semaine. Quand ce n'est pas possible, ils communiquent par Skype. Tu le crois, toi ?

Annie sent sa poitrine gonfler de fierté.

— Qu'il sache utiliser Skype ? Non, je n'arrive pas à y croire.

Molly éclate de rire.

— Ça a été si bénéfique pour Jonah, d'avoir un homme à ses côtés.

Annie se sent honteuse devant la joie de Molly. Le régiment de son mari, M. Christian, a été envoyé en mission en Irak. Jonah est paraplégique. Et Annie pleure sur son sort car elle doit attendre un jour ou deux avant de retrouver Krissie.

Une citation de sa mère lui vient en tête : *À chacun de tes « pauvre de moi », cherche trois belles choses autour de toi.*

Annie baisse les yeux vers ses jambes solides. Ses cuisses épaisses ne lui semblent plus si répugnantes, tout à coup. Elle inspire la douceur de la brise insulaire. Et une troisième pensée magnifique lui vient en tête. Krissie est vivante, elle en est convaincue. Cela prendra peut-être plus de temps que prévu, mais elle la retrouvera.

14

Erika

Voilà huit jours qu'Annie m'a quittée. Je lui envoie chaque jour des textos, auxquels elle ne répond pas. Je ne peux pas lui en vouloir. Je ressasse notre dernière dispute jusqu'à ce que ses mots restent gravés dans mon cerveau. *Krissie n'aurait jamais dû être seule dans ce train. On le savait, toi et moi. Ne va pas me faire croire que tu n'y penses pas chaque jour. Je ne peux plus vivre avec toi, maman. C'est trop dur.*

Annie m'a tourné le dos, et Brian ne fait pas mieux. La seule et unique fois qu'il a trouvé le temps de discuter avec moi, il a affirmé qu'Annie avait justement besoin de temps sur l'île en compagnie de Kate et de mon père. Quand je lui envoie des textos pour lui demander des nouvelles d'Annie, il me répond par un pouce levé en émoticône. A-t-il oublié qu'il a cinquante-quatre ans et qu'il est capable de s'exprimer avec des mots ?

Je n'ai pas d'autre choix que de laisser Annie tranquille. J'essaie du moins de m'en convaincre. La vérité, c'est que je pense vraiment ce que j'ai dit. C'est plus facile de ne pas voir Annie tous les jours. Je vais au travail. Je me couche le soir avec la certitude qu'elle est en sécurité chez Kate. Je n'ai pas à croiser son regard de dégoût, ni à entendre l'accusation dans son silence.

Je me hâte dans le couloir jeudi matin pour me rendre au travail quand mon téléphone m'échappe des mains. Il glisse sur le parquet et heurte la porte de la chambre de Kristen. Le panneau NE PAS DÉRANGER oscille sur la poignée.

J'avance prudemment vers la porte fermée comme un enfant s'approcherait du croque-mitaine. Personne n'a mis les pieds dans cette pièce depuis l'accident. Si je n'avais pas accroché le panneau, Annie aurait sans doute élu domicile dans le lit de sa sœur pour ne plus jamais le quitter. Exactement comme j'avais tenté de le faire après la mort de ma mère.

Mon cœur s'emballe. Devrais-je entrer ? Suis-je assez forte ? Je n'en suis pas certaine mais j'écarte pourtant le panneau avant d'ouvrir la porte.

La chambre sombre dégage encore une odeur de peinture, un bleu ardoise qu'elle avait choisi au printemps dernier. J'étais inquiète que la nuance soit trop déprimante mais elle avait insisté. J'avais appris depuis bien longtemps que, quand Kristen s'était mis quelque chose en tête, il était impossible de la faire changer d'avis.

Lentement, je m'allonge sur son lit et j'enfonce mon visage dans l'oreiller. J'inspire profondément dans l'espoir de humer les derniers effluves de son parfum Viktor & Rolf, ou les arômes de menthe et de romarin de son shampoing.

Mais je ne sens rien. Et j'ai du mal à me représenter la fossette de sa joue gauche, ou ses longs doigts délicats.

Même la mélodie de son rire s'efface peu à peu. Je suis en train de la perdre, morceau par morceau.

Je roule sur le dos, je m'efforce de contrôler mon souffle, une technique apprise dans mon enfance. Le plafond est couvert d'étoiles et de planètes phosphorescentes. Annie les avait collées juste après notre emménagement, créant pour Kristen ce qu'elle appelait un « Paradis privé ».

— Es-tu déjà arrivée là-bas, mon enfant d'amour ? je murmure. Es-tu heureuse ? Mamie prend-elle soin de toi là-haut ? (Les mots meurent sur mes lèvres.) Fais-moi signe. Je t'en prie, ma chérie. Montre-moi que tu vas bien.

Mon pied heurte un objet dur et un bruit sourd retentit au pied du lit. Je me lève et m'accroupis près du matelas. À tâtons, j'explore le sol jusqu'à le trouver.

Le recueil d'adages de Kristen.

J'ignorais qu'elle le rangeait sous sa couette.

J'avais fabriqué pour chacune de mes filles un cahier rempli de proverbes et d'adages pour leur sixième Noël. Une façon pour moi de rester près de ma mère, qui me manque constamment depuis des années. J'ai toujours su qu'Annie aimait ces phrases. Elle les récitait par cœur. Mais la tradition que j'avais voulu transmettre à mes deux filles – une tradition initiée par ma grand-mère Louise – avait donc de l'importance aux yeux de Kristen, elle aussi.

J'allume la lampe de chevet et j'ouvre le cahier. Je tombe sur une phrase de ma mère.

Quand la vie te tire le tapis sous les pieds,
c'est pour t'offrir une piste de danse.

Ma poitrine se serre. Ma mère m'avait écrit ces mots dans ma boîte de déjeuner après que Mme Lilly, ma maîtresse préférée, nous avait annoncé qu'elle avait accepté un nouveau poste et qu'elle quittait Milwaukee. J'en avais eu le cœur brisé. Je revois ma mère dans notre petite cuisine, essayant de me faire danser le twist avec elle quand j'étais rentrée de l'école.

— Tu trouveras ta piste de danse un jour, tu verras.

Et je l'avais trouvée. La semaine suivante, j'avais fait la connaissance de Miss Tacey, la nouvelle maîtresse aux yeux pétillants, qui m'avait inculqué l'amour des livres, de l'art, et même des divisions à retenues.

Je souris. J'avais laissé cette même phrase dans la boîte de déjeuner d'Annie quand elle n'avait pas été sélectionnée dans l'équipe de basket en 6e. Je l'avais prise dans mes bras et l'avais fait virevolter.

— Wouah ! m'étais-je écriée. Le tapis sous tes pieds a disparu, te voilà sur une piste de danse. Maintenant, tu es libre de t'inscrire au cours d'écriture après l'école.

C'est là qu'Annie avait trouvé sa voix et sa voie, grâce à l'entraîneur de basket qui lui avait tiré le tapis sous les pieds.

Je me lève et j'emporte le cahier jusqu'au fauteuil près de la fenêtre. Dehors, le ciel venteux de février rugit au-dessus de Central Park. Je feuillette le cahier argenté et je tombe sur une autre phrase de ma mère.

Si les gens te trouvent bizarre,
fais de ton mieux pour leur prouver qu'ils ont raison.

J'avais dix ans. Nous venions de quitter Milwaukee pour l'île Mackinac quand j'avais trouvé cette citation dans ma boîte à déjeuner. Un élève de ma classe avait traité ma mère de folle, je lui en avais parlé. Il avait vu un mot qu'elle avait écrit à l'attention de notre maîtresse. Ma mère traversait une phase d'écriture inversée. Ses phrases ne pouvaient être lues qu'à l'aide d'un miroir. Je m'émerveille encore à l'idée qu'elle ait été capable de faire une chose pareille.

Je remarque un message à côté de la citation, rédigé au crayon à papier en petites majuscules timides.

Elle m'autorise à être moi-même. C'est ce que j'aime tant chez elle.

De qui parle-t-elle ? Je passe le doigt sur l'écriture de Kristen. Cela faisait une éternité que je ne l'avais pas vue, à force d'échanger par e-mails et par textos.

Je tourne la page et m'arrête sur un adage de ma grand-mère.

Les amis sont le jardin de ta vie.
Prends-en soin et tu obtiendras la plus belle
des floraisons.

Je plisse les yeux pour déchiffrer la note de Kristen dans la marge.

J'ai toujours eu conscience de ma chance. J'ai deux meilleures amies, ma sœur et ma mère.

Les battements de mon cœur s'accélèrent. Ai-je le droit de lire ça ? Ce sont les pensées intimes de Kristen. Mes doigts tremblent tandis que je tourne la page.

*N'importe qui peut voir la beauté dans l'extraordinaire.
Seuls les plus perspicaces discernent la beauté
dans l'ordinaire.*

À côté, je découvre son commentaire à peine lisible.

Elle a le don de faire, d' une journée ordinaire, un moment extraordinaire.

Je scrute ces mots et mon cœur déborde. Je sais sans l'ombre d'un doute qu'*elle*, c'est moi. Il y a longtemps, j'ai été une bonne mère. Kristen croyait en moi. Elle m'aimait. Jusqu'à ce que je lui fasse faux bond.

Mon regard se pose sur la citation de la page suivante. *Chasse ce qui te pèse et cherche ce qui t'apaise.* J'en ai la chair de poule. La citation que j'ai reçue par e-mail la semaine dernière. Comment ne l'ai-je pas reconnue ?

Je sors le téléphone de ma poche et je parcours mes e-mails, cherchant désespérément à savoir qui m'a envoyé cette phrase. Mais le message a disparu. Merde ! Je jette le téléphone sur le lit. Pourquoi ai-je supprimé cet e-mail mystérieux ?

Je soupire et caresse le recueil d'adages. Est-ce le signe que j'ai demandé ? Est-ce une façon pour Kristen de me faire savoir qu'elle va bien... et que j'irai mieux, un jour ? Alors pourquoi cela me met-il si mal à l'aise ?

15

Annie

Le soleil a perdu sa bataille contre l'horizon et Papy vient de quitter la maison de tante Kate. Annie essuie la table de la cuisine pendant que Kate range le dernier verre dans le placard. Elle plie le torchon sur la poignée du four et attrape son iPad sur le plan de travail.

— Allons nous asseoir. Je voudrais te monter l'e-mail de Solène que j'ai reçu aujourd'hui. Tu te souviens ? C'est mon amie qui s'occupe de European Au Pair.

Annie sent son estomac se nouer. Quand Annie avait annoncé à l'automne dernier qu'elle ne retournerait pas à la fac, sa tante avait essayé de la convaincre de trouver un emploi de jeune fille au pair. Pour que sa tante la laisse tranquille, elle avait envoyé sa candidature et une demande de visa de travail. Mais il est hors de question qu'elle aille en Europe toute seule. Elle doit rester ici et retrouver Kristen.

Pendant que tante Kate cherche l'e-mail, Annie s'installe au bord du fauteuil et gratte le vernis à ongles rouge de son index.

— Tu sais que je ne connais rien aux enfants. Je risque d'être une fille au pair très nulle.

— Tiens, lis, dit Kate en tournant l'iPad vers elle.

Chère Kate,
Merci d'avoir conseillé à ta nièce de poser sa candidature dans notre agence. Son dossier me semble complet. Comme tu pourras le voir en cliquant sur le lien ci-dessous, European Au Pair propose des postes dans presque tous les pays européens. Nous sommes à l'étape finale de validation du dossier d'Annie. Nous la contacterons d'ici un jour ou deux. Je voulais juste te remercier. Solène

Tante Kate brandit son poing fermé en signe de victoire.

— Félicitations ! On dirait bien que tu vas avoir un boulot !

Avant qu'Annie ait le temps d'expliquer que c'est la pire idée possible, Kate clique sur le lien. Une carte de l'Europe apparaît, constellée de points rouges.

— Imagine-toi vivre dans un de ces endroits merveilleux, dit Kate.

Annie regarde par la fenêtre et gratte le vernis de son auriculaire. Pourquoi sa tante se montre-t-elle aussi insistante ? Kate était responsable d'un restaurant huppé à Chicago. Elle a parcouru le monde entier avec son ex-mari. Mais elle a fini par revenir sur cette île, l'endroit qu'elle aime.

— Je ne peux pas encore partir.

Elle a exploré chaque centimètre carré de l'île, de Mission Point à Arch Rock en passant par Pointe aux Pins, et la peau enflammée de ses cuisses peut en attester. Mais Annie n'est pas prête à baisser les bras, surtout pas quand elle est la raison même de la disparition de sa sœur. Elle a échafaudé une théorie – Krissie se montrera au retour de Wes. Quand il daignera rentrer.

Tante Kate lui caresse le bras.

— Je comprends. Cette île est magique. Mais on est tous d'accord sur le fait que tu as besoin de prendre tes distances avec ta maman. Un boulot en Europe, ce serait génial.

La gorge d'Annie se serre. Personne ne veut d'elle, alors ? Pas même tante Kate ?

— Oh, Annie, dit Kate en l'enlaçant. Je t'aime tellement, ma puce. Je te garderais avec moi pour toujours, si je le pouvais.

Elle tend le bras et tapote l'écran de l'iPad qui vire au noir.

— Ne fais pas attention à moi, continue-t-elle. C'était une mauvaise idée. Mais n'oublie pas que si tu continues à refuser, tu ne grandiras jamais.

16

Erika

J'entre dans le parking et je lâche un soupir.

Il est 19 h 15 vendredi soir, et pour être honnête, j'ai eu une journée de merde – en fait, non, une semaine de merde. Rien ne va, sans Annie.

La veille, j'ai passé la soirée à examiner les commentaires dans le recueil d'adages de Kristen, en me demandant s'ils ont un lien avec cet étrange e-mail. Ses louanges au crayon à papier m'ébranlent. La mère qu'elle décrit si tendrement ne l'aurait jamais abandonnée ce matin-là. Cette mère n'aurait pas bafoué sa promesse, et n'aurait pas chassé sa sœur de la maison.

Je descends de voiture et je verrouille la portière derrière moi. Le cliquetis de mes talons résonne à travers la structure bétonnée. Je consulte mes messages sur mon téléphone dans l'espoir d'avoir des nouvelles d'Annie. Mais je ne découvre que les échanges professionnels habituels, notamment un nouvel e-mail de Carter. Depuis ce matin, je fais officiellement partie du top cinquante des agents immobiliers de Manhattan, parmi mes treize mille confrères.

Ne lâche pas l'affaire. Fin du concours dans neuf semaines.

Il y a un an, j'aurais poussé un cri de victoire et je me serais précipitée à l'appartement pour appeler les filles. Quel effet cela faisait-il, d'être heureuse ?

Je parcours ma liste de messages quand un nouvel e-mail attire mon attention. J'appuie sur le bouton de l'ascenseur. J'ai déjà vu cette adresse. Pourrait-il s'agir de la même personne qui m'a contactée la semaine dernière, me conseillant de chasser ce qui me pèse et chercher ce qui m'apaise ? Cette fois, l'objet du message me glace. FILLE PERDUE.

Je l'ouvre, le cœur battant.

L'exploratrice avisée analyse son périple précédent, avant de mettre le cap sur sa nouvelle destination.

Une autre citation de ma mère. Je porte la main à ma bouche. Ma mère a laissé cette citation dans ma boîte de déjeuner après une peine de cœur quand j'avais sept ans, et que mon amie Nicole m'en voulait sans raison particulière. Ma mère m'avait expliqué la citation le soir, en venant me souhaiter bonne nuit.

— Analyser ton passé, ça implique de creuser en profondeur et de tirer des conclusions. Si tu ne résous pas tes problèmes, ma Riki Jo, c'est comme si tu te regardais dans un miroir brisé. Tous ces éclats déformeront la réalité de ton image, et très vite, tu ne te reconnaîtras plus.

Mais quel rapport avec l'objet du message, « Fille perdue » ? J'examine l'adresse de l'expéditeur. Rech-1Miracle@iCloud.com. Rech… Recherche un miracle ?

Un miracle. Je porte la main à ma bouche. Kristen était l'incarnation d'un miracle aux yeux de tous, l'enfant biologique que nous pensions ne jamais avoir.

L'ascenseur arrive mais je l'ignore. Mes doigts tremblent quand ils pianotent sur les touches.

Qui êtes-vous ?

J'appuie sur ENVOYER et je scrute l'écran. Mon cœur bat la chamade, j'attends. Rien ne se passe. Je retourne au clavier.

Je ne comprends pas. Que cherchez-vous à me dire ?

Mes tempes palpitent. Je fais volte-face, effrayée, m'attendant presque à trouver quelqu'un derrière moi, tapi derrière un pilier de béton, à m'épier.
— Kristen ? dis-je en parcourant le parking des yeux.
Un jeune couple apparaît à un angle de la structure. Je détourne le regard. Mais qu'est-ce qui ne va pas dans ma tête ? Je perds la boule. Je suis plutôt du genre rationnel.

Alors pourquoi suis-je persuadée qu'un fantôme vient de m'envoyer un message ?

Je laisse tomber mes clés sur le guéridon de l'entrée et je retire mes chaussures d'un coup sec. Je me précipite au salon. Le recueil d'adages de Kristen est posé sur le bras d'un fauteuil où je l'avais laissé la veille au soir.

Je feuillette les pages jusqu'à trouver la citation.

L'exploratrice avisée analyse son périple précédent avant de mettre le cap sur sa nouvelle destination.

En dessous, je lis le commentaire de Kristen au crayon à papier.

Chaque année, on la supplie de venir. Pourquoi refuse-t-elle ?

Un frisson me parcourt l'échine. Elle parle de l'île Mackinac.

Quarante minutes plus tard, Brian m'ouvre la porte de son appartement de Midtown. Ses cheveux blonds récemment coupés lui confèrent une allure enfantine qui contraste avec ses lunettes sérieuses à monture noire. Il porte un pantalon d'hôpital en toile bleu clair.

— Il est comme Clark Kent qui se change en Superman dans une cabine téléphonique, râlait toujours Annie en parlant de son père, le chirurgien cardiologue. Il enfile son pantalon et tout d'un coup, c'est George Clooney. Les femmes ne savent donc pas que tout le monde porte ce genre de pantalons dans un hôpital, même les aides-soignants ?

— Erika, dit-il en déposant une bise sur ma joue. Entre.

Contrairement à mon appartement de l'Upper West Side qui, même en présence de mes filles, oscille entre propre et immaculé, celui de Brian est encombré, ce qu'un agent immobilier qualifierait professionnellement de « décontracté ». Nous passons devant la cuisine et entrons dans la salle à manger couleur taupe où une table en verre est jonchée de colis et de lettres encore scellées. Durant notre vie commune, cela m'a toujours contrariée que Brian ignore ainsi délibérément son courrier, parfois des semaines durant. À en juger par les piles que je vois aujourd'hui, il doit avoir un bon mois de retard.

Je lui emboîte le pas vers le salon où, par la fenêtre sud, j'entraperçois l'Empire State Building. Il baisse le son de la télé.

— Je te débarrasse de ton manteau ? Tu veux boire quelque chose ?

— Non, merci. Je ne reste pas. (Dans la poche de mon manteau, je serre mon téléphone.) Tu as eu des nouvelles de notre fille ?

— Je lui ai parlé… dimanche dernier, je crois. Tout va bien. Elle avait l'air contente de passer du temps avec Kate et ton père.

Je baisse la tête.

— Il faut que je la voie, que je lui parle.

Il affiche un sourire en coin.

— Eh ben, je crois que tu vas devoir aller sur l'île, alors.

Mon corps tout entier est agité d'un frisson et je recule d'un pas. C'est le même conseil que m'a donné Un Miracle.

— Il faut que je te montre quelque chose, dis-je en sortant mon téléphone. Je viens de recevoir cet e-mail de quelqu'un qui se fait appeler *Un Miracle*.

Ma main tremble quand je lui tends l'appareil.

— *L'exploratrice avisée analyse son périple précédent avant de mettre le cap sur sa nouvelle destination.* Hmm, dit-il en me rendant le téléphone.

Je m'oblige à croiser son regard.

— Est-ce que ça pourrait venir de Kristen ?

Son visage s'assombrit et je décèle derrière la monture noire de ses lunettes un mélange de douleur et de pitié.

— Je sais ce que tu penses, dis-je. Crois-moi, je me suis dit qu'Annie ne tournait pas rond, moi aussi. Mais si elle avait mis le doigt sur un indice ? Elle connaissait Kristen mieux que quiconque. Et elle a fait des recherches sur le sujet, Brian. Il existe réellement des cas d'erreurs d'identification. Et maintenant, cet e-mail mystérieux.

Brian inspire entre ses dents.

— Chérie, c'est malsain. (Il m'attrape les bras comme un parent face à un enfant agité.) Je sais que c'est difficile mais il faut que tu l'acceptes, Erika. Notre fille n'est plus parmi nous.

Je m'écarte brusquement, ses propos me sont trop familiers. N'ai-je pas dit la même chose à Annie, neuf jours plus tôt ? Un gémissement infime s'élève dans ma poitrine mais je parviens à l'étouffer.

— Alors qui est-ce ? je lui demande.

— C'est Annie. C'est sa façon un peu tordue de te recontacter.

— C'est cruel. Elle ne me ferait jamais une chose pareille. Mais… je t'en prie, envisag e juste cette éventualité. Et si Kristen était cachée quelque part ? Ce n'est pas impossible.

Il me dévisage un moment et finit par acquiescer.

— Ce qui voudrait dire que je me suis planté sur toute la ligne. C'est moi qui ai identifié le corps.

Son expression change, se mue en une grimace démoralisée. Il s'assied lourdement dans le canapé et baisse la tête.

— Hé, arrête. Ce n'est pas ta faute.

Je m'installe à ses côtés et lui caresse le dos en petits cercles :

— J'étais tellement bouleversée que j'ai à peine regardé les photos. J'ai accepté qu'on n'effectue pas d'analyses dentaires. Mais on n'avait pas les idées claires. Et si on s'était trompés ?

— Alors qu'est-ce que tu proposes exactement, Erika ? dit-il, sur la défensive, et son visage se transforme. Non. Je refuse de douter de mon propre jugement. Je connais ma fille.

Il s'assène une claque sur les cuisses, sa manière d'exprimer qu'il a pris une décision.

— On a beau vouloir le nier, c'était bien Kristen sur les photos, affirme-t-il.

Je le regarde droit dans les yeux et je perçois presque le terrible fardeau qu'il porte désormais. Je suis déchirée entre l'envie de le laisser croire à sa version, et celle de le mettre au défi. Je garde un ton calme.

— Comment peux-tu en être aussi certain, Brian ? Tu as dû voir quelque chose, quelque chose qui t'a fait savoir, avec certitude, que la fille sur les photos était bien notre Kristen, sans l'ombre d'un doute.

Il porte la main à sa bouche et acquiesce.

— Son collier. Celui que je lui avais offert. Elle le portait, ce jour-là. Ils m'ont montré une photo. Annie et toi, vous étiez déjà sorties de la pièce.

Mon corps se glace. Il parle de ce pendentif « Return to Tiffany » très à la mode qu'il lui avait offert pour son treizième anniversaire. Je ne me rappelle pas la dernière fois que je l'ai vue le porter. Mais même si c'était le cas, ce n'est certainement pas une preuve irréfutable. Des centaines, peut-être des milliers de jeunes filles blondes de dix-neuf ans doivent porter un collier semblable.

— Brian, il faut absolument que tu m'écoutes.

— Elle aimait vraiment ce collier, dit-il.

Il ne m'écoute pas. Il ne m'écoute jamais ! Je me prépare à une dispute. Mais quand j'ouvre la bouche pour reprendre la parole, la tendresse de son regard me paralyse.

— J'ai l'impression qu'une part de moi-même l'a accompagnée dans ses derniers instants, murmure-t-il.

Deux choix se présentent à moi. Je peux insister et lui dire qu'il a peut-être commis une terrible erreur, une erreur qui entraînerait des conséquences irrémédiables. Ou je peux le laisser croire qu'il a offert un cadeau à sa fille pour ses treize ans qu'elle a conservé précieusement jusqu'au jour de sa mort.

— C'était son bijou préféré, dis-je en l'attirant contre moi. Parce que c'est son papa qui le lui avait offert.

17

Erika

Ma perplexité grandit à mesure que le week-end avance. Même le travail ne me détourne pas de mes cogitations. D'abord cet e-mail anonyme, et puis la confession de Brian, m'expliquant qu'il avait identifié Kristen en se basant sur un collier Tiffany porté par la moitié des ados de cette ville. Est-il possible qu'Annie ait raison, et que Kristen ne soit pas montée dans ce train ? Lundi matin à 8 heures précises, j'entreprends d'appeler des détectives privés et je choisis celui qui peut me recevoir l'après-midi même.

Il neige quand j'arrive au Kleinfelt Building dans le quartier du Flatiron. De l'autre côté de la rue, des passants se promènent dans Madison Square Park. Je relève ma capuche de manteau et je presse le pas, dans l'espoir de ne croiser aucune connaissance. Que penseraient les gens s'ils apprenaient que je vais voir un détective privé, que je remets en question la mort de ma fille ? J'ai moi-même l'impression que c'est dingue.

Je relève ma capuche en entrant dans le hall, où j'admire le beau mélange d'architecture classique et moderne. J'avance d'une allure décidée vers le vieux bureau d'accueil en marbre et je tends ma carte de visite au réceptionniste trentenaire, avant de me rendre compte de mon erreur.

— Pardon, lui dis-je. J'ai l'habitude de faire visiter des appartements. Je m'appelle Erika Blair. J'ai rendez-vous avec le détective Bower.

— Pas de souci.

Il décroche le téléphone en souriant à travers une barbe absurdement épaisse. Au bout de quelques secondes, il repose le combiné :

— Vous pouvez monter. C'est dans la suite trois cent neuf.

Je me tourne vers l'ascenseur.

— Madame Blair ? me dit le réceptionniste barbu en montrant ma carte de visite avec un sourire. Je me permets de la garder. Ma femme et moi, on va bientôt chercher un appartement. Je vous appellerai.

Je me crispe.

— Euh, je n'accepte plus de nouveaux clients actuellement. Mais merci. Et bonne chance dans vos recherches.

J'emprunte l'ascenseur jusqu'au troisième étage et j'essaie d'effacer de ma mémoire l'expression gênée du réceptionniste. Même si je l'avais voulu, Carter ne m'aurait jamais autorisée à prendre en charge un primo-accédant doté d'un budget restreint.

Le détective Bower, un homme au visage doux et à la tignasse rousse bouclée, m'accueille davantage comme un psychothérapeute bienveillant que comme un détective privé. Il me tend une tasse de café et m'indique une chaise en bois devant son bureau.

— Prenez place, je vous prie. Qu'est-ce qui vous amène ?

— C'est ma fille, Kristen, dis-je, le mug chaud blotti entre mes mains. Elle faisait partie des victimes de l'accident de l'Acela Express en août dernier.

— Je me souviens de cet accident. C'était un attentat terroriste, non ?

— L'enquête est toujours en cours. Le chauffeur du poids lourd avait peut-être des contacts avec une organisation radicale mais le mobile n'a pas été clairement établi. Et le Conseil national de la sécurité des transports est plutôt avare en informations.

Je m'interromps un instant pour prendre mon courage à deux mains :

— Voilà, dis-je en plongeant mon regard dans le sien. Je commence à douter que ma fille ait été à bord du train.

Fort heureusement, M. Bower ne tressaille pas.

— Vous avez identifié le corps ?

— Nous avons vu des photos, oui.

— Et demandé des analyses dentaires ?

— Mon mari n'a pas jugé cela nécessaire. Elle portait sa carte d'étudiante dans sa poche. Nous avions toutes les raisons de penser que c'était elle.

Il incline la tête.

— Et maintenant ?

— Mon autre fille, Annie, a été la première à se poser des questions. Le corps était terriblement... amoché, voyez-vous. C'était difficile d'y reconnaître quoi que ce soit de notre Kristen.

Je lui raconte la théorie d'Annie sur l'erreur d'identification.

— Les antennes de téléphonie mobile devraient permettre de la situer avec précision. Elle avait son portable sur elle, j'imagine.

— Ils refusent de nous rendre ses effets personnels tant que l'enquête est en cours. Ils disent que ça pourrait prendre un an. Mais ça ne changerait rien car son téléphone n'avait plus de batterie. (Je pose la main sur mon front.) Je n'arrive pas à croire que j'ai pu la laisser partir.

— Les erreurs d'identification sont extrêmement rares, dit Bower. Mais Annie a raison, elles peuvent se produire. Afin de nous en assurer, nous pouvons demander une analyse ADN.

Je secoue la tête et ma culpabilité refait surface.

— Elle a été incinérée.

M. Bower hausse les épaules.

— Si vous pouvez récupérer un fragment d'os, c'est toujours possible.

— Ses cendres ont été pulvérisées. C'est ce qu'avait recommandé le crématorium.

Il acquiesce.

— C'est ce qu'ils recommandent généralement, oui. Malheureusement, cela rend toute analyse ADN impossible.

— Je regrette nos choix, je marmonne avant de lever les yeux vers lui. Il y a autre chose… Un e-mail étrange que j'ai reçu vendredi dernier.

Je lui parle du message anonyme envoyé par Un Miracle :

— Ce qui est étrange, c'est que tout le monde – à part moi – surnommait Kristen « le Miracle. »

— Intéressant. Qui aurait pu vous l'envoyer ?

— À part Kristen, seules Annie et ma sœur Kate connaissent ces citations. Je ne leur ai pas posé la question, dis-je en baissant le regard vers mes mains. Je ne veux pas que ma sœur pense que je perds la tête.

Je lui adresse un bref sourire qui signifie *Parce que, soyons d'accord, j'ai toute ma tête !* J'enchaîne :

— Et Annie... si elle entend parler de cet e-mail, elle va être encore plus convaincue que sa sœur est vivante. Je ne veux pas l'encourager dans cette voie.

— Transférez-moi l'e-mail. Je devrais pouvoir récupérer l'adresse IP. Une fois que nous connaîtrons la région géographique de l'expéditeur, cela nous donnera un point de départ.

— Je l'ai ici.

J'attrape mon téléphone dans mon sac et retrouve le message. Mes doigts tremblent tandis que je rédige l'adresse du détective. J'appuie sur transférer.

— Voilà.

Il acquiesce.

— Je vous appelle dès que j'ai du nouveau.

Je quitte son bureau et, à mon grand désarroi, je sens une minuscule tige d'espoir s'élever timidement de mon cœur en dormance.

18

Annie

Mercredi matin, Annie est installée au bureau dans la chambre d'amis de tante Kate et elle rédige son message quotidien sur Facebook, toujours en privé afin que personne ne la prenne pour une dingue.

> Salut, Krissie. Je suis encore sur l'île. Je passe chez Wes à 9 heures. Si tu es là-bas, viens m'ouvrir la porte cette fois, s'il te plaît. Je ne dirai rien à maman, c'est promis.

À 8 h 55, elle gravit les marches de la Calyx House avant d'empoigner le heurtoir qu'elle cogne contre la porte, comme elle l'a fait invariablement au cours des treize derniers jours. Va-t-il finir par rentrer un jour ?

Elle compte jusqu'à trente, son esprit dessine des images dans le grain du bois. Elle lève la main pour frapper à nouveau quand la porte massive s'ouvre. Elle laisse s'échapper un cri de surprise. Merde ! Pourquoi n'était-elle pas prête ?

Wes la regarde depuis le hall, les cheveux emmêlés comme si elle venait de le tirer du lit. Il porte un jean déchiré et un T-shirt délavé où l'on peut lire Saint

Barth Yacht Club. Si quelqu'un d'autre l'avait porté, Annie aurait conclu qu'il s'agissait d'un simple souvenir de voyage acheté en boutique. Mais avec Wes ? Il est peut-être réellement membre du club.

— Anna ? dit-il avec une grimace. Qu'est-ce que tu fous ici ?

— Je m'appelle Annie.

Elle le repousse et entre dans la maison avant de lui tendre son manteau :

— Il faut qu'on parle.

À sa surprise, il ne proteste pas.

— Tu tombes bien, dit-il en jetant le manteau sur la rampe d'escalier. Je suis rentré hier soir. Je reste juste le temps de faire mes valises avant de me tirer d'ici. Cet endroit, ça me fait déconner sévère.

Il la guide à travers des pièces aux couleurs pastel jusqu'à la cuisine blanche au chic campagnard qui aurait fait baver la prêtresse de la déco Martha Stewart. Il sort deux mugs d'un placard.

— Un café ?

— Euh, oui, merci.

Annie s'approche du gigantesque îlot central en marbre et cherche dans la pièce un indice de la présence de sa sœur. Elle s'éclaircit la gorge. C'était quoi, déjà, le discours qu'elle avait préparé, celui qui paraissait rationnel et qui ne le ferait pas flipper ? Il faut qu'elle prononce cette phrase correctement, le passage où elle fait preuve de fermeté sans l'accuser pour autant.

— Où est ma sœur, putain ? lâche-t-elle.

Il fait volte-face, une bouteille de lait à la main.

— Pardon ? Je croyais qu'on en avait déjà parlé.

— Pas face à face, non, déclare Annie en redressant

les épaules. Où est-elle, Wes ? Elle est venue te voir, je le sais. Elle est ici, pas vrai ?

Elle regarde autour d'elle.

Il laisse échapper un reniflement – un bruit sarcastique à mi-chemin entre le renâclement et le ricanement.

— Anna... Annie. Ta sœur est morte. Elle n'est pas avec moi. On en a déjà parlé, tu te rappelles ?

— Ouais, eh ben, je ne te crois pas.

Il pousse un soupir.

— Assieds-toi, lui ordonne-t-il en posant un mug de café devant elle.

Il tire un tabouret et l'enjambe, face à elle.

— Bon, maintenant, raconte-moi ce qui se passe.

Elle attrape le mug pour apaiser ses mains tremblantes.

— Elle souffre d'un trouble bipolaire, Wes.

Elle le dévisage attentivement, s'attend à voir de l'étonnement sur son visage. Au lieu de cela, il acquiesce.

— Je m'en doutais, avoue-t-il avant de se détourner et d'inspirer entre ses dents. Elle me manque, cette nana.

Le cœur d'Annie se radoucit.

— Tu l'aimais vraiment.

Il se passe la main dans les cheveux.

— Non... J'en sais rien. Franchement, je ne crois pas être capable d'aimer qui que ce soit. Kristen détestait le fait que je n'arrive pas à lui dire je t'aime. Mais je n'y arrivais pas, tu vois ?

Il se tourne vers elle. Croit-il vraiment qu'une fille boulotte comme elle pourrait avoir un avis sur la question, quand elle n'a eu qu'un seul rendez-vous, à l'aveugle, et désastreux ? Un jour, elle trouvera la personne à qui son amour est destiné. Mais pour l'instant, son âme sœur est un foutu champion de cache-cache.

— Tu as fait ce qu'il fallait. Les mots sont importants pour les femmes de ma famille. Ç'aurait été mal de lui faire croire autre chose que la vérité.

— Mais quand elle a appris pour le bébé et que tout...

L'esprit d'Annie fait des sauts périlleux. Un bébé ? Sa sœur était – *est* – enceinte ?

Wes ferme les yeux.

— Putain. T'étais pas au courant.

— Tu... tu es en train de me dire que Kristen était enceinte ?

Le jeune homme déglutit, sa pomme d'Adam monte et descend.

— Je croyais qu'elle te racontait toujours tout.

— Moi aussi, je le croyais.

Les larmes lui piquent les yeux. Il recule un peu et exhale longuement.

— C'était atroce. Elle a pété un plomb. Mais on gérait la situation.

— Vous gériez la situation ? (Elle se bouche les oreilles.) Arrête. Je n'ai pas envie d'entendre tout ça.

Elle se tourne vers lui, le souffle court :

— Est-ce qu'elle est là, Wes ? Est-ce que tu la caches ? demande-t-elle en scrutant la pièce. Kristen ! Je sais que tu es là. Allez, descends tout de suite !

Il lui saisit les poignets.

— Annie, je te dis la vérité. Je te le jure. Tu peux fouiller la maison, si tu veux. Pourquoi est-ce que je la cacherais ?

Elle bat des paupières pour contenir le flot des larmes.

— Parce qu'elle est enceinte. Parce que vous allez avoir un bébé et qu'elle ne veut pas que ça se sache. Elle est enceinte de combien ?

Il prend une pomme dans un plat en céramique et la scrute, la faisant tourner entre ses mains.

— Elle est tombée enceinte pendant le week-end du 4 juillet. Elle... on... on a pris des risques idiots.

Annie fait un bref calcul.

— Presque huit mois, murmure-t-elle.

Elle baisse les yeux sur ses cuisses et gratte machinalement son vernis à ongles.

— Tu m'as dit que tu l'aidais à gérer les choses. Elle était encore enceinte ?

Il repose la pomme d'un geste délicat.

— Ouais. Elle l'avait encore.

Annie laisse échapper un souffle.

— Ma mère biologique a failli se faire avorter.

— Je sais. C'est pour ça que ta sœur a refusé d'envisager ce genre d'option. (Il dessine des guillemets avec les doigts autour du mot *option*.) Elle m'a dit qu'elle n'arriverait plus à se regarder en face, en sachant qu'elle pourrait priver le monde d'une personne comme toi.

Le nez d'Annie picote, elle lève les doigts vers son menton qui se met à trembler.

— Je ne l'ai pas écoutée, ce matin-là. Je l'ai obligée à partir.

— La culpabilité est une vraie saloperie, dit-il en secouant la tête, comme s'il essayait de chasser un mauvais souvenir. Pendant notre dernière conversation, on s'est salement disputés. J'ai exigé qu'elle – et je cite – qu'elle s'en débarrasse. Elle était furieuse. Avant qu'elle reparte, je suis allé au coffre-fort de mon père.

Il jette un coup d'œil à Annie, l'air gêné :

— Mon vieux est blindé de thune. Bref, j'ai pris une grosse liasse de billets et je l'ai obligée à les prendre.

Annie le dévisage longuement.

— Elle doit encore avoir cet argent. C'est avec ça qu'elle vit ! Est-ce que ça pourrait lui suffire pour, mettons, une année entière ?

Il acquiesce, honteux.

— Royalement.

La culpabilité affiche parfois une addition assez salée.

— OK, imaginons une minute qu'elle soit encore en vie. Si elle devait se cacher quelque part, où irait-elle ?

— Arrête. Elle n'est pas…

— Elle voulait me dire quelque chose ce matin-là, mais elle s'est ravisée.

Le souvenir de leur dernière conversation – l'insistance de Kristen pour qu'Annie lâche la main de leur mère – lui revient à l'esprit. Soudain, tout lui paraît logique.

— Elle avait peur que je le dise à notre mère. Mais je ne lui parle même plus, à ma mère. Il faut que Krissie le sache. Il faut que je la retrouve. (Elle se tourne vers Wes.) Elle doit t'avoir donné un indice. Réfléchis !

Il ouvre la bouche, la referme aussitôt.

— Non, rien.

Elle lui empoigne le bras.

— Hein ? Mais dis-moi, putain !

Il se passe la main sur le visage.

— Elle répétait souvent – mais ça ne veut rien dire – : « Allez, viens, on s'enfuit à Paris et on laisse tout en plan derrière nous. »

Paris. L'endroit même où Krissie lui avait conseillé de partir.

19

Erika

Je frappe avant d'entrer dans le bureau du détective Bower mercredi, le souffle coupé par l'impatience. La lumière déclinante du jour projette des ombres sur les murs en briques. Depuis que Bower m'a téléphoné cet après-midi pour savoir si j'avais le temps de passer le voir, j'ai les nerfs à vif et mon espoir fait de la haute voltige.

Je m'assieds sur la même chaise et ne perds pas de temps avec les formalités d'usage.

— Vous avez des nouvelles de Kristen ?

Il m'adresse un sourire aimable.

— Non, je suis désolé.

Mon cœur fait une chute vertigineuse. Je ferme les yeux.

— Mais... ajoute-t-il et je relève la tête. J'ai pu vérifier l'adresse IP de cet e-mail. Votre expéditeur utilise un VPN au Danemark.

Je porte la main à mon crâne.

— Elle est au Danemark ?

— Non. Elle... ou il... utilise un VPN, un acronyme anglais pour un réseau privé virtuel. En gros, un serveur fantôme pour dissimuler sa véritable localisation.

— Elle veut cacher où elle se trouve ? Vous pouvez déchiffrer le code secret ?

— Non. Ces réseaux se font une fierté d'être totalement inviolables. Même la NSA ne peut pas y avoir accès.

Je secoue la tête.

— Alors on n'a pas avancé, on ne peut pas savoir où ni qui est Un Miracle.

— En se basant sur le fait que l'expéditeur utilise un VPN, j'imagine qu'il s'agit d'une personne de moins de quarante ans. Une personne née dans les années 2000, sans doute.

Je pense à Kristen, ma gamine née pile en l'an 2000... Et si douée en nouvelles technologies.

— Et quelqu'un qui s'y connaît en ordis, non ?

— Pas forcément. La plupart des jeunes d'aujourd'hui connaissent le système des VPN. Ils ont grandi en les utilisant pour télécharger de la musique et je ne sais quoi d'autre – tout ce qu'ils veulent garder secret.

— Donc elle veut que sa localisation reste secrète, dis-je en luttant pour intégrer ces nouvelles informations.

Il ne répond pas immédiatement.

— Erika, je sais comme il est tentant d'en conclure que Kristen est l'expéditeur. Votre deuxième fille veut croire que sa sœur est en vie, et vous aussi. Mais d'un point de vue objectif, je crois que c'est très, très peu probable.

— Je sais.

Mais un point de vue objectif ne fait pas le poids face à l'intuition d'une mère. Et en cet instant, mon instinct maternel me dit que peut-être, peut-être qu'Annie a raison.

Je compose le numéro d'Annie en chemin vers ma voiture. Elle ne décroche pas. Je rappelle tandis que je roule sur la X° Avenue. Toujours pas de réponse. J'essaie à nouveau en suspendant mon manteau au crochet. Je me sers un verre de vin lorsque son répondeur s'enclenche, comme depuis onze jours.
— Eh merde ! Annie, c'est encore moi. Rappelle-moi, s'il te plaît. À n'importe quelle heure. Il s'est passé quelque chose. Il faut que je te parle. Je… je suis désolée. Pour tout.

J'emporte mon verre de vin dans le salon et me poste devant la longue fenêtre qui surplombe le parc. La pluie tombe en cascade des branches d'arbres et les gens se blottissent sous leurs parapluies. Es-tu quelque part là-bas, Kristen ?

Mon téléphone émet un tintement. Je le prends dans la paume de ma main, m'attendant à lire l'adresse e-mail d'Annie, mais mes yeux se posent sur Rech-1Miracle. Une fois encore, l'objet du message annonce : FILLE PERDUE.

J'étouffe un cri et j'ouvre l'e-mail.

Ne confonds pas ce qui est important et ce qui compte.

Le souvenir vient me caresser tendrement, comme la voix de ma mère. J'étais en CE2, c'était le printemps. Nous vivions encore à Milwaukee. Je me préparais pour l'école et je nouais mes baskets usées quand mon lacet s'était cassé. Nous n'avions pas de lacets blancs, aussi ma mère avait-elle fermé ma chaussure avec un lacet noir de mon père. J'étais mortifiée. C'était important à mes yeux d'avoir des lacets blancs sur mes baskets blanches !

Quand j'avais ouvert ma boîte de déjeuner à midi, j'y avais trouvé un mot de ma mère : *Ne confonds pas ce qui est important et ce qui compte.*

Pendant la récré de l'après-midi, tandis que mes amis et moi courions à perdre haleine, j'avais vu Ryan Politi, un garçon du CM1, assis dans son fauteuil roulant et encourageant les autres enfants depuis la ligne de touche. J'avais aussitôt compris le message de ma mère.

Je compose le numéro de Kate et je longe le couloir pour aller chercher le recueil d'adages de Kristen.

— Tiens, c'est toi !

La voix de ma sœur est calme, comme le courant d'un fleuve tranquille.

— Tu peux me passer Annie, s'il te plaît ?
— Bonjour à toi aussi.

J'avance dans le couloir et insiste :

— Allez, Katie, s'il te plaît. C'est important.
— Elle a besoin de temps, Rik. Et même si elle avait envie de te parler, elle n'est pas ici, elle est chez papa.

Je me fige à la porte de ma chambre.

— Qui est avec elle ?
— Personne.
— Tu es sûre qu'elle est seule ?
— Évidemment que j'en suis sûre.

J'entre dans ma chambre et je m'assieds sur le bord de mon lit.

— Je reçois des e-mails bizarres qui contiennent des vieilles citations de maman. Le premier me disait *Chasse ce qui te pèse et cherche ce qui t'apaise.* Et puis *L'exploratrice avisée analyse son périple précédent avant de mettre le cap sur sa nouvelle destination.* Et un dernier vient d'arriver à l'instant. *Ne confonds pas ce qui est important et ce qui compte.* (Une pause pour ménager mes effets.) Ça vient de quelqu'un qui se surnomme Un Miracle.

Je souligne les mots *Un Miracle*. Je retiens mon souffle et j'attends. Kate va forcément faire le rapprochement avec Kristen.

— C'est assez malin, répond-elle. On dirait une mise au défi : une façon pour Annie de t'obliger enfin à venir sur l'île. Elle ne m'a donc pas écoutée quand je lui ai dit qu'elle avait besoin de prendre un peu ses distances avec toi.

Je me masse le front. Kate pense qu'Un Miracle est Annie. Brian aussi. Suis-je en train de me tromper ?

— Et si ce n'était pas Annie ? Et si c'était... Kristen ?

Je ferme les yeux de toutes mes forces, comme pour me protéger de l'explosion qui va sûrement se déchaîner à l'autre bout du fil.

— Rik, tu n'es pas sérieuse. Ne viens pas me dire que tu crois à ces âneries, s'il te plaît.

Pendant que Kate poursuit sa leçon de morale sur les limites à ne pas franchir et sur ce qui est bon pour Annie, je prends le cahier argenté sur ma table de chevet et je le feuillette, cherchant désespérément les mots de Kristen. *Ne confonds pas ce qui est important et ce qui compte.* Dans la marge, je trouve l'écriture discrète de Kristen.

Avant, je comptais à ses yeux. Mais j'ai désormais l'impression, parfois, que je pourrais disparaître et que je ne lui manquerais même pas.

Mon Dieu. Comment ai-je pu oublier cette citation-là ? Et pourquoi ce changement de ton ? J'agrippe mon téléphone. Elle compte à mes yeux. Il faut absolument que je le lui dise. Il faut que je le lui *prouve* !

— Je vais venir sur l'île, Kate.

Les mots déferlent de mes lèvres avant que j'aie eu le temps de les contenir.

— C'est vrai ? Et ton boulot ?

Je pose la main sur mon cœur agité. Pour une raison qui m'échappe, je suis convaincue que ma fille me guide, qu'elle m'attire vers cet endroit terrifiant que j'avais un jour appelé ma maison. Et je dois l'écouter.

— Ce qui importe, c'est ma fille.

Pour la première fois depuis une éternité, je me sens presque fière :

— S'il y a la moindre chance pour que cet e-mail vienne de Kristen, et qu'elle me mette au défi de venir la chercher...

— D'accord... Que je comprenne bien. Tu vas venir ici pour Kristen ? Mais pas pour Annie, ta fille, celle qui est encore en vie et qui a besoin de toi ?

— Je viens parce que j'aime mes filles, mes deux filles. Et Annie a besoin de moi. Et je me sens si mal de ne pas avoir été présente pour elle, dis-je en fermant les yeux. Mais je peux encore espérer que Kristen soit là-bas, elle aussi, non ?

— Oh, Rik...

Je déteste son ton de pitié. Elle pense que je perds la raison. Et pour tout dire, je n'ai aucune preuve que le message vienne de Kristen. Sauf que mon cœur tout entier me le hurle.

20

Annie

Annie trottine vers la maison de sa tante dans la neige du crépuscule. Quand elle gravit à la hâte les marches du porche, ses cheveux sont réduits à l'état de frisottis humides et ses baskets sont détrempées. Elle s'arrête juste derrière la porte pour retirer ses chaussures.

Dans la cuisine, tante Kate parle au téléphone. Annie tend l'oreille et ne bouge plus. Tante Kate discute avec sa mère… et elle prononce son nom.

— C'est vrai ? Et ton boulot ?

La respiration d'Annie se bloque. Sa mère va-t-elle venir sur l'île ? Lui a-t-elle pardonné ? Elle attend en silence dans le hall d'entrée, une chaussure encore au pied, et elle voudrait tant en entendre davantage. Quand sa tante reprend enfin la parole, sa voix est douce, comme si elle éprouvait de la tristesse pour Annie.

— D'accord… Que je comprenne bien. Tu vas venir ici pour Kristen ? Mais pas pour Annie, ta fille, celle qui est encore en vie et qui a besoin de toi ?

L'air est soudain aspiré hors de la pièce. Sa mère ne vient pas pour elle. Annie était idiote d'imaginer que ç'aurait pu être le cas. Quand va-t-elle enfin se rendre à l'évidence ? Sa mère l'accuse de la mort de Krissie. Elle l'accusera toujours.

Annie remet le pied dans sa basket mouillée et sort à reculons, en silence. Il faut qu'elle parte d'ici. Les larmes lui brouillent la vue, elle trébuche sur les marches du porche. Elle n'arrive plus à respirer, elle ne voit plus rien. Elle chancelle dans la rue jusqu'au dernier lampadaire, puis la pénombre des arbres la dissimule totalement. Elle se courbe et laisse échapper ces longs pleurs déchirants si longtemps refoulés. Des sanglots de solitude. Une douleur inconsolable que seule une orpheline peut éprouver.

Une heure plus tard, depuis son promontoire sur la falaise, Annie voit la lumière s'éteindre dans la chambre de tante Kate. Elle fourre ses mains gelées dans ses poches et attend encore dix minutes avant de rentrer.

Elle gravit les marches sans bruit, ouvre doucement la porte en priant que tante Kate ne l'entende pas et ne vienne pas lui souhaiter bonne nuit. Ses yeux et son nez doivent être rouges et gonflés.

Elle avance à pas de loup et fonce jusqu'à sa chambre. Sa mère ne lui pardonnera donc jamais la disparition de Krissie. Et rien de ce que dira tante Kate ne la fera changer d'avis.

Elle ferme la porte de sa chambre et allume son ordinateur portable, espérant sans vraiment y croire qu'elle trouvera un message de Krissie.

C'est un e-mail de l'agence European Au Pair qui l'accueille à la place.

À : AnnieBlair@gmail.com
De : SoleneDuchaine@EuropeanAuPair
Chère madame Blair,
Je suis ravie de vous annoncer que votre dossier a été accepté et que vous êtes éligible pour obtenir un poste chez European Au Pair.
Du fait de la date calendaire avancée, et de votre souhait de rentrer aux États-Unis en août prochain, nos offres sont limitées. Le poste vacant le plus urgent est au sein d'une famille américaine, un père célibataire et sa fille de cinq ans, Olive.
Ils vivent à Paris.

Paris.
Un frisson lui parcourt l'échine.
On dirait que le monde entier conspire autour d'elle.

Le professeur Thomas Barrett bénéficie d'un congé sabbatique à l'université de Georgetown pour enseigner à la Sorbonne jusqu'au 10 août. Je me permets simplement de vous avertir que la fille du professeur Barrett est qualifiée d'enfant « difficile ».
Ce poste doit être pourvu de toute urgence. Merci de nous faire connaître votre réponse au plus vite.
Bien à vous,
Solène

Annie gratte le vernis sur l'ongle de son pouce. « Difficile » ? C'est ça, oui. Une façon aimable de dire que la gamine est un monstre insupportable. Elle scrute l'écran de l'ordinateur, ses pensées alternent entre sa mère qui la déteste et sa sœur qui a besoin d'elle.

Est-elle capable de faire cela, pour Krissie ? Et pour sa mère ? Et pour elle-même ?

Car si elle réussit, si elle la retrouve, alors peut-être, peut-être seulement, pourra-t-elle se faire pardonner.

Elle pose les doigts sur le clavier.

Chère madame Duchaine,
Oui, j'accepte le poste à Paris chez le professeur et sa fille. Je peux partir dès…

Annie effectue un bref calcul. Il est presque minuit. Demain, c'est jeudi. Il faudra qu'elle rentre chez elle chercher son passeport et quelques vêtements supplémentaires.

Je peux partir dès samedi.

Elle clique sur ENVOYER et un mélange amer d'excitation et de terreur l'envahit. Elle prend son indépendance, enfin, comme le souhaite Krissie. Mais parviendra-t-elle à faire le pas suivant, à lâcher la main de sa mère, une bonne fois pour toutes ?

Ses doigts glacés suppriment tous les messages de sa mère jusqu'au dernier, elle n'en lit ni n'en écoute aucun.

21

Erika

Je me tiens devant le bureau de Carter Lockwood à la première heure, jeudi matin. Dans la Lockwood Agency qui occupe le quatorzième étage d'un vieil immeuble en briques dans le quartier de Sutton Place, les agents et les courtiers s'affairent déjà. Je m'appuie contre la porte noire laquée et fais défiler les messages sur mon téléphone en quête d'un mot d'Annie. Mais bien sûr, je n'en trouve aucun. Je jette un coup d'œil à l'heure. 8 h 20. Allez, Carter ! Dépêche-toi !

— Tu ne devrais pas être sur le terrain à conclure des contrats ? demande-t-il en avançant dans le couloir, une main dans la poche.

Mon cœur s'emballe.

— Il faut que je te demande un service. Tu aurais une minute à m'accorder ?

Il sort un porte-clés circulaire et en enfonce une dans la serrure.

— Du moment que ça n'a pas de rapport avec l'argent ou le sexe. Bon sang, Rebekah m'épuise. Elle est incapable d'articuler une phrase cohérente, mais entre les draps, c'est Shakespeare.

Il s'esclaffe et mon estomac se retourne. Sa quatrième épouse est une beauté russe de vingt-sept ans. Je ne suis pas la mieux placée pour critiquer les différences d'âge. Après tout, Brian avait une décennie de plus que moi. Mais je ne peux m'empêcher d'avoir pitié de Rebekah, une femme à des milliers de kilomètres de chez elle et clairement dominée par son riche mari.

Il ouvre la porte à la volée et me fait signe d'entrer. À l'est, le soleil se fraye un chemin dans la pièce à travers la baie vitrée. Je m'extasiais souvent de la vue plongeante imprenable, avant. Je contemplais l'East River et la circulation qui avançait au pas sur le pont Ed Koch jusque dans le Queens. Aujourd'hui, je prends place sur une chaise métallique sans même regarder par la fenêtre.

Carter s'affale derrière son bureau en graphite et démarre son ordinateur. Je m'éclaircis la gorge pour attirer son attention.

— J'ai… j'ai besoin de quelques jours de congé, Carter.

Il scrute son écran.

— Ce n'est pas le moment, Blair. On est dans les dernières semaines du concours. Tu le sais bien.

Je serre mes mains moites.

— Carter, je n'ai pas eu de vacances depuis… je ne me souviens pas d'avoir pris de vraies vacances, en fait. Sans une conférence sur l'immobilier ou la visite d'un bien à mettre en vente.

En réalité, je m'en souviens. C'était quand Brian et moi avions emmené les filles à Londres. J'avais réservé le voyage deux jours après avoir découvert son infidélité avec Lydia, la nouvelle anesthésiste. J'étais déterminée à sauver notre couple, convaincue qu'on avait besoin de temps en famille. Mais Brian voulait du temps pour lui-même. Il s'éclipsait dans les pubs ou les musées, refusait les excursions que choisissaient nos gamines de dix ans, comme le musée Madame Tussauds ou le London Dungeon. À la fin du voyage, sa facture de portable m'avait révélé qu'il avait passé son temps à discuter avec sa copine aux États-Unis. J'avais essayé d'afficher un air joyeux pour mes filles mais ce voyage avait laissé en moi une terrible cicatrice. Pour m'en remettre, j'avais passé une semaine chez Kate sur l'île Mackinac, puis j'avais repris mes esprits. Depuis ce temps, mes seuls voyages se sont résumés à des week-ends prolongés dans notre maison sur la côte.

— J'ai besoin de toi ici, et que tu fasses ce que tu sais faire de mieux – vendre des biens immobiliers.

— C'est ma fille. Il faut que j'aille la chercher. Elle est dans le Michigan avec ma sœur. Ce sera un trajet très court.

C'est étrange de devoir me battre pour passer du temps sur l'île, quand je me suis justement battue toute ma vie pour m'en échapper.

— Allison pourra s'en sortir seule ?

Allison, mon assistante. En secret, je la surnomme Altoid, en référence aux pastilles de menthe extrêmement fortes, trop piquantes à mon goût. À l'automne dernier, alors qu'un client s'apprêtait à faire machine arrière au moment de conclure un contrat, l'inoxydable Altoid lui avait assuré que nous avions trois autres acheteurs prêts à faire une offre. Ce qui était totalement faux. Certes, nous avons fini par lui faire signer l'acte de vente mais, comme je le lui avais dit, ce n'est pas mon style de mentir.

— Et ce n'est pas mon style de perdre, avait-elle rétorqué.

Non seulement mon assistante de vingt-six ans pourra s'en sortir seule, mais elle pourrait bien prendre ma place, et peut-être même celle de Carter. Heureusement pour moi, elle ne parle pas le mandarin. Pas encore.

— Elle devrait s'en sortir pendant quelques jours, dis-je. J'aurai mon ordinateur portable, bien sûr. J'aimerais partir cet après-midi.

Il me regarde enfin, les sourcils arqués.

— C'est si important que ça ?

Ne confonds pas ce qui est important et ce qui compte.

J'acquiesce.

Il renâcle.

— Ne fais pas tout foirer, Blair. Si tu perds des places au classement, tu ne remonteras jamais. Je compte sur toi.

Ses propos tiennent davantage de la menace que d'un encouragement, c'est lui tout craché, ça. Carter a des arrière-pensées. Avoir un agent dans le top cinquante apportera un nouvel afflux de clients à la Lockwood Agency. Mais pour l'instant, je me fiche bien du travail. Ce qui compte à mes yeux, c'est de retrouver mes filles – les deux.

Il ouvre son agenda.

— J'ai besoin de toi pour le rendez-vous avec M. Huang, demain. Tu pourras partir samedi. Et reviens au plus vite.

— D'accord. Je rentrerai en milieu de semaine.

Je fonce dans le couloir, mâchoire serrée. Pourquoi dois-je supporter ce tyran ?

— Blair ? crie-t-il dans mon dos. T'as vu qui te colle au cul ?

Je fais volte-face.

— Je te demande pardon ?

— Emily. Elle vient de se hisser dans le top soixante. Fais gaffe, elle risque de te baiser encore une fois.

Je tends le bras pour m'appuyer au mur, prise de vertige. Égoïstement, je voulais remporter ce concours pour la faire bisquer. C'est une courtière de renom mais je ne savais pas qu'elle prétendait au top cinquante. Peu m'importe de ne pas finir première, ou même quarante et unième. Je suis parfaitement consciente que d'autres agents immobiliers seront devant moi dans la course, et cela me convient... à une seule et unique exception. Emily Lange, mentor-traîtresse.

Emily m'avait prise sous son aile, m'avait proposé un boulot d'assistante après que Brian et moi nous étions installés en ville. Elle m'avait beaucoup appris, faire une estimation, fixer une commission, conclure une vente dans une ville vingt fois plus grande que Madison. Deux ans plus tard, quand je m'étais retrouvée mère célibataire et que j'envisageais de lancer ma propre agence, Emily avait été ma première supportrice.

— Vas-y ! Je te laisserai même partir avec ta liste de clients. Tu gagneras deux fois plus en travaillant deux fois moins.

Ce que nous n'avions pas anticipé, c'est que la bulle immobilière était sur le point d'éclater. Le marché tout entier était au bord de l'effondrement. Deux semaines après la signature du bail de location de mon bureau, Emily était revenue sur sa proposition. Elle m'avait accusée d'avoir violé la clause de non-concurrence qui figurait dans mon contrat d'embauche. J'avais dû lui rendre tous mes clients asiatiques – la seule tranche de population qui investissait encore dans l'immobilier.

Elle avait rompu sa promesse, m'avait sacrifiée ainsi que ma nouvelle agence, pour sauver sa peau.

À cause d'Emily, j'avais dû mettre la clé sous la porte. J'avais failli perdre la garde de mes filles. Il m'avait fallu des années pour m'en remettre. Et Carter a beau ne pas être un gentleman, il m'avait accueillie à la Lockwood Agency quand Emily refusait tout bonnement de répondre à mes appels.

— On se revoit lundi, me lance Carter.

J'ouvre la bouche mais la referme aussitôt. La surface totale de Mackinac dépasse à peine les dix kilomètres carrés et j'en connais chaque centimètre. Si Kristen se cache là-bas, il ne me faudra pas longtemps pour la trouver. Carter et Emily Lange m'ont donné l'excuse idéale pour passer le moins de temps possible sur cette fichue île.

— Lundi, c'est noté.

22

Erika

C'est comme si la planète s'était inclinée, et que je glissais la tête la première vers un autre monde, un lieu désertique m'emplissant de terreur. C'est samedi soir, je me tiens dans l'obscurité au bout d'un dock de Saint-Ignace, et contemple l'abysse gelé qui mène à la langue de terre que je considérais jadis comme chez moi. Le ciel nocturne est piqueté d'étoiles, et l'air si immobile qu'on entendrait une chauve-souris battre des paupières. À la lueur argentée de la lune, je distingue le pont de glace, une voie bordée par les sapins du Noël passé, abandonnés là. Une triste entrée dans ce no man's land de glace.

Voilà cinq ans que je ne suis pas venue sur l'île, et presque une décennie que je n'y ai pas mis les pieds hors saison. C'est une garce au cœur froid. Surtout en hiver. Une vieille bonne femme solitaire qui a perdu tous ceux qu'elle aimait. Mais au lieu de tendre la main vers les autres, elle se barricade derrière ses congères et interdit à quiconque de l'approcher… ou de s'en éloigner. *Un peu comme toi*, me dirait Annie.

En grandissant ici, je détestais le printemps par-dessus tout. Traverser le pont devenait plus dangereux à mesure que la température grimpait. Mais il fallait encore des semaines avant que les ferrys ne reprennent leurs traversées entre l'île et le continent pour véhiculer les insulaires, les touristes et les riches estivants. C'étaient les semaines les plus difficiles pour moi, je me sentais prise au piège, claustrophobe. Exactement comme ma mère.

Un frisson me parcourt le dos. J'essaie de remonter la fermeture de ma parka mais elle est coincée. Mes doigts se démènent pour la débloquer. Et soudain, je redeviens la gamine maladroite de dix ans. Le visage de mon père rougit d'exaspération. *Tu crois que quelqu'un sera là toute ta vie pour te fermer ton manteau ?*

— Non ! je m'écrie à voix haute, et je remonte enfin la fermeture.

Je secoue la tête. Je n'aurais jamais dû venir. C'est une grave erreur.

J'avais dix ans quand nous avons quitté notre maison en briques de Milwaukee, dans le Wisconsin, pour nous installer dans le cottage d'été familial de ma mère. À quarante-cinq ans, mon père, capitaine d'un navire de fret, pensait à tort que démissionner de son emploi prestigieux et installer sa famille sur cette île maudite pour y devenir capitaine de ferry serait bénéfique pour tout le monde. Il était las d'être absent des semaines entières. Sa femme et ses filles avaient besoin de lui.

Après le déménagement, j'étais persuadée que ma vie ne serait plus jamais la même. Et j'avais raison. Ma mère, cette belle rêveuse qui aimait les livres et la musique, ne s'est jamais habituée à l'isolement de l'île hors saison. En avril de notre tout premier printemps, elle a disparu dans les flots glacés au large de Pointe aux Pins, l'extrémité nord de l'île. Son corps a été retrouvé six jours plus tard. Les rumeurs avaient couru mais je les avais rapidement écartées. Ma mère avait entrepris la dangereuse traversée jusqu'au continent parce que nos placards étaient vides. Des années plus tard, je reste convaincue qu'elle tentait d'échapper à cette île, et non à la vie.

En deux ans, j'ai tout perdu – mes amis, ma mère, ma vie au sein de la classe moyenne, et mon innocence. Quant à mon père, eh bien, il n'avait jamais vraiment tenu son rôle de père. Quand j'ai eu besoin de lui plus que jamais, il était absent, affectivement au moins, sinon physiquement. Il était hargneux et bourru, tout en muscles et en testostérone, et il chancelait aveuglément dans la vie, essayant d'élever seul un bambin et une préado. La douceur éphémère dont il avait fait preuve du vivant de ma mère s'était figée en un mélange d'amertume et de fureur. J'avais honte de cet homme à la voix tonitruante et au visage défiguré, qui buvait jusqu'à l'évanouissement chaque samedi soir. L'homme maudit qui ne souriait jamais, et qui avait volé la vie de ma mère en la faisant venir dans cet endroit infernal.

Je déglutis avec peine et je scrute les cieux.

Aide-moi, je t'en prie, ai-je envie de dire.

Mais cela me semble hypocrite, de demander de l'aide à Dieu quand je refuse de lui parler depuis sept mois.

À ma droite, un mouvement soudain me fait sursauter. Je recule. Un homme se lève sur le ponton adjacent. Il lève la main en guise de salut.

— Riki Franzel, c'est toi ?

Non ! Je ne suis pas Riki Franzel. Cette fille-là est partie il y a des années de ça.

— Euh... oui, je crie en réponse, remarquant pour la première fois la motoneige garée au bout du ponton – mon taxi des neiges. Je m'appelle Erika Blair, maintenant.

— OK. On y va quand tu veux.

J'empoigne mon petit sac de voyage et trottine sur le dock en béton jusqu'au ponton. Depuis combien de temps m'observe-t-il ? Je suis à moins de deux mètres de lui quand je reconnais enfin l'homme en jean et veste en cuir. C'est Curtis Penfield, le gars insaisissable pour qui je craquais complètement – moi et toutes les filles de l'école, sur l'île Mackinac – même s'il avait la profondeur intellectuelle d'un verre à liqueur.

— Comment tu vas, Riki ?

— Je suis contente de te revoir, Curtis. Qu'est-ce que tu deviens ?

Je prends le casque qu'il me tend.

— J'ai pas à me plaindre. On a fait une excellente saison à la marina, l'été dernier. (Il attrape mon sac.) Ça fait un bail que t'es pas rentrée chez toi.

J'ouvre la bouche pour le corriger. Ce n'est pas chez moi, et ça ne l'a jamais été. Mais inutile de le vexer.

— Cinq ans, dis-je.

— Six. Tu es venue l'été où Jimmy Pretzlaff était en permission.

Exact. Ça fait six ans. La ville avait organisé une petite parade pour le retour de ses héros, cet été-là.

— Comment va Molly ? je demande, et la culpabilité me noue l'estomac. J'ai eu vent de l'accident de Jonah.

— C'est une dure à cuire, dit-il en chargeant mon sac sur le traîneau. Jimmy essaie de rentrer du Qatar mais l'armée se montre intraitable. C'est plutôt Sammie, du haut de ses sept ans, qui a du mal. Mais heureusement que tout le monde met du sien pour les aider.

— C'est bien, dis-je.

Je me souviens des fleurs autour du cercueil de ma mère, les livraisons continues de gratins et de gâteaux, les dames qui venaient s'occuper de Katie et du ménage à la maison. Qu'ai-je fait pour rendre la pareille ? J'ai ignoré Molly pendant qu'elle traversait cette épreuve.

Curtis appuie sur l'accélérateur et nous démarrons avec un soubresaut. Sous les lames de la motoneige, une couche de neige fondue recouvre la glace comme une pâte à sucre sur un gâteau. Je frissonne.

— Accroche-toi, crie-t-il par-dessus son épaule. On va voler un peu.

Je resserre mon étreinte autour de sa taille et je hurle. Mais il a mis les gaz et le rugissement du moteur couvre ma voix.

« Voler » sur la glace veut dire en substance faire de l'aquaplaning. Selon la vitesse de sa motoneige, un bon pilote peut « planer » pour franchir des failles dans la glace en glissant sur l'eau. Une pratique si idiote et dangereuse qu'elle est illégale dans trois États du pays.

Il accélère et maintient le nez de la moto vers l'île. Le moindre changement de cap ou de vitesse peut précipiter la motoneige dans l'eau. Je presse mon casque contre le dos de sa veste en cuir et je ferme les yeux de toutes mes forces. Je me concentre sur mon souffle. Je pense à Annie et Kate, et à Kristen qui m'attend peut-être sur l'île.

Les propos du détective Bower me poursuivent. *Les erreurs d'identification sont extrêmement rares. C'est très, très peu probable.*

J'ai le nez qui pique, et le visage magnifique de ma mère apparaît. Elle me tend la main. M'attend-elle aussi, de l'autre côté ? Je baisse les yeux vers la fine couche de glace. Une sensation m'envahit soudain, comme si je m'étirais entre le passé et l'avenir, corde tendue entre la vie et la mort.

J'ai honte mais je n'ai pas encore décidé laquelle des deux allait remporter la partie.

Curtis gare la motoneige sur le rivage de British Landing. Je détache mes bras figés par la tension autour de sa taille. Il coupe le moteur et retire son casque.

— Sacrée traversée.

— C'était de la folie. Tu aurais dû me prévenir que la glace était en train de fondre.

Mes mains tremblent tellement que je ne parviens pas à détacher la boucle de mon casque.

Il éclate de rire et se penche pour libérer la lanière sous mon menton.

— On va aller chez ta sœur avec le cheval. Y a plus assez de neige pour Cat.

Il parle de sa motoneige – une Arctic Cat – et du fait qu'il n'y a plus beaucoup de neige sur l'île, chose impensable durant les hivers de mon enfance où, de novembre à avril, j'allais à l'école à pied dans un tunnel blanc.

Il charge mon sac sur son épaule et saute sur le rivage, leste comme un adolescent. D'un bond, il franchit un tronc abattu et se tourne vers moi.

— Donne-moi la main.

Avec son aide, je passe par-dessus le tronc. Mes genoux tremblent encore lorsque je pose les pieds sur l'île Mackinac. J'inspire l'air frais et j'essaie de me détendre.

— J'avais oublié les parfums d'ici, un parfum de diamant peut-être, de l'air ou de l'eau. Je n'ai jamais su le décrire.

— J'appelle ça l'odeur du silence, moi, dit-il.

Je me tourne vers lui.

— Ouais. C'est exactement ça.

Nous traversons une parcelle gravillonnée jusqu'à atteindre une étroite route asphaltée dissimulée dans l'ombre. Un cheval attend devant une charrette.

— Je n'arrive pas à croire que vous vous déplaciez encore comme au XIXe siècle, ici.

Il sourit et m'aide à grimper.

— C'est mieux que de payer des frais de voiture. (Il fait claquer doucement les rênes et le cheval s'élance au trot.) L'île a dû te manquer.

— Si tu savais.

Sans prévenir, j'entends la voix de mon père. *Oh, bon sang, descends de ta croix. Le bois pourra servir à quelqu'un d'autre.* C'était peut-être sa tentative avortée de m'offrir des citations après la mort de ma mère.

— Elle est pour toi, celle-là, Erika Jo, avait-il dit en me montrant du doigt dans le salon obscur où nous regardions *Priscilla, folle du désert*, un soir.

Nous prenons la direction du sud sur la route étroite, et je jette un coup d'œil dans la pénombre du bois. Kristen est peut-être quelque part là-dedans ? Ou bien est-elle planquée dans le cottage d'été des Devon ? Annie l'a-t-elle retrouvée ? Une bulle grossit dans mon ventre. Annie n'arrivera pas à croire que je suis venue sur cette île que j'évite depuis tant d'années. Va-t-elle enfin comprendre à quel point je l'aime ?

Trouvera-t-elle la force de me pardonner ? Nous atteignons les abords de la ville, les lampadaires projettent une lueur orangée sur le petit village de vacances. Si je visitais les lieux pour la première fois, je qualifierais la vue de charmante et pittoresque, presque d'idyllique. Perchée sur une colline à ma gauche, la vieille bâtisse majestueuse du Grand Hotel orne la ville de ses stores à rayures jaunes et blanches, et de son célèbre porche de deux cents mètres de long. Sur la falaise, les silhouettes des demeures estivales d'antan apparaissent, le nez hautain perché vers le ciel comme si elles étaient trop bien pour les maisons ordinaires du village. Des magasins de confiseries et de location de vélos, des restaurants huppés et des hôtels chics bordent la rue. En cette saison, ceux qui restent ouverts se comptent sur les doigts de la main. Nous passons devant le Mustang, un bar local, et je saisis au passage quelques notes des Doobie Brothers qui s'en échappent.

Curtis sourit.

— Doug Keyes joue encore ici tous les vendredis et samedis soir. On a de la chance qu'il n'ait jamais quitté l'île. Quelqu'un lui a proposé d'enregistrer un album, il y a quelques années, mais il a refusé.

— C'est dommage, dis-je en secouant la tête.

— Pas vraiment. Doug est heureux, ici.

Mon cœur s'emballe quand la maisonnette en bois de mon enfance apparaît. Une lumière vacille à la fenêtre du salon. J'imagine mon père somnolant devant la télé, assis dans son fauteuil inclinable, une bière posée sur la tablette à côté de lui. À part Kate, qui est en bonne voie d'être canonisée, mon père n'a plus aucune compagnie. Même Sheila, sa deuxième femme, ne pouvait plus le supporter.

Nous traversons encore deux pâtés de maisons quand Curtis tire sur les rênes et fait ralentir le cheval.

— Tu vas rester combien de temps ? demande-t-il.

— Je repars demain après-midi. Il faut que je retourne au boulot lundi. Sans vouloir te vexer, par contre, je prendrai un avion pour retourner sur le continent.

Il arque les sourcils.

— Ça fait un sacré bout de chemin pour rester une seule nuit.

— Ne m'en parle pas. Ma fille est... eh bien...

Je sors sa carte d'étudiante de ma poche de manteau. Je me racle la gorge et lui montre la photo.

— Est-ce que tu l'as vue par ici, récemment ?

— Non, dit-il en secouant la tête. Pas depuis l'été dernier, Riki. Je suis désolé de ce qui lui est arrivé.

Il pense qu'elle est morte... et que j'ai perdu la tête. Et pourquoi penserait-il le contraire ? Il n'est pas au courant des messages. Je redresse les épaules et j'essaie de déglutir.

— Merci. En fait, je viens aussi pour mon autre fille.

— Annie ?

— Oui.

— Riki. J'ai accompagné Annie à Saint-Ignace ce matin. Elle avait un vol cet après-midi.

Je me tourne vers lui et mon cœur bat la chamade.

— Non. Tu dois faire erreur. Tu me dis qu'elle est rentrée à New York ?

Il hausse les épaules.

— Elle allait à l'aéroport. C'est tout ce que je sais.

Ma culpabilité et ma honte refont surface. Annie a dû apprendre mon arrivée. Elle ne veut toujours pas de contact avec moi.

— Sa sœur était avec elle ?
Il fronce les sourcils.
— Non, Riki.
Je porte la main à mon front. Annie est rentrée à la maison. Je suis ici. Et où est Kristen ?

23

Annie

Annie est assise sur la banquette arrière d'un taxi, samedi après-midi, et elle lit un SMS du professeur Thomas Barrett.

> Olive et moi sommes ravis à l'idée que tu te joignes à nous. Rendez-vous à la sortie du contrôle de douane demain matin. Bon voyage.
> Tom

Ouais, c'est ça. Le prof est peut-être ravi, mais Olive ? J'en doute. Cette petite coléreuse va lui mener une vie d'enfer, elle en est persuadée. Quand Annie avait discuté avec Solène Duchaine de l'European Au Pair, elle en avait entendu des vertes et des pas mûres au sujet de la fillette, déjà venue à bout de deux jeunes filles au pair.

— Olive Barrett est, comment dire, plus difficile que la plupart des enfants.

Elle lui avait expliqué le caractère d'Olive, ses problèmes pour nouer des liens avec les autres enfants depuis la mort de sa mère, dix-huit mois plus tôt.

Annie gratte le vernis à ongles de son majeur. Elle ne sait absolument pas s'occuper d'un enfant, encore moins d'un enfant endeuillé et caractériel.

Une minute… N'est-ce pas là exactement les termes qu'on pourrait employer pour décrire Annie elle-même ?

Le taxi dépose Annie sur le trottoir en bas de l'immeuble, et elle entre dans l'appartement. L'endroit est silencieux. Sans surprise, sa mère est au travail. Tant mieux. Elle ne veut pas la voir. Elle ne veut pas que sa mère la dissuade de partir seule pour un pays où elle ne connaît absolument personne et où elle s'occupera d'une gamine infernale. C'est bien la dernière chose qu'elle souhaite.

Elle regarde la pendule. Une heure avant de devoir retourner à l'aéroport. Elle va droit au bureau et ouvre le tiroir où sa mère range leurs passeports. Son souffle se suspend un instant. Elle fouille le contenu du tiroir. Il ne reste plus que deux passeports. Exactement ce qu'elle pensait, celui de Krissie n'est plus là.

Elle prend le sien et referme le tiroir. Elle le rouvre aussitôt. Elle hésite une infime seconde avant de s'emparer du passeport de sa mère et de le fourrer dans son sac à main.

À partir de maintenant, même si elle le voulait, elle ne pourrait plus appeler sa mère pour la supplier de la rejoindre à Paris. C'est elle seule qui retrouvera Krissie.

À 18 heures, Annie embarque dans l'avion à destination de Paris. Elle s'adosse dans son siège et un morceau des Chastity Belt, son groupe de rock indé féminin préféré résonne dans ses écouteurs sans fil. Pour la première fois de la journée, elle ferme les yeux.

Mais elle ne parvient pas à se détendre. Elle consulte son téléphone pour la centième fois. Elle devrait peut-être appeler sa mère une dernière fois, lui expliquer la situation. Peut-être que sa mère lui dira qu'elle comprend, que c'est bien, qu'elle sait qu'Annie ne voulait pas perdre Krissie. Qu'elle l'aime toujours, qu'elle veut qu'elle rentre à la maison, qu'elle reste avec elle.

Elle prend une profonde inspiration. Non. Ce n'est pas ce que souhaite Krissie. Elle veut qu'Annie lâche enfin la main de leur mère. Elle veut qu'Annie vienne à Paris. Seule.

Elle compose le numéro de son père. Il décroche mais il y a tant de bruit en arrière-fond qu'elle l'entend à peine.

— Je vais entrer en rendez-vous avec mon coach, ma puce. Mais j'ai deux minutes.

Deux foutues minutes. Annie bat des paupières.

— Je voulais juste te dire au revoir. Tu ne me reverras pas avant un petit moment.

— Tu retournes chez maman, c'est ça ? Bon, arrange-toi pour établir des limites strictes avec elle, c'est pour ton bien. Ta mère est assez toxique, ces derniers temps. Tu l'as dit toi-même.

Son père, sa tante, son grand-père, même Kristen – ont-ils donc raison ? Elle va vite le savoir car elle s'apprête à établir une limite vaste comme l'océan Atlantique.

— En fait, non, papa. Je vais à…

— Salut, Julie. J'arrive tout de suite, dit-il à quelqu'un, puis il baisse la voix. On peut en reparler plus tard ? Je paie à l'heure, ici.

Un poids pèse soudain sur elle. Elle pourrait disparaître que personne ne s'en inquiéterait.

Elle raccroche et appuie sur l'icône de Facebook. Des photos apparaissent. Kayleigh, son amie de Columbia Prep, poste un selfie avec un type lors d'un match de basket de Stanford. Une fille de son ancien club de poésie assiste à un concert d'Ed Sheeran. Elles sont heureuses… insouciantes. Se souviennent-elles d'Annie ? Elle ouvre la page de Krissie. Sa sœur, celle que tous croient morte, semble être sa seule véritable amie.

En route pour Paris, écrit-elle dans un message privé. Toute seule. Voilà mon adresse à Saint-Germain-des-Prés. Tu peux me faire confiance. Je sais que tu es enceinte. Je te jure que je n'en parlerai pas à maman. Appelle-moi, Krissie !

Une voix se fait entendre dans les haut-parleurs. L'hôtesse de l'air ordonne que les passagers éteignent tous les appareils électroniques.

Ses doigts s'agitent sur le clavier tandis qu'elle pianote son dernier texto. Pour sa mère, celui-ci.

Je vais très bien. Fais-moi confiance, s'il te plaît, et ne t'inquiète pas pour moi. J'ai bloqué tes appels. Toi et moi, on a besoin de faire une petite pause, tu ne crois pas ?

Elle presse sur ENVOYER. Puis elle sélectionne le numéro de sa mère et choisit : BLOQUER LE CONTACT. Elle laisse tomber son téléphone dans son sac comme s'il était radioactif, et elle se sent fière, horrifiée et flippée à mort.

24

Erika

— Comment ça, « elle est partie » ? Comment tu as pu la laisser faire, Katie ?

Je suis dans la minuscule cuisine de ma sœur, je n'ai pas retiré mon manteau.

— Je suis désolée. J'étais aussi surprise que toi quand elle est passée me dire au revoir au café. Elle ne t'a pas appelée ?

Je sors mon téléphone de mon sac, certaine qu'elle ne m'a pas appelée. Je laisse échapper un cri de joie en voyant son texto apparaître sur mon écran.

— Super !

Je vais très bien. Fais-moi confiance, s'il te plaît, et
ne t'inquiète pas pour moi. J'ai bloqué tes appels.
Toi et moi, on a besoin de faire une petite pause,
tu ne crois pas ?

Je prends appui sur le plan de travail, la main sur le front.

— Je suis venue jusqu'ici, et elle est rentrée à New York ?

Kate ne détache pas son regard du verre d'eau qu'elle est en train de servir.

— Elle est en route pour Paris.

Je vois soudain trouble.

— Quoi ? Pourquoi ?

Elle repose le pichet sur l'îlot de cuisine.

— Elle a accepté un poste de jeune fille au pair.

— Non. C'est impossible. Elle ne quitterait pas le pays sans me prévenir.

— Respire un bon coup, pas d'affolement. Quelques mois à Paris lui feront du bien.

— Elle habite chez qui ? Elle y reste combien de temps ? Qui va veiller sur elle là-bas ?

— C'est une adulte, Rik, dit Kate avec un regard sévère. Tout ira bien.

Je frissonne en imaginant Annie toute seule à Paris, je sens la terreur m'étreindre à nouveau. Je relis son texto et je perçois soudain le sérieux de son message.

— Elle a bloqué mes appels. (La panique monte, je n'arrive plus à respirer.) Je ne peux plus la joindre, Kate !

— Calme-toi. Je serai en contact avec elle pendant son séjour. Il faut que tu respectes son souhait. Elle te demande un peu de temps.

— Non. C'est ridicule. Et dangereux. Aide-moi. Appelle-la tout de suite, s'il te plaît. Dis-lui que je suis venue jusqu'ici, qu'il faut qu'elle réponde à mes appels.

— Mais bien sûr. Je vais me ranger de ton côté et lui donner des ordres. Et tu sais ce qui va se passer ? Elle m'écartera, moi aussi.

Je claque des doigts.

— Il faut que je parle à Wes Devon. Tu peux m'emmener chez lui ?

Elle se mord la lèvre.

— Wes est reparti dans le Connecticut la semaine dernière.

Avant que j'aie le temps de poser la question, elle ajoute :

— Tout seul.

Wes n'est plus là. Annie non plus. Et Kristen, alors ? Un sentiment terrible me submerge. S'il y avait la moindre chance que sa sœur soit ici, Annie ne serait jamais, jamais partie.

Je suis venue pour rien sur cette satanée île.

Je tourne en rond.

— Je rentre chez moi. Je vais prendre mon passeport et...

— Arrête ! (Kate m'empoigne par les bras.) Pourquoi tu n'écoutes pas ta fille, un peu ? Elle te demande du temps. Et ces citations qu'elle t'envoie ? Elle t'encourage à analyser ton passé, à réfléchir à ce qui compte vraiment. C'est pour ça que tu es ici, ma chérie.

Je me dégage de son étreinte.

— Analyser mon passé ne me ramènera pas Krissie.

Elle acquiesce.

— Je sais, répond-elle en glissant une mèche de cheveux derrière mon oreille. Mais ça te ramènera peut-être, toi, parmi nous.

Je pose mon sac de voyage sur un fauteuil en velours bleu dans la chambre d'amis de Kate. Des persiennes de bois blanc occultent l'unique fenêtre et, sur la vieille commode de notre grand-mère, une demi-douzaine de plantes exotiques affichent toutes les nuances de vert. Je sors mon téléphone de mon sac et j'appelle Brian.

— Salut, E, dit Brian. Comment ça va ?

— Pour commencer, notre fille est partie à Paris. Je suis sur l'île, et elle est partie.

— C'est vrai ? Annie est à Paris ? C'est bien.

— Non, ce n'est pas bien. C'est terrifiant. Et elle refuse de me parler. Tu voudras bien m'appeler quand tu auras de ses nouvelles ?

— Bien sûr. C'est bizarre qu'elle ne m'ait pas dit qu'elle quittait le pays quand elle m'a appelé tout à l'heure.

Je suis piquée au vif. Je sais qu'il ne faudrait pas, mais je me sens trahie, jalouse et minable. Comment se fait-il que Brian ait un passe-droit, lui ? Il a été absent, physiquement, voire affectivement, mais Annie l'aime toujours.

Sauf qu'évidemment, Brian n'a jamais fait à sa sœur de promesse qu'il n'a pas tenue.

Je raccroche à l'instant où ma ravissante sœur entre dans la chambre, l'air d'une étudiante plus que d'une responsable de restaurant. Elle s'est changée, elle porte un jean déchiré, des bottes plissées, un chemisier bouffant et un ensemble de bracelets qui tintent à ses poignets. Sa chevelure brune et lustrée est longue et droite, comme sa silhouette.

— Gin Tonic, annonce-t-elle en me tendant un de ses deux verres. Santé.

Je scrute le verre.

— Allez, bois, insiste-t-elle.

Nous trinquons et j'avale une gorgée du cocktail solidement dosé.

— Tu peux te détendre, maintenant. Je t'ai envoyé par texto les contacts pour joindre Annie. (Elle lève l'index.) Seulement en cas d'urgence.

— Merci.

J'attrape aussitôt mon téléphone. Kate me l'arrache des mains.

— J'ai dit en cas d'urgence seulement.

Elle se laisse tomber sur le matelas, prend appui contre la tête du lit et sirote sa boisson :

— Tu sais quoi ? Max m'a invitée à Key West à la fin avril.

Sans oublier d'ajouter à sa réplique un long soupir. Max Olsen, l'amour de vacances de Kate depuis deux ans, est la chronique d'une peine de cœur annoncée. De neuf ans son cadet, ce nomade de vingt-cinq ans arrive sur l'île en juin pour tenir un magasin de location de vélos. En septembre, il range son matos et part pour Key West en Floride, où il fait la même chose pendant l'hiver. Je ne l'ai jamais rencontré, mais j'ai entendu assez d'anecdotes et j'ai vu assez de photos pour conclure que Max est adorable, charmeur et charmant – exactement le genre de mec que Kate devrait éviter.

— Il loue une petite baraque à un pâté de maisons de la plage, continue-t-elle.

Ses yeux brillent et, si je ne la connaissais pas mieux, je jurerais avoir devant moi une enfant naïve qui n'a jamais subi de déceptions sentimentales. Mais je la connais bien.

La vie de Kate a été aussi difficile que la mienne. Elle a perdu notre mère et notre grand-mère, puis sa belle-mère, à l'âge de quinze ans, quand Sheila a quitté notre père. À vingt-cinq ans, l'échec de son mariage lui a brisé le cœur. Les rêves de ma sœur étaient simples : épouser un homme gentil et avoir une maison pleine de rires d'enfants. Je suis triste de voir ce rêve s'effacer peu à peu.

— Méfie-toi quand même, dis-je en ouvrant mon sac de voyage.

— Me dit la nana qui n'a pas eu de rendez-vous galant depuis... (Elle me décoche un regard.) Depuis combien d'années ?

Je sors une nuisette argentée du sac.

— Je ne suis pas une personne facile à aimer. Demande à Brian. Et à Annie.

— Ne sois pas ridicule. L'amour te trouvera un jour, ma chère frangine.

— Crois-moi. Même si je le voulais – et je ne le veux pas – je n'ai ni le temps ni l'envie de tomber amoureuse.

— C'est ça. Tu es censée te concentrer sur ce qui compte, analyser ton passé. (Un sourire se dessine lentement sur ses lèvres.) Je pense que ton voyage au pays des souvenirs devrait commencer au Mustang, déclare-t-elle en se relevant. Allez, on y va. Je t'offre un burger et un pichet de bière.

— Un pichet de bière ? Sérieusement ? Ma fille a disparu, Kate.

— On va dire que tu parles d'Annie. Et elle n'a pas disparu, non. C'est une adulte qui est partie travailler cinq mois à Paris. Accepte-le. Tu es ici, avec moi. On est samedi soir. Tu n'as pas envie de voir tes anciens amis ?

J'entends déjà leurs condoléances bien intentionnées, les *Je suis désolé* et les *C'était sûrement le destin*, ce genre de conneries.

— Mes anciens amis ? Je ne les connais plus vraiment.

Je range mon sac de voyage sous le lit.

— Allez, le Stang t'appelle, tu entends ?

La gouaille et l'accent insulaire de Kate me font sourire.

— Oh, Kate, il est tard.

— Il est 21 h 30, putain ! On y va. Allez, bouge !

Je n'ai jamais pu résister à ma petite sœur. Peut-être parce qu'elle portait encore des couches quand notre mère a disparu. Chaque fois qu'elle criait « maman », mon cœur se brisait. Ou peut-être parce qu'elle a un cœur d'ange et un esprit de motarde, un curieux mélange qui donne l'impression que son âme est plus grande que les autres. Pour une raison qui m'échappe, Katie est la seule personne qui a toujours su – et saura toujours – exercer de l'influence sur moi.

Je me lève à mon tour, avec un grognement exagéré.

— Si tu insistes.

Je me dirige vers la porte mais Kate m'arrête en me tirant par la queue-de-cheval.

— C'est qui, ton modèle de coiffure ? La doyenne de la maison de retraite ?

Elle sourit et défait le bouton supérieur de mon chemisier :

— Ma réponse à une coiffure moche, c'est toujours un joli décolleté.

Je secoue la tête.

— Papa aurait vraiment dû te payer des leçons de délicatesse.

Je reboutonne mon chemisier. Kate hurle de rire, elle m'émerveille.

Ma sœur a épousé Rob Pierson, un restaurateur de Chicago. Au bout de deux ans de mariage, Rob a décidé que le moment était venu d'avoir un enfant. Kate était ravie. Le jour même où il lui en a parlé, elle a arrêté la pilule et pris rendez-vous chez son gynéco.

Elle a annulé le rendez-vous cinq jours plus tard en comprenant que le bébé que voulait Rob, c'était en réalité Stephanie Briggs, la sémillante barmaid de vingt ans qui travaillait dans son restaurant, le Leopold's. Six mois plus tard, Stephanie a accouché d'un garçon qu'elle a appelé Robbie.

Si Kate a été dévastée, personne n'en a rien su. Rob et elle ont divorcé en toute discrétion. Elle a envoyé à Stephanie et Rob un magnifique cheval à bascule pour Robbie. Elle a quitté son poste de gérante du Woodmont, le meilleur restaurant de Rob, et elle est revenue s'installer sur l'île, il y a huit ans. Ma petite sœur fait mine que tout va bien mais ça ne m'a jamais convaincue.

— Comment tu fais pour être toujours aussi enjouée, Kate ? Dis-moi, s'il te plaît. Je voudrais connaître ton secret.

Elle hausse les épaules.

— Oh, comment tu veux que je le sache ? répond-elle en se mordant la lèvre, l'air de retourner la question dans sa tête. Même dans les pires moments, je n'ai jamais abandonné l'espoir que le bonheur m'attende quelque part – même s'il est toujours caché derrière un sacré merdier. Pareil pour toi. Lentement, sans même que tu t'en rendes compte, les morceaux brisés vont commencer à se recoller. Un jour viendra où tu entendras à nouveau le son de ton propre rire un vrai rire qui sortira du plus profond de ton ventre, pas seulement de ta bouche. (Elle hausse les épaules.) Ou à plus court terme, tu auras juste envie de baiser.

Elle saisit son verre et traverse la chambre :

— Sur ces sages paroles, allons-y ! Le Stang nous attend et papa aussi.

Mon cœur s'arrête. Papa ? Non. Pas ce soir, pas quand ma fille vient de m'écarter totalement de sa vie. Je le vois déjà, agitant son index noueux devant mon visage. *Qu'est-ce que t'as encore foutu, Erika Jo ? Comment ça se fait qu'elle ne veuille plus te parler ?*

— Je ne veux pas le voir ce soir, Kate. Pas en public. Cet homme me déteste. Il faut que tu le comprennes, maintenant. Il refuse même de me regarder dans les yeux.

— Parce que, chaque fois qu'il te regarde dans les yeux, il y lit de la déception.

Le bref souvenir du regard d'Annie me revient en mémoire, le soir où je lui ai demandé de partir. J'écarte cette image.

— Je serais restée sur l'île pour l'aider à s'occuper de toi. Mais il avait trouvé Sheila. Il m'a dit – oui, Kate, avec ces mots-là – il m'a dit : « Dégage d'ici avant que je te fasse partir moi-même à coups de pied au cul. »

— Si on paraphrase un peu, c'est aussi ce que tu as dit à Annie, non ?

Les larmes me brûlent les yeux et je bats des paupières.

— Je ne suis pas, mais alors pas du tout comme notre père.

Je détourne le regard et me mords l'intérieur de la joue jusqu'à sentir le goût du sang. *Ferme les vannes du barrage !* Je sens la main de Kate sur mon bras.

Quand je me tourne vers elle, son regard est plein de douceur et d'amour.

— C'est bon, murmure-t-elle, tu peux pleurer, Rik.

Je déglutis avec difficulté et secoue la tête.

— Pleurer ne résoudra pas le moindre... putain... de problème.

— Sauf que ça t'aidera peut-être à soigner ton âme.

Elle attend un moment, puis elle éteint la lumière avant d'ajouter :

— Prête ?

Je reste plantée dans la pénombre de la chambre et mon cœur cogne dans ma poitrine.

— Vas-y sans moi. Je te rejoindrai peut-être plus tard.

— Non, tu ne viendras pas.

Elle se tient dans le couloir mal éclairé, je ne vois que les contours de sa silhouette.

— Tu es en train de disparaître, Rik, me chuchote-t-elle d'une voix empreinte de tristesse. Je ne te vois presque plus.

J'entends la porte d'entrée se refermer. Je suis seule. À nouveau. C'est mieux pour tout le monde. Comme ça, je ne blesse personne. Je reprends le texto de Kate contenant les coordonnées pour joindre Annie.

Pr Thomas Barrett
Professeur invité de biochimie
Faculté de médecine Pierre-et-Marie-Curie, Université de la Sorbonne
UPMC
4 place Jussieu
75005 PARIS
thomas.barrett@upmc.fr

En cas d'urgence, a ajouté Kate en fin de SMS.
Tu parles, ouais. Je m'installe sur le lit avec mon ordinateur portable et je rédige mon message.

Cher professeur Barrett,
Je suis la mère d'Annie Blair. Je viens d'apprendre que ma fille est en route pour Paris.

J'écarte mes doigts du clavier. Va-t-il me prendre pour une mère nulle, qui n'arrive pas à communiquer avec sa fille ? Ou pire, une mère poule qui couve sa fille adulte ? Je suis coupable sur les deux tableaux, je crois.

Annie et moi traversons une période difficile au sein de notre relation. Pourriez-vous m'avertir à son arrivée chez vous ?

Elle doit être au-dessus de l'océan, à l'heure qu'il est, toute seule. Mes pensées font une descente en piqué et mon estomac se serre.

Votre quartier est-il sans danger pour une jeune Américaine comme Annie ? C'est une jeune femme très sensible, elle risque d'avoir le mal du pays. Soyez prévenant avec elle, s'il vous plaît.
Je suis juste une maman inquiète pour sa fille, j'espère que vous le comprendrez.

Je signe et j'envoie.
Puis j'ouvre le dernier e-mail d'Un Miracle et clique sur RÉPONDRE.

Je suis arrivée, Kristen. Je suis venue sur l'île pour toi. Mais où es-tu ? Je t'aime et tu me manques tellement. Rentre à la maison, s'il te plaît. Et ma chérie, je suis désolée. Je suis sincèrement désolée.

25

Annie

Annie patiente à la sortie du service des douanes de l'aéroport Charles-de-Gaulle, en cette fin de matinée de dimanche, et elle cherche le professeur et sa fille dans la foule. Ses yeux parcourent la cohue dans l'espoir d'y apercevoir un intello au physique de paille à cocktail, arborant un nœud papillon et des lunettes rondes.

Une voix derrière elle, grave et mélodieuse, demande :
— Annie Blair ?
Elle fait volte-face et leurs regards se rencontrent. Vêtu d'un jean et d'une chemise en coton blanc, un quadragénaire incroyablement canon se tient devant elle, sourire aux lèvres, chevelure noire ondulée, et son corps n'a rien d'une maigre paille à cocktail.

La bouche soudain sèche, elle parvient à articuler un « oui » et se souvient miraculeusement qu'elle doit lui tendre la main.
— Bienvenue à Paris. Je suis Tom Barrett.
Elle acquiesce mais elle ne pense qu'à la chaleur de la main du professeur dans la sienne, aux éclats dorés dans ses yeux sombres, couleur caramel. Cet homme

est tout simplement magnifique. Il lui lâche la main et pose la sienne sur la tête d'une fillette.

— Et voilà Olive.

Annie s'accroupit devant la petite fille pâle aux joues rondes qui se cache derrière la jambe de son père, une barrette fixée de travers dans sa chevelure brune coupée au carré.

— Salut, Olive.

Quand l'enfant croise enfin son regard, Annie réprime un cri. Les yeux de la fillette, agrandis par les verres épais de ses lunettes rondes à monture rose, affichent la même douleur que celle qu'elle éprouve elle-même. D'instinct, elle tend la main pour lui toucher le bras. La fillette a un mouvement de recul et Annie retire aussitôt sa main.

— Je m'appelle Annie. Je suis ta nouvelle…
— Nounou, l'interrompt la gamine.

Annie sourit.

— Oui. Exactement. Bien vu, Olive.
— Pff. Qui d'autre tu pourrais être ?
— Oh, oui. Bien sûr.

Mignonne, oui. Mais effrontée, comme l'en avait avertie Solène. Annie se redresse.

— J'espère qu'on pourra devenir amies, ajoute-t-elle.

Olive ignore son commentaire et lève les yeux vers son père.

— Elle était plus jolie sur la photo que tu m'as montrée.

Le sourire d'Annie s'efface. Elle sent ses joues s'enflammer devant l'honnêteté de cette gamine de cinq ans… d'autant plus horrible que son canon de père est témoin de l'humiliation.

Tom caresse les cheveux d'Olive.

— Sois gentille, Olive. Je trouve qu'Annie est bien plus jolie en vrai.

— Non, dit Annie en priant pour que sa voix ne se brise pas. Olive a raison. Olive, la photo a été prise il y a un an. J'avais meilleure allure à l'époque, hein ?

— Oui. Tu nous as menti.

— Olive ! lâche Tom, clairement mortifié.

Annie baisse les yeux vers ses pieds. Elle voudrait disparaître. Elle doit trouver une repartie avant que le petit démon ne prenne l'avantage. Qu'aurait dit sa mère, quand elles étaient encore en bons termes ? Elle contemple le visage d'Olive et s'oblige à sourire.

— Tu vois, je voulais tellement être ta nounou que j'ai cherché et cherché encore jusqu'à trouver la meilleure photo de moi. Pour certaines personnes, l'apparence extérieure est très importante. Imagine un peu… Heureusement que tu n'es pas de ce genre-là, toi.

Olive lui lance un regard noir, comme si elle ne savait pas comment réagir. Tom sourit.

— Allons chercher tes bagages, dit-il en se postant derrière Annie pour lui murmurer à l'oreille : Bien envoyé.

Annie le regarde attraper ses valises sur le tapis roulant, étourdie par le souffle chaud sur son oreille, prête à hurler : « Oui, je suis célibataire et disponible, et je suis toute à vous ! »

Mais elle se rend compte qu'il est déjà revenu vers elle, et la seule question qu'il lui pose est de savoir s'il ne faudrait pas emmener Olive faire caca avant de partir.

Annie est assise sur le siège passager de la berline de Tom, son regard passe de la vue sublime sur Paris baigné de soleil, à la petite fille qui lui envoie des piques depuis la banquette arrière, au bel homme qui tapote le volant en rythme avec la radio. Elle remarque le duvet de poils noirs sur ses avant-bras musclés, l'énorme montre à son poignet, les chaussures en daim qu'elle avait vues à J. Crew, celles qu'elle avait hésité à offrir à son père pour Noël avant de se raviser et de décréter qu'il n'était pas assez cool pour les porter. Elle reporte son attention vers la vitre et s'étonne qu'elle ne soit pas complètement embuée.

La ville est exactement comme elle l'avait imaginée, ses bâtiments en pierre de style Beaux-Arts, ses hôtels aux toits mansardés, ses balustrades en fer forgé. Tom traverse le pont de Sully. En contrebas, la Seine serpente entre des langues de terre. Il lui désigne des points de repère comme l'île Saint-Louis et l'île de la Cité au-delà. Ils atteignent la rive gauche et longent le boulevard Saint-Germain animé. Annie ouvre grand les yeux. *Où es-tu, Kristen ?* Sa sœur pourrait déambuler sur le trottoir bondé, en cet instant même, une passante parmi les milliers qui entrent et sortent des magasins, des cafés et des restaurants. Son espoir s'évapore aussi vite qu'il est arrivé. Sa poitrine s'emplit de terreur. Comment va-t-elle retrouver Krissie dans une ville étrangère aussi grande ? Surtout si elle ne veut pas être retrouvée.

Tom s'engage dans la rue de Rennes, une jolie avenue bordée d'arbres dans le quartier de Saint-Germain. Quelques instants plus tard, ils arrivent devant un immeuble de quatre étages en pierre calcaire qui semble tout droit sorti d'un livre de contes.

Tom porte ses bagages jusqu'au dernier étage et bavarde aimablement, à la différence d'Olive qui se contente de grogner en réponse à la moindre question. Pendant que Tom déverrouille la porte de l'appartement, celle qui se trouve de l'autre côté du couloir s'ouvre à la volée. Un grand type maigre et pâle apparaît.

— Bonjour tout le monde ! lance-t-il en ébouriffant les cheveux d'Olive et en décochant un sourire à Annie. Tu dois être Annie.

— Bonjour, Rory, dit Tom. Voici notre nouvelle jeune fille au pair, Annie Blair. Annie, je te présente Rory Selik, notre voisin et ami. Il est apprenti au Cordon-Bleu.

— Salut, dit Annie en lui serrant la main.

— Ça me ferait plaisir de te faire visiter la ville, Annie, dit Rory avec un fort accent allemand. J'allais justement sortir. Si tu veux venir avec moi, je peux t'attendre.

Elle regarde Tom dans l'espoir qu'il la sauvera de ce grand dadais un peu trop entreprenant. Mais Tom se contente de sourire :

— Vas-y si tu as envie, dit-il.

— Merci, mais je ferais mieux de défaire mes valises.

— On explorera le quartier une prochaine fois, répond Rory.

— Oui, bien sûr.

Mais elle n'a pas parcouru cinq mille kilomètres pour explorer la ville. Elle est venue retrouver sa sœur. Et elle n'a pas besoin d'ami... ni de rien qui puisse la distraire.

— Grouille-toi ! lance Olive qui maintient la porte ouverte avec le poids de son petit corps, et Annie entre.

L'appartement est plus petit que le sien à New York, mais les plafonds hauts et les grandes fenêtres donnent une illusion d'espace. Tom la guide à travers les lumineuses pièces du salon et de la salle à manger, leur parquet lustré et leurs moulures imposantes, devant une minuscule salle d'eau au carrelage noir et blanc, et dans un couloir qui mène à trois chambres et une deuxième salle de bains.

— Ma chambre est celle du fond, dit Tom en montrant une porte fermée à droite.

Il fait un geste du menton vers la salle de bains immaculée :

— Olive et toi, vous partagerez celle-ci, j'espère que ça te convient.

— Bien sûr.

— Elle a pas le droit de prendre mon shampoing, ordonne Olive.

— Absolument pas, répond Annie. J'ai apporté le mien, il sent la cerise et l'amande. Peut-être que tu voudras l'essayer.

— Ils puent, tes cheveux.

— Olive, c'est inacceptable !

— Dis donc, lâche Annie et elle se penche pour observer le nez d'Olive. Tu as un sacré pif, dit-elle en lui tapotant l'extrémité du nez. Ça nous sera bien utile quand on ira acheter des pâtisseries, demain.

Tom adresse un sourire conspirateur à Annie, puis continue dans le couloir jusqu'à la chambre du milieu.

— Voici l'endroit où Olive fait de beaux rêves.

Annie se poste sur le seuil et contemple la chambre rose pâle aux rideaux à pois roses et noirs. Sur le chevet, on a posé la photo d'une jolie brune assise dans un fauteuil en rotin, un bébé dans les bras. La mère d'Olive, devine Annie. Avant qu'elle n'ait pu s'approcher davantage, Olive se précipite devant elle et saisit la poignée de la porte à deux mains.

— Interdit d'entrer !

Elle claque la porte si brutalement qu'Annie sent le souffle d'air devant elle.

— Olive ! s'écrie Tom en rouvrant la porte. Fais attention. Annie a failli prendre la porte dans le visage.

— Je te comprends, Olive, dit Annie pour lui prêter main-forte. Tu pourras venir dans ma chambre, si tu veux. Tu veux me la montrer ?

Olive croise les bras devant sa poitrine.

— C'est pas ta chambre. Tu fais pas partie de notre famille.

— Ça suffit, Olive, tranche Tom d'une voix ferme.

Il accompagne Annie jusqu'à la dernière chambre. Elle est peinte d'une jolie nuance de jaune, avec un lit double orné d'une couette blanche et d'un ensemble d'oreillers bleus et blancs. Une porte-fenêtre donne sur un petit balcon.

— C'est beau, dit Annie en s'approchant d'une vieille commode où des fleurs semblent lui sourire dans un vase. Des tournesols, ajoute-t-elle en passant le doigt sur un pétale doré. Mes préférées, dit-elle en se tournant vers Olive. Ma sœur aimait les orchidées mais ce sont des fleurs inconstantes. Les tournesols sont plus fidèles, tu ne trouves pas ?

Olive plisse les yeux.

— T'es bizarre.

Tom ouvre la bouche mais avant qu'il n'ait eu le temps de réprimander sa fille, Annie éclate de rire. Tom se joint rapidement à elle. Le regard d'Olive passe de l'un à l'autre, et Annie jurerait que la petite morveuse se retient de sourire.

26

Erika

Au terme d'une nuit agitée, à me retourner sans cesse dans le lit, je me lève dimanche matin et tends le bras vers mon portable sur la table de chevet. Merde. Un Miracle n'a pas répondu à mon message de la veille. Je compose le numéro de Kristen et j'écoute la voix de ma fille sur son répondeur, mon rituel matinal depuis cent quatre-vingt-dix jours.

— Salut, c'est Kristen. Laissez-moi un message.

— Messagerie pleine, m'annonce une voix.

— Bonjour, ma chérie, je murmure dans l'espoir que Kate ne m'entende pas. Je rentre à la maison ce soir. Reviens, s'il te plaît. Je t'en supplie.

La ceinture de ma robe de chambre dans mon sillage, j'entre pieds nus dans la cuisine de Kate. À côté de l'évier, j'aperçois le mug marron de ma sœur sur lequel est inscrit en rouge *Réveille-toi et rêve !* Les rêveurs comme Kate gagnent-ils vraiment toujours à la fin ? Ou bien la vie se révèle-t-elle n'être qu'une grosse blague ?

Je remarque un mot posé sur le petit billot de boucher qui tient lieu de plan de travail.

Je vais au yoga, puis au boulot. Je rentre d'ici quelques heures. Sers-toi, il y a du café et des brioches à la cannelle – ou mieux, viens au Seabiscuit et mange tout ce que tu veux là-bas. Je t'aime.
PS : Si tu sors, ne ferme pas la porte à clé, stp.
PPS : Réfléchis bien, reste ici encore quelques jours.

Je repose la feuille de papier. Hors de question, Kate. Mes filles ne sont pas ici.

Je repère un plat en aluminium rempli de brioches à la cannelle. En tant que manager du Seabiscuit Café, Kate reçoit un approvisionnement permanent de leurs célèbres brioches. Voilà des années que je n'en ai pas mangé. Je me penche et inhale le parfum de beurre et d'épices. J'en salive. Je me détourne et me sers une tasse de café noir.

Dehors, les derniers vestiges de neige fondent presque sous mes yeux. Le ciel gris acier se déchire et un rayon de soleil s'insinue par la fenêtre.

— Le soleil à travers les fenêtres, disait toujours ma mère. N'y a-t-il pas plus bel espoir ?

Je sirote mon café. Un écureuil se balance à une branche d'arbre, trapéziste espérant s'emparer des graines que Kate a installées dans une mangeoire pour oiseaux. Je souris. Ma mère adorait les oiseaux de l'île.

Un souvenir apparaît, aussi limpide et vivant que l'eau d'un torrent. C'est l'hiver, nous étions chez nous à Milwaukee. Kate était bébé, elle pleurait. Elle avait faim, même moi je le voyais. J'essayais de le dire à ma mère qui ne paraissait pas m'entendre.

— Une mère doit nourrir ses bébés, répétait-elle en boucle.

Au lieu de s'occuper de Katie, elle avait attrapé un sac de graines pour oiseaux dans notre garde-manger et elle était sortie en chaussons et en robe de chambre. J'étais terrifiée. Quelque chose dans son regard m'avait donné la chair de poule. Je l'avais observée par la fenêtre, elle versait des graines dans la mangeoire, tant et tant qu'elles avaient fini par déborder du réceptacle métallique.

Elle était enfin rentrée et avait grimacé en entendant les hurlements aigus de Katie. Je lui avais tendu le biberon que j'avais fait réchauffer mais elle ne l'avait pas pris, elle était allée dans sa chambre et avait fermé la porte derrière elle.

Je m'écarte de la fenêtre et je sens un creux dans mon cœur à l'endroit où ma mère avait jadis logé. J'avais oublié cet incident jusqu'à aujourd'hui. Son comportement était si étrange, ce jour-là, une femme habituellement si pleine de vie, si joyeuse. Habiter sur cette fichue île l'avait changée. Mais non, nous vivions encore à Milwaukee. Bizarre.

Debout devant mon ordinateur et mon café – et une demi-brioche à la cannelle – sur le plan de travail, je laisse mon esprit s'envoler vers Kristen et ce dernier matin, son comportement si étrange. Elle était tellement comme ma…

Des gouttes de sueur perlent sur ma nuque. J'empoigne mon téléphone et consulte ma boîte mail, soulagée d'y trouver un message, même s'il vient de Carter. N'importe quoi, du moment que cela détourne mon attention de ce souvenir si dérangeant.

Tu es n° 47 aujourd'hui. La rumeur raconte qu'Emily Lange est sur le point d'obtenir l'exclusivité pour un immeuble neuf de Midtown East, le Fairview sur Lexington Avenue. Seize appartements. Mets-toi sur ce coup, Blair, avant que l'affaire ne soit conclue et qu'elle nous botte le cul.

Une exclusivité signifie qu'Emily obtiendrait toutes les ventes de l'immeuble – seize appartements de standing. Je calcule rapidement sa commission potentielle. Elle me passerait devant. Impossible de faire le poids face à une exclusivité pareille.

Qu'est-ce que Carter attend de moi ? Je ne vais pas lui voler sa liste de clients. Ou bien si ? Après tout, il s'agit d'Emily Lange, la femme qui n'a pas hésité à me reprendre mes clients.

Je transfère le message à Altoid et lui demande de voir ce qu'il en est.

Puis je repère un message de thomas.barrett@upmc.fr, envoyé il y a deux heures. Avec le décalage horaire, cela signifie que c'est le milieu d'après-midi à Paris.

Chère Erika,
Je suis ravi de vous apprendre que votre fille est bien arrivée ce matin.

Je laisse échapper un soupir.
— Merci, mon Dieu !

Je vois déjà en elle une perle rare. Vous avez élevé une jeune femme adorable.

Je souris et masse un début de torticolis.

Comme n'importe quelle grande ville, Paris n'échappe pas à son lot de criminalité. Mais notre quartier est sans danger. Nous sommes dans le 6ᵉ arrondissement, à quelques pas des cafés et des librairies, de l'école d'Olive et de la Seine. Je vois qu'Annie est très indépendante et aventurière. Elle vient à peine d'arriver qu'elle a mis à profit son jour de congé pour explorer la ville, en solo.

C'est vrai ? Annie ? Mon enfant qui refusait de s'inscrire à une université à plus de deux heures de route de la maison ? La fille qui rechignait à l'idée de partir étudier un semestre à l'étranger ? A-t-elle tant changé ?

Annie me dit que vous êtes une des agentes immobilières les plus expérimentées de Manhattan. Félicitations. Elle est très fière de vous, de toute évidence. Je me permets de vous préciser cela car dans votre message, vous sembliez vous sentir un peu distante d'Annie. En toute honnêteté, j'ai la même sensation avec ma fille, Olive – et elle n'a que cinq ans. Je vous en prie, dites-moi que ça s'arrange avec le temps.

Je souris et mords dans ma brioche à la cannelle. Ce type n'est pas très différent de moi, il se démène pour élever seul sa fille, il doute et se sent parfois submergé.

Olive a eu raison de deux nounous depuis notre arrivée en août. J'espère que l'on fera démentir les « jamais deux sans trois ». Olive était une enfant parfaitement heureuse et tendre, avant, et je crois dur comme fer qu'un jour, cette enfant refera surface. J'ai conscience de me laisser marcher sur les pieds, je sais que je devrais me montrer plus sévère, mais il me semble cruel de punir Olive après toutes les épreuves qu'elle a traversées.

Qu'a-t-elle traversé ? Olive a-t-elle perdu un frère ou une sœur ? Un parent ? Souffre-t-elle du divorce de ses parents ?

Bon, je m'excuse pour cette confession très personnelle et cette autoanalyse. Je suis sûr que vous êtes déjà en train de somnoler devant votre écran, ou de chercher un psy à me recommander. Ou pire, vous cherchez un moyen de faire revenir votre fille fissa !

Je souris à nouveau. Il est mignon, ce prof américain.

Ce que je veux vous dire, c'est que je suis un parent solo, comme vous. Je comprends vos inquiétudes pour Annie, et je ferai de mon mieux pour servir de lien entre votre fille et vous tant qu'elle sera sous ma surveillance. Et tant qu'elle sera avec nous, je vous promets de m'en occuper comme de ma propre fille.
Cordialement, Tom
+1 888 555 2323

Je relis son message et cette fois, mon cœur reprend un rythme normal, ma nuque cesse de me tirailler.

Cher Tom, je pianote à mon tour, choisissant un ton informel.

> Merci pour votre aimable message. Vous avez apaisé mes inquiétudes. Et si je peux me permettre, pourriez-vous ne pas mentionner à Annie que nous sommes en contact ? Comme vous l'avez compris, nous traversons une phase difficile. Tant qu'elle ne deviendra pas mère elle-même, elle ne comprendra sans doute pas à quel point il est capital pour moi de la savoir en sécurité.
> Bien, je crois vous avoir surpassé en matière de révélations personnelles. Je vous prie de m'excuser. J'ai oublié la liberté que l'on éprouve devant son écran d'ordinateur, à écrire à un lointain inconnu.
> Je vous remercie encore. Je ne peux vous exprimer à quel point je suis soulagée de savoir Annie en lieu sûr.
> Cordialement,
> Erika

Une heure plus tard, je suis dans la salle de bains de Kate, enroulée dans une serviette, et je discute avec un interlocuteur de l'aéroport de l'île Mackinac – de l'unique piste d'atterrissage de l'île, plus exactement.

— Comment ça, l'aéroport est fermé ?

Je me crispe sur le combiné et j'essaie de garder un ton courtois. Il va me prendre pour une New-Yorkaise. Bien évidemment, que je suis new-yorkaise. Et fière de l'être.

— Désolé, madame Blair. La piste est en réfection. Elle devrait être à nouveau en service d'ici une semaine ou deux.

Je me pince l'arête du nez.

— Il faut que je retourne cet après-midi sur le continent.

— Alors il va falloir prendre un taxi motoneige.

Ce qui signifie retraverser le détroit. Sur la glace qui fond si vite. Un frisson me parcourt l'échine.

27

Erika

Je mets une paire de lunettes de soleil pour dissimuler mon visage sans maquillage, et j'enfile ma parka. Quand la porte moustiquaire claque derrière moi, l'air doux m'enveloppe. Mais enfin quoi ? Il doit faire quinze degrés. Et on n'est que le 5 mars !

Je trottine en direction de la Penfield Marina au sud, les pans de ma parka ouverte flottent comme une queue-de-pie. Dans le lointain, une femme se promène, à côté d'un fauteuil roulant. Je tourne la tête et je réprime une exclamation. C'est Molly Pretzlaff, mon amie d'enfance. Un tsunami de honte déferle en moi. Je n'ai jamais répondu à ses appels après l'accident de Kristen. La carte de remerciements impersonnelle que j'ai signée pour les lettres et les fleurs qu'elle m'a envoyées semble à présent presque insultante. Pourquoi ne lui ai-je pas tendu la main pour son enfant à elle, sa tristesse, ses difficultés à elle ?

Mon cœur s'emballe. Je me mets derrière un arbre et la regarde discrètement tandis que son fils pilote son fauteuil sur le trottoir. Il a encore l'usage de ses mains et de ses bras, Dieu merci. Il fait rouler le fauteuil vers la porte de cette petite maison bleue que Molly occupe depuis des années. Une rampe en bois longe désormais les marches du porche.

J'ai le temps. Je pourrais courir vers elle et l'enlacer de toutes mes forces.

J'attends qu'ils soient entrés avant de repartir sur le trottoir. Puis je m'élance à toute allure vers la Penfield Marina.

Curtis est assis à un bureau et porte un T-shirt délavé et une casquette des Spartans. Je donne un coup sec à la porte de son bureau, restée ouverte. Sa main heurte son mug et projette des gouttes de café sur les pages sportives. Il lève un regard noir et agacé… jusqu'à ce qu'il me voie. Et son visage rayonne soudain.

— Tiens, salut ! dit-il en sautant de sa chaise.

Ses tongs claquent contre le carrelage lorsqu'il traverse la pièce :

— Riki Franzel ! Entre !

Je ne m'appelle plus Riki Franzel !

Je lisse mes cheveux humides et je redresse mes lunettes de soleil.

— Salut, Curtis. Il faut que j'aille sur le continent aujourd'hui. L'aéroport est fermé pour travaux. Tu peux me faire traverser le détroit ?

— Je pense que oui.

Il se frotte le menton et semble cogiter un moment.

— Au printemps dernier, Andy Kotarba a franchi un trou d'eau grand comme une piscine. Vu comment la glace fond ce matin, on va peut-être battre le record de ce bon vieil Andy. Je dirais que nos chances sont de cinquante-cinquante.

Je recule brutalement.

— Cinquante pour cent de chances de rompre la glace ? T'es malade ou quoi ? (Je sors mon portefeuille.) Tu dois bien avoir un bateau de pêche qui pourra passer entre les plaques de glace. Ton prix sera le mien.

Il croise les bras devant son torse et me regarde sortir des billets de mon portefeuille. Il finit par poser sa main sur la mienne.

— Range ton argent, Riki. Aucun bateau ne traverse tant qu'il y a de la glace à la surface. Tu te souviens de ce qui est arrivé au *Titanic*, non ?

Je me précipite dans la rue. C'est impossible ! Il faut que je rentre chez moi. Il faut que je retrouve Kristen. Annie ne veut plus me parler. Ma respiration s'accélère, saccadée. La panique que j'ai contrôlée des années durant s'accumule, me prend à la gorge et à la poitrine. J'ai l'impression d'entendre mon père aboyer :

— Erika Jo ! Ça suffit, maintenant !

Je compte jusqu'à quatre à chaque inspiration, comme me l'a appris Mme Hamrick, la bibliothécaire de l'île, quand elle m'avait trouvée en hyperventilation derrière un rayonnage, trente ans plus tôt.

— Tout va bien, avait-elle murmuré, sa main douce sur mon dos.

Mais ça n'allait pas, cet après-midi-là, et ça ne va pas maintenant non plus. Sans moyen de rejoindre le continent, cette île peut se refermer sur vous et vous avaler. Ma mère le savait mieux que personne.

Je compose le numéro de Kate, ma dernière bouée de sauvetage.

— Il faut que je parte d'ici, Kate. Il faut que tu m'aides.

Je lui explique pour la piste de l'aéroport, le dégel.

— Un instant, dit-elle, sa voix à peine audible par-dessus le brouhaha du restaurant. Je vais dans mon bureau. Le bruit s'atténue et sa voix est plus claire. Calme-toi. Tout va bien. Profite de ton temps ici. Analyse ton passé, comme quelqu'un t'a conseillé de le faire.

Mon cœur bat la chamade.

— C'est toi, Kate ? C'est toi qui m'envoies ces messages ?

— Non. Bien sûr que non.

Je me frotte l'arête du nez.

— Pourquoi voudrait-on que je déterre cet horrible passé ? C'est cruel.

Ces mots malhonnêtes brûlent à l'instant où je les prononce. Parce que je sais que Kristen, ou Annie, ou quiconque m'envoie ces e-mails, le fait par amour.

— Peut-être parce que tes souvenirs douloureux ne sont pas tout à fait exacts, frangine.

— Arrête.

— Non, Rik. Je ne peux pas te laisser t'infliger tout ça à toi-même. (Elle laisse passer un silence et reprend d'une voix radoucie.) Quand vas-tu accepter la vérité ? Pas seulement pour Kristen, mais pour maman aussi. Papa n'a pas pu la sauver, Rik, pas plus que tu n'as pu sauver Kristen. Tant que tu n'arriveras pas à lui pardonner, tu ne te pardonneras jamais à toi-même.

Le monde autour de moi vire au noir. Si mon père n'est pas fautif, alors il n'y a qu'une seule autre personne à accuser.

— Je sais la vérité, Katie. Peu importe ce que disent les gens. Et je ne laisserai pas cette île empoisonner mes souvenirs.

— Mais tu la laisses empoisonner tous tes liens sans broncher ?

Je ferme les yeux de toutes mes forces.

— Rik, murmure-t-elle. Mon exploratrice avisée. Il faut que tu arrives à faire la paix avec ton passé. Ton avenir en dépend.

28

Erika

Le trottoir s'arrête mais je continue sur Lakeshore Drive, la voie étroite qui longe la côte ouest de l'île. J'essaie de ne plus entendre les paroles de Kate et de me concentrer sur mes filles. Si Kristen est en vie, comme le pense Annie, je dois absolument la retrouver. Elle doit sans doute se cacher à New York. Ce qui signifie que je dois rentrer chez moi.

Devant, la maison de mon père apparaît. Je sens les poils de ma nuque se hérisser, comme si j'étais Scout approchant de la maison de Boo Radley dans *Ne tirez pas sur l'oiseau moqueur*. Je ralentis et j'observe. Elle est minuscule, cette maisonnette à bardeaux blancs. Difficile de croire qu'une famille de quatre personnes l'a habitée, même pour si peu de temps. Elle a besoin d'un nouveau toit, je le vois d'ici, et un volet pend sur ses gonds.

Me voit-il, debout sur la route ? Est-il tenté de m'inviter à entrer, de m'offrir un café et de me demander des nouvelles de ma vie new-yorkaise ? Je lâche un rire amer. Voilà des années que j'ai abandonné ce fantasme.

J'avance lentement sur la route et me trouve devant la maison qui a jadis été la mienne. Mon cœur cogne dans ma poitrine. Ma grand-mère Louise vient à moi, sa main ridée me caresse la joue.

— Un jour, Erika Jo, tu quitteras cette île, ta maison. Mais n'oublie jamais une chose : si tu ne l'emportes pas avec toi en partant, ne t'attends pas à la retrouver à ton retour.

Pour une raison qui m'échappe – peut-être une tentative hésitante de récupérer quelque chose que j'avais oublié d'emporter, des années plus tôt – je m'engage dans l'allée et je gravis les marches du perron.

Mon cœur hurle lorsque j'appuie à nouveau sur la sonnette. Je finis par tirer la porte moustiquaire et je tourne la poignée.

— Papa ? j'appelle d'une petite voix avant d'entrer.

Je suis assaillie par l'odeur de tabac froid et de renfermé, à la fois familière et répugnante. Le minuscule salon est morne et exigu. Comme je m'y attendais, son fauteuil brun est posté devant la télé, la pipe et la télécommande sur une tablette à côté.

— Papa, j'appelle encore, même si je sais qu'il n'est pas là.

Sur la cheminée, j'aperçois une vieille photo d'Annie et Kristen, prise seize ans plus tôt dans notre petite maison de Madison. Je m'en approche et mon cœur bat au rythme de ce doux souvenir.

C'était un samedi, j'avais demandé à un photographe de passer chez nous. Nous venions de terminer le déjeuner et Brian était monté prendre une douche et se changer. Kristen et Annie m'aidaient à débarrasser, leurs petites mains portaient des bols de soupe depuis la table jusqu'au plan de travail en Formica jaune.

— On va mettre nos plus beaux vêtements, avais-je annoncé à mes deux filles de trois ans. Quand le monsieur aura pris notre photo, on ira rendre visite à Papy et Mamie Blair. Ce soir, on ira tous manger au Lombardino's.

— On va pouvoir porter nos jolies robes ? avait demandé Kristen en me tendant son bol.

— Absolument, avais-je dit. Le Lombardino's, c'est un restaurant très chic.

— Youpi ! s'était écriée Annie.

Comme pour ponctuer son enthousiasme, son bol lui avait échappé des mains. Des éclats de verre avaient rebondi sur le carrelage de la cuisine.

— Personne ne bouge ! avais-je lancé.

Annie sous un bras, et Kristen sous l'autre, je les avais portées jusqu'à l'escalier et les avais plantées sur la première marche.

— Et si je terminais de nettoyer la cuisine pendant que vous allez vous préparer à l'étage ?

Elles avaient bondi dans l'escalier.

— Allez, Annie. On va se faire belles !

J'avais balayé le verre brisé et l'avais jeté à la poubelle, sourire aux lèvres en entendant les petits cris et les gloussements en provenance de la chambre des filles, juste au-dessus de la cuisine.

Brian était descendu dans sa chemise impeccable, enveloppé d'un parfum d'eau de Cologne boisée.

— Regardez donc mon beau mari, avais-je dit.

Il s'était glissé derrière moi alors que je levais les bras pour ranger un verre dans le placard, et il m'avait embrassée sur la nuque. Un sentiment de paix m'avait envahie – non, c'était plus que de la paix, c'était un de ces rares instants de joie pure. J'avais la famille que j'avais toujours imaginée. Nous étions tous les quatre heureux et en bonne santé. Je ne voulais rien de plus, je n'avais besoin de rien, rien du tout. Comment pouvais-je avoir autant de chance ?

Un quart d'heure plus tard, un tonnerre de petits petons avait grondé au-dessus de nous.

— Fermez les yeux, avait hurlé Kristen du haut de l'escalier.

J'avais pris Brian par la main et l'avais emmené au salon. Nous avions attendu au pied des marches en cachant nos yeux de nos mains, d'un geste théâtral.

— Ouvrez les yeux, avait lancé Annie.

Quand j'avais levé la tête, mon regard s'était posé sur deux princesses. Main dans la main, elles descendaient l'escalier comme deux têtes couronnées.

— Oh, mes chéries, m'étais-je écriée, main sur la poitrine.

Elles avaient enfilé leurs costumes de princesses Disney. Annie était en rose, Kristen en violet. Leurs jupes en tulle se soulevaient à chacun de leur pas, souliers de satin aux pieds. Elles étaient coiffées de hennins et des rubans cascadaient du sommet de leurs coiffes pointues.

— On est belles, hein ? avait dit Kristen, et la question était purement rhétorique.

Annie n'était pas si assurée, elle. Elle m'avait regardée, puis s'était tournée vers Brian, le visage si plein d'espoir que j'en avais eu le cœur gonflé.

— Oui ! avais-je lâché. De la tête aux pieds, vous êtes belles à croquer.

Kristen avait pouffé.

— On s'est habillées toutes seules, avait ajouté Annie d'un ton fier.

Brian avait souri.

— Mais vous ne pourrez pas porter ces costumes bébêtes pour la photo. Maman va vous aider à enfiler vos vraies robes.

La joie avait soudain disparu de leurs visages. J'aurais juré pouvoir lire dans leurs esprits. Leur père n'approuvait pas leur choix. Elles avaient beau avoir fait de gros efforts, ça ne suffisait pas. Je savais d'expérience ce qu'on pouvait éprouver en cet instant.

— Non, avais-je dit à Brian, brisant de manière inhabituelle notre solidarité parentale, avant de me tourner vers les filles. Vous êtes absolument parfaites comme ça.

Brian était resté vexé toute la journée. Je le comprenais, honnêtement. Même le photographe semblait ébahi que je laisse les filles porter leurs robes de princesses. Mais depuis ce jour, cette photo de famille est ma préférée.

Mes lèvres hésitent entre sourire et tremblement. De toutes les photos que j'ai envoyées à mon père au fil des ans, c'est celle-ci qu'il a choisi d'exposer. C'est peut-être sa préférée, à lui aussi. Ou alors c'est parce que je n'y figure pas.

Je repose le cadre. Mon regard se pose sur le vieux crucifix en bois, encore suspendu au-dessus de la porte à côté d'un ouvrage au point de croix de Mamie Louise. *La famille : ceux qui vous laissent partir mais ne vous laissent jamais tomber.*

À l'autre bout de la pièce, j'aperçois un tableau aux couleurs éclatantes, si différent des images ternes et fanées qui ornent les autres murs. Je m'en approche, mon cœur s'accélère. C'est une peinture à l'acrylique représentant un paon, tête tournée et queue déployée. Je passe un doigt sur ma signature d'adolescente griffonnée dans un coin en bas, et ma gorge se serre.

J'en remarque une autre, posée sur la bibliothèque. Une représentation maladroite d'un éléphant, que j'avais peinte en cours d'art plastique avec M. Mehaffey, en terminale. Les larmes me montent aux yeux. Mon père a gardé mes vieilles peintures idiotes. Et il les a même encadrées.

Le raclement de la porte me fait sursauter. Je tourne les talons et me retrouve face à mon père. Son nez est rougeâtre, résultat de sa beuverie de samedi soir, sans nul doute. Des mèches de cheveux blancs s'échappent de sous une casquette qui porte l'inscription : ARNOLDS TRANSITS. Son corps, jadis droit et musclé, se voûte peu à peu. Évidemment, qu'il se voûte. Mon père a soixante-dix-huit ans, maintenant. Pourtant, sa présence remplit la pièce entière.

— Comment t'es entrée ? me demande-t-il, la bouche tordue par la paralysie.

— Je... j'étais sortie me promener. Je me suis dit que je pourrais passer te voir mais tu n'étais pas là.

Le cadre vacille lorsque je le repose sur la bibliothèque.

— Il paraît que tu as demandé à Penfield s'il avait vu Kristen. Continue comme ça et les gens vont penser que tu as perdu la boule.

Je me mets sur la défensive.

— J'ai... j'ai reçu des e-mails. Des citations de maman, et de mamie aussi. C'est pour ça que je suis venue. Je suis censée analyser mon passé. Il y a des chances que...

— Analyser ton passé ? m'interrompt-il. Quel rapport avec le fait que tu essaies de retrouver ta fille morte ?

Ses mots sont comme un coup de massue sur mon cœur.

— Je pensais qu'elle voulait me faire venir ici, sur l'île.

Il lâche un soupir exaspéré, sa façon de me faire taire.

— Si Kristen était sur l'île, je le saurais. Elle n'est pas ici. Elle était dans ce train, celui qui a déraillé.

Je bats des paupières avec énergie. *Ferme les vannes du barrage.*

— C'était peut-être quelqu'un d'autre. Les chances sont maigres, je l'admets, mais j'ai mis un détective sur l'affaire.

— Arrête de vivre dans ton pays imaginaire, tu m'entends ? C'est ton problème depuis toujours, ça. Tu as perdu une fille, pas deux. Tu as une fille encore en vie, et qui a besoin de toi.

Mes ongles s'enfoncent dans les paumes de mes mains.

— Je ferais mieux d'y aller.

— Réponds-moi franchement. Qu'est-ce que tu cherches, exactement ?

Sa question me prend par surprise. Je retombe en enfance, assommée de questions qui me nouent l'estomac et me donnent l'impression d'être idiote. Mes yeux tombent sur ma peinture accrochée au mur. Je fais un geste de la main dans sa direction, dans l'espoir de changer de sujet.

— Je... je n'arrive pas à croire que tu aies fait encadrer mes vieux tableaux.

— C'est pas moi. C'est ta sœur qui l'a fait.

Je fais volte-face avant qu'il ne voie mon visage se décomposer.

La porte moustiquaire claque derrière moi, comme pour ponctuer ses derniers mots. C'est la première fois que je revois mon père depuis longtemps, et je suis déjà en miettes. J'avance à grandes enjambées, j'essaie d'ignorer ma frustration et mon humiliation.

Trente minutes plus tard, je me trouve à l'intersection avec Scott's Cave Road. Ma nuque dégouline de sueur et j'ai la bouche sèche. Un panneau en bois indique Pointe aux Pins, 2 kilomètres. Ma poitrine se serre. Je devrais faire demi-tour. Je sais ce qui m'attend là-bas. Mais comme une masochiste, je continue.

J'avance péniblement pendant vingt minutes jusqu'à la pointe nord de l'île, Pointe aux Pins. Je me demande si ce n'était pas en réalité ma destination depuis le début.

Je quitte la route déserte et je pénètre dans un petit bois. Le chemin de terre que je connais si bien me conduit entre les arbres. *Arrête. Ne va pas plus loin.* Mais je continue à avancer entre les buissons et les broussailles jusqu'à entrevoir une petite étendue de terre surplombant le détroit partiellement gelé. L'endroit où ma mère a respiré pour la dernière fois.

L'exploratrice avisée analyse son périple précédent avant de mettre le cap sur sa nouvelle destination. Mais cela ne me paraît pas très avisé. Les souvenirs déferlent et je ferme les yeux de toutes mes forces. Rentrer de l'école et trouver la maison vide. Kate, trempée, qui pleurait dans son berceau. Les bottes de mon père gravissant les marches du porche, le ciel d'un gris cendre. La panique dans ses yeux, la frénésie avec laquelle il avait fouillé la maison, comme s'il menait une partie de cache-cache à l'enjeu capital. Les voisins et les amis qui s'étaient associés à lui pour ratisser l'île. Mme McNees qui avait raconté aux journalistes avoir vu Tess Franzel partir vers Pointe aux Pins. Et puis le néant. Jour après jour, le néant.

Je pose un pied hésitant sur l'eau gelée. La glace semble solide à cet endroit, à l'abri du soleil dans la crique ombragée. J'appuie de tout mon poids et l'eau s'infiltre dans ma chaussure.

Ma mère a-t-elle eu peur quand elle a avancé, inquiète que la glace ne résiste pas sous elle ? Ou bien ne pensait-elle à rien, envisageait elle-même avec impatience la traversée revigorante du détroit ? Je me demande, comme toujours, quelle heure il était. Est-elle venue ici au petit matin, juste après mon départ pour l'école, dans l'espoir d'être rentrée à mon retour l'après-midi ? Comptait-elle passer un peu de temps sur le continent, faire quelques courses ? Prévoyait-elle de nous raconter des anecdotes de sa petite excursion le soir même, autour d'un dîner de poulet frit et de purée ?

— Pourquoi ? je demande à voix haute. Pourquoi ma mère ? Pourquoi Kristen ? Pourquoi pas moi ?

Derrière moi, une branche craque. Je me retourne. Mes yeux parcourent le bois, chacun de mes nerfs est à vif. Un claquement de tissu attire mon attention. Quelqu'un s'enfuit.

— Qui est là ?

Les buissons sont à présent immobiles. Qui que ce soit, cette personne n'est plus là.

Je prends une profonde inspiration et me tourne vers le lac à demi gelé. Encore quelques pas. Et quelques autres. La glace résiste.

Est-elle morte sur le coup, ses poumons explosant lorsqu'elle avait inhalé l'eau frigorifique ? Ou bien s'est-elle débattue sous la glace, agitant les bras et griffant la surface, cherchant désespérément à remonter à l'air libre ? Je croise les bras autour de ma taille.

La douleur me revient, aussi aiguë qu'au jour où l'on a retrouvé son corps, six jours plus tard, à un demi-kilomètre de là. Mon cœur a laissé place à un trou béant. Que rien ni personne ne pouvait combler.

Je me penche en avant, saisis mes genoux et je parviens à peine à contenir mes larmes.

— Je t'aimais. Je t'aimais tellement, maman. Je suis désolée que papa t'ait fait venir ici.

Je me redresse et scrute le ciel. Des nuages virevoltent et s'entrelacent, me donnent la nausée. Je hurle à pleins poumons.

— Je t'emmerde ! Comment as-tu pu me l'enlever ? J'avais besoin d'elle ! Tu me voles tous ceux que j'aime !

Et quelque part, dans un recoin obscur de mon esprit, une question me taraude soudain :

Qui suis-je véritablement en train d'insulter ? Le père qui est aux cieux, ou celui qui est sur terre ?

29

Annie

Lundi matin. Les paupières d'Annie papillonnent, et son regard se pose sur une paire d'immenses yeux marron derrière d'épais verres de lunettes. Elle se redresse aussitôt dans son lit.

— Olive ! Qu'est-ce que tu fais ?

Olive arrache la couette d'Annie.

— Mon papa doit aller au travail. Faut que tu te grouilles.

— Que je me quoi ?

— Que tu te grouilles ! Que tu te dépêches.

Annie essaie de se concentrer mais elle a l'esprit embrumé. Elle saisit son portable sur le chevet. Il ne peut pas déjà être 9 heures. Mais si, à en juger par le soleil qui pénètre dans sa chambre par les portes-fenêtres, la matinée est déjà bien avancée. Malheureusement, son corps est encore bloqué dans le fuseau horaire de la côte Est américaine et lui assure qu'il est 3 heures.

— Oh, mer... dit Annie en plaquant sa main sur sa bouche. (Elle jette un coup d'œil à Olive et rabaisse sa main.) Mercredi. Je croyais qu'on était mercredi.

Elle se lève à la hâte et attrape sa robe de chambre accrochée au pied du lit. Olive la prend par le bras et l'entraîne dans le couloir.

— Mon papa doit partir. Tu as dormi toute une journée.

Annie grimace en entrant dans le salon. Tom est près de la fenêtre et consulte son téléphone. Il est vêtu d'un jean et d'un blazer, il est tellement canon. Sa sacoche en cuir est posée sur une chaise à côté de lui. Merde. Il l'attendait. Il sourit quand il la voit et range son téléphone dans sa poche.

— Bonjour. J'en conclus que tu as bien dormi ?

Elle glisse une mèche de cheveux derrière son oreille et baisse les yeux vers ses orteils nus.

— Euh, oui. Bien dormi. Je ne dors jamais aussi tard. Je suis désolée. Je…

— Ça m'arrive à chaque voyage. Soit j'ai les yeux grands ouverts à 3 heures du matin, soit je suis un zombie jusqu'à midi.

Elle sourit. Comment sait-il toujours trouver la bonne repartie ?

— Vous pouvez aller au travail. Tout va bien, on est prêtes.

Olive se précipite vers son père et s'accroche à ses genoux.

— Emmène-moi avec toi, s'il te plaît, papa ! Je veux pas rester avec elle.

Il la décroche de ses jambes et s'accroupit devant elle.

— Chérie, quand tu dis des choses pareilles, ça fait de la peine à Annie.

Il jette un coup d'œil à Annie et lui adresse une petite grimace d'excuse.

Olive tape du pied.

— Je m'en fiche ! C'est pas ma maman.

Le cœur d'Annie se brise.

— Je comprends, dit-elle. Et ça te rend triste. Je sais ce que tu ressens. (Annie croise les doigts derrière son dos et se déteste à l'idée de prononcer ce mensonge.) J'ai aussi perdu quelqu'un que j'aimais beaucoup. Ma sœur est morte.

Pardonne-moi, Krissie, s'il te plaît !

Tom se tourne et lève les yeux vers elle.

— Je suis sincèrement désolé, Annie.

Olive croise les bras devant sa poitrine, comme si elle refusait d'écouter. Tom attrape sa sacoche.

— Je vous laisse discuter, toutes les deux. J'ai laissé un plan de la ville sur l'îlot de cuisine, avec les endroits que tu auras peut-être envie de visiter, et une carte bancaire. Si tu as le temps, peut-être que tu pourrais passer au marché. Olive connaît le chemin.

— Me laisse pas avec elle ! hurle Olive.

— Olive, ça suffit. Tu vas bien t'amuser avec Annie.

— Non ! dit-elle avant de tomber à genoux, agitée de sanglots forcés et sans larmes.

— Tu as mon numéro, dit-il en ouvrant la porte. Appelle-moi si tu as besoin de quoi que ce soit. Bonne chance.

Il embrasse Olive sur le sommet du crâne, adresse un hochement de tête à Annie et ferme la porte derrière lui.

— Eh merde… marmonne Annie.

— Je t'ai entendue ! dit Olive.

La fillette tourne les talons et s'élance dans le couloir, puis claque la porte de sa chambre.

Annie accorde cinq minutes à Olive pour qu'elle se calme, avant de frapper à sa porte.

— Ma puce ?

— Va-t'en.

Annie entrouvre la porte, soulagée de constater que le verrou a été enlevé. Elle aperçoit Olive assise par terre avec une poupée au visage constellé de taches de rousseur. Annie s'installe à côté d'elle.

— Tu veux que je te dise un secret ?

Olive tripote les cheveux de la poupée et refuse de croiser le regard d'Annie.

— Ma sœur a eu un terrible accident. (Elle croise à nouveau les doigts dans l'espoir que ce mensonge l'aidera à gérer la situation.) Alors je sais ce que c'est, de se sentir seule et triste. Même un peu en colère, parfois.

La main d'Olive s'immobilise.

— Elle a eu un accident de voiture ?

— Non. C'était un train.

Les yeux d'Annie s'embuent mais elle parvient à lui raconter une version résumée du déraillement du train sans fondre en larmes.

Olive lève le regard pour la première fois.

— Elle a eu mal, quand elle est morte ?

Annie lui adresse un faible sourire.

— Non. Pas du tout. Comme ta maman, Kristen n'a rien senti. Elle s'est endormie et ne s'est pas réveillée.

— Et elle est montée au paradis ?

Vrai ou non, c'est de toute évidence ce que Tom veut lui faire croire.

— Oui. Krissie est avec les anges, comme ma grand-mère.

Olive semble cogiter, puis son visage s'éclaire.

— Hé, tu crois qu'elles sont amies, elle et ma maman ?

Annie caresse la joue d'Olive.

— J'en suis sûre. Les meilleures amies du monde. Je parie qu'elles sont heureuses aussi de savoir qu'on est amies, toi et moi.

Olive s'écarte brutalement.

— Non, elles sont pas heureuses. Parce que t'es pas ma copine !

Un pas en avant, un pas en arrière, se dit Annie.

Annie fredonne en remontant la rue Madame vers l'école maternelle américaine d'Olive. Elle tend le bras derrière elle pour attraper la main de la fillette mais cette dernière l'évite et fourre sa main dans la poche de son manteau rouge. Elles approchent d'un bâtiment en briques couvert de lierre où sont suspendus les drapeaux français et américain. Olive pique un sprint.

— Ralentis, Olive ! crie Annie en sentant le poids de ses énormes seins à chaque foulée.

Olive s'arrête au pied des marches en ciment de l'école, elle tourne le dos à Annie. Autour d'elles, des mères embrassent leurs enfants. Des jeunes femmes – d'autres filles au pair, imagine Annie – agitent la main et crient des au revoir. Une jolie rousse envoie un baiser à une fillette en robe à fleurs.

Annie s'accroupit et fait doucement pivoter Olive en l'attirant par ses petites épaules afin qu'elles soient face à face. Olive se dégage d'une secousse.

— Bon, Olive, dit Annie en redressant le nœud qu'elle a glissé dans les cheveux de l'enfant ce matin. Je reviens te chercher à midi. Sois gentille. Fais de ton…

Avant qu'elle n'ait eu temps de finir sa phrase, Olive a déjà tourné les talons et s'élance dans l'escalier sans un mot. Annie la regarde disparaître dans le bâtiment et s'en veut d'être vexée. Elle n'est pas venue ici pour se lier d'amitié avec cette gamine. Elle est venue retrouver sa sœur.

Elle tire son téléphone de sa poche et tape l'adresse dans Google Maps. *2 avenue Gabriel, Paris 8ᵉ*. L'ambassade américaine.

Un quart d'heure plus tard, Annie traverse la Seine vers la rive droite et prend la direction du quai des Tuileries. La rive droite est plus chic, plus cosmopolite et sophistiquée que l'ambiance bohème de la rive gauche. Elle débouche sur la place de la Concorde et réprime un cri. Là, devant l'obélisque, se tient une jeune femme blonde et mince. Elle tourne le dos à Annie. Elle porte un legging et un imperméable, avec une paire de chaussures plates. Exactement le style vestimentaire de Krissie.

Le cœur d'Annie bat la chamade. Krissie ? C'est toi ? Elle court, chose qu'elle fait rarement.

Elle est hors d'haleine en arrivant près de la blonde.

Elle s'éclaircit la gorge et tapote l'épaule de la femme.

— Krissie ?

La femme se tourne, l'air mauvais, comme si Annie l'importunait.

Son cœur se serre.

— Excusez-moi, dit-elle avant de plaquer sa main sur sa bouche.

Elle tourne en direction de l'ambassade, dans l'espoir que la piste la mènera à sa sœur, une jeune blonde enceinte de huit mois, et qui a besoin de son aide.

Annie entre en trombe dans l'ambassade américaine, s'attendant à en ressortir au bout de cinq minutes en sachant si, oui ou non, Krissie Blair est entrée sur le sol français au cours des six derniers mois. Au lieu de cela, on lui indique qu'elle doit remplir un formulaire.

— Mais c'est ma sœur, dit-elle à l'Américaine derrière le comptoir d'accueil. Elle a disparu. Et elle a emporté son passeport. Pourriez-vous s'il vous plaît consulter la liste des passeports pour voir si elle est entrée dans le pays ?

— Remplissez le formulaire, je vous prie. Vous aurez une réponse de l'ambassade sous sept à dix jours.

— Non. Il faut que je le sache maintenant.

— Je suis navrée. Vous recevrez un e-mail quand nous aurons traité votre demande.

Annie pousse un soupir agacé mais remplit la paperasse requise. Dix minutes plus tard, elle quitte l'ambassade, à la fois pleine d'espoir et de lassitude. D'ici dix jours maximum, elle saura si sa sœur est à Paris. D'ici là, elle va devoir poursuivre ses recherches. Malheureusement, elle ne sait absolument pas par où commencer.

30

Erika

Je reste étendue sans trouver le sommeil, tandis que la nuit de dimanche se mue lentement en lundi matin. Je maudis cette île, et mon père, et le flacon de somnifères Lunesta resté dans ma cuisine à New York. Je finis par m'assoupir, au moment où la lueur rosée de l'aube s'insinue à travers les rideaux.

Je me réveille en entendant marteler – littéralement, pas simplement frapper – à la porte de Kate.

— C'est bon, c'est bon, j'ai entendu.

J'attrape ma robe de chambre et je trottine dans le couloir, l'esprit brumeux et les yeux gonflés. Qui vient rendre visite à ma sœur si tôt ? Je jette un coup d'œil par l'étroite fenêtre à côté de la porte. Mon rythme cardiaque s'accélère. Je serre ma robe de chambre autour de ma taille et j'ouvre.

— Bonjour, papa, dis-je en glissant une mèche de cheveux derrière mon oreille. Viens, en…

— Va chercher tes affaires.

Je fais un pas en arrière.

— Quelles affaires ? De quoi tu parles ?

— Je t'emmène sur le continent.

Il tourne les talons et ses bottes claquent sur chaque marche usée.

Je sors sur le porche. La pluie s'abat sur le trottoir et dégouline des corniches. Je resserre encore ma robe de chambre.

— Tu... C'est... C'est sans danger ?

Je songe à la vitesse du courant, aux plaques de glace, au *Titanic*. À ma mère.

— Tu veux te tirer d'ici, je vais t'aider à te tirer.

— Ne sois pas déraisonnable. J'attendrai le dégel – ou une nouvelle vague de froid.

— Va chercher tes affaires, répète-t-il. On largue les amarres dans une heure.

Je ne peux pas partir, pas encore. C'est faux. Je peux. Mes filles, que je suis venue chercher ici, n'y sont pas. J'ai promis à Carter que je rentrerais à New York dès que possible. C'est ma seule chance de quitter cette satanée île.

Des clochettes à l'ancienne tintent quand je pousse la porte du Seabiscuit Café. La foule du petit déjeuner a disparu. Je scrute les murs de briques, le plancher et les curieux tableaux accrochés aux murs. J'aperçois ma sœur perchée sur un tabouret de bar, où elle lit sur son iPad.

— Je m'en vais, je lui annonce.

— Maintenant ? dit-elle en sautant du tabouret. Tu ne peux pas t'en aller. Je n'en ai pas terminé avec toi.

Terminé avec moi ? Kate serait-elle Un Miracle ? Je n'ai pas le temps de lui poser la question.

— Papa m'emmène sur le continent.

— Quoi ? Comment ? Pas avec ce vieux rafiot ?

— Aucune idée. Ce n'était pas une proposition. C'était un ordre.

— Mais il déconne ou quoi ?

Kate détache son tablier et le jette.

— Je crois qu'il m'a vue hier. Je suis allée à Pointe aux Pins. J'étais un peu bouleversée.

— Oh, Rik, non.

— Je crois qu'il a peur que je craque, sur cette île. Il doit être gêné.

— Mais il y a encore des plaques de glace au milieu du détroit. Et il pleut, bon sang.

Un frisson me parcourt l'échine. Je frotte mes bras gagnés par la chair de poule.

— Ça va aller. C'est un bon capitaine.

Elle porte la main à sa bouche et des larmes perlent à ses cils.

— Oh, Rik, n'y va pas.

— Viens avec moi, dis-je en lui attrapant les mains. Viens à New York, installe-toi avec Annie et moi. Tu pourrais travailler dans un des meilleurs restaurants de la ville. Ton salaire quadruplerait. (Je perçois l'urgence désespérée de mon ton mais c'est plus fort que moi.) Je t'achèterais un café brasserie. Tu as toujours voulu une brasserie…

Elle me sourit avec tendresse.

— Je ne suis pas faite pour vivre en ville. Tu le sais bien, me dit-elle en m'assénant une bourrade dans le bras. Mais je viendrai sur le dock pour te chanter la chanson de *Titanic* quand vous partirez avec papa.

Je réprime un sourire.

— Super gentil.

Je déglutis avec une peine infinie. J'étais idiote d'imaginer qu'elle m'accompagnerait.

— Max va venir en mai, m'annonce-t-elle, les yeux brillants. Je crois qu'il va peut-être faire sa demande, Rik.

Je lui presse le bras et je prononce une prière silencieuse pour qu'elle n'ait pas le cœur brisé.

— On habitera ici, à Mackinac, poursuit-elle.

Sa vie semble se dérouler devant mes yeux. Je vois ma sœur mariée à un bon à rien, s'échinant dans ce boulot ingrat des années durant.

— Oh, Katie, dis-je en hochant la tête. Je ne comprends pas pourquoi tu persistes à vivre sur une île qui ne reconnaît pas tout ton potentiel.

Elle me sourit.

— C'est marrant, je me pose la même question pour toi.

La pluie s'est réduite à une bruine chuchotante. Un groupe d'hommes s'est rassemblé sur le quai et même à cette distance, j'entends leur conversation animée. Ils sont venus assister à la périlleuse tentative du Cap' Franzel pour accompagner sa fille sur le continent.

Mon père est debout à la proue de son vieux bateau de pêche, un bonnet de laine sur la tête. Il porte son antique ciré – un pantalon à bretelles, un manteau jaune et des bottes en caoutchouc. Il me lance un vieil imperméable à l'endroit d'où je le regarde sur la jetée.

— Merci, dis-je.

Je fourre les bras dans les manches et remonte la fermeture Éclair par-dessus ma parka.

Il tend le bras. J'hésite, mon cœur bat à pleine vitesse.

— Allez, quoi ! aboie-t-il.

Je pose ma main sur son gant usé et je quitte le quai. Le bateau tangue quand mon pied touche le pont.

Je perds l'équilibre. Je regarde mon père mais il m'a déjà tourné le dos.

Je me redresse et m'installe sur une banquette métallique, serrant mon sac à côté de moi. Une rafale de vent souffle depuis les flots. Je relève ma capuche et me tasse dans l'imperméable.

Des voix se chevauchent. Tout le monde semble avoir des conseils à prodiguer au Cap' Franzel. *Ne dépasse pas les cinq nœuds. Surveille bien les plaques de glace. Fais gaffe en atteignant le milieu du détroit, c'est là que c'est le plus dangereux.*

— J'ai pas besoin qu'on me dise quoi faire, nom de Dieu !

— Bon, écoutez, dis-je, bien que personne ne m'écoute. Je n'ai pas besoin de quitter l'île.

Le vieux Perry, l'homme qui nettoyait notre école, intervient :

— Le Cap' a traversé bien plus de dangers que vous tous réunis. S'il dit qu'il peut y arriver, alors il va y arriver.

Mais pourquoi ? Je plonge mon regard vers l'eau gris anthracite. Au-dessus de nous, des nuages flottent comme un chœur d'anges venus nous dire adieu. Pourquoi mon père accepte-t-il de risquer sa vie, et la mienne, pour me faire quitter cette île ? A-t-il été témoin de mon moment de désespoir à Pointe aux Pins ? Était-ce lui que j'ai entendu dans les bois ? Pense-t-il que sa fille perd la tête ? Ou bien veut-il simplement se débarrasser de moi, comme à mes dix-huit ans ? *Dégage d'ici avant que je te fasse partir moi-même à coups de pied au cul.*

Mes nerfs finissent par lâcher.

— Arrête, papa ! je m'écrie par-dessus le grondement du moteur, penchée vers lui. C'est de la folie. On n'a qu'à attendre. Je n'ai pas besoin de…

Il me décoche un regard si féroce que le reste de ma phrase reste bloqué en travers de ma gorge.

Le bateau avance lentement, comme si nous progressions dans un champ de mines dangereux et menaçant – un champ de mines qui s'agitent et flottent, et qui se déplacent de temps à autre sous l'effet d'une vague, projetant une gerbe d'eau glacée au-dessus de la proue.

Je garde les yeux rivés sur le continent, encore à deux bons kilomètres, et je prie en silence. Je prie pour ma petite Annie, pour ma Kristen, pour ma mère et ma sœur. Et même pour mon père.

Le vent me gifle le visage et j'en ai le souffle coupé. Je vais mourir. Les mots m'échappent en rafales incontrôlables.

— Pourquoi ? Pourquoi es-tu si dur ?

Je ne quitte pas des yeux son ciré où des rigoles d'eau glissent sur la toile luisante, j'attends une réponse qui ne vient pas. Il accélère, sa manière à lui de me faire taire, sans doute. Mais c'est impossible. Ma peur a fait naître une sorte d'urgence, un besoin désespéré de réponses.

— Pourquoi tu nous as emmenées ici ? Maman serait peut-être encore en vie si tu ne nous avais pas fait déménager.

Dès que les mots passent mes lèvres, je suis submergée par le regret, la honte et l'horreur.

Il me montre son profil, son visage bouffi et violacé, constellé de gouttes de pluie.

— Tu sais que dalle.

Il a les yeux brillants, comme s'il essayait de contenir ses larmes. Mais c'est impossible. Le Cap' Franzel ne pleure pas. Quand il reprend la parole, c'est d'une voix rauque.

— Je t'ai fait quitter l'île. Ça ne te suffit pas ?

Parle-t-il du trajet d'aujourd'hui, ou de vingt-cinq ans plus tôt quand j'étais partie pour la fac ?

— Pourquoi tu m'as fait partir ? je réponds avec le même flou. Je serais restée ici. Kate avait besoin de moi.

Il se tourne à nouveau vers les flots et s'essuie le visage à l'aide d'un mouchoir. Avant qu'il n'ait eu le temps de répondre, un bruit sourd et de mauvais augure se fait entendre à la proue. Le bateau fait une embardée et je me trouve projetée au bas de la banquette.

— Bon Dieu ! marmonne-t-il, les deux mains sur le gouvernail.

— Fais demi-tour, je crie en me relevant. Arrête, espèce de vieux fou ! Tu vas nous tuer tous les deux !

Il continue à fendre les eaux bouillonnantes.

— Qu'est-ce que ça change pour toi, hein ? lance-t-il avant de se retourner, et pour la première fois, nos regards se croisent. Je suis le vieux cinglé que tout le monde déteste, le monstre qui vous a fait quitter le paradis, à toi et à ta mère.

Je contemple ses yeux larmoyants, paralysée par la peur et l'indécision. J'ai beau vouloir me détourner de lui, c'est impossible.

— Pourquoi ? Pourquoi joues-tu avec ma vie ? je lui demande.

— Une vie ? C'est ça que tu appelles une vie ? (Son ricanement se mue en toux grasse.) Bon Dieu, j'ai jamais vu quelqu'un d'aussi amer que toi. Tu n'es qu'un cadavre ambulant. Toute cette culpabilité, ça t'étouffe et ça te tue à petit feu. Et pire encore, ça détruit ta fille.

Un frisson m'envahit.

— Ce n'est pas parce que tu passes quelques semaines par an avec ma fille que tu la connais.

— Ce n'est pas non plus parce que tu passes toute ta vie avec elle que tu la connais.

Il tire un mouchoir de la poche de son ciré et tousse dedans avant de le ranger à nouveau :

— Prends donc une décision. La mort ou la vie ? Le passé ou le présent ? Choisis ton camp, nom de Dieu.

Il parle de Kristen et d'Annie. Le bateau penche à bâbord et j'agrippe le bastingage. L'espace d'un instant, je suis tentée de lâcher prise, de me laisser glisser dans l'eau glacée, dans un néant noir. De choisir la mort. Je pourrais retrouver ma mère... et peut-être Kristen.

Mais non.

Pour la première fois depuis l'accident, dans ce vieux bateau brinquebalant en compagnie de mon père si implacable, encerclée par la glace et la mort, je vois la réalité. Je ne suis pas sûre que Kristen soit encore vivante, mais je *sais* qu'Annie l'est. Qu'elle m'aime ou me déteste, une chose est certaine : Annie a besoin d'une mère.

— La vie, finis-je par murmurer.

Il m'adresse un hochement de tête, un infime éclat dans les yeux. Il récupère sa radio portative et aboie :

— Lodestar à la Penfield Marina. Lodestar à la Penfield Marina. On fait demi-tour. Terminé.

Avec prudence, il manœuvre le bateau et effectue un virage à cent quatre-vingts degrés jusqu'à pointer la proue vers l'île. Les minutes s'écoulent. Il faut que je dise quelque chose, que je lui offre mes excuses, un mot de gratitude, peut-être. J'ouvre la bouche mais les mots d'affection restent bloqués dans ma gorge, raides et douloureux. Je me rabats sur quelque chose de plus neutre.

— Tu as été gentil avec mes filles, dis-je. Tu es un bon grand-père.

Et je sais, au fond de mon cœur, que c'est la vérité.

Il lève les yeux vers le ciel gris acier et passe une main sur sa bouche difforme.

— Il fallait bien que je commence quelque part.

Nous voguons en silence. La pluie se calme et je retire ma capuche. Les vagues lèchent la proue, plus douces à présent, comme si elles nous poussaient tendrement vers la maison.

31

Erika

Je suis ébahie d'ouvrir les yeux mardi matin et de voir le réveil indiquer 7 h 23. Je n'ai même pas pris de somnifères. Quand j'avais demandé un cachet pour dormir à Kate hier soir, elle m'avait tendu un mug fumant de chocolat chaud.

— Peut-être que le temps est venu d'arrêter d'engourdir la douleur, Rik.

Je fais réchauffer une brioche à la cannelle dans le micro-ondes et l'emporte dans le salon avec une banane et une tasse de café. Il fait étrangement doux, à nouveau, et aujourd'hui le soleil baigne la pièce à travers la grande baie vitrée. Dehors, je vois les tiges des crocus percer la terre.

Le chat de Kate me fait sursauter lorsqu'il bondit sur mes genoux.

— Bonjour, Lucy.

Je souris et lui gratte les oreilles jusqu'à ce qu'elle se love à côté de moi. Une curieuse sensation de confort m'envahit. Avoir frôlé la mort hier avec mon père m'a rappelé que j'étais mère – la mère d'Annie. Il faut que je répare notre relation. J'y travaillerai sans relâche, jusqu'à ce qu'elle arrive un jour à me pardonner.

Je consulte ma boîte mail et retiens mon souffle. Un nouveau message d'Un Miracle. Toujours le même objet : FILLE PERDUE. Mon index tremble quand j'ouvre le message.

> Parfois dans la vie, il faut s'accrocher de toutes ses forces ; mais plus souvent qu'on ne croit, il vaut mieux lâcher prise.

C'est la citation qu'avait déposée ma mère dans ma boîte de déjeuner le jour où Josie, notre cocker, devait être euthanasiée. J'avais laissé la même citation à Annie et Kristen le jour de la rentrée dans leur nouvelle école de Manhattan, quand elles avaient dû faire leurs adieux à leurs amis de Brooklyn.

Je me précipite dans le couloir et attrape le cahier argenté sur ma table de chevet. Je parcours les pages jusqu'à retrouver la citation. À côté, je lis l'annotation de ma fille.

C'est La Pure Vérité.

Kristen, c'est toi ? je murmure en tapant ma réponse sur le clavier. Je t'aime tant. Je serai une meilleure maman, c'est promis. Rentre à la maison, s'il te plaît.

Dehors, un craquement brise le silence. Je pivote et, l'espace d'un instant, j'imagine voir mon enfant par la fenêtre, lancée en pleine course sur le trottoir, venue me dire qu'elle est bien vivante, que tout ça n'était qu'une horrible farce. Mais je ne vois qu'une branche tombée du chêne dans le jardin de Kate.

Je prends mes cheveux à deux mains en gémissant. Qu'est-ce qui cloche chez moi ? Tout le monde est convaincu que Kristen est morte, sauf Annie et moi. Et si Un Miracle était Annie ? Et si mon père avait raison ? Et si elle était persuadée de ne pas compter à mes yeux ?

Je relis mon e-mail et je supprime la première phrase : ~~Kristen, c'est toi~~ ?

Je garde le reste et je clique sur ENVOYER.

À l'exception de M. Nash, le postier qui fait ses mots croisés à la table du fond, le Seabiscuit Café est désert. Je le salue d'un hochement de tête et traverse la pièce pour prendre place au comptoir. Un grand tableau en ardoise est suspendu au mur de briques et annonce une impressionnante gamme de cocktails, à un prix dérisoire par rapport à ceux de Manhattan.

Ma sœur sort des cuisines en s'essuyant les mains à son tablier.

— Salut ! s'écrie-t-elle, le visage maculé de cannelle. Je viens de mettre à cuire une fournée de brioches. Tu as le temps de prendre un café ? (Elle émet un petit rire.) Bien sûr, que tu as le temps. J'aimerais bien te dire que je suis désolée que tu ne puisses pas partir d'ici, mais ce serait faux.

— Tu veux bien me rendre un service, s'il te plaît ? lui dis-je en allant droit au but. Tu peux contacter Annie et lui demander de m'appeler ? Tout de suite ?

Elle fait un pas en arrière.

— Non, Rik. Tu dois lâcher prise et la laisser vivre son expérience.

— Lâcher prise ? je lance avec une grimace. Tu as toujours le recueil d'adages de maman, non ? Tu es sûre que ce n'est pas toi qui m'envoies ces e-mails ?

— Oui, sûre et certaine.

— Tu me le jures ?

Elle détache son tablier et le retire en le faisant passer par-dessus sa tête.

— Je te l'ai dit, c'est Annie qui les envoie.

Je m'assieds sur un tabouret de bar et je tends mon téléphone à Kate.

— J'en ai reçu un autre, ce matin. *Parfois dans la vie, il faut s'accrocher de toutes ses forces ; mais plus souvent qu'on ne croit, il vaut mieux lâcher prise.*

Kate sourit.

— Je l'aimais beaucoup, celle-là. Tu me l'as envoyée quand Rob et moi nous sommes séparés, tu te souviens ?

— Eh bien, je n'aurais pas dû, dis-je, encore perturbée par la visite à mon père hier. Ces citations n'aident pas du tout. Elles perturbent plus qu'autre chose.

Elle se glisse derrière le comptoir et prend deux mugs sur une étagère en hauteur.

— Eh bien, moi, elles m'ont aidée. J'ai suivi le conseil. J'ai lâché prise et j'ai laissé Rob partir. Peut-être que tu devrais en faire autant.

— Ah ouais ? Je ne vois absolument pas comment faire.

— C'est plutôt simple. Tu suis le plan.

Elle pose un mug de café devant moi et s'assied à l'arrière du comptoir :

— Un Miracle te donne des conseils pour guérir. Suis les citations. (Elle compte sur ses doigts.) Numéro un, *L'exploratrice avisée analyse son périple précédent avant de mettre le cap sur sa nouvelle destination.*

Identifie tes erreurs passées et tires-en les leçons nécessaires. Numéro deux, *Ne confonds pas ce qui est important et ce qui compte.* Concentre-toi uniquement sur ce qui a du sens à tes yeux. Numéro trois, *Parfois dans la vie, il faut s'accrocher de toutes ses forces ; mais plus souvent qu'on ne croit, il vaut mieux lâcher prise.* Elle te conseille d'oublier la culpabilité, la colère et la tristesse. Tourne la page.

Je renâcle.

— Je déteste cette phrase. Tourne la page. Je ne laisserai jamais Kristen derrière moi.

— Et si... et si la seule manière de tenir le coup pour Annie était de renoncer à Kristen ? (Elle lève la main pour contenir mes réfutations.) Je ne te dis pas de renoncer à ton amour, à tes souvenirs, ni même à ton chagrin. Kristen sera toujours là, à tes côtés. Je te parle de renoncer à ta colère, à ta culpabilité, et oui, aussi à cette croyance qu'elle est toujours en vie. Tu n'as pas cessé d'être maman, Rik. Annie a besoin de toi.

— Comment puis-je être présente pour Annie alors qu'elle refuse de me parler ? Il faut que je lui parle. Rien qu'une fois, Kate. Je lui accorderai tout l'espace dont elle a besoin, après avoir entendu sa voix, quand je serais convaincue qu'elle va bien et que c'est elle qui m'envoie ces e-mails.

Elle plisse les yeux et me dévisage. Elle finit par lâcher un soupir exaspéré et sort son téléphone.

— D'accord, dit-elle, et elle pianote sur son minuscule clavier. Mais je rappelle à Annie de respecter les limites qu'elle a fixées jusqu'à ce que tu sois totalement remise. Vous ne vous aidez franchement pas, toutes les deux.

— Merci, Katie.

Elle repose le téléphone.

— Bon, dit-elle. Je pensais inviter papa à dîner, ce soir.

Je me raidis.

— Non. S'il te plaît. Je ne supporte pas l'idée de le revoir aujourd'hui, celui-là.

Elle souffle sur son mug.

— *Celui-là*, celui qui a risqué sa vie pour toi, hier…

Ça me coupe la chique.

— Il a risqué ma vie, aussi, Kate. J'aurais pu mourir.

— Impossible. Papa savait ce qu'il faisait. C'était complètement inconscient, je te l'accorde, mais il a réussi à te faire comprendre. Il faut que tu saches qu'il t'aime.

— Ouais, c'est ça, il m'aime autant que les rats musqués aiment Michelin.

Kate éclate de rire.

— J'ai pigé. Les pneus… les animaux écrasés sur la route. Très drôle. Ta première blague depuis des mois. (Elle saute du comptoir.) Tu étais si marrante, avant, et tu savais si bien faire sentir aux autres à quel point tu les aimais. Tu te rends compte que tu ne m'as pas posé la moindre question personnelle depuis ton arrivée ?

— C'est faux !

— Oublions ma petite personne. Parlons de Molly. Tu es allée la voir ?

Quelque part dans une plaie de ma conscience amochée, un couteau s'enfonce et tourne.

— Écoute, sainte Kate. Ce n'est pas si simple. Je ne

suis pas comme toi, d'accord ? Je n'ai pas une auréole au-dessus de la tête.

Un tintement se fait entendre à l'arrière du restaurant. Elle attrape son tablier sur le dossier d'un tabouret.

— Les brioches sont cuites, dit-elle en me décochant un clin d'œil. J'aurais mieux fait de préparer des cheveux d'ange, vu que c'est mon rayon.

J'ouvre la bouche pour répliquer à ce trait d'humour pitoyable. Mais je me ravise et laisse tomber.

32

Annie

Annie grimpe les marches de la station Odéon avec deux sacs en toile pleins de courses, tout en scrutant la foule à l'affût de Kristen. À chaque pas, elle se retourne pour s'assurer qu'Olive est bien dans son sillage. La gamine refuse de marcher à côté d'elle, sans parler de lui tenir la main.

Quand elle n'a pas la tête tournée vers Olive, Annie regarde droit devant dans l'espoir de repérer Kristen. C'est presque l'heure de pointe dans le métro, et les passants affichent toutes les origines ethniques et les nuances de couleur possibles. Elle est envahie par le même sentiment d'impuissance qu'elle a éprouvé le jour de son arrivée. Comment va-t-elle pouvoir retrouver sa sœur ? Elle se sent retomber en enfance, assise en tailleur par terre, un livre ouvert devant elle, à essayer de trouver Charlie.

— Ne te focalise pas sur le T-shirt rayé, lui disait Kristen qui montrait Charlie au bout de quelques secondes à peine.

Annie ne voyait toujours qu'un brouillard de T-shirts à rayures et de bonnets.

Son téléphone bipe mais elle a les mains prises et ne peut pas le sortir. C'est sans doute Tom qui lui envoie un autre SMS et demande des nouvelles d'Olive, pour savoir si elle se comporte correctement. Annie progresse dans l'escalier à côté des autres usagers, puis elle pose les sacs au pied du plan du métro.

— Attends, Olive. Il faut que je lise un texto.

Olive grogne comme si ce contretemps la contrarerait terriblement et s'assied lourdement sur l'asphalte. Annie n'est pas certaine que ce soit convenable. Devrait-elle lui dire de se relever ? Elle porte un jean noir mais il pourrait y avoir des crottes de pigeons sur le trottoir. Pourrait-elle attraper la grippe aviaire ?

Une fois de plus, Annie regrette sa décision. Il devait y avoir une façon plus simple de venir à Paris pour retrouver Krissie, sans avoir à s'occuper d'un enfant. Surtout une gamine effrontée qui semble chercher à la duper à la moindre occasion. Deux jours plus tôt, elle espérait encore qu'Olive finirait par l'apprécier. À présent, elle espère juste arriver au terme du mois d'août sans l'étrangler.

Elle se concentre sur le texto. Il est de tante Kate.

Appelle ta mère, s'il te plaît. Rien qu'une seule fois.
Tes messages la terrifient. Je t'aime, ma chérie.

La poitrine d'Annie se serre, le mal du pays, sans doute, mais autre chose aussi – un sentiment d'alarme, peut-être ? *Tes messages la terrifient*. De quoi parle-t-elle ? Est-ce que sa mère va bien ? Elle se donne des airs solides, sa mère, mais Annie sait à quel point elle est fragile, comme si elle pouvait disparaître au moindre coup de vent.

Ignorant les conseils de Krissie en matière d'indépendance, rien qu'une seule fois, elle compose le numéro de sa mère et se promet de ne plus lui reparler jusqu'au mois d'août.

— J'en ai pour une minute, dit-elle à Olive.

Elle ignore si la fillette l'a entendue. Celle-ci est occupée à ramasser une fourmi sur un ticket de métro abandonné. Elle imagine combien de microbes doivent grouiller sur ce bout de papier. Plutôt que de provoquer une dispute, Annie la laisse attraper les fourmis... et sans doute un tas de maladies. Formidable, c'est déjà la gamine qui mène la danse.

Sa mère répond après la première tonalité.

— Annie, ma chérie, merci de m'appeler. Je suis tellement inquiète. Je suis désolée... pour tout.

La gorge d'Annie se noue et il lui faut un moment avant de pouvoir articuler :

— D'accord.

— Tu me manques. Je suis sur l'île. J'étais venue te chercher.

Non. Elle est venue sur l'île pour retrouver Kristen. Annie l'a très bien entendu. *Tu vas venir ici pour Kristen ? Mais pas pour Annie, ta fille, celle qui est encore en vie et qui a besoin de toi ?*

— Tu aurais dû me dire que tu allais à Paris. Comment vas-tu ?

— Ça va. J'habite avec un prof américain qui a pris un congé sabbatique pour enseigner en France.

Annie aimerait en dire plus sur ce prof canon, mais sa mère ferait un infarctus si elle savait que sa fille craquait pour un quadragénaire. Et la gamine du prof canon est assise juste à côté d'elle, elle doit tout entendre.

— Il est très cool, poursuit-elle.

Elle baisse les yeux vers Olive qui a fouillé dans les sacs de courses et a trouvé un paquet de chewing-gums qui était censé être sa récompense une fois de retour à la maison.

— J'avais juste peur que sa fille me pose des problèmes, par contre.

Olive redresse la tête et écoute. Elle adresse une grimace à Annie.

— Mais je vois maintenant que je me suis inquiétée pour rien. C'est un ange.

Annie se tourne vers Olive et imite sa grimace. La gamine lève les yeux au ciel et se concentre sur les chewing-gums.

— Je suis heureuse de l'apprendre, dit sa mère. Annie, il faut que j'en aie le cœur net. C'est toi qui m'envoies ces e-mails ?

— Quels e-mails ?

Un silence lui répond à l'autre bout du fil, et Annie se demande si la communication a été coupée. Sa mère reprend enfin la parole.

— Tu ne sais vraiment pas ?

— Je ne sais pas quoi ?

— S'il te plaît, Annie. Ne joue pas avec moi. Je veux juste savoir la vérité.

— Bon sang, maman. Arrête ! De quoi tu parles ?

Olive écarquille les yeux.

— T'es pas gentille !

Annie pose une main sur sa poitrine et articule en silence : « Pardon. »

Elle entend sa mère pousser un soupir.

— J'ai reçu trois e-mails mystérieux. Ils sont envoyés par quelqu'un qui se fait appeler Un Miracle. Chaque message est une citation de notre cahier.

Annie écoute sa mère réciter les phrases. Son pouls s'accélère.

— Kristen, dit-elle à voix haute.

Sa mère grogne.

— Oh, chérie. Je ne veux pas te donner de faux espoirs.

— Elle est vivante.

— C'est vraiment très peu probable, Annie. Mais je trouve ça étrange aussi. J'ai retrouvé le recueil d'adages de Kristen, tu sais.

— C'est vrai ? On l'a cherché partout. Il était où ?

— Sous sa couette.

Annie se fige.

— Tu… tu parles du cahier argenté ?

— Oui.

Les larmes lui montent aux yeux. Comment sa mère a-t-elle pu oublier que le cahier argenté était le sien ? Sa sœur et elle avaient une écriture assez semblable mais sa mère devrait pouvoir faire la différence, quand même. Ou pas ? Depuis des années, maintenant, elles communiquent par l'intermédiaire d'un clavier.

— Et elle a rédigé des commentaires dans les marges.

Des commentaires ? Elle parle des commentaires d'Annie. L'année passée, à Haverford, chaque fois qu'elle avait le cafard, elle prenait le recueil d'adages et griffonnait des commentaires, des pensées personnelles ou des souvenirs, elle y exprimait ce que les phrases – ce que sa mère et sa sœur – signifiaient pour elle. Elle avait continué pendant ces six derniers mois, depuis la disparition de Krissie, se faufilant dans la chambre de sa sœur pour y relire son cahier, et rédigeant çà et là dans les marges une remarque pas toujours clémente.

— Maman, ces commentaires, c'est...

— Les citations mystérieuses, dit sa mère, et leurs phrases se télescopent. Les commentaires de Kristen. C'est presque comme si elle me guidait.

Annie porte la main à sa poitrine. Sa mère a l'air si pleine d'espoir, pour la première fois depuis l'accident. Annie a deux options. Elle peut lui dire la vérité et la voir s'effondrer à nouveau, ou la laisser croire que Kristen a écrit ces commentaires. Elle déglutit avec peine.

— Elle te guide, oui.

— J'espérais pouvoir discuter avec Wes Devon mais il a quitté l'île.

— Je sais, dit Annie. Et je l'ai déjà interrogé. Il ne sait rien du tout. Kristen n'est pas sur l'île, j'en suis persuadée.

Annie fait une pause. Devrait-elle faire part de ses soupçons à sa mère, le fait que Krissie puisse être à Paris, qu'elle va la retrouver et la ramener à la maison ? Et quand elle aura réussi, qu'elle espère se faire pardonner de l'avoir poussée à disparaître ?

— Elle va revenir cet été, dit Annie, décidant de ne pas révéler la surprise. Elle m'a conseillé, pendant notre dernière matinée, de partir à l'aventure. Elle m'a dit qu'on se reverrait en août et qu'on échangerait nos anecdotes.

— Mais Annie, ma chérie, elle ne connaissait pas son destin. Écoute-moi, je t'en prie. Je ne veux pas que tu sois déçue. Les chances que ta sœur soit encore vivante sont extrêmement minces.

— Mais ce n'est pas impossible. Je ne perds pas espoir, alors fais pareil. Je t'en prie, maman. Continue à y croire.

Dans le téléphone, elle entend sa mère prendre une profonde inspiration.

— Je vais venir à Paris. Il faut que je te voie.
— Tu viendrais jusqu'ici ? Pour moi ?
— Bien sûr que oui.

L'esprit d'Annie s'emballe. Elle a emporté le passeport de sa mère mais elle pourrait le lui renvoyer par FedEx. Sa mère pourrait être là ce week-end ! Elle gratte le vernis de son auriculaire et se souvient de la dernière question de sa sœur. *Il faut que tu lâches un peu la main de maman. T'as pas envie d'être enfin indépendante ?*

— Je veux rester un peu seule, dit Annie en fermant les yeux de toutes ses forces. En plus, j'ai pris ton passeport avec moi.
— Annie ! Tu plaisantes ?
— On ne peut pas être toutes les deux à l'étranger. Si Krissie rentre plus tôt que prévu, il faut que tu sois là pour elle.
— Et je n'ai jamais été là pour elle. Ni pour toi. Les commentaires de ta sœur me rappellent comment c'était, avant.
— Prends ces commentaires très au sérieux, maman. Elle te donne des conseils.
— Je les lirai avec attention. Je passerai plus de temps avec toi. Je vais même laisser tomber ce concours.

Annie en reste bouche bée. Elle ferait vraiment une chose pareille ?

— Non. Krissie voulait que tu y participes. Mais n'oublie pas… ce qui compte, d'accord ?

Elle baisse les yeux vers Olive, regrettant de ne pas être seule pour pouvoir évoquer librement ce dernier matin et supplier sa mère de lui pardonner.

— Krissie te demande beaucoup. Elle veut que tu lâches prise et que tu pardonnes. Tu crois… (Elle déglutit avec difficulté.) Tu crois que tu y arriveras un jour ? Parce que je peux comprendre si tu n'y arrives pas.

Annie retient son souffle et attend la réponse de sa mère. Un pigeon s'aventure près d'elles et Olive lui court après. Sa mère reprend enfin la parole.

— Je vais essayer. Je te promets que je vais essayer, ma chérie.

Annie pousse un soupir :

— Je n'en demande pas plus. Mais je continue à bloquer tes appels jusqu'à mon retour, dit-elle avant que sa voix ne se brise.

Annie range son téléphone. Sa mère est déjà un peu radoucie, elle l'a senti. Elle a retrouvé l'espoir – voilà la différence. Tant qu'il reste une chance que Krissie soit en vie, sa mère n'est plus aussi aigrie de se coltiner sa fille de substitution.

Annie masse le nœud qui lui obstrue la gorge. Se montre-t-elle cruelle, à refuser ainsi tout contact ? Comment pourra-t-elle savoir si sa mère lui a pardonné, si elles ne se parlent plus ?

L'humeur d'Olive semble s'être assombrie, elle aussi. Non qu'elle eût été enjouée aujourd'hui, tout de même. Elle marche à deux pas derrière Annie, sans décrocher le moindre mot jusqu'à l'appartement. Elle ne dit rien non plus pendant qu'Annie range les courses. Elle est assise à l'îlot de cuisine, bras croisés devant la poitrine, elle ignore le cahier de coloriage et ses nouveaux feutres parfumés. Elle lance des regards noirs à Annie qui rince un poulet dans l'évier et le dépose dans une casserole.

— Tu veux un autre verre de lait ? demande Annie en se lavant les mains.

Olive fait mine de ne pas avoir entendu.

Annie lit l'étape suivante dans le livre de recettes *Les Joies de la cuisine*, tandis qu'elle pèle un oignon. Elle cuisine depuis qu'elle est enfant, d'abord quand elle allait chez son père et était habitée par l'idée, erronée, que les recettes maternelles pourraient le convaincre de revenir à la maison. Puis plus tard, quand sa mère s'était mise à travailler le soir. Mais jusqu'à présent, ses spécialités se cantonnaient à des plats de pâtes ou des enchiladas au bœuf. Aujourd'hui, elle s'attaque à un poulet à la cacciatore, une recette compliquée qu'elle n'a encore jamais essayée.

La veille au soir, quand Olive était couchée et qu'Annie avait discuté avec Tom, il avait évoqué ses origines italiennes – pas étonnant, avec son teint bronzé et ses magnifiques yeux marron. Elle espère qu'il aimera son plat italien. Elle espère aussi qu'il trouvera appétissant un autre plat. Un plat américain – le Annie Blair.

Elle hache une gousse d'ail quand Olive parle enfin.

— Tu m'as menti.

Annie lève les yeux.

— Quoi ? Non, Olive. Je ne te mentirai jamais.

— T'es qu'une grosse menteuse !

Annie se crispe au mot « grosse » et se tourne vers la porte. Il est encore un peu tôt mais Tom pourrait rentrer d'une minute à l'autre. Elle espérait l'accueillir avec un parfum de poulet rôti et une Olive d'un calme olympien, peut-être même une mise en scène mignonne – toutes les deux blotties dans le canapé à lire le livre qu'Annie vient d'acheter. Mais Olive est au bord d'une nouvelle crise.

Annie fait glisser l'ail émincé dans l'huile brûlante de la poêle, puis elle tire un tabouret à côté d'Olive. Elle pose la main sur son dos. Olive se dégage d'une secousse.

— Va-t'en. Je déteste les menteurs.

— Pigé, ma vieille. Je n'aime pas les menteurs, moi non plus. Mais s'il te plaît, dis-moi en quoi je t'ai menti.

L'enfant se voûte sur son tabouret, bras étroitement croisés.

— Tu m'avais dit que ta sœur était morte. Mais je t'ai entendu parler au téléphone. Tu as dit qu'elle était vivante.

Le cœur d'Annie sombre dans sa poitrine. Pourquoi s'est-elle montrée si étourdie ? Olive a écouté toute la conversation, comme elle s'y attendait.

Annie fait pivoter son tabouret et prend les mains d'Olive.

— Ma chérie, c'est compliqué. Ma sœur avait un secret. Elle faisait des choses un peu idiotes, parfois. Alors je me demande si elle ne fait pas semblant d'être morte.

Olive retire brutalement ses mains.

— Ma mère fait semblant, elle aussi.

Elle glisse du tabouret et sort de la cuisine en courant. Eh merde ! Tom l'avait avertie qu'Olive avait du mal à accepter la mort de sa mère. Il sera mécontent si Annie donne de faux espoirs à sa fille. Comment être à la fois honnête, sensible et réaliste ?

Annie suit Olive jusqu'au salon. Elle s'accroupit près du canapé où celle-ci s'est réfugiée, le visage enfoui dans un coussin.

— Olive, regarde-moi, s'il te plaît.

Olive ne bouge pas d'un pouce. Annie s'apprête à poser la main sur son dos mais se ravise. Au lieu de cela, elle s'accoude au canapé et chuchote, le visage à quelques centimètres d'Olive qui se bouche les oreilles.

— Tu sais, je n'ai pas pu revoir ma sœur, ni lui dire au revoir. C'est pour ça que j'ai tellement de mal à croire qu'elle soit morte.

Olive baisse lentement le coussin et s'assied. Mais elle refuse encore de croiser son regard. C'est en bonne voie, décrète Annie.

— J'ai pas revu ma maman, moi non plus. Quand je me suis réveillée, elle était déjà au paradis.

Oui, c'est vrai. La veille, Tom lui a raconté l'accident.

— *Un conducteur ivre*, avait-il expliqué.

Gwen, sa femme, était morte sur le coup. Olive avait eu le fémur cassé et avait subi une opération en urgence.

— *Elle était dans les vapes à cause de l'anesthésie et des antalgiques. À la fin de la semaine, quand Olive avait retrouvé ses esprits, sa mère avait déjà été enterrée. Je pensais que ce serait plus facile pour elle, avait continué Tom, le regard perdu dans le vague. Mais avec le recul, c'était cruel. Elle n'a aucun souvenir du jour de l'accident. Comme si elle s'était endormie un soir, heureuse et aimée, et qu'à son réveil, elle avait perdu sa mère.*

— Olive, dit Annie. Moi aussi, ma maman me manque, je sais ce que tu ressens. Tu sais que j'ai été adoptée, moi ? (Elle tâtonne, ne sait pas trop où elle veut en venir.) Maria, la maman qui m'a portée dans son ventre, ne sait même pas qui je suis.

— Mais si, elle le sait. Je t'ai entendue parler avec elle !

— Non, ça c'est ma maman adoptive. Je n'ai jamais connu ma vraie mère.

Le front plissé d'Olive se détend et sa voix s'apaise :

— Mais tu as eu deux mamans. Et il t'en reste une, alors tu n'as pas le droit d'être triste.

— C'est vrai. J'ai une maman qui m'aime et s'inquiète pour moi, comme une vraie maman.

Olive se redresse, les yeux brillants.

— Je peux avoir une nouvelle maman, moi ?

Le cœur d'Annie se fend devant cette enfant privée de mère. Elles ne sont pas si différentes que ça, Olive et elle. Elles demandent toutes les deux une autre maman… sauf qu'Annie a encore la sienne. Cette pensée lui donne l'impression d'être ingrate et minable.

Avant qu'elle n'ait le temps de répondre, les clés de Tom cliquettent dans la serrure. C'est seulement en voyant l'expression alarmée qui se dessine sur son visage qu'elle sent… et voit : une épaisse fumée noire s'échappant de la cuisine.

Merde ! L'ail !

33

Erika

Le crépuscule s'installe, je suis assise sur le tapis devant le feu de cheminée dans le salon de Kate, Lucy sur mes genoux, et je termine ma conversation téléphonique.

— N'hésitez pas à me recontacter si vous avez besoin de quoi que ce soit. De quoi que ce soit. Merci, monsieur Bower.

Je pose le téléphone à côté de moi et caresse la fourrure de Lucy.

— Salut, toi.

Lucy descend de mes genoux, aussi surprise que moi. Kate est dans l'entrée et retire ses chaussures. Elle déroule l'écharpe autour de son cou.

— Tu parlais à qui ?

Le feu me monte aux joues.

— À personne.

Son regard se vrille dans le mien alors qu'elle s'approche, nous luttons jusqu'à ce que je craque et détourne les yeux.

— C'était Bruce Bower. Un détective privé. Il m'aide à chercher Kristen.

Kate s'assied lourdement dans le canapé.

— Oh, Rik, non.

— Annie pense que Kristen va rentrer en août. J'ai parlé avec elle aujourd'hui. Merci, au fait. Bower fait le tour des aéroports, des auberges de jeunesse, il parle à ses anciens amis, il fait tout ce qui est en son pouvoir.

Kate se masse les tempes.

— Mais quand est-ce que ça va finir, tout ça ?

— Pas tant que je n'aurai pas la preuve. Le Conseil national de la sécurité des transports termine l'enquête. Je devrais récupérer ses effets personnels d'ici deux mois.

— Et à ce moment-là, tu y croiras ? Et tu lâcheras prise ?

Je prends une profonde inspiration. Est-ce que je lâcherai prise ? En suis-je capable ?

— Pourquoi, Kate ? Pourquoi tu voudrais, toi, ou Un Miracle, ou n'importe qui, pourquoi voudrait-on que j'abandonne tout espoir ? Annie ne m'a pas envoyé ces messages. Elle ne voyait pas du tout de quoi je parlais. Elle pense qu'ils viennent de Kristen, elle aussi.

Kate se rapproche de moi.

— Rik, il faut que tu m'écoutes. Annie est désespérée. Je pense qu'elle serait capable de n'importe quoi pour te faire changer. Notamment de t'envoyer des e-mails et te faire croire qu'ils viennent de Kristen.

— Non. Annie ne me mentirait jamais.

Kate se mordille la lèvre et je vois bien qu'elle a envie de me dire quelque chose.

— Elle a peut-être peur que tu ne l'écoutes pas, si tu sais que les citations viennent d'elle ?

Ce soir-là, je suis adossée à la tête du lit et je consulte un mail d'Altoid sur mon ordinateur portable. Elle a fait des recherches sur le bâtiment et a examiné une douzaine d'estimations pour le Fairview Building – les appartements neufs destinés à la liste d'Emily Lange.

> Carter a raison. Rien n'a encore été signé, donc le Fairview est encore disponible. J'ai organisé une visioconférence à 14 heures demain entre toi, moi et Stephen Douglas, le promoteur immobilier. Si on obtient ces contrats, Erika, ta place dans le top cinquante est acquise. Reste dans les parages.

Mon estomac se noue. De toutes mes années dans le métier, je n'ai jamais, jamais volé la liste d'un autre agent. Mais cet immeuble – si je parvenais à vendre tous les appartements – me ferait remporter le concours. J'ai l'accord de mes filles. Je peux le remporter et, cerise sur le gâteau, écarter définitivement Emily Lange de la course.

Je croise les mains derrière ma nuque et je scrute le plafond, mes pensées reviennent à la discussion avec Annie. Elle affirme que les e-mails sont envoyés par Krissie. Mais a-t-elle nié les avoir envoyés ?

Je me redresse. Non. Je ne crois pas qu'elle ait nié de façon claire et nette.

Annie pourrait-elle être Un Miracle ? Kate a-t-elle raison ? Annie, ma petite fille qui a toujours su pardonner, pourrait-elle tendre la main vers moi sous couvert de l'anonymat ? Son cœur serait-il en train de se radoucir lentement ?

Je clique sur « nouveau message » et je tape Rech-1Miracle@iCloud.com dans la barre d'adresse. Mes doigts sont lourds sur le clavier.

> Pardonne-moi, je t'en prie, je t'en prie. Je t'aime autant qu'un nez aime le parfum d'une rose, ma si jolie fille.

Je termine par un baiser et j'appuie sur ENVOYER. C'est la vérité, peu importe laquelle de mes filles lira ce message.

Je m'apprête à fermer ma boîte mail quand je reçois un nouveau message de Tom Barrett. Oui ! Je suis comme une affamée qui vient de trouver une miette de pain. Ce n'est peut-être pas le plus nourrissant des repas, mais à l'exception de la brève conversation d'aujourd'hui, les nouvelles que m'envoie monsieur le professeur de Paris sont les seules que j'obtiens de ma fille.

> Bonjour Erika,
> N'ayant pas d'expérience avec l'éducation des jeunes femmes, j'ai besoin de vos conseils. J'ai peur d'avoir vexé votre fille.
> Elle préparait un bon repas, voyez-vous, une surprise me semble-t-il, et j'ai tout fichu en l'air. Quand je suis entré dans l'appartement, la première chose que j'ai remarquée, c'était la fumée noire.
> Avec le recul, j'ai réagi un peu trop vivement. Ce n'était qu'une casserole brûlée. Mais quand j'ai vu la fumée, j'ai tout de suite pensé à un incendie, j'ai eu peur de perdre Olive. Je crois que j'ai parlé sèchement à Annie. Je lui ai demandé un peu brusquement

de ne jamais laisser la cuisinière allumée sans surveillance. Je crois que je l'ai fait pleurer. Elle s'est retournée pour gratter la casserole et s'est brûlé la main.
Vous vous en doutez, le dîner a été catastrophique. Nous sommes restés assis tous les trois en silence devant une soupe en conserve. Je me sens mal. Tellement mal, en fait, que je ne trouve pas le sommeil à 4 heures du matin. Je suis sorti avec mon café sur la terrasse, un endroit calme qui surplombe cette ville fabuleuse. À droite, je vois la cathédrale Notre-Dame. Et en cherchant bien, à gauche, j'entraperçois la pointe de la tour Eiffel. À quelques pâtés de maisons d'ici, au-delà des boutiques et des bâtiments au charme ancien, coule la Seine. À n'importe quel autre moment, j'aurais apprécié cet instant paisible. Mais aujourd'hui, je me sens comme un boulet.
Auriez-vous un conseil pour panser l'ego blessé d'Annie ? Le silence ? Des excuses ? Votre aide serait la bienvenue.

Un mélange de tristesse et d'amusement me gagne. Pauvre Annie. Je suis sûre qu'elle voulait lui faire plaisir. Et pauvre Tom. Ce n'est jamais facile avec Annie. Son plus beau trait de caractère – sa sensibilité – peut aussi être le pire. J'imagine Kristen dans un scénario semblable. Plutôt que d'être blessée par la remarque de Tom, elle aurait ri d'elle-même et trouvé une repartie amusante. *Ouaip, vous avez trop raison. À partir de maintenant, ce sera une longue histoire d'amour entre le micro-ondes et moi. Vos steaks, vous les aimez comment ? Plutôt durs comme du bois, mous comme du caoutchouc ou secs comme du carton ?*

Il faut que j'abrège les souffrances de ce pauvre homme.

Cher Tom,
Je suis désolée pour vous deux. Annie est une fille sensible, et sa carapace est aussi fine que des ailes de papillon. J'ai toujours dû faire preuve de plus de précautions et de douceur avec elle. Mais croyez-moi, j'ai merdé un nombre incalculable de fois (c'est d'ailleurs ce qui m'a conduite à vous contacter !).
Heureusement, c'est l'enfant la plus aimante et la plus indulgente que je connaisse.

Mais aura-t-elle l'indulgence de me pardonner un jour ?

Si elle est en colère contre vous – et j'en doute fortement – elle sera de nouveau elle-même demain matin, joyeuse et lumineuse. Elle doit plutôt se sentir humiliée. Ce qu'Annie aime par-dessus tout, c'est faire plaisir aux gens. Un peu d'encouragements et quelques compliments, dites-lui ce qui vous satisfait chez elle, et son humeur s'en trouvera transformée, j'en suis certaine.
Merci de me tenir au courant. J'espère avoir pu vous aider. À présent, allez donc dormir un peu !
Bien à vous, Erika

J'imagine cet homme, assis là à s'inquiéter tandis que la ville magnifique dort paisiblement. Sur un coup de tête, je tape son nom dans Google, « Professeur Thomas Barrett, de l'université de Georgetown ». Des douzaines de liens s'affichent sur mon écran, la plupart menant à des articles scientifiques. Je clique sur le premier. L'extrait de l'article regorge de termes compliqués à rallonges que je ne peux pas prononcer, sans parler de les définir. Dans un coin inférieur de la page, je repère la photo d'un type mignon affichant un beau sourire. Il semble plus âgé que ce que je me représentais, un trentenaire avec une enfant de cinq ans. Il doit avoir mon âge.

Je jette un coup d'œil à mon réveil. Il est 22 h 26. Il a envoyé l'e-mail il y a moins d'une demi-heure. Je mordille mon ongle de pouce et j'ajoute une ligne à mon message.

Je ne dors pas, si vous souhaitez en discuter.

J'indique mon numéro de téléphone et je clique sur ENVOYER. Puis je reste éveillée pendant deux heures, dans l'attente d'un appel qui n'arrive jamais, je me sens idiote, humiliée et rejetée, de façon totalement irrationnelle.

Mercredi matin, Kate et moi sommes en pyjama dans la véranda, à boire du café et manger des toasts au beurre de cacahuètes. Il suffirait de remplacer le café par un jus d'orange et ce serait comme revenir en enfance.

— Mon Dieu, j'aime mes matinées de congé, dit-elle en étirant ses jambes. Bon, alors termine ton histoire. Il a fini par t'appeler ?

Je rougis.

— Non. Et il a dû être abasourdi que j'évoque même cette possibilité. Mais à quoi est-ce que je pensais ?

Kate lèche le beurre de cacahuètes sur ses doigts.

— Je me demande ce qu'elle en penserait, Annie, que son patron et sa maman deviennent correspondants.

— Ne lui en parle pas, Kate. S'il te plaît. Pas encore. C'est le seul lien que j'aie avec elle. Ça me calme et ça me rassure quand il m'écrit et me donne des nouvelles.

Mon téléphone sonne.

— C'est peut-être lui, dit Kate en se penchant pour jeter un coup d'œil à mon portable. Ah, ben non. C'est Carter.

Mon cœur se serre et je porte mon téléphone à mon oreille.

— Bonjour, Car…

— Allison me dit que tu ne réponds pas à ses e-mails, aboie-t-il. Dis-moi que c'est faux.

Je soupire, une main sur le front.

— Oh, mon Dieu, je suis désolée. J'ai complètement oublié.

— On a besoin de toi sur l'immeuble Fairview. Tu es notre meilleure chance de piquer la liste à Lange.

Je m'approche de la fenêtre.

— Hm hm. Oui. C'est vrai. C'est ce qu'il faut faire.

— Allison a organisé un appel avec Stephen Douglas à 14 heures, il faut absolument que tu sois présente, compris ?

— Reçu cinq sur cinq. Je serai dispo pour l'appel. Désolée de t'avoir inquiété.

Je raccroche et me frotte le front, avec l'impression d'être à la fois importante et impuissante.

— Mon Dieu, s'écrie Kate en prenant mes mains tremblantes entre les siennes. Je croyais que papa était le seul à te faire cet effet.

— Qu'est-ce que tu veux que je te dise ? Ce chef est un tyran.

— Je n'arrive pas à croire que tu puisses le supporter. Pourquoi tu ne démissionnes pas ? Tu as assez d'argent, maintenant. Crée ta propre agence et dis-lui d'aller se faire foutre.

J'en ai la chair de poule. C'est à peu près ce que m'avait dit Kristen, ce dernier matin. Pourquoi ne pas rouvrir la Blair Agency ? Pourquoi ne pas suivre la piste de mon rêve ?

— Un jour, peut-être, dis-je sans conviction, en fourrant les mains dans les poches de ma robe de chambre. Mais pour l'instant, il faut que je pique toutes les listes que je peux à Emily Lange. Tu te souviens d'elle ? Mon ancienne responsable ? Celle qui m'a laissée échouer dans mon coin avant de me regarder couler ? (Je me tourne vers elle et sens la colère monter.) Celle qui m'avait promis que je pourrais prendre mes anciens clients dans ma nouvelle agence, mais qui a changé d'avis.

— C'est vrai, dit Kate en inclinant la tête. C'était il y a, quoi, cinq ans ?

Je lui tourne le dos.

— Neuf ans. Elle va être furax quand elle apprendra que je lui ai piqué sa liste de ventes.

— Beurk, dit Kate. T'es douée pour ce genre de coups fourrés ?

— Elle aura ce qu'elle mérite.

— Ah, dit-elle et elle acquiesce comme un vieux sage. Il me semble avoir entendu une phrase, récemment, à propos de lâcher-prise...

Je vois exactement où elle veut en venir. Mais je ne me laisserai pas dissuader par ma gentille sœur. Elle ne comprend pas. Emily Lange n'a pas tenu sa promesse. Elle m'a menti.

— Tu oublies le début de la citation, ô toi la sage et avisée : *Parfois dans la vie, il faut s'accrocher.*

Vêtue de mon tailleur, je place mon ordinateur portable devant moi, à côté d'un bloc de feuilles et de deux stylos. Quand je m'entretiendrai avec Stephen Douglas, il ne saura même pas que je suis au milieu d'un box en pin brut au fond du Seabiscuit Café, à mille cinq cents kilomètres de Manhattan.

Mon téléphone sonne à 13 h 58, c'est un numéro que je ne connais pas. Je décroche, aussi calme et professionnelle que si j'étais dans mon bureau new-yorkais.

— Bonjour, Stephen. Merci de votre appel.

— Excusez-moi. Je m'adresse bien à Erika Blair ?

J'incline la tête.

— Oui, c'est bien moi, Stephen. Je vais contacter Allison.

— Tom Barrett à l'appareil, l'employeur d'Annie.

Il a une voix douce et agréable, comme une belle sauce onctueuse.

— Tom, dis-je en regardant l'heure avancer à 13 h 59.

Eh merde, ça ne pouvait pas tomber plus mal.

— J'ai piqué du nez cette nuit après vous avoir envoyé mon e-mail. Et j'ai dormi jusqu'à pas d'heure. Je n'ai lu votre message que ce matin. Et comme vous pouvez l'imaginer, c'était un peu chaotique pour vous appeler à ce moment-là.

— Oh, dis-je avant de lâcher un petit rire nerveux. Pas de souci. (Je fronce le nez, horrifiée d'entendre mon ton complètement crétin.) Écoutez, je suis désolée, j'attends un appel professionnel. Tout va bien ?

— Oui, très bien. Excusez-moi... Je vous ai dérangée. Je vous laisse.

Il faut que je dise quelque chose, lui fasse comprendre que je suis disposée à discuter. Plus tard. S'il le souhaite.

Je reçois le signalement d'un double appel. C'est Stephen. Merde !

— Très bien. Merci, monsieur... Tom.

Monsieur Tom ? Oh, bon sang ! Mais je n'ai plus de temps à perdre. Tom raccroche et je réponds à Stephen.

Deux minutes plus tard, je suis en grande conversation avec Stephen et Altoid, presque comme si nous étions assis ensemble à une table au Michael's. Allison ânonne mes succès et « nos » chiffres de vente au cours des trois dernières années. Elle dresse la liste de nos investisseurs outre-Atlantique, de nos clients asiatiques et de nos courtiers.

— Très impressionnant, déclare Stephen d'une étrange voix haut perchée, avant de nous annoncer le prix qu'il souhaite tirer de l'ensemble.

— C'est ambitieux mais pas impossible, dis-je.

Allison ne tourne pas autour du pot :

— Laissez-nous les vendre pour vous.

— Vous avez un avantage avec les investisseurs étrangers, admet Stephen. Comme beaucoup d'agents et de courtiers à Manhattan. Mais qu'est-ce qui vous rend particulièrement unique, Erika ?

Au printemps dernier, Emily Lange a épousé un homme de dix ans son cadet, qui a la garde de ses trois enfants encore en âge d'aller à l'école. Puis-je utiliser ma connaissance intime du milieu pour lui prouver la différence entre elle et moi ? Non, ce serait un coup bas. Je ne prononcerai pas le nom d'Emily.

— Mon travail, c'est ma vie. Contrairement à la plupart des agents immobiliers, je travaille sans cesse, vingt-quatre heures sur vingt-quatre, sept jours sur sept, pour satisfaire mes clients.

— J'ai fait des recherches, dit-il avec un petit rire. Vous avez vraiment une réputation d'accro au boulot.

— C'est une réputation dont je suis fière.

Mais aujourd'hui, elle est loin de me faire plaisir, elle me serre plutôt la gorge. Les mots d'Annie titillent ma conscience. *N'oublie pas... ce qui compte, d'accord ?* Je travaille comme une dingue depuis onze mois, je prends ce concours comme prétexte pour obtenir ma vengeance et échapper à ma vie... et même à ma fille. La honte me gagne. J'imagine Emily Lange, nouvellement belle-mère, qui jongle entre le travail, les projets d'école des enfants, les matchs de foot et les repas de famille. Je prétends que mon travail est important, mais est-il possible qu'Emily ait trouvé ce qui compte vraiment ?

— Eh bien, voilà, dit Allison. Selon tous les critères – nos historiques de vente, nos contacts et notre conscience professionnelle absolue – Erika et moi sommes clairement les mieux placées pour vendre vos biens.

Je me mords la lèvre et j'attends le verdict de Stephen.

— Je dois avouer que je suis impressionné. En toute franchise, j'avais accepté cet entretien par simple politesse. Je pensais avoir déjà choisi mon agent et je ne suis pas du genre à remettre mes choix en question.

J'attends le *mais*. Qu'il finit bien sûr par nous donner.
— Mais après avoir entendu vos arguments, je suis prêt à repenser ma décision.
Allison lâche un petit soupir.
— Donnez-nous l'exclusivité sur les seize appartements et nous vendrons la totalité en quatre-vingt-dix jours.
J'ouvre mon calendrier. Seize appartements en trois mois, c'est un objectif assez osé, mais faisable.
— Trente, dit Stephen.
Je réprime un juron.
— Je vous demande pardon ? Vous avez bien dit trente jours ? Pour les seize appartements ?
— Vous affirmez être les meilleures, alors prouvez-le.
Est-ce une plaisanterie ? J'en ai le vertige.
— Écoutez, Stephen, nous *sommes* les meilleures. Mais nous ne sommes pas magiciennes pour autant. Nous ne pouvons pas vendre les biens simplement parce que nous le souhaitons. Il nous faut du temps pour…
Il m'interrompt de sa voix de soprano :
— Vous me faites perdre mon temps. Je peux engager n'importe quel agent immobilier qui me promettra une vente globale en quatre-vingt-dix jours. Vous me dites pouvoir faire mieux. Je vous accorde trente jours. Marché conclu ?
On peut y arriver. Ma commission serait énorme. Et mieux que tout, Emily aurait enfin ce qu'elle mérite.
Quelque part au fond de ma conscience, une petite voix prend la parole. *Est-ce ça qui compte vraiment ?* As-tu analysé ton passé ? Vas-tu lâcher prise ?
D'un simple mot, je pourrais mettre un terme à cette conversation. Je devrais.
Mais je n'en fais rien.

34

Annie

Quand arrive mercredi, Annie, Tom et Olive ont trouvé leur rythme de croisière. Annie se réveille à 6 heures et rédige son message habituel sur Facebook à l'attention de Kristen. Puis elle se rend à la cuisine et allume la machine à café luxueuse de Tom. Elle prépare un petit déjeuner de croissants frais, confiture, fromage, yaourt et jus de fruits. Après sa douche, elle se sèche les cheveux et applique du gloss sur ses lèvres. Quand elle n'entend plus l'eau couler dans la salle de bains de Tom, elle entre dans la chambre d'Olive.

— On se réveille, ma puce endormie, murmure-t-elle en écartant des mèches de cheveux du beau visage de l'enfant.

Et chaque matin, le cœur d'Annie se serre quand les yeux endormis d'Olive papillonnent avec espoir, avant d'être aussitôt assombris par un nuage de déception. C'est Annie qui est assise au bord du lit, et pas sa mère.

Annie sort les vêtements d'Olive de ses tiroirs, comme chaque matin. Quelque part dans le couloir, elle entend Tom siffler. Elle sourit en imaginant que c'est ça, avoir une famille.

Il pleut et il fait froid, ce matin, alors elle choisit un legging à rayures noires et blanches et une tunique rouge à manches longues. Elle les pose sur le lit d'Olive qu'elle vient de refaire et s'éloigne. Et comme d'habitude, Olive passe devant le lit sans même jeter un regard à la sélection d'Annie. Elle sort elle-même ses habits des tiroirs. Elle les prend au hasard, et ses choix du jour sont : un collant vert et rouge clairement prévu pour Noël, une jupe à pois roses et orange, et un T-shirt violet en coton léger. Annie grimace.

— Olive, il fait super froid dehors. Tu es sûre que tu ne veux pas un haut à manches longues ?

Olive serre la mâchoire et enfile le T-shirt en gigotant.

— Viens ici, coquine, dit Annie en s'accroupissant. Laisse-moi t'aider. Aujourd'hui, c'est à l'envers *plus* devant derrière. Si tu le portes comme ça, tu vas être obligée de marcher à reculons toute la journée, pour faire style que c'est mis correctement.

Elle rit mais Olive lui décoche un regard mauvais.

Par la porte ouverte, elle entend Tom rire doucement. Annie sourit, fière que quelqu'un apprécie son sens de l'humour.

— T'es même pas drôle, dit Olive, comme pour éviter qu'elle n'attrape la grosse tête.

Elle sort de la chambre à grands pas, refusant l'aide d'Annie.

Pourquoi Olive est-elle inscrite dans un établissement parisien qui n'exige pas le port d'un uniforme scolaire ?

Annie suit Olive dans la cuisine. Tom est devant le plan de travail et fait chauffer du lait. Il se tourne en entendant arriver Olive et son visage s'illumine.

— Bonjour, ma chérie d'amour !

Mon Dieu qu'il est beau. Il porte sa tenue habituelle – un jean et une chemise en coton, une veste et des chaussures en daim, celles avec une minuscule tache rose au bout, là où Olive a laissé tomber de la glace à la fraise. Il pose la casserole et se penche pour soulever sa fille dans ses bras.

— Tu as fait bon voyage au pays des rêves ?

Elle lui tire le lobe des oreilles comme s'ils étaient en caramel mou.

— Tu dois aller au travail, aujourd'hui ?

— Oui, ma chérie. Et toi, tu vas à l'école. Peut-être qu'en venant te chercher à midi, Annie t'emmènera au parc.

Elle fait la moue.

— Je déteste aller au parc.

— Allez, allez. Et si on mangeait au restaurant, ce soir ? Je quitterai le travail un peu plus tôt.

Elle écarquille les yeux.

— Au Georges ?

— Oui, bien sûr, si tu veux.

— Youpi !

Annie les observe avec fascination. Son père pouvait être marrant – surtout quand il avait une nouvelle copine qu'il essayait d'impressionner –, il emmenait Krissie et Annie à la piscine pendant qu'il faisait sa muscu, il les autorisait à conduire la voiturette de golf. Mais Annie se sentait toujours de trop, comme s'il les casait quelque part dans son emploi du temps serré. Un peu comme on essaie de faire rentrer un livre dans une étagère de bibliothèque déjà pleine. Ce n'est pas pareil, avec Tom. Olive est clairement sa priorité.

Le genre d'homme qu'elle voudrait comme père de ses enfants, plus tard.

Il l'aperçoit à cet instant.

— Bonjour, Annie.

— Bonjour.

Elle repousse la frange de son front.

— Un cappuccino ? demande-t-il en reposant Olive.

— Oui, s'il vous plaît.

— Tu as bonne mine, ce matin.

Elle baisse les yeux vers son attirail habituel – pantalon de yoga et pull – et elle rentre le ventre. Du moins, elle essaie. Tom se montre particulièrement attentionné depuis le désastre de l'ail brûlé, lundi dernier. Il la couvre de compliments qui la laissent dubitative. Le prof aurait-il un faible pour elle, comme elle pour lui ? Sa raison lui dit qu'il est juste gentil et qu'elle devrait éviter de mal interpréter ses intentions. Mais elle n'a jamais fait confiance à sa raison.

Il lui tend un mug et leurs mains se frôlent accidentellement. Elle détourne aussitôt les yeux et le rouge lui monte aux joues.

— Merci, murmure-t-elle.

Elle fait un signe du menton en direction d'Olive, assise à la table, qui lèche la confiture sur un croissant.

— Pour info, murmure-t-elle, l'association de vêtements, c'était son idée.

Il tourne son attention vers Olive et manque de s'étrangler.

— Oh, mon Dieu.

Annie éclate de rire.

— Vous voulez que je lui dise d'aller se changer ?

— Nan. Elle est bien comme ça. J'ai appris à bien choisir mes batailles, dit-il en trinquant avec son mug contre celui d'Annie. Santé, à toi et à tous tes efforts. Je suis vraiment content que tu sois avec nous, Annie. Tu es exactement ce qu'il fallait dans cette maison.

Le cœur d'Annie triple de volume. En vingt ans, aucun homme aussi beau ne lui a jamais adressé des paroles aussi gentilles.

Annie s'accroupit près d'Olive, devant la maternelle américaine.

— À tout à l'heure, dit-elle en essuyant une trace de confiture sur la joue de la fillette. Sois gentille. Fais de ton mieux.

Annie s'apprête à l'embrasser mais Olive se dégage brusquement, comme d'habitude, avant de gravir les marches de l'école comme si elle fuyait un ravisseur.

Annie descend la rue du Bac et cherche sa sœur. Elle arpente la ville méthodiquement, un quartier après l'autre. Une semaine risque de s'écouler avant qu'elle n'ait des nouvelles de l'ambassade. Aujourd'hui, elle a décidé d'explorer les rues autour des Tuileries et du célèbre musée du Louvre.

Elle reste attentive en marchant vers la Seine, à l'affût d'une petite blonde menue. Mais Kristen ne doit plus être menue, maintenant. Elle doit être enceinte de huit mois, avec le ventre rond comme un ballon. L'idée lui décroche un sourire, mais presque aussitôt, son nez la pique et ses yeux s'embuent. Elle allait être – elle *va* être – tata.

Elle fourre les mains dans les poches de son manteau et avance, débouche dans le jardin des Tuileries, un parc spectaculaire du XVIIe siècle. Elle se promène entre les splendides pelouses ornées de statues, comme un échiquier géant, sans cesser de chercher Kristen.

Un sentier gravillonné serpente entre deux haies parfaitement taillées, semblant l'appeler. Des buissons façon Edward aux mains d'argent, aurait dit Kristen. Des femmes élégantes bavardent, assises sur des bancs. Des vieillards sont installés sur des chaises et échangent à la manière des anciens, agitant les bras pour ponctuer leurs histoires. Des retraités lisent en silence. Elle se surprend à rêver éveillée et se reprend sévèrement. *Concentre-toi ! Tu dois retrouver ta sœur !* Mais à chaque visage qu'elle croise, à chaque instant qui s'écoule, à chaque battement de son cœur, l'espoir semble s'écouler d'elle, goutte à goutte.

Quand Annie récupère Olive à midi, elle a l'estomac noué. Une autre matinée vient de filer, elle ne se rapproche pas du but et n'est pas près de retrouver Krissie. Tout l'après-midi, elle s'inquiète. Et si Krissie demeurait introuvable ? Annie connaît bien sa sœur. Elle est têtue et indépendante, pas toujours très réfléchie. Si Krissie veut rester cachée, rien ni personne ne la fera changer d'avis.

Il est 16 h 30, Olive est agenouillée sur le canapé et regarde par la fenêtre. Annie entre dans la pièce, un panier de linge propre dans les bras.

— Qu'est-ce que tu regardes, Olly Pop ?

Elle ne répond pas. Annie pose le panier par terre.

— Tu veux m'aider à plier le linge ? Ou alors on laisse tomber la lessive et on va se promener.

— Non ! dit-elle, comme s'il s'agissait de la plus idiote des idées.

— Allez, viens, on va faire une partie de Uno. Ou un coloriage, ou un gâteau.

— Non. Mon papa va rentrer plus tôt.

Annie acquiesce. Elle avait presque oublié la promesse de Tom.

— Ah oui, c'est vrai.

— On va au restaurant Georges et je prendrai un milk-shake, et toi, t'as pas le droit de venir avec nous.

— Oh, non, bien sûr que non.

Olive a raison. Annie ne fait pas partie de la famille. Elle n'est qu'une nounou. Elle ne doit pas l'oublier. Elle s'installe près d'Olive et, ensemble, elles contemplent le trottoir en contrebas.

— Quand on était petites, Krissie et moi, mon papa nous emmenait manger dans un vieux restaurant, le Cup and Saucer. On s'asseyait au comptoir. Je commandais un cheeseburger et des frites. Kristen prenait toujours le sandwich au poulet. Mon père, lui, mangeait une omelette.

— Et ta maman, elle mangeait quoi ?

Annie se tourne vers elle, décontenancée de l'entendre réagir.

— Oh, ma maman ne venait pas avec nous. C'était après leur divorce.

— C'est quoi ?

Annie fait une courte pause et cherche une explication à la fois franche et légère.

— Un divorce, c'est quand un papa et une maman décident qu'ils ne veulent plus être mari et femme. Ils restent un papa et une maman, mais ils vivent dans deux maisons différentes.

Olive tourne la tête vers elle.

— Et les enfants, ils vivent où ?

— Eh bien, Kristen et moi, on vivait avec notre maman presque tout le temps. Deux week-ends par mois, on allait chez notre papa.

Olive fronce les sourcils.

— Tu n'habitais plus dans la même maison avec eux ?

— Non.

Olive se tourne à nouveau vers la fenêtre. Ensemble, elles observent la rue en silence. Annie se demande si elle a trop parlé. Peut-être que le petit cœur d'Olive est trop jeune et fragile pour apprendre que certaines histoires d'amour ne durent pas.

— Ma maman, elle habitait avec mon papa et moi, dit Olive d'un air hautain qui fait sourire Annie.

— Oui. Tu avais de la chance.

Olive acquiesce et presse son front contre la vitre, où son souffle dessine un nuage de buée.

— Allez, papa, dit-elle. Dépêche-toi.

Annie remarque une paire de jumelles sur une étagère près du canapé. Elle se penche et les attrape. Elle les lève devant ses yeux, inspecte la foule en quête d'un bel homme en jean et veste marron. Mais elle se rappelle soudain qu'elle est censée chercher une fille blonde au ventre rond.

— Hé ! s'écrie Olive. C'est à mon papa, ça. Et c'est pas un jouet.

Annie sourit.

— Je sais, je fais très attention. Je veux juste voir si je repère ton papa dans la foule. Ces jumelles, ça permet de voir des choses qui sont très, très loin.

— C'est vrai ? (Olive lui prend les jumelles des mains.) Laisse-moi essayer.

Annie éclate de rire. La fillette se montre enfin intéressée par quelque chose.

— D'accord, d'accord. Calme-toi, la miss. Laisse-moi t'aider.

Elle fait passer la lanière autour du cou d'Olive et lui place les jumelles devant les yeux.

— Fais très attention, ajoute-t-elle.

— Je vois rien du tout ! gémit Olive.

— Attends une seconde, dit Annie en ajustant les lentilles. Je vais régler ça et tu me dis quand tu vois bien.

— Non… Non… Non… répète Olive avant de s'écrier soudain : Wouah !

Annie regarde elle aussi pendant qu'Olive observe dans les jumelles.

— J'arrive à voir les gens tout en bas !

Mais elle abandonne rapidement son observation du trottoir et elle lève les jumelles vers le ciel.

— Hé, c'est pas juste ! dit-elle. Cet immeuble m'empêche de voir. Va-t'en, vieil immeuble tout moche.

— C'est un immeuble comme le nôtre, avec des appartements. Ton papa n'y sera pas. Regarde plutôt sur le trottoir. Il va venir de ce côté-là, lui explique Annie en lui tournant délicatement la tête vers la droite.

Avant qu'Olive ne reprenne son observation, une clé tourne dans la serrure. La fillette retire la lanière autour de son cou.

— Range-les, murmure-t-elle en fourrant les jumelles dans les mains d'Annie. C'est pas un jouet.

— Oh, oui. Vite ! Vite !

Prenant des airs de comploteuse, Annie part en mission top secret pour replacer les jumelles et replace même une plante pour donner un aspect innocent à l'étagère. Elle retourne en hâte sur le canapé à l'instant même où Tom entre dans la pièce. Olive lâche un petit rire, un si joli son que le cœur d'Annie se met à chanter.

Annie est assise sur son lit avec son ordinateur portable, la porte de sa chambre entrouverte.

— On va au Georges, entend-elle Olive chantonner dans sa chambre. Mon papa et moi !

Elle sursaute en entendant qu'on frappe à sa porte.

— Veux-tu venir avec nous au restau ? dit Tom, debout sur le seuil.

Le cœur d'Annie papillonne. Oui ! Avec plaisir ! Et si on trouvait une baby-sitter pour votre petit monstre et qu'on se réservait une table tranquille pour deux ?

— À moins que tu ne préfères passer un peu de temps seule, continue-t-il. Ce que je peux absolument comprendre.

Du temps seule ? Ça ne lui est jamais venu à l'esprit. Elle préférerait être avec lui... pour le restant de ses jours. Mais elle se souvient de l'enthousiasme d'Olive, et de son propre enthousiasme quand elle était petite, à l'idée de se retrouver avec Krissie et son papa. Et comme elle était déçue lorsqu'il arrivait avec une copine. Elle pose son ordinateur à côté d'elle.

— Merci, c'est gentil. Mais je vous laisse y aller tous les deux. Olive est super contente de passer la soirée avec son papa.

Il sourit.

— Tu es très attentionnée. Une autre fois, alors ?

— Oui, bien sûr. Une autre fois.

Elle hausse les épaules, mais au fond d'elle-même, elle bondit de joie et donne des coups de poing dans le vide.

Alors qu'il s'apprête à faire demi-tour, il montre la photo sur le chevet d'Annie.

— C'est ta famille ?

Annie prend la photo.

— Ma sœur, ma mère et moi, dit-elle en la tendant à Tom. C'était à la remise du diplôme en fin de terminale.

Il prend la photo et l'examine, longuement. Annie l'observe. Kristen et elle encadrent leur mère, les bras autour des épaules. C'était une journée ventée et leurs cheveux volent en tous sens. Le cliché a capturé l'instant où sa mère se tourne pour lui embrasser le front. Les yeux maternels étincellent, comme dans le passé, et une fossette lui creuse la joue gauche, comme Krissie.

— Sublime, dit Tom.

— Oui, elle est sublime, dit Annie.

Un éclair de jalousie familier s'empare d'elle tandis qu'elle repose la photo sur son chevet. Évidemment qu'il trouve Kristen sublime. Comme tout le monde.

— Dans la famille, c'est moi qui aime les cheeseburgers, au cas où vous ne l'auriez pas remarqué.

Elle essaie de rire mais le son reste bloqué dans sa gorge.

35

Annie

Elle aurait préféré être avec Tom et Olive, mais cette soirée lui donne une nouvelle occasion de chercher sa sœur. Krissie est un oiseau de nuit. C'est peut-être pour cela qu'Annie ne l'a jamais vue le matin.

Elle s'engouffre dans le minuscule ascenseur et appuie sur le bouton du rez-de-chaussée. Mais avant que la cabine n'entame sa descente, la porte se rouvre et un garçon entre.

— Bonsoir, marmonne Annie en baissant les yeux et en croisant les bras devant sa poitrine.

— Salut, Annie, dit le garçon avec un accent allemand.

Elle lève les yeux. C'est le maigrichon qui vit dans l'appartement en face du leur, celui que Tom lui a présenté le jour de son arrivée.

— Oh, salut…

Sa phrase reste en suspens. Merde ! Elle a oublié son nom.

— Rory, dit-il avec un sourire.

Rory a meilleure allure aujourd'hui, dans la lumière tamisée de l'ascenseur. Pas si anémique. Il porte un pull bleu marine et un foulard bordeaux autour du cou.

— Comment tu t'en sors avec Olive ? Elle s'éclate bien avec toi, hein ?

Annie renâcle.

— Ha ! Ta traduction n'est pas tout à fait juste. Tu voulais dire : *Je suis sûre qu'elle aimerait bien t'éclater la tronche*, non ?

Il rit franchement.

— Tu es rigolote, Annie.

Elle sourit et, l'espace d'un instant, se laisse aller à s'imaginer devenue une grande comique, une Amy Schumer 2.0.

— Rez-de-chaussée ? demande-t-elle.

Rory acquiesce.

Le silence s'installe dans le petit ascenseur exigu et Annie sent la sueur lui couler soudain dans la nuque. Elle doit paraître énorme à côté de Rory, maigre comme un clou. Elle défait son écharpe.

— Tu as ta soirée libre ? s'enquit-il.

— Oui.

— Je peux te demander où tu vas ?

Elle garde les yeux rivés sur la porte.

— Je vais juste me promener. Je cherche...

Elle s'interrompt, craignant son regard compatissant si elle évoque la disparition de sa sœur. Qui plus est, elle ne veut pas que Rory la prenne pour une tarée.

— Je cherche quelqu'un. Elle est à Paris. J'ai perdu son numéro de téléphone.

Le visage de Rory s'éclaire.

— Tu la trouveras sans aucun doute dans une boîte de nuit. Je peux t'y emmener. Je commencerais par

The Wall, ou peut-être le Yellow Mad Monkey – c'est plein de jeunes Américaines très jolies comme toi.

Il marmonne les deux derniers mots et Annie n'est pas certaine d'avoir bien entendu. La dernière fois qu'on lui a dit qu'elle était jolie, le commentaire avait été suivi par « pour une nana de ton gabarit ».

— Non, dit Annie en imaginant sa sœur enceinte. Elle ne sera pas dans une boîte de nuit.

L'ascenseur s'arrête dans un soubresaut. Il ouvre la porte et lui fait signe de passer la première. Ensemble, ils traversent le hall.

Des flocons de neige tombent du ciel sombre. Ils s'attardent tous les deux devant l'entrée, sous l'auvent de l'immeuble.

— On va chercher ton amie ensemble ? demande-t-il.

Annie comptait parcourir la ville, un café après l'autre, en solitaire. Mais s'il veut se joindre à elle, elle ne peut pas franchement l'en empêcher.

— Pourquoi pas ?

Elle ignore le coude qu'il lui présente et relève le col de son imperméable. Ils traversent la circulation dense du boulevard Saint-Germain.

— Les nuits que je préfère, c'est celles où il pleut, dit Rory. La façon dont la bruine dans l'air transforme la lumière des lampadaires en halos brillants.

Elle lève les yeux vers les lampadaires sous la bruine et sourit. Les propos de Rory lui rappellent un poème qu'elle avait écrit un jour – à l'époque où elle écrivait des poèmes.

— Pareil pour moi, dit Annie. Malheureusement, l'air humide transforme aussi mes cheveux en halos de frisottis, mais on s'en fout.

— Je préfère tes cheveux comme ça, dit-il en faisant un geste bouffant au-dessus de sa tête. Pleins de boucles, ça va bien avec ton visage.

Il ne la regarde pas en lui disant ça et des taches rouges apparaissent sur ses joues.

Ils passent devant le café de Flore. Sous un gigantesque auvent blanc, des couples heureux boivent du vin et piochent sur des plateaux de charcuterie, de fromage et de pain. Amis et familles sont assis côte à côte, ils fument, bavardent et rient. Annie marche lentement et observe chaque visage.

— Tu veux prendre un café-crème ? propose Rory.
— Non. Elle n'est pas ici.

Ils poursuivent leur route jusqu'à un autre café. Une fois encore, Annie contemple les visages. À une table, ses yeux se posent sur une jolie jeune femme accompagnée d'une fillette. Annie est submergée par la nostalgie. La femme rit à une réplique de la gamine, elle lui rappelle sa propre mère. Le visage de la femme s'assombrit quand elle remarque qu'Annie les dévisage fixement. Elle se détourne aussitôt et le mal du pays, pareil à une marée montante, menace de l'engloutir.

Elle sent une main sur son bras et lève les yeux. Rory la regarde intensément.

— Tu te sens seule dans cette belle ville, hein ?

Elle écarte une mèche humide de son visage.

— Comment tu le sais ?
— Parce que j'ai connu ça, moi aussi, pendant un moment. Ça m'arrive encore parfois.

Il la guide dans le quartier jusqu'aux Deux Magots, le café à l'angle de Saint-Germain-des-Prés, que fréquentaient Hemingway, Picasso, Dalí et tant d'autres artistes. Les gens sont installés à de petites tables dehors, sous des radiateurs électriques.

La pluie tombe plus dru, à présent, et les clients déplacent à la hâte leurs chaises sous l'auvent rayé. Ses yeux scrutent chaque visage. *Allez, Kristen, montre-toi ! Je ne peux pas attendre un jour de plus !*

— Viens, je t'offre un expresso, dit Rory. Tu pourras me décrire ton amie et je me ferai un devoir de t'aider à la retrouver.

Annie sourit devant son regard rempli d'espoir.

— Ce serait sympa.

Ils trouvent une table sous l'auvent et s'installent côte à côte. Annie examine le menu.

— Tu n'as pas voulu aller à l'université ? lui demande Rory.

L'estomac d'Annie se noue. Elle essaie d'oublier Haverford et la honte de son renvoi, et elle ne tient pas à l'expliquer à Rory.

— Je fais juste une pause cette année.

— Bonjour, Rory !

Annie lève les yeux et découvre une jeune Française mince au grand sourire et aux lunettes encore plus grandes. Elle porte un sweat court savamment lacéré et un legging noirs. Des vêtements minuscules, qu'Annie aurait pu enfiler quand elle avait dix ans. Bon, d'accord, neuf ans.

Rory rougit un peu.

— Bonjour, Laure. Je te présente mon amie, Annie. Annie, Laure est étudiante au Cordon-Bleu avec moi.

— Ravie de faire ta connaissance, dit-elle à Annie avec cet accent français si typique, puis elle souffle un baiser à Rory en s'éloignant. On se voit demain, Rory.

Annie adresse un sourire au garçon.

— Cette mignonne petite demoiselle craque totalement pour toi.

Il secoue la tête.

— Non, c'est pas vrai, Annie. Un jour, je lui ai proposé d'aller boire un café et elle m'a dit non.

Annie recule dans sa chaise.

— Et alors ? Demande-lui encore !

— Les carottes sont grillées, dit-il. Je lui ai fait la raison.

Il faut quelques secondes à Annie pour traduire son erreur : *les carottes sont cuites, je me suis fait une raison.*

— Franchement, si Laure te plaît, tu devrais le lui dire avant qu'il ne soit trop tard. C'est mon leitmotiv, maintenant. Ne laisse jamais un non-dit traîner quelque part, ou tu risques de le regretter pour le restant de tes jours.

Dixit la nana qui refuse de parler à sa mère.

Annie et Rory partagent une baguette et une assiette de fromages les plus délicieux au monde. Il lui raconte l'année qu'il a passée comme étudiant étranger à Washington.

— J'aime les États-Unis mais l'Allemagne reste ma patrie.

Il lui décrit son village adoré de Cochem, dans la partie germanique de la Moselle.

— Mes parents et ma sœur y vivent encore. La plupart des familles du coin possèdent des vignobles et des exploitations viticoles, mais nous, on a un petit restaurant. Un jour, je prendrai la suite de mon père aux fourneaux.

À l'exception de quelques rares fautes de syntaxe, son anglais est quasi parfait, et pour ce qu'elle entend lorsqu'il s'adresse au serveur, son français l'est aussi. Il est en dernière année au Cordon-Bleu, l'école culinaire phare de la capitale.

— J'ai présenté une de mes recettes à un concours, lui dit-il en se penchant vers elle. Je fais partie des finalistes, Annie. Si je gagne, mon canard en croûte de poivre à la sauce cerise balsamique figurera au menu chez Ducasse !

— C'est merveilleux ! C'est quoi, Ducasse ?

Il lève les bras au ciel.

— C'est juste le meilleur restaurant de Paris !

Mais son visage s'assombrit et il baisse la tête :

— Je n'aurais pas dû t'en parler. Ça risque de me porter malchance. Promets-moi que tu ne le diras à personne.

Annie lève la main droite.

— Parole de scout.

Il fronce les sourcils.

— Parole de scout ? Ça veut dire quoi ?

— Ça veut dire que tu as ma parole d'honneur. Il ne peut pas déjà être 22 heures, s'étonne Annie en consultant son téléphone.

— Oui, je sais, réplique Rory. Le temps passe au ralenti quand je m'ennuie, mais tellement vite quand je suis avec une personne que j'apprécie.

Annie sourit et empile les assiettes sur la table.

— Tu es sûr que tu ne veux pas le dernier morceau de fromage ?

— Non, dit-il avec un sourire en se tapotant les côtes. Je suis plein comme un œuf, comme on dit par chez toi.

Annie enfourne le dernier morceau de brie tandis que Rory demande l'addition au serveur d'un signe de la main.

— Tu ne m'as pas dit à quoi ressemblait ton amie.

Annie se fige, la bouche pleine. Le but premier de sa sortie, ce soir, était de chercher Kristen. Au lieu de ça, elle a passé son temps à bavarder avec Rory. Comment peut-elle être si égoïste ?

Elle déglutit et s'essuie la bouche avec sa serviette.

— Elle est petite et très jolie, explique Annie en regardant les gens qui se pressent sous la pluie. Elle a le teint pâle comme du lait, et tout aussi lisse. Quand elle sourit, on dirait une fleur qui s'épanouit.

— Comme toi.

Annie glisse une boucle rebelle derrière son oreille et se demande pourquoi il fait soudain si chaud, par ici.

— Non. Krissie est… (Annie cherche une comparaison.) Elle est une coupe de champagne. Moi, je suis un verre d'eau.

— Je choisis l'eau. Le champagne, ça me donne mal au crâne.

— Le champagne, ça pétille et c'est plein de vie.

— Oui, mais on ne peut pas vivre sans eau, dit-il en lui décochant un sourire. Tu l'aimes beaucoup, cette fille.

— Oui, beaucoup.

Rory lève le menton.

— Ah… dit-il avec un soupçon de tristesse, ou peut-être n'est-ce que l'imagination d'Annie. *Ich verstehe*. Je comprends.

— Elle s'appelle Kristen.

— Kristen, répète-t-il, le regard rivé sur sa tasse.

— C'est ma sœur.

Il lève les yeux.

— Ta sœur ? C'est elle que tu cherches ici ?
— Oui. Et elle est enceinte. D'environ huit mois.

Partager ainsi son secret est un véritable soulagement. Annie dévisage le garçon et elle jurerait voir du soulagement sur son visage, à lui aussi. Il fourre son portefeuille dans sa poche et se lève.

— Viens, dit-il, main tendue. J'ai une excellente idée.

Rory se hâte sur le trottoir et tire Annie par la main. Des gouttes de pluie ruissellent sur son imperméable, elle trottine pour rester à sa hauteur. Ils passent devant un magasin de chaussures, une carterie, un cabinet de médecin. Et il s'arrête.

Annie est d'abord perplexe. Il lui montre une plaque en bronze fixée à l'énorme porte en bois.

GYNÉCOLOGUE OBSTÉTRICIEN

Un obstétricien. Elle hoquette. Mais bien sûr ! Pourquoi n'y a-t-elle pas pensé ?

— Si ta sœur est à Paris, elle aura consulté un obstétricien, non ?

— Oui. Oui, absolument.

Il sourit.

— On va aller dans chaque cabinet de Paris, jusqu'au dernier. Combien doit-il y en avoir ? Quelques centaines ? J'en mettrais mes bras au feu.

Ma main au feu, pense Annie mais elle ne le corrige pas. Parce que ce mot est peut-être plus approprié. Un frisson lui parcourt l'échine. Risque-t-elle de s'y brûler, à trop vouloir s'approcher de la vérité, ou d'être terriblement déçue, si elle continue à chercher ? Et si tout le monde avait raison au sujet de sa sœur ? Si elle s'était vraiment trouvée dans ce train ?

36

Erika

Jeudi matin, j'ai disposé mon bureau dans une minuscule échoppe, le Lucky Bean Café. Douillettement installée près d'une cheminée au fond de la salle, je me barricade derrière mon ordinateur portable, mes dossiers et un bagel au fromage. Depuis qu'Allison a accepté les termes de Stephen, je n'ai pas d'autre choix que de plonger tête la première dans ce projet. C'est du moins ce que m'ordonne Carter.

Je grignote un bout de bagel et tourne la tête vers la fenêtre. Le drapeau de la poste claque dans le vent. Que fait Annie en ce moment ? Vais-je avoir des nouvelles du détective Bower, aujourd'hui ? Et Un Miracle ? Kristen va-t-elle m'écrire bientôt ? Je ne dois pas me bercer d'illusions. Kate et mon père ont sans doute raison – Kristen est morte. Mais je n'arrive pas à lâcher prise et à l'accepter. Je doute d'en être un jour capable.

Je m'oblige à regarder les photos et les plans envoyés par Allison. Je prépare une chouette vidéo de présentation et une brochure plutôt chic pour le site internet. *Le Style Fairview*, c'est comme ça que je compte le vendre. J'ai organisé des portes ouvertes mardi prochain et je ne rechigne pas à la dépense. J'ai embauché autant de monde que possible, du traiteur jusqu'au violoncelliste, en passant par un barman et un stock complet de boissons, sans oublier le voiturier. J'ai envoyé un e-mail à tous les courtiers influents de Manhattan, ce qui signifie que nous accueillerons plus d'une centaine d'agents sur les lieux. La seule agente immobilière qui manquera à l'appel, ce sera sans doute moi.

Je grogne. Vais-je réussir à quitter cette île un jour ? La météo annonce des températures clémentes pour le week-end, mais une vague de froid lundi prochain, sans doute en dessous de zéro. Donc à moins que le détroit n'ait totalement dégelé d'ici dimanche pour me laisser traverser en bateau, je risque d'être bloquée ici jusqu'à la réouverture de l'aéroport, dont personne ne connaît la date exacte.

La sonnerie de mon téléphone me fait sursauter. C'est sûrement Altoid qui souhaite me communiquer un nouveau détail. Je jette un coup d'œil au numéro d'appel et mon cœur fait un bond.

— Détective Bower, bonjour.

Je retiens mon souffle et je prie pour l'entendre prononcer ces mots : *Ils ont retrouvé votre fille*.

— Erika, je voulais faire le point avec vous. Je suis désolé de vous annoncer que j'ai fait chou blanc. Je ne trouve pas la moindre preuve que votre fille soit vivante.

Je ferme les yeux. L'obscurité m'envahit.

— Erika ?

Ma gorge se desserre enfin.

— Oui, je murmure. Merci. Continuez à chercher, s'il vous plaît. Encore un peu. Je vous en prie.

Je raccroche et me prends la tête entre les mains. Non ! Kristen est vivante, comme l'affirme Annie. Elle l'est, forcément. Parce que si elle est bel et bien morte, Annie ne me pardonnera jamais.

Je redresse enfin la tête et me tourne vers la fenêtre, le menton dans la main. Un nuage cache le soleil et assombrit momentanément l'éclat de l'astre avant de le laisser briller à nouveau. Un rayon de soleil dans la douleur.

J'appelle Katie au Seabiscuit Café, j'ai désespérément besoin de l'amour et du réconfort de ma sœur. C'est l'heure du déjeuner mais elle répond dès la première sonnerie.

— Salut, Rik. Quoi de neuf ?

Je ferme les yeux de toutes mes forces.

— Et si elle était vraiment morte, Kate ? Si elle était vraiment morte ?

— Hé… dit-elle. Je suis là, je t'aiderai. (Je la sens presque me masser le dos en un geste de réconfort.) Tu es où ? Je viens te rejoindre.

J'ai retrouvé mon souffle.

— Non. Ça va. J'avais juste besoin de te l'entendre dire. Merci.

— Je t'aime, Rik. Tu vas t'en sortir. Je te le promets.

— Elle me manque, lui dis-je en me pinçant l'arête du nez. Ma fille d'amour me manque tellement. Je n'aurais pas dû venir ici. Cet endroit – tous ces souvenirs – ça me tue.

— Tu te souviens de ce que tu m'as dit ? Quand tu étais triste, maman te répétait : *La meilleure façon d'oublier ses soucis, c'est de se concentrer sur ceux des autres.*

J'acquiesce, incapable d'articuler le moindre son.

— Peut-être que tu devrais essayer de suivre cette piste ?

37

Erika

Je rassemble mes affaires et sors du café, puis je m'arrête chez Kate pour déposer ma sacoche avant de poursuivre ma route jusqu'en ville. Chaque fois que je pense à ma fille disparue, je me répète le précepte maternel : *La meilleure façon d'oublier ses soucis, c'est de se concentrer sur ceux des autres.*

J'attrape la poignée métallique et une rafale de vent ouvre brusquement la porte du magasin Doud's Market. J'entre et referme péniblement derrière moi. L'employé, un gamin avec qui j'allais à l'école, aujourd'hui un homme, installe une gondole de soupe en conserve, deux boîtes pour 1 dollar.

— On s'accroche à son chapeau, avec ce vent, hein ? demande-t-il en lissant son tablier vert.

— Oui, je réponds en me recoiffant.

— Besoin d'aide ?

— Je regarde juste, merci.

Je parcours les rayons en quête d'un article approprié. Qu'offre-t-on à un gamin qui ne peut plus marcher ? À New York, j'aurais trouvé un gadget quelconque, une nouvelle technologie cool, un truc dernier cri qui ne sollicite que les mains et le cerveau. Mais bien sûr, ce petit magasin – le seul qui soit ouvert hors saison – ne propose rien de ce genre.

Je raye de la liste la balle rebondissante, le vieux moulin à vent, les cahiers de coloriage. C'est tout ce qu'ils ont ? Pourquoi n'ai-je pas envoyé quelque chose depuis New York, des mois plus tôt ?

Un cerf-volant solitaire attire mon regard. Je le décroche. Dessus, une tortue ninja brandissant une épée me lance un regard noir. C'est bien trop puéril pour Jonah. Et il ne peut pas courir pour le faire décoller.

Sans crier gare, la voix de ma mère résonne en moi. *Impossible de ne pas sourire quand on tient la ficelle d'un cerf-volant.* Je souris. Elle affirmait toujours qu'un cerf-volant pouvait guérir n'importe quelle blessure. Alors pourquoi cela n'a-t-il pas fonctionné pour elle ?

— On va faire du cerf-volant aujourd'hui, hm ? demande l'employé du magasin.

Je sursaute.

— Vous n'avez rien de plus convenable pour un ado ?

— Pas avant la livraison de cet été, non. Mais tout le monde aime les cerfs-volants, non ?

Je hausse les épaules.

— J'imagine qu'il faudra s'en contenter.

Je prends un cahier de coloriage et un paquet de pastels fluo, et je lui emboîte le pas vers la caisse.

— Ça m'est égal ce que disent les autres, Riki. Tu n'as pas changé du tout.

Je lui tends ma carte bancaire.

— C'est vrai ? Parce que tu dois être la seule personne à le penser. Tu t'appelles Kevin, c'est ça ?

Il sourit et dévoile des dents tordues.

— C'est ça. Je me souviens quand tu es arrivée sur l'île, on était en CM1. Tu portais toujours des chaussettes dépareillées. C'est le truc dont je me souviens le plus.

— Hm, dis-je en fouillant dans sa mémoire. J'avais presque oublié ma petite phase de chaussettes dépareillées.

Ma gorge se serre et je lutte pour figer un sourire sur mes lèvres tremblantes. J'ai passé trois décennies à essayer d'oublier ces souvenirs. Je ne peux pas les laisser retrouver leur chemin jusqu'à mon cerveau.

Je ressors du Doud's Market et redescends la rue. Comme pour me mettre au défi, l'image de ma mère apparaît, ses yeux inhabituellement étincelants. Elle est entourée d'une montagne de linge. Elle parle vite, comme un disque vinyle lancé à la mauvaise vitesse. « C'est tellement plus facile de ne pas trier les chaussettes, tu ne trouves pas ? Les chaussettes dépareillées, ce sera notre signature familiale. »

Et ça l'a été, oui. Pendant trois semaines, chaque fois que je baissais les yeux vers mes pieds, je souriais, avec l'impression d'avoir commis un acte rebelle et indomptable qui m'avait offert en récompense l'accès exclusif au club secret de ma mère. Mais quand ma mère était arrivée devant l'école, vêtue d'un pantalon trop court qui laissait apparaître une chaussette rouge et une bleue, ainsi qu'une basket blanche au pied droit, et un chausson marron au pied gauche, la signature familiale ne m'avait plus amusée.

Je chasse le souvenir de ma mémoire et longe Garrison Road. Pourquoi tous ces souvenirs désagréables remontent-ils soudain ? À New York, je ne me souviens que des bons moments avec ma mère.

Ou bien ai-je choisi de ne pas analyser mon passé ?

Molly a quarante-trois ans mais en paraît dix de plus. Et à en juger par la façon dont elle hésite devant sa porte, je ne suis pas sûre qu'elle me reconnaisse, elle non plus. Mais elle acquiesce enfin :

— Riki. J'ai entendu dire que tu étais de retour.

Elle me parle d'un ton froid. Je déglutis avec peine.

— Je suis désolée de ne pas t'avoir contactée.

— Tu es occupée.

— Ce n'est pas une excuse. Je voulais te voir mais...

Mais quoi ? Je suis une femme amère, égoïste et lamentable ? Je n'avais pas envie d'entendre tes pensées positives ? J'ai perdu ma fille alors que tu as encore ton fils ?

Je baisse la tête, pétrie de honte.

— Je n'ai aucune excuse, en fait. Je suis désolée, Molly. Vraiment.

— Entre.

Je pénètre dans un minuscule salon jaune où des rideaux à embrasses blancs encadrent une grande baie vitrée. Un canapé d'angle en velours remplit presque tout l'espace.

— Ce n'est pas grandiose mais c'est chez nous, dit-elle. C'est sans doute très différent de chez toi.

— C'est beaucoup plus douillet ici, dis-je en admirant la table en chêne et les étagères regorgeant de petites figurines et de bibelots de Pâques. Ça me rappelle ton ancienne chambre. J'adorais l'étagère au-dessus de ton bureau, avec toutes les peluches Beanie Babies.

Elle s'esclaffe, du même rire enfantin qui me faisait glousser à mon tour.

— Sans oublier le poster des Backstreet Boys.

— Comment l'oublier ?

Une fillette est assise dans un fauteuil, un livre d'école ouvert sur les genoux. Ce doit être la fille de Molly, la gamine de sept ans qui déprimait depuis l'accident de son frère, d'après Curtis.

— Tu n'as jamais rencontré Samantha, dit Molly en s'approchant de l'enfant. (Elle lui lisse un épi de cheveux.) Elle reste à la maison quelques mois et je fais l'instruction à domicile. Mais elle est bientôt prête à retourner à l'école, pas vrai, Sammie ?

— Je suis contente pour toi, Sammie, dis-je en sortant le cahier de coloriages de mon sac. J'espère que tu aimes les princesses Disney.

Elle prend le cahier et le feuillette.

— Oui, j'adore. C'est Elsa ma préférée.

Nous tournons la tête vers Jonah qui fait rouler son fauteuil dans le salon à cet instant.

— Jonah, dit Molly en s'approchant de lui pour fermer le clapet de l'ordinateur portable posé sur la tablette du fauteuil. Je te présente Riki Franzel – non, Erika. J'oublie toujours que c'est Erika, maintenant.

Vêtu d'un maillot des Lions de Detroit, Jonah ressemble à n'importe quel ado échevelé. À part son fauteuil roulant. Et la couverture en laine sur ses jambes. Et le tuyau en plastique dans sa gorge. Il émet un sifflement à chacune de ses respirations. Mon cœur se brise. Je tends la main.

— Salut, Jonah.

Il me serre la main et lâche un son guttural.

— Erika est la fille de Cap', tu t'en souviens ? Ma meilleure amie ?

Meilleure amie ? Des années plus tôt, oui. Pour les insulaires, l'amitié est éternelle, de même que les cygnes vivent en couple jusqu'à leur mort.

— Mes enfants savent tout de toi, continue Molly. Tu te souviens, Jonah ? Erika vend des maisons à New York. Annie et Krissie sont ses… (Elle se tourne vers moi et rougit.) Oh, mon Dieu, Erika. Je suis vraiment désolée.

— Merci, dis-je d'une voix épaisse.

Mes yeux se posent sur Jonah. Il me dévisage comme s'il absorbait tout mon chagrin. J'essaie de sourire pour lui, mais mes lèvres refusent de coopérer. Je me détourne et sens les bras de Molly autour de moi.

— Je suis tellement désolée, ajoute-t-elle.

— La plante que tu m'as envoyée était superbe, parviens-je à articuler. C'était si attentionné de ta part.

— Je suis désolée de ne pas avoir été là pour toi.

— Arrête, dis-je. Je n'ai pas été là pour toi et Jonah. J'étais complètement absorbée par ma vie. C'est inexcusable. J'aurais dû t'appeler, Molly. J'aurais dû me comporter en amie. Pardonne-moi, je t'en prie.

Elle me fait taire d'un geste de la main.

— Tu avais d'autres soucis plus importants.

Annie me revient en mémoire, seule avec son chagrin et sa colère tandis que je m'étais isolée du monde, trop honteuse pour lui demander pardon.

— C'est ce que je croyais, oui. Mais en vérité, je n'ai pas su me concentrer sur ce qui compte vraiment – la famille et les amis.

— C'est ça qui nous aide à traverser les épreuves, pas vrai, Jonah ? (Elle s'approche d'un petit meuble et prend la grande carte posée dessus.) Tout le monde l'a signée pour Jonah. J'adore ce qu'a écrit Kristen.

Je prends la carte et contemple le carton coloré rempli de messages au feutre et de petits dessins. L'écriture de Kristen, qui m'est redevenue familière, attire mon attention.

Je lis à haute voix :

L'épreuve de la douleur. On ne peut pas passer en dessous. Ni au-dessus. Il faut la traverser.

La véracité de ces propos me frappe en plein cœur. Est-ce donc ce que j'essaie de faire – de passer en dessous et au-dessus de ma douleur, sans vouloir la traverser ?

— C'est beau, dis-je d'une voix étranglée.

Molly reprend la carte.

— Oui. Mais ça, c'était le message d'Annie, pas de Kristen.

— Ah non, c'est...

Je ferme la bouche en lisant la signature juste en dessous.

Annie.

Je ne comprends pas. C'est l'écriture de Kristen. Je prends appui à la table pour garder l'équilibre. Ai-je lu le cahier d'Annie, tout ce temps ? À qui appartient le cahier argenté ? Brian trouvait ça idiot mais je ne voulais pas que mes filles se sentent jugées par la symbolique de l'or et de l'argent, alors j'avais recouvert les cahiers, puis c'est à l'aveugle que j'avais ensuite placé les étiquettes de leur nom.

— Voilà le message dont je parlais.

Molly pose l'index sur le coin inférieur de la carte, rédigé au feutre éclatant.

Tu as une belle vie devant toi, je te le promets. Garde la foi, mon pote. Et si jamais tu envisages un seul instant de baisser les bras, je ferai personnellement le trajet depuis le continent pour te botter le cul.

Tu connais la dernière nouvelle ? C'est toi le meilleur.

Krissie

Je ravale les larmes qui montent peu à peu dans ma gorge et je relis le message, passant mon doigt sur chaque mot destiné à Jonah, mais qui pourraient s'adresser à sa mère. A-t-elle écrit ce message en sachant qu'elle allait partir, persuadée que je le lirais un jour ? Espérait-elle me redonner courage ?

Je porte la main à mes lèvres.

— Kristen détestait le mélo. Radicalement différente d'Annie.

Tout me semble soudain logique. Je sais enfin la vérité. Annie est Un Miracle. Elle m'a menti au sujet du recueil d'adages et, comme me l'a suggéré Kate, elle m'a menti au sujet des e-mails anonymes. Et elle l'a fait pour moi. C'est Annie qui m'aime si ardemment. C'est Annie qui me supplie de dépasser mon sentiment de culpabilité.

Je pose les yeux sur Jonah. Son regard intense plonge dans le mien, comme s'il essayait de partager quelque chose… de la compassion, peut-être ?

Mais je n'ai pas besoin de compassion – j'ai encore de l'espoir. Les citations viennent d'Annie, oui. Mais ça ne prouve pas que Kristen est morte. Je lui souris et brandis le cerf-volant.

— Qu'est-ce que vous diriez d'aller faire décoller un cerf-volant ?

Dix minutes plus tard, nous voilà au Marquette Park, au sommet d'une colline surplombant le lac Huron. De son fauteuil, Jonah tient la bobine de ficelle tandis que Samantha et moi essayons de lancer le cerf-volant. Il retombe, encore et encore. Mais je refuse de me décourager. Une nouvelle rafale de vent se lève et je crie à Samantha :

— Cours !

Elle pique un sprint. Pile au moment opportun, elle lâche le cerf-volant. *S'il te plaît, prends le vent.* La rafale l'engloutit comme un insecte dans un aspirateur. Jonah déroule la ligne aussi vite que possible. Sammie pousse un cri de joie. Derrière moi, Molly les encourage.

— Wouah, regardez-moi ça !

Jonah lâche un son rauque. Je fais volte-face. Il tient la bobine et sa bouche est ouverte, tordue, semblable au visage paralysé de mon père. Un autre son crispé émerge du plus profond de sa gorge. Oh, mon Dieu. Qu'est-ce que j'ai fait ? Je viens de pointer du doigt son handicap.

Molly se précipite vers lui et lui prend le visage entre les mains.

— Jonah ! Mon Dieu ! (Elle s'essuie les joues d'un coup d'épaule.) Tu ris ! Tu es en train de rire !

Il s'accroche à la ligne du cerf-volant et détourne son attention un instant, juste le temps de me jeter un coup d'œil. Nos regards se croisent. Les regards de deux êtres humains qui ont tant perdu, mais qui partagent un instant de joie.

Le cerf-volant flotte puis retombe pour s'élever de plus belle sur l'arrière-fond du ciel bleu. *La meilleure façon d'oublier ses soucis, c'est de se concentrer sur ceux des autres.* Quelque chose me dit que Jonah serait d'accord avec ce postulat.

Je suis à mi-chemin de la ville et j'essaie de m'habituer lentement à l'idée qu'Annie, et non Kristen, est Un Miracle. Je ne l'aurais pas su si je n'avais pas vu cette carte avec son écriture. C'est logique, en fait. Annie m'a laissée croire qu'il s'agissait du recueil de Kristen. Elle s'inquiète pour moi. Et il faut qu'elle sache que c'est réciproque.

Annie aurait adoré cette journée, à faire décoller un cerf-volant avec Jonah. Quand elle reviendra à la maison, j'achèterai deux cerfs-volants et nous irons au parc. Elle fera semblant de me trouver idiote mais je connais ma fille. Elle ne pourra pas s'empêcher de sourire.

Je traverse la rue. Il est 20 heures à Paris. Annie est-elle en train de dîner ? De donner le bain à Olive ? Est-ce que je lui manque ? Si seulement je pouvais l'appeler. Je lui parlerais de Jonah. Je lui dirais que j'ai réfléchi au passé. Que je suis en train de changer. Pour elle.

Je sors mon téléphone de mon sac et cherche le numéro de Brian. Peut-être qu'il pourra lui faire passer un message, ou du moins me dire comment notre fille s'en sort. Jusqu'à présent, il ne m'a été d'aucune aide. Il ne sait que les détails superficiels – ou alors c'est ce qu'il choisit de me dire. Annie va bien. Il pleut à Paris. Le prof est sympa.

Le prof… mais oui ! Il pourrait me parler de ma fille, lui. Du moins, si ça ne le dérange pas d'en discuter. Je grimace en me souvenant que j'ai coupé court à notre conversation hier après-midi, assez impoliment. Vais-je oser le rappeler ?

Je trouve son numéro et lance l'appel. Mon cœur bat sourdement, en rythme avec les sonneries.

— Tom Barrett, annonce-t-il.

— Tom. Bonjour. C'est Erika, la mère d'Annie.

Je m'explique en hâte, espérant lui apporter tous les détails nécessaires au cas où il me trouverait un peu envahissante :

— J'espère que ça ne vous dérange pas que j'appelle pour prendre des nouvelles d'Annie. Je veux juste m'assurer qu'elle va bien. Mon mari – mon ex-mari – ne me dit pas grand-chose.

— Aucun problème, dit-il. Je suis parent solo moi aussi, vous vous rappelez ? Je sais ce qu'on éprouve à se sentir exclu.

Il a une voix de basse, pleine de gentillesse. Je ferme les yeux, envahie par le soulagement.

— Comment va-t-elle ?

— Mieux, grâce à vos conseils. Je me fais un point d'honneur à la complimenter autant qu'elle le mérite.

J'arpente le trottoir, sourire aux lèvres. Une charrette tirée par un cheval passe près de moi. Je salue le conducteur d'un geste de la main et m'engage dans une étroite ruelle en direction du sud.

— Merci. Je suis certaine que votre approbation est très importante à ses yeux.

— Ouais, bon, elle devient rouge pivoine chaque fois que je la félicite, mais j'ai l'impression qu'elle est contente. Et mes compliments sont cent pour cent sincères. C'est une super gamine.

— Je suis heureuse que vous le pensiez aussi.

— Elle se lie d'amitié avec Rory, un apprenti cuisinier allemand qui vit dans l'appartement d'en face. Honnêtement, elle a l'air de bien s'adapter. J'aimerais pouvoir en dire autant de ma fille.

Je voudrais avoir plus d'informations sur Annie, mais l'accusation de Kate – me disant que je ne pose plus jamais de questions aux autres – n'a pas quitté mon esprit.

— Parlez-moi d'elle, de votre petite Olive.

Pendant un quart d'heure, il me raconte les bêtises d'Olive, comment elle a fait fuir ses deux dernières nounous à coups de vilaines remarques et de caprices véhéments et, cerise sur le gâteau, l'épisode où elle a enfermé l'une d'elles dans le garde-manger.

— Quand je suis rentré et que j'ai délivré Elsie au bout d'une heure dans le placard, elle est allée direct à sa chambre pour faire sa valise. Depuis, j'ai retiré tous les verrous de l'appartement.

Je ne peux m'empêcher de rire.

— Allez, courage. Vous faites de votre mieux.

— Et vous aussi, il me semble. Annie nous a dit qu'elle avait perdu sa sœur.

Je déglutis, non sans peine.

— Elle a du mal à l'accepter. Moi aussi.

— Je peux le comprendre, dit-il et je l'entends soupirer. Olive a perdu sa mère il y a un an. Elle était avec Gwen, ma femme, quand c'est arrivé. Elles ont eu un accident de voiture – un conducteur en état d'ivresse.

— Oh, Tom, je suis désolée.

— Oui, moi aussi. Et le truc, c'est que j'ai parfois l'impression que Gwen me guide au quotidien. Elle avait laissé un tas de paquets dans la maison, avec écrit dessus « Ne pas ouvrir ». Évidemment, je les ai tous ouverts. Je cherchais désespérément quelque chose qui puisse m'aider à comprendre.

— Et ils vous ont aidé ?

— Oui. Ces paquets ont répondu à beaucoup de questions.

— Tant mieux, dis-je avec prudence. C'est comme si elles étaient encore là, à veiller sur nous.

J'hésite avant d'ajouter :

— Ou, dans mon cas, elle me pousse à faire des choses que je n'ai pas envie de faire.

J'ignore quelle mouche me pique mais je me surprends à raconter à ce parfait inconnu l'histoire du recueil d'adages.

— Et voilà que les mêmes maximes me parviennent sous forme d'e-mails anonymes.

Je fais de mon mieux pour lui expliquer de façon succincte ces messages mystérieux.

— C'est dingue. Vous n'avez aucune idée d'où ils peuvent venir ?

— Annie affirme qu'elle ne me les a pas envoyés, mais je suis sûre à quatre-vingt-dix-neuf pour cent que c'est elle. Ce qui est fou, dans cette histoire, c'est que je croyais qu'ils pouvaient venir de Kristen.

Je ferme les yeux, j'attends une leçon de morale ou, pire, qu'il mette fin à notre conversation.

— Vous n'étiez pas prête à lâcher prise, murmure-t-il.

Je plaque ma main sur ma bouche. Quand je retrouve enfin l'usage de la parole, je dis :

— Non, c'est vrai. Je ne pouvais pas oublier mon espoir. Ni ma culpabilité. Et la situation semble enfin avoir une certaine logique. Annie pensait que j'écouterais davantage si les messages venaient de sa sœur.

— En résumé, vous n'avez pas d'autre choix que de prendre ces adages au sérieux.

Une demi-heure plus tard, notre conversation a dérivé sur Annie, Olive, nos carrières respectives, nos familles. Il me raconte avoir grandi à Washington D.C. où son père était employé par la Banque mondiale.

— Avec mon doctorat en poche, j'ai eu la chance d'obtenir un poste à Georgetown. Mes parents vivent dans le Maryland. Les parents de Gwen sont en Virginie. Ils adorent tous Olive. Mais après l'accident, je me suis dit qu'un changement de décor pourrait nous faire du bien, à Olive et moi.

— Et il n'y a pas mieux que Paris, c'est certain.

— Exactement. Mais en toute honnêteté, je ne suis pas persuadé que ce soit l'idéal. Je suis tenu de rester pour un projet de recherches, mais ensuite, jusqu'en août on va retourner à Georgetown. On a hâte de rentrer au pays, tous les deux.

Je suis à présent assise sur un banc de pierre devant l'église, les jambes étendues devant moi.

— Vous enseignez quoi ?

— Pas grand-chose, à en juger par les notes de mes étudiants.

J'éclate de rire.

— J'en doute.

— J'enseigne la biochimie à des étudiants de médecine. Je fais également des recherches sur les hépatites et autres maladies du foie.

— Impressionnant.

— Et vous êtes agente immobilière. La meilleure qui soit, si j'en crois Annie.

Je secoue la tête, heureuse qu'il ne puisse pas me voir rougir en cet instant. Comparé à son travail, vendre des logements de luxe à des acheteurs anonymes semble si insignifiant et superficiel.

— Si on veut, dis-je, et je me surprends à ajouter : Un jour, j'aimerais créer ma propre agence.

Rien qu'à prononcer ces mots, je me sens plus légère. Je continue et mon fantasme gagne en profondeur.

— Une petite agence, dans laquelle j'aurais choisi la possibilité de connaître mes clients – des primo-accédants, en particulier – pour les aider à trouver le logement de leurs rêves.

J'ignore pourquoi mais il m'importe que cet homme le sache. Ma sœur et mes filles ont raison, même mon père. J'ai perdu mes repères. Je me suis laissé guider par la culpabilité – pas seulement pendant les six derniers mois, mais pendant les trois dernières décennies. J'ai atterri si loin de la femme que je suis véritablement, j'ai peine à me souvenir de la fillette joyeuse que j'étais, de cette âme libre qui ne connaissait pas le fardeau de la honte. Et pour la première fois depuis des années, j'ai envie de retrouver cette personne.

38

Annie

> Salut Krissie. Je serai à l'appartement une bonne partie de la journée – au 14 rue de Rennes, des fois que tu aies oublié. Viens, s'il te plaît. Je t'attends. Je t'aime !

— Les Wizards ont mis le feu, hier soir, dit Annie en entrant dans la cuisine, vendredi matin.

Elle se sent rougir. Tom sait-il qu'elle le baratine, qu'elle ne savait pas faire la différence entre les Wizards de Washington et les Hornets de Charlotte, deux jours plus tôt ?

Quand Tom avait dit qu'il suivait l'équipe de basket de Washington depuis qu'il était gosse, elle avait décidé de charger le match de la veille en streaming. Elle espérait qu'ils le regarderaient ensemble, côte à côte sur le canapé, devant l'écran treize pouces de son ordinateur portable.

Après avoir couché Olive, Tom était entré dans le salon et s'était assis à l'autre bout du canapé. Ils avaient attendu le début du match, il lui avait posé un tas de questions sur Haverford, sur sa vie à New York et sur ses objectifs dans la vie. C'était le premier homme qui l'écoutait vraiment. Enfin, sans compter Rory. Elle ne lui avait pas parlé de son renvoi, bien sûr, mais elle avait avoué ne pas être motivée pour retourner à Haverford à l'automne.

— Laisse-toi différentes options, lui avait-il conseillé.

De quelles options il parlait, elle n'avait pas demandé. Son téléphone avait sonné juste avant l'entre-deux de début de match. Il avait grogné, puis souri en consultant le numéro de l'interlocuteur. Elle n'en avait pas cru ses yeux quand il s'était enfermé dans sa chambre, pour ne plus en sortir de la soirée. Quel gâchis de maquillage.

— J'ai lu le résumé sur Internet, dit-il. Il a dû y avoir un sacré suspense.

Qu'est-ce qui avait pu être important au point de lui faire manquer le match ? Ou pire, *qui* avait pu être si important ?

Après avoir accompagné Olive à l'école vendredi, Annie se hâte de rentrer. Alors que l'immeuble apparaît dans son champ de vision, elle accélère. Elle n'aura pas de nouvelles de l'ambassade avant lundi, au plus tôt, mais elle a un bon pressentiment : c'est aujourd'hui qu'elle va retrouver sa sœur.

Elle glisse sa clé dans la serrure quand la porte d'en face s'ouvre à la volée.

— Salut ! dit Rory en tenant une assiette couverte d'une serviette.

Il est mignon, avec son jean blanc et son T-shirt à rayures blanc et bleu, comme dans une sorte de *Où est Charlie ?* parisien.

— Salut, Rory. Hé, merci pour le conseil, l'autre soir. Mon ordinateur et moi, on a passé la journée d'hier à chercher tous les obstétriciens de la capitale. Je vais commencer à les appeler maintenant.

— Super ! Je vais t'aider, dit-il en retirant la serviette de l'assiette. J'apporte une surprise.

Elle regarde la demi-douzaine de croissants brillants, au parfum de beurre si appétissant qu'elle en a l'eau à la bouche. Elle hésite pourtant. Cela ne semble pas correct d'inviter un garçon dans l'appartement en l'absence de Tom et Olive, même si Tom et Rory sont amis.

— Tu n'as pas de recettes à mettre au point ? Un concours à gagner ?

— J'ai cours seulement l'après-midi, répond-il en levant l'assiette pour l'amadouer. Ils sont fourrés au chocolat.

— Il fallait le dire plus tôt !

Annie s'empare de l'assiette et ouvre la porte en grand. Elle est au milieu du hall d'entrée quand elle se retourne et lui lance :

— Oh. Tu voulais entrer, toi aussi ?

Il rit.

— Tu sais accueillir les gens avec classe, Annie.

— J'ai un faible pour les pâtisseries, dit-elle en se pinçant le ventre. Ça se voit ici.

Annie leur prépare un cappuccino. Ils s'installent par terre avec l'assiette de croissants. C'est le *QG pour retrouver Kristen*, comme le baptise Rory.

— Krissie aurait choisi une femme comme docteur, dit Annie en lui montrant la liste des obstétriciens. Quelqu'un de très réputé et d'assez jeune, et qui parle anglais. J'ai réduit les possibilités à quarante-six.

Rory acquiesce.

— Tu fais un excellent détective, Annie. Tu es prête ? On s'y met ?

Annie compose le premier numéro et Rory l'observe. Son cœur s'accélère soudain quand une voix de femme lui répond.

— Bonjour. Cabinet du docteur Geneviève Fouquet.

— Bonjour. Je cherche ma sœur, Kristen Blair, une Américaine, commence-t-elle en croisant les doigts, et elle jette un coup d'œil à Rory. Est-elle patiente chez le docteur Fouquet ?

— Je ne suis pas en mesure de vous donner cette information, répond la femme dans un anglais irréprochable. Ce serait une violation du secret médical.

Annie agrippe le téléphone.

— S'il vous plaît... Je vous en prie. C'est une urgence. J'ai besoin de le savoir.

— Je regrette, mademoiselle.

La femme raccroche. Annie se tourne vers Rory, abasourdie.

— Ils refusent de me parler !

Rory lève l'index.

— Regarde et admire.

Il compose le numéro du deuxième docteur sur son propre téléphone et met le haut-parleur.

Annie écoute Rory qui s'enquiert – avec un parfait aplomb – du rendez-vous de « son épouse ». Il doit reporter la date. Kristen Blair. B-L-A-I-R. Date de naissance ? Il se tourne vers Annie. Elle sourit et griffonne la réponse sur sa serviette en papier. Oui, il est certain qu'elle a pris rendez-vous à son dernier passage. Non ? Très bien. Peut-être qu'il a confondu. Merci beaucoup. Il raccroche.

— Et voilà ! lance-t-il à Annie avec un sourire satisfait.

Elle pousse un cri de victoire et lui tape dans la main. Elle essuie les miettes sur ses doigts et appelle le cabinet suivant. Elle se fait passer pour Kristen Blair, cette fois. Elle dit à la secrétaire qu'elle a oublié la date de son prochain rendez-vous. Elle lui donne sa date de naissance. Elle feint la surprise quand celle-ci ne la retrouve pas dans la base de données.

— Pardon, j'ai dû me tromper.

Elle sourit.

— Tu es génial, Rory. Et très tordu, aussi. Ça me plaît.

— Tordu, c'est une bonne chose, non ?

— Oui ! Dans notre situation, c'est parfait !

Mais à chaque appel, l'humeur d'Annie s'assombrit. Au bout d'une heure, ils ont écarté quarante-cinq des quarante-six obstétriciennes parlant anglais.

— Merde !

Elle raye le quarante-sixième nom de la liste. Elle tend la main vers un croissant et cligne des yeux pour contenir ses larmes.

— Qu'est-ce que je vais faire ? Il faut que je sauve Kristen mais je commence à perdre espoir.

Rory lui prend la main.

— Arrête. Ne dis pas ça, Annie, dit-il d'un air solennel. Si tu dis que tu n'as plus d'espoir de réussir, tes paroles vont se réaliser. Ta sœur est quelque part ici et on va la retrouver, toi et moi.

A-t-il raison ? Ou bien Annie est-elle en plein déni, comme le pensent sa tante, son grand-père, son père et le psy ? Elle se penche en arrière, attrape un coussin et le plaque contre sa poitrine.

— Il y a un truc que je dois te dire, Rory.

Il s'approche du sofa et s'assied à côté d'elle, la dévisage d'un air grave.

— C'est toi qui es enceinte, et pas ta sœur, c'est ça ?

Annie retire le coussin et baisse les yeux vers son corps.

— Non. Mon ventre ressemble toujours à ça.

Le visage de Rory se constelle de taches rouges.

— Oh, non. Je... je voulais pas dire que...

Elle l'interrompt d'un geste de la main.

— Ce n'est pas moi. C'est ma sœur.

Annie se mord la lèvre. Peut-elle lui faire confiance si elle lui avoue la vérité ? Elle lâche un long soupir et lui raconte l'accident.

— Alors tu vois, je pense que ma sœur est à Paris. Mais tout le monde est convaincu que ma sœur est morte.

Rory plisse le front.

— Attends, que je comprenne bien. Elle n'était pas dans le train ?

— Si... non... je n'en sais rien.

Rory la regarde d'un œil suspicieux. Mon Dieu, il doit la prendre pour une vraie cinglée !

— Écoute, je sais que je dois te paraître mytho mais j'ai de bonnes raisons de penser tout ça. (Elle se tourne vers la fenêtre et, dehors, des bourgeons vert clair pointent sur les branches d'arbres.) Et je ne me trompe pas, c'est impossible. Il faut que je la retrouve. Il faut que je la ramène à la maison.

Elle sent sa main sur son bras.

— Tu seras une héroïne, c'est ça ? Tu vas ramener ta sœur à la maison et ta mère sera à nouveau heureuse ?

— Oui. Mais ça va plus loin, dit-elle en détournant le regard, se sentant égoïste, coupable et mal à l'aise. Si elle est morte, c'est parce que je l'ai tuée, tu vois.

Il ne bronche pas. La gorge d'Annie se serre et elle est prise d'une envie de tendre la main et de lui caresser la joue.

— Je l'ai poussée à prendre le train de 9 heures. Elle voulait attendre. Elle n'était pas dans son état normal, ce matin-là. Elle voulait me dire quelque chose mais je ne l'ai pas écoutée. Elle est partie sans me dire au revoir. J'aurais dû lui courir après. J'étais censée veiller sur elle. Elle serait encore vivante, si seulement...

Il lève le menton.

— Ah. *Ich verstehe*. Je comprends. Si ta sœur est morte, c'est ta faute.

Annie prend une inspiration profonde. De tous les gens à qui elle en a parlé, seul Rory a compris.

— Tout à fait.

— Parce qu'elle n'avait aucune volonté propre. Parce que tu es si puissante, Annie, que si tu l'avais accompagnée, tu aurais pu empêcher cet accident de train.

— Non, je...

Il secoue la tête et sourit, puis écarte une mèche de cheveux sur la joue d'Annie. Il plonge le regard dans ses yeux embués de larmes.

— Pourquoi tu cours après la honte et la culpabilité, ma vieille ? Tu ne sais pas que la vie nous attend à chaque coin de rue pour nous l'offrir gratos sur un plateau ?

39

Erika

Il est presque midi, ce vendredi, quand j'entre dans la bibliothèque de l'île Mackinac, mon sanctuaire d'antan. Le bâtiment tout simple avec sa charpente de bois, ses frises sculptées à la main et ses hauts plafonds, dégage ce merveilleux parfum de livres, si unique. C'est plus petit que dans mon souvenir. Les murs couleur pêche ont été repeints en bleu turquoise, le parquet recouvert de moquette.

Là, derrière l'accueil, avec son cardigan et ses lunettes à fine monture métallique, se trouve la vieille amie de ma mère, et la mienne – la femme qui m'a aidée à traverser mes crises d'angoisse.

— Riki ! s'écrie-t-elle en contournant le bureau pour s'élancer vers moi. J'avais entendu dire que tu étais de retour. J'espérais bien que tu viendrais me voir ici.

Elle m'attire dans une étreinte maternelle et m'enveloppe d'un nuage parfumé d'Estée Lauder. Je ferme les yeux, je redeviens cette petite fille solitaire blottie derrière les rayonnages de livres et cherchant désespérément son souffle, espérant en secret que Mme Hamrick puisse être sa nouvelle mère.

— Je suis tellement désolée pour ta petite Kristen, murmure-t-elle. On l'aimait tous beaucoup, sur l'île.

— Et elle vous aimait tous, elle aussi, dis-je en m'écartant. Vous êtes magnifique, madame Hamrick.

Je parcours les lieux du regard et ajoute :

— La bibliothèque aussi, d'ailleurs.

— On l'a rénovée il y a trois ans. On a installé le wi-fi, on a changé le système d'éclairage, on a même mis l'air conditionné ! (Elle baisse la voix.) Ton papa vient ici pour donner des cours à Jonah. C'est merveilleux de découvrir le bon côté du Cap' Franzel.

Je laisse échapper un soupir exaspéré.

— Peut-être que je le verrai un jour, moi aussi, son bon côté.

Elle me caresse le bras et ses yeux se posent sur l'ordinateur portable qui dépasse de ma sacoche. Elle pointe son index osseux vers la galerie.

— Il y a un coin confortable près de la cheminée. Je ne t'embêterai pas là-bas.

Fais la paix avec ton passé. Ton avenir en dépend.

— Vous ne m'embêtez pas, dis-je, le cœur battant. D'ailleurs, si vous avez une minute, j'aimerais que vous me racontiez un peu ce que vous devenez.

Je m'installe dans un petit fauteuil en velours dans le bureau douillet de Mme Hamrick. Elle nous verse à chacune une tisane à la camomille et s'assied à côté de moi.

— Alors, dis-moi, commence-t-elle en remuant le carré de sucre dans sa tasse. Qu'est-ce que tu lis, en ce moment ? Tu aimes toujours les romances ?

Les romances ? J'avais presque oublié que j'avais dévoré presque tous les romans de Danielle Steel et de Nora Roberts de cette bibliothèque. Je secoue la tête.

— Franchement, je ne me souviens pas du dernier roman que j'ai lu. Mais c'est sûr, rien de romantique depuis un moment.

Elle grimace.

— C'est dommage. Tu es trop occupée, j'imagine.

Parle-t-elle de mes lectures ou de ma vie amoureuse ? J'acquiesce aux deux.

— Il paraît que tu t'es forgé une belle réputation dans le monde de l'immobilier.

Je l'interromps d'un geste de la main.

— Kate exagère. Et vous pouvez parler, vous. Il paraît que vous avez été nominée au prix de bibliothécaire de l'année dans le Michigan.

Elle se penche et m'effleure la main.

— Et j'ai gagné ! Tu y crois, toi ?

Je l'écoute me parler de la cérémonie de remise du prix, de son yorkshire de quatorze ans, et du mariage de son petit-neveu.

— Vous méritez toutes ces joies.

— Assez parlé de moi. Parlons de toi.

Je me mords la lèvre. Ma main tremble quand je repose ma tasse. Je me tourne vers elle.

— Est-ce que j'étais toujours aussi en colère, madame Hamrick ?

Elle incline la tête et je vois qu'elle remonte le fil du temps.

— Je ne suis pas certaine que c'était de la colère, plutôt de la douleur. Tu étais endeuillée.

— Endeuillée… je répète, laissant le mot s'attarder sur ma langue.

Je lève les yeux vers elle, la seule personne qui me dira toujours la vérité, j'en suis convaincue. Mon pouls s'emballe.

— Parlez-moi de ma mère, s'il vous plaît.
— Elle était adorable. Tout simplement adorable, dit-elle avec un sourire bien que je perçoive la tristesse sur son visage. Elle était comme ta petite Kristen.

Une heure plus tard, je ressors de la bibliothèque. Je retrouve le vélo de Kate là où je l'avais laissé, appuyé au bâtiment. Le vent me pique le visage et je pédale plus fort, plus vite, j'essaie d'échapper à la vérité. *Elle était comme ta petite Kristen.*

Les magasins, les hôtels et la maison de Kate se confondent tandis que je passe en trombe. La maison de mon père apparaît au loin. Je détourne la tête, mais non sans avoir aperçu le rideau en dentelle toujours suspendu à la fenêtre de la chambre, le dernier endroit où j'ai embrassé ma mère. Je m'efforce de recréer cette scène de douceur amère à laquelle je m'accroche depuis des années, celle où ma mère porte Kate à sa hanche et se penche pour déposer un baiser sur mon front avant de me tendre mon déjeuner.

— Sois gentille. Fais de ton mieux.

Aujourd'hui, une scène plus sombre et plus réaliste prend forme dans mon esprit. Je pédale plus vite dans l'espoir que le souvenir soit soufflé par une bourrasque de vent.

Mais non.

J'étais entrée à pas de loup dans la chambre de mes parents ce matin-là, en portant Kate que je venais de nourrir et de changer. Mon père était parti deux heures plus tôt pour son service de 5 heures. Je m'étais penchée vers l'oreiller où ma mère avait posé sa tête.

— J'y vais, maman.

Elle s'était tournée sur le flanc, sa tignasse de cheveux collée à sa joue. Sa mâchoire molle, ses yeux fermés, sa respiration régulière, tout m'indiquait qu'elle était endormie. Kate avait commencé à s'agiter et je l'avais bercée sur ma hanche. J'avais retrouvé sa tétine entre les draps et la lui avais mise dans la bouche, puis je l'avais allongée dans le lit à côté de ma mère.

— Sois gentille, Katie, avais-je murmuré à ma sœur de dix-huit mois en déposant un baiser sur le sommet de son crâne.

J'avais secoué le bras de ma mère.

— Il faut que tu te réveilles, maman. Tu ne peux pas dormir toute la journée.

Elle avait battu des paupières. Étendue là, elle m'avait dévisagée comme saisie à la vue d'un ange. Elle avait tendu le bras et posé sa paume tiède sur ma joue.

— Reste à la maison avec ta sœur, s'il te plaît, avait-elle murmuré… supplié.

J'avais posé ma main sur la sienne.

— Je peux pas. C'est mon tour de nourrir les hamsters. J'ai déjà loupé mon tour la dernière fois et Miss Murray a dit que si je rate encore mon tour, elle ne me choisira plus pendant toute l'année.

— S'il te plaît, Riki. (Même dans la chambre obscure, j'avais perçu la supplique dans son regard.) Ce sera la dernière fois, c'est promis.

Mais ce n'était jamais la dernière fois. Je le savais, depuis le temps.

Le parquet avait craqué quand j'avais reculé d'un pas. Le bras de ma mère était mollement retombé sur le lit. Je l'avais soulevé et glissé sous la couverture, puis j'avais embrassé ma mère sur la joue.

— Je reviendrai tout de suite après l'école, promis. Je ferai tout le chemin en courant le plus vite possible.

— Reste, avait-elle supplié. Je ne te le demanderai plus jamais.

Comment pouvais-je savoir que, cette fois-ci, elle me disait la vérité ?

Je fonce jusqu'à Pointe aux Pins. Le vélo tremble quand je quitte la route et m'engage sur un sentier gravillonné couvert d'aiguilles de pin sèches. Je laisse tomber le vélo par terre et me précipite vers le lac, m'arrêtant seulement une fois au rivage.

Une étole grise enveloppe le ciel. Je contemple les flots furieux, il n'y a que des plaques de glace éparses et je sens ma haine grandir à l'encontre de cet endroit désert qui m'a volé ma mère... et moi-même. Je scrute les cieux.

— Pourquoi ?

Mon cri est étouffé par le vent du nord qui balaie l'eau. Un sentiment de solitude absolue me gagne. Personne ne peut me voir, ni m'entendre. Est-ce ce que ma mère avait éprouvé ?

— Pourquoi m'as-tu abandonnée ? je hurle. J'avais besoin de toi ! Comment as-tu pu me laisser seule, maman ?

Je lâche un cri à glacer les sangs. Puis un autre. J'évacue toute ma colère jusqu'à en avoir la gorge à vif. Mais je continue à crier.

L'amertume purulente qui m'habitait finit par se taire. J'enlace un tronc d'arbre, hors d'haleine. Pour la première fois depuis trois décennies, la vérité m'a rattrapée.

L'image d'un visage apparaît, inexpressif et bouffi. Je réprime un cri et recule d'un pas chancelant. Le souvenir de ma mère se change en Kristen, sa beauté calcinée et presque méconnaissable. Presque.

— Non !

Je ferme les yeux de toutes mes forces et je souhaite que cette image disparaisse à jamais.

Les paroles de Kate m'assaillent. *Fais la paix avec ton passé. Ton avenir en dépend.*

Je me bouche les oreilles. J'ai trop mal pour ressentir quoi que ce soit. Mais non, j'ai tellement mal que je ressens tout.

Le flot des larmes que j'ai contenues presque toute ma vie derrière le barrage monte et menace de déborder. Je me penche en avant, j'agrippe mes côtes et je laisse échapper mon chagrin réprimé. Quelque part dans le lointain, le hurlement d'un animal blessé retentit en écho dans la crique. Et je comprends que c'est mon propre cri.

— Tu me manques tellement, dis-je en tombant à genoux.

Mes larmes explosent comme des bris de verre, tranchantes, brûlantes, informes.

— Comment vivre sans toi ? je m'écrie, le souffle court. Je suis si désolée. J'aurais dû être là pour toi. J'aurais dû te protéger.

Des images défilent devant moi. Kristen. Annie. Ma mère. Moi-même, à dix ans. Les larmes et la morve inondent mon visage.

— Je suis tellement désolée, je murmure. Tu avais besoin d'aide. Je ne voulais pas croire que tu puisses être malade. J'avais trop peur.

Je ne sais pas combien de temps je reste prostrée là, avant d'entendre un bruissement derrière moi. Une biche se tient immobile dans les broussailles. Mon cœur se serre. Vais-je un jour cesser d'espérer apercevoir Kristen chaque fois que je me retourne ? Nous échangeons un long regard, deux mères communiquant un sentiment qui transcende les frontières du genre animal. Puis elle détale.

Je m'effondre sur le sol humide, j'enfouis mon visage entre mes mains et je sanglote. Je pleure pour ma fille, pour ma mère, pour Annie et pour Kate. Pour tout ce que j'ai perdu, tout ce qu'Annie a perdu.

Le crépuscule s'installe quand je relève enfin la tête. Je contemple les nuances bleues et noires de l'eau, les derniers rayons de soleil qui se reflètent sur les vaguelettes. Et de temps à autre, une plaque de glace jaillit comme un enfant qui jouerait à cache-cache.

Je lève les yeux vers le ciel et me rends compte que ma colère a mué. Je n'éprouve plus cet engourdissement habituel. Je suis désormais emplie d'un amour douloureux et implacable, un amour pour une jeune femme qui a vécu une belle vie, et qui aurait dû continuer à vivre, mais qui n'est plus.

Ma mère.
Ma fille.
Moi-même.

De nous trois, il n'y en a qu'une qui peut continuer à vivre.

40

Erika

Les lampadaires illuminent la route tandis que je me traîne vers la maison de Kate, gagnée par un épuisement physique autant qu'émotionnel. Quelque part dans la baie, le tonnerre gronde. Juste avant d'apercevoir la maison, je m'arrête pour envoyer deux lignes à M. Bower.

> Merci pour votre aide. Je n'ai plus besoin de vos services.

La pluie se met à tomber et je range mon téléphone. La vérité, aussi difficile à accepter soit-elle, me permet d'y voir plus clair. J'accepte enfin le suicide de ma mère, et la mort de ma fille, et mon rôle – volontaire ou non – dans les deux tragédies. Avec l'acceptation viendront peut-être la guérison… et le pardon.

— Te voilà enfin ! s'écrie Katie quand j'arrive sur le trottoir.

Elle se lève de son poste d'observation sur le porche, titubant légèrement. À côté d'elle, deux sacs de courses. Elle incline la tête à mon approche.

— Tu as pleuré ?

J'acquiesce et parviens à sourire.

— Tout va bien. Je... je crois que j'ai fait la paix avec le passé.

Elle sourit.

— Il était temps.

— Je croyais que tu enchaînais deux services, aujourd'hui.

— Nan, dit-elle en sautillant sur place. La gamine de Marnie se sentait mieux, alors elle est venue travailler.

Je montre la bouteille de vin qu'elle balance dans sa main.

— Tu te saoules sur ton porche ?

— Il me fallait un truc pour passer le temps. Quelqu'un a fermé à clé. (Elle sautille sur place, à nouveau.) Et j'ai vraiment envie de faire pipi.

Je baisse la tête.

— Je suis désolée. C'est l'habitude. Dis-moi que tu as une clé de ta porte, s'il te plaît.

Elle me dévisage.

— Une clé de la porte ? Mais bien sûr, pourquoi je n'y ai pas pensé ? Non, j'ai pas de clé. Je ne claque jamais la porte quand le loquet a été tiré de l'intérieur. Allez, viens. Il faut que tu m'aides à casser une vitre pour entrer, avant que je fasse pipi dans ma culotte.

— Appelle papa. Il viendra forcer une fenêtre ou je sais pas quoi, non ?

— Je ne vais pas lui demander ça. Il a trop mal au dos. (Elle fait un geste large du bras.) Viens, suis-moi.

Je lui emboîte le pas derrière la maison et nous nous blottissons sous la corniche. La pluie nous atteint pourtant.

— Hisse-moi là-haut, dit-elle en montrant la fenêtre de la chambre. Ça ne doit pas être fermé.

Je me positionne derrière elle, entoure son torse de mes bras et la soulève, exactement le même geste que je faisais quand c'était ma petite Katie. Elle décolle de quelques centimètres, à peine.

Elle rit et gigote pour se dégager de mon étreinte.

— Pas comme ça ! Mets un genou par terre, que je monte sur l'autre. Tu te souviens ? Comme quand on faisait semblant d'être des cheerleaders.

Je souris et effectue une fente, créant ainsi une marche avec ma cuisse.

— J'arrive pas à croire que tu te rappelles qu'on jouait à ça. T'avais, quoi, six ans ? (Elle pose sa basket boueuse sur mon pantalon.) Hé, tu me salis.

— Ça t'apprendra à claquer la porte.

Elle éclate de rire et tend les bras vers la fenêtre, mais la fenêtre est trop haute.

— Merde, s'écrie-t-elle en sautant à terre. Il faut que tu me portes sur tes épaules.

Je soupire et m'accroupis.

— Si tu insistes.

Kate fait passer ses jambes autour de mon cou et s'assied. Je tente de me relever mais le poids m'empêche de prendre appui sur mes jambes.

— Tu es lourde, pour une maigrichonne.

— Dépêche-toi, dit-elle en me tapant le sommet du crâne. J'ai envie de faire pipi !

— Pense à un désert aride.

— Ça marche pas.

Je chancelle avec mon fardeau et m'agrippe à un buisson pour garder l'équilibre.

— T'as pas intérêt à me faire pipi dans le cou.

Elle lâche un petit rire.

— Pitié, ne me fais pas rigoler.

— Arrête ! dis-je en lui pinçant la jambe.

Kate en devient hystérique.

— Désert aride. Désert aride, répète-t-elle entre deux éclats de rire.

Soudain, j'entends un son à la fois familier et étranger, comme une chanson aimée que j'aurais presque oubliée. Il me faut un moment pour comprendre que le son vient de moi – la mélodie de mon propre rire.

Mes genoux ploient. Katie crie et s'esclaffe, puis crie à nouveau. Je titube dans le jardin, je m'efforce de garder Kate en équilibre sur mes épaules, et nous hurlons à présent de rire toutes les deux. Je finis par tomber sur le sol humide, pliée en deux de rire. Kate s'affale dans l'herbe à côté de moi et se tient le ventre en rugissant. Je me couche sur elle et nous rions de plus belle, à pleins poumons. La pluie et les larmes dégoulinent sur mes joues. Mes épaules sont secouées de tremblements incontrôlables et j'ai mal au ventre.

Voilà, je pense, voilà ce que c'est de vraiment lâcher prise.

Et soudain, sans prévenir, mon rire se transforme en sanglots erratiques et saccadés.

— Hé là, dit-elle en roulant sur le flanc. Qu'est-ce qui t'arrive ?

Elle m'essuie les joues avec sa manche.

— C'est… dis-je en levant la main avant d'asséner un coup de poing au sol. C'est mal ! Je ne devrais pas rire, alors que ma fille est morte.

Elle sourit, le visage constellé de gouttes de pluie, et elle dépose un baiser sur mon front.

— Le rire est une bénédiction, pas une trahison. Krissie aurait franchement les boules que tu n'arrives plus à rire. N'en doute pas une seconde.

Elle se relève d'un bond et me tend la main avant d'ajouter :

— Allez, viens. Il faut encore que tu me portes. C'est ce qu'on fait, entre sœurs.

Elle m'adresse un clin d'œil.

Le lendemain matin, j'enfourche le vélo de Kate et descends Market Street en direction du Lucky Bean Café. Les nuages perdent leur combat contre le soleil et la brise fraîche est agréable sur mon visage. Je roule devant le Doud's Market où Kevin, dans son tablier vert, balaie le trottoir devant la porte.

— Bonjour, Kevin ! je lui crie au passage.

Il lève la main.

— Bonjour, Riki.

Je prends place dans la file d'attente du café et les effluves sucrés des pâtisseries font gronder mon estomac. Derrière le comptoir, Meg, la jolie barista blonde, lève les yeux. Elle m'adresse un sourire.

— Salut, Riki !

Je lève la main et lui rends son sourire. Cette proximité insulaire est agréable. Dommage que ça n'ait pas été comme ça, du temps où j'habitais ici. Ou bien était-ce comme ça ?

Je m'installe avec mon bagel et mon cappuccino dans un coin près de la cheminée et je me connecte à ma boîte mail. J'y trouve un compte rendu d'Allison.

Il nous reste vingt-sept jours pour vendre la totalité de Fairview. Mais pas d'inquiétude. Je contacte tous les courtiers de la ville. Tu seras de retour pour les portes ouvertes de mardi, hein ?

Ce sentiment paisible de chaleur s'envole aussitôt. Je ne serai pas de retour, non. Et nous n'arriverons jamais à vendre seize appartements en moins d'un mois !

Alors que le désespoir semble sur le point de gagner la partie, je suis frappée par un éclair de lucidité. Annie est seule à Paris, déterminée à retrouver sa sœur. Jonah Pretzlaff lutte pour retrouver l'usage de ses jambes. Et Kate met son cœur en jeu, par amour, elle tente le coup sans renoncer, encore et encore. Vendre des appartements est important, mais avec le recul, ce deal avec Stephen, le concours, la revanche contre Emily – rien de tout ça ne compte vraiment. En avoir pris conscience, voilà qui fait toute la différence.

Je passe au message suivant et souris en découvrant qu'il vient de Tom Barrett. Je tire l'ordinateur au bord de la table et me penche.

Salut, Erika. C'était très agréable de discuter avec vous l'autre soir – enfin, l'après-midi pour vous. J'espère ne pas vous avoir pris trop de temps. Cela faisait très, très longtemps que je n'avais pas autant apprécié une conversation. En fait, je dois vous avouer que je m'apprêtais à regarder un match de basket entre les Wizards de Washington et les Cavaliers quand vous avez appelé. Votre formidable fille l'avait chargé en streaming. Au cas où vous ne le sauriez pas, les Cavs sont nos pires rivaux. Je comptais écourter notre échange afin de pouvoir me

consacrer au match. Mais que voulez-vous ? Vous m'avez... captivé.
Dans l'attente de notre prochain marathon téléphonique.
Tom

Je fixe son message. Captivé ? Je porte les mains à ma tête. J'ai une casquette rose sur la tête. Je porte un jogging de Kate et une paire de baskets. Et voilà des années que je ne m'étais pas sentie aussi captivante, aussi authentique et réelle.

41

Annie

Dès son réveil mercredi matin, Annie chausse ses lunettes et allume son ordinateur. Son cœur s'arrête un instant. Le voilà, l'e-mail qu'elle attend depuis neuf jours. Le message est intitulé *Vérification de passeport*. Annie prend une profonde inspiration avant de cliquer.

Chère Annie Blair,
L'ambassade américaine à Paris a enregistré votre demande d'information au sujet de la citoyenne américaine Kristen Louise Blair. Nous n'avons trouvé aucune trace de son entrée sur le territoire français, ni de sa sortie, au cours des douze derniers mois.

Elle se mord le poing pour étouffer un cri. C'est impossible ! Sa sœur est vivante. Elle l'est, forcément ! Dans le cas contraire, Annie aura perdu tous ceux qui comptent pour elle.

Elle s'adosse lourdement à son oreiller et se tourne vers la fenêtre. Le ciel est gris terne, comme son humeur. Les minutes défilent tandis qu'elle s'efforce de retrouver son énergie. Elle se connecte à Facebook et pianote :

> Salut Krissie. On sera au jardin du Luxembourg cet après-midi. J'ai vraiment besoin de te voir.

Elle essuie ses larmes et clique sur ENVOYER.
Krissie avait le permis de conduire d'une autre personne. Ce qui signifie qu'elle pourrait avoir un faux passeport.
Rationaliser : ou comment s'accrocher aux derniers vestiges de l'espoir.

Ce matin encore, Annie remarque la bosse dans le sac à dos rose d'Olive. Voilà une semaine qu'elle lui a montré comment utiliser les jumelles, et depuis elle surprend la fillette à jouer avec. Elle est la plupart du temps à la fenêtre de sa chambre, les jumelles dirigées vers le ciel. D'autres fois, comme aujourd'hui, elle essaie de les emporter à l'école.
Annie tend la main vers Olive qui attend dans le hall de l'appartement.
— Donne-les-moi, ma puce. Tu connais la règle de ton papa : tu n'as pas le droit d'emporter les jumelles à l'école.
— J'ai rien dans mon sac.
Annie secoue la tête, incapable de comprendre pourquoi cette enfant de cinq ans voue une telle obsession aux jumelles de son père. Elle tire la fermeture Éclair du sac à dos et en sort les jumelles.
— Bien tenté, petite.
Olive grogne à l'attention d'Annie :
— Toi, je t'aime plus.

Je t'aime *plus* ? Un seul petit mot qui emplit Annie d'une joie incomparable.

Il est midi quand Annie arrive devant l'école d'Olive. Elle s'accroupit et accueille l'enfant avec un sourire, comme elle le fait chaque jour de la semaine.

— Comment s'est passée ta matinée, Olly Pop ?

La gamine hausse les épaules.

— Pas mal.

— Qu'est-ce que tu as appris de bien, aujourd'hui ? lui demande-t-elle comme sa mère le faisait avec elle.

— J'ai appris une nouvelle chanson. Je pourrai la chanter toute seule au concert du printemps. C'est pour mon pays. *America the Beautiful*.

— C'est une jolie chanson, dit Annie tandis qu'elles avancent sur le trottoir. Tu veux qu'on s'entraîne ensemble ?

Olive lui décoche un regard agacé et lâche un « Nooon » théâtral.

Annie entonne néanmoins le refrain :

— *America, America, God shed His grace on thee.*

— Mais non, bébête ! s'écrie Olive avant de plaquer sa main sur sa bouche. Pardon, Annie, mais tu chantes n'importe quoi. Les paroles, c'est « *God shed His* greats *on* me. »

Annie éclate de rire.

— Oups, mince, c'est vrai, dit-elle en tapotant la sacoche en cuir qu'elle porte. Hé, j'ai une surprise pour toi.

— Pas encore un livre à la noix !

— Non. Mais si tu n'en veux pas, je la garde.

Elle sort un paquet de sa sacoche, magnifiquement emballé d'un papier violet et d'un ruban rose.

Olive le regarde en coin, semble soupeser ses options : veut-elle le cadeau ou préfère-t-elle vexer Annie ? Le cadeau remporte la mise.

— Donne-le-moi ! Donne-le-moi ! Donne-le-moi !

Elle tend les bras vers le paquet. Annie rit et le brandit hors de sa portée.

— Viens, on l'emporte au jardin du Luxembourg. Tu pourras l'ouvrir là-bas.

Annie adore ce splendide jardin à la française plein de statues, de fleurs et de fontaines, créé quatre siècles plus tôt par la veuve d'Henri IV. Son coin préféré est le bassin circulaire où les enfants font voguer des bateaux miniatures arborant les drapeaux de multiples pays. C'est l'un des rares endroits en ville où Olive se comporte comme une enfant ordinaire et heureuse, où elle rit, joue avec l'eau et court.

Aujourd'hui, cependant, elle ne s'élance pas vers le bassin. Elle se précipite sur le premier banc qu'elle voit, juste à l'entrée du jardin.

— Donne-moi mon cadeau.

Annie s'installe à côté d'elle.

— Et les bonnes manières, miss ?

Olive lâche un soupir exagéré.

— Donne-moi mon cadeau, *s'te plaît*.

Annie sourit et lui ébouriffe les cheveux.

— T'es la meilleure, Olly Youpili !

Olive lève les yeux au ciel et se recoiffe. Mais Annie remarque le sourire réprimé qui menace d'illuminer ses joues rebondies. Elle lui tend le paquet.

— Tiens, c'est pour toi.

Olive arrache le ruban et le jette par terre. Elle est sur le point de déchirer le papier cadeau quand elle s'arrête soudain. Elle regarde le paquet sur ses genoux.

— C'est pas mon anniversaire, tu sais.

— Je sais. Mais quand j'ai vu ça, j'ai pensé que ça te plairait. Et je voulais que tu l'aies, rien que pour toi.

Olive se mord la lèvre.

— Mais moi, j'ai rien pour toi en échange.

— Ce n'est pas grave. Je n'ai besoin de rien.

Olive lève les yeux vers elle.

— Je peux te donner quelque chose demain.

— Non. Merci. Le vrai cadeau que tu m'offres, c'est ton amitié. Je ne veux rien d'autre.

Olive déplie un côté du paquet puis s'interrompt.

— J'ai jamais dit que j'étais ta copine, hein.

— Oh, je sais. Tu n'es pas obligée de me le dire. Les vrais amis le savent, tout simplement.

Olive acquiesce et arrache un grand lambeau de papier.

— Wouah !

Elle jette le papier violet par terre et brandit la boîte.

— Des jumelles ! s'écrie-t-elle en se tournant vers Annie, les yeux écarquillés. Je peux jouer avec celles-là ?

— Oui, tu peux.

Elle ouvre la boîte en déchirant le sceau de protection, puis elle soulève les jumelles. Annie éclate de rire et attache la lanière qu'elle passe autour du cou de l'enfant.

— Attends. Laisse-moi juste retirer les caches au bout.

Olive s'agite avec impatience pendant qu'Annie déclipse les caches. Puis elle place les jumelles devant ses yeux et scrute le ciel. Un moment s'écoule. Elle baisse les jumelles et prend la main d'Annie.

— Faut qu'on y aille ! Faut qu'on aille à la tour Eiffel. Tout de suite !

Annie consulte sa montre. Elle doit retrouver Rory pour le dîner mais c'est dans quatre heures.

— S'il te plaît ! dit Olive, les mains jointes en prière.

— D'accord. Va pour la tour Eiffel, convient-elle en ouvrant son application Uber. Mais ça m'étonne. La dernière fois, tu m'as dit que tu trouvais la tour Eiffel flippante.

— Non. Parce que j'ai les jumelles, maintenant, affirme-t-elle en les tapotant. Et toi, t'as pas le droit de les utiliser. Elles sont rien qu'à moi.

Elle lève le menton d'un air de confiance inhabituelle.

Olive sautille d'un pied sur l'autre tandis que l'ascenseur s'élève jusqu'à la plateforme du troisième étage. Elle n'a pas retiré la lanière autour de son cou et elle tient les jumelles à deux mains.

— Allez, grouille-toi, marmonne-t-elle à l'ascenseur.

À la seconde où les portes s'ouvrent, Olive jaillit de la cabine. Annie se hâte pour ne pas la perdre de vue lorsqu'elle s'élance sur la plateforme.

— Pas si vite ! crie-t-elle à Olive.

La fillette court jusqu'à la rambarde métallique et porte les jumelles à ses yeux. Mais au lieu de contempler le magnifique paysage urbain, ou la Seine qui serpente en contrebas, Olive scrute le ciel bleu.

— Non ! lâche-t-elle en tapant du pied. Où ? T'es où ?

Un pressentiment assombrit le moral d'Annie. Son cœur bat tandis que la gamine baisse les jumelles, les examine et les relève devant son visage. Elle finit par regarder Annie.

— Elles marchent pas, fait-elle d'une voix tremblante et désespérée.

Elle est au bord des larmes. Après toutes les heures passées en sa compagnie, après tout ce que cette enfant a traversé, Annie ne l'a encore jamais vue pleurer.

— Je... je vois pas ma maman.

Le cœur d'Annie se brise. Olive cherche sa mère. Elle pose la main sur l'épaule de l'enfant.

— Et si on rentrait à la maison et qu'on faisait une partie de jeu de l'oie ? On reviendra un autre jour.

Olive l'ignore et lève à nouveau les jumelles vers le ciel.

— Tu sais, ces jumelles n'ont pas beaucoup d'expérience, explique Annie. Elles ne marchent peut-être pas encore très bien. D'ailleurs, le monsieur du magasin m'a dit que parfois, il fallait des années entières avant que ces jumelles arrivent à voir très loin.

— Non ! s'écrie Olive. Je veux la voir maintenant !

Annie s'accroupit et agite les doigts devant la fillette.

— Je peux les essayer ?

Olive poursuit sa quête stérile.

— Où elle est ? Elles sont cassées, ces machines à la noix.

— Tu sais, miss, j'ai des yeux plus âgés et plus puissants que les tiens. Peut-être que j'arriverai à y voir, moi, dans tes jumelles.

Trois bonnes minutes s'écoulent avant qu'Olive, à contrecœur, ne retire la lanière. Son menton tremble et elle fourre les jumelles entre les mains d'Annie.

— Elles marchent pas.

Annie les lève devant ses yeux et se concentre.

— Hmm, dit-elle avant de les rabaisser.

Avec une application étudiée, elle nettoie les verres à l'aide de l'ourlet de son T-shirt, puis les reporte à ses yeux.

— Tu cherches Kristen là-haut, toi ? lui demande la fillette.

Annie en a le souffle coupé. Jusqu'à présent, elle n'avait même pas songé à chercher Kristen, même dans les rues en contrebas. Elle avait quitté le jardin du Luxembourg, l'endroit qu'elle avait indiqué à sa sœur pour une éventuelle rencontre, sans même y penser à deux fois.

Elle adresse un hochement de tête à Olive.

— Oui. Mais le paradis, c'est tellement loin. (Elle fait glisser les jumelles d'une extrémité à l'autre de l'horizon.) Bon sang ! Je ne la vois pas !

— Mais tu sais qu'elle est là-haut, hein ?

La voix de l'enfant est si pleine d'espoir que la gorge d'Annie se serre.

— Oui, j'en suis sûre. Ça me rend triste de ne pas réussir à la voir. Elle me manque tellement.

Olive se mordille la lèvre.

— Tu pourrais chercher ma maman, maintenant ? Elle est là-haut, elle aussi.

— Voyons…

Annie dirige les jumelles lentement vers la gauche.

— Aaah. Voilà.

— Tu la vois ? demande Olive en lui tirant le T-shirt.

— Ben ça alors. Je vois un endroit magnifique dans les nuages.

Olive bondit sur place.

— Ça ressemble à quoi ?

— C'est plein de gens heureux. Et de fleurs éclatantes. Et de très jolis animaux.

— Et tu vois ma maman ? Elle a les cheveux bruns, comme moi.

— Attends une seconde. (Annie fait la mise au point des jumelles.) Oh ! Je crois que… mais oui ! La voilà !

— Où ça ? s'écrie Olive. Qu'est-ce qu'elle est en train de faire ?

— On dirait qu'elle danse… et qu'elle rit. Et elle tient une photo dans sa main.

— Une photo de moi ?

— Hm-hmm. C'est une photo de toi, de ton papa et d'elle.

— Elle la regarde ?

— Oui, en ce moment même. Et elle parle de toi à son amie.

— Elle peut parler, là-haut ?

— Oui. Et elle est heureuse, ça se voit tout de suite.

Sans crier gare, Olive éclate en sanglots. Annie pose les jumelles, elle s'accroupit et attire Olive contre elle.

— Oh, Olive. Ça va aller, mon bébé.

Au lieu de se débattre comme d'habitude, Olive enfouit son visage dans le cou d'Annie. Des larmes chaudes coulent sur la peau de la jeune femme.

— Ça va aller, ma puce. Ça va aller. Ta maman est dans un endroit merveilleux.

Annie la serre contre elle et lui caresse les cheveux. Et son cœur déborde d'amour pour cette enfant.

Olive halète :

— C'est… p-pas… juste.

Le cœur d'Annie explose en mille morceaux. Elle a raison. Rien de tout cela n'est juste. Aucun enfant de cinq ans ne devrait perdre sa mère. Aucun enfant ne devrait scruter les cieux en quête d'une femme qui devrait être ici, sur terre, à le border chaque soir dans son lit.

— Je sais, lui dit Annie. Je sais que c'est injuste.

— C-C'est pas j-j-juste, répète Olive entre deux hoquets.

Elle s'écarte d'Annie et la dévisage de ses yeux immenses derrière les verres épais de ses lunettes :

— Moi, je peux savoir ce que ma maman est en train de faire, mais toi, t'arrives pas à voir ta sœur.

Annie la regarde en silence. Olive ne pleure pas sur son sort. Les larmes qu'elle verse sont pour Annie.

Elle a raison de chanter *God shed His greats on me*.

C'est curieux comme certains événements peuvent changer le cours d'une vie, comment un seul et unique instant peut faire ployer le temps, si bien qu'en l'évoquant plus tard, on perçoit un *avant* et un *après*. L'épisode de la tour Eiffel avait été un de ceux-là. Il avait marqué l'instant où l'amour avait explosé dans le cœur d'Annie et l'avait ravie.

— T'as intérêt à pas être absente toute la journée, lui dit Olive.

Dans le miroir, Annie regarde Olive qui est assise sur le lit de sa chambre, bras croisés devant la poitrine.

— Ton papa et toi, vous allez au Bal Café ce matin pour le petit déjeuner. Et plus tard, il t'emmène au jardin des Tuileries. Tu adores ce parc. Tu pourras faire du manège.

— Avec toi ?

— Non. Moi, je passe la journée avec Rory. Mais je te rapporterai un macaron au citron.

— J'en veux un au chocolat. Non, *deux* au chocolat.

Annie inspecte son reflet et tente vainement de camoufler un énorme bouton sur son menton.

— Et la politesse, miss ?

Olive pousse un grognement.

— S'te plaît, rapporte-moi deux macarons au chocolat.

Annie lui décoche un clin d'œil.

— Bien joué. Et à mon retour à la maison, on répétera ton solo pour le concert du printemps.

— Tu vas où, d'ailleurs ?

— À Une Autre Page, une petite librairie magique à Croissy dont Rory a entendu parler. Peut-être qu'on pourra y aller un jour, toi et moi.

Annie pose le stick sur son bouton, une fois encore. Elle tapote un peu de gloss sur ses lèvres, puis se tourne pour en appliquer sur celles d'Olive.

— T'es amoureuse de lui ? demande Olive en levant son visage devant le miroir pour admirer sa bouche.

— De Rory ? Non ! réplique Annie d'une voix assez forte pour que Tom l'entende, s'il écoute leur conversation. On est juste amis.

— Alors pourquoi t'essaies de te faire belle ?

Annie lâche un soupir exaspéré.

— Je n'essaie pas de me faire belle.

— Mais si.

Annie laisse tomber sa trousse de maquillage dans le tiroir. Elle dirige sa voix vers la porte et parle aussi distinctement que possible.

— Crois-moi sur parole. Rory n'est pas mon petit copain.

Olive croise les bras.

— T'as pas intérêt à te marier avec lui.

Annie éclate de rire.

— T'inquiète pas, madame la chef. Je ne l'épouserai pas. Mais je peux te demander pourquoi je n'ai pas le droit ?

Olive se tourne vers la fenêtre et s'exprime si doucement qu'Annie peine à l'entendre.

— Parce que sinon, tu ne voudras peut-être plus habiter ici.

Annie ferme les yeux et range ces paroles au fond de son cœur, où elle est certaine qu'elles brillent de mille feux, comme un diamant sous une étole de soie.

42

Erika

L'orgue bêle les ultimes notes d'un psaume, dimanche matin. Je me lève du dernier banc et quitte en douce la petite chapelle avant que le père David ou un autre paroissien ne m'aperçoive. Que leur dirais-je ? Je suis toujours furieuse contre Dieu. Je ne comprendrai jamais pourquoi Il m'a pris Kristen, ni pourquoi Il a refusé de guérir ma mère. Mais pour une raison qui m'échappe – un reste de foi qui erre en moi, à demi brisée – je trouve un certain réconfort entre les murs humides de cette église, ses bancs en chêne dur, ses rythmes lents et ses rituels hypnotiques.

Je dégage le vélo de Kate du porte-vélos et je zigzague sans but sur la route déserte, si différente des sentiers bondés de Central Park. Le grondement d'un moteur attire mon attention. Je lève la tête et j'aperçois un avion qui amorce sa descente, un joli petit joujou flottant dans le ciel bleu. Et l'idée me frappe comme une balle de base-ball en pleine tête. Quelqu'un s'apprête à atterrir sur l'île. L'aéroport a rouvert. Après deux semaines confinée ici, je peux enfin repartir. Alors, pourquoi ne suis-je pas en train de hurler de joie ?

Je pédale jusqu'au tarmac en direction de l'avion monomoteur. Le rugissement des réacteurs est assourdissant. Deux passagers descendent du Cessna, suivis du pilote.

— Est-ce que je peux réserver un vol pour le continent ? je crie au pilote.

Il attrape un sac dans la soute et le tend à l'homme à côté de lui.

— Je repars tout de suite. Je ne reviens pas avant la semaine prochaine.

Au terme de deux semaines sur cette île, je peux enfin rentrer chez moi. L'avion est là, prêt à m'emmener.

Mais il me faut encore du temps. Je veux rire encore avec Kate. Je devrais dire au revoir à mon père. Il faut que je revoie Molly et ses enfants. J'ai promis de boire un thé avec Mme Hamrick demain. Elle me prépare une sélection de romances.

— Pourriez-vous revenir d'ici quelques jours ? je hurle par-dessus le grondement du moteur.

— C'est maintenant, ou la semaine prochaine. À vous de choisir.

Je déglutis avec peine.

— Il faut que je récupère mes bagages. Je peux revenir d'ici une heure.

Il consulte sa montre.

— Quarante-cinq minutes, décrète-t-il en saisissant un bloc de feuilles dans sa poche. C'est quoi, votre nom ?

— Riki Franz...

Je m'interromps, choquée que ce nom – et la personne qu'il incarne et que j'ai ignorée depuis des années –, glisse si naturellement sur mes lèvres.

— Blair, je corrige. Erika Blair.

À 6 h 15 lundi matin, j'allume le plafonnier et je secoue mon bureau de ses deux semaines de sommeil. Une pile de dossiers et le mug d'Allison, teinté de rouge à lèvres rose bonbon, sont posés près de mon ordinateur. Quelqu'un a pris ses aises ici, à ce que je vois. Il y a quelque temps, je me serais sentie menacée. Aujourd'hui, je regarde avec empathie la conscience professionnelle d'Allison. Est-il possible qu'elle se serve du travail comme d'une technique pour éviter la réalité, comme moi ?

Je récupère la pile de courrier hebdomadaire sur mon bureau. Je la repose. Je me lève et m'approche de la fenêtre. Vingt-huit étages plus bas, la ville se réveille lentement. Je me ronge l'ongle du pouce. Une procession de phares traverse le pont de Queensboro. Sur l'East River, un ferry transporte des employés vers le centre-ville et ses lumières scintillent dans l'aube. Je me demande si le capitaine de ce ferry a une fille, lui aussi. Une fille pour qui il risquerait sa vie.

Étais-je vraiment sur l'île hier ? J'ai juste eu le temps d'échanger un salut gêné avec mon père avant de foncer à l'aéroport. Pour une raison idiote qui m'échappe, je pensais que mon vieux père me demanderait de rester, ou me dirait qu'il était content que je sois venue, ou que je lui avais manqué. Au lieu de ça, il m'a lancé un sévère : « Tiens-toi tranquille. »

Mais je ne me sens pas mieux pour autant. Tout ce que j'aurais voulu lui dire reste pris au piège de mon cœur. Le Cap' et moi, nous ne partageons jamais nos sentiments, certainement pas de vive voix. Mais il aura bientôt quatre-vingts ans, cet homme au visage difforme et au nez épaté. Combien d'occasions aurai-je encore ? Et s'il montait à nouveau sur ce vieux rafiot et que, cette fois, il ne revenait pas à bon port ?

Ma main tremble quand je compose son numéro. Il est réveillé, aucun doute. C'est un homme qui fait des siestes mais ne dort jamais véritablement. Quand il me répond, c'est d'une voix rauque.

— Bonjour, dis-je, le cœur battant.

— Tu te réveilles tôt, toi.

— J'ai beaucoup de retard à rattraper.

Et je me rends compte que cela vaut pour plusieurs domaines de ma vie. Je crispe ma main sur le téléphone, rassurée qu'il ne puisse pas me voir, et me force à prononcer la phrase suivante :

— Papa, je suis désolée de ce que j'ai dit, le jour de la traversée vers le continent.

— Qu'est-ce que t'as dit ? Je m'en souviens pas.

Mais merde, enfin ! Il sait très bien de quoi je parle. Je ferme les yeux et rassemble toute l'affabilité dont je suis capable.

— Je n'aurais pas dû t'accuser d'être responsable de la mort de maman. Tu as raison, je ne connais pas tous les détails de l'histoire. J'ai eu le temps d'analyser mon passé pendant mon séjour. Maman était malade, pas vrai ? Très malade. Je veux dire… mentalement, pas physiquement.

C'est la première fois que je le dis à voix haute. Mes souvenirs – les nouveaux, ceux qui ont refait surface pendant mon séjour à Mackinac – racontent une histoire bien différente de la version épurée à laquelle je me suis toujours raccrochée, celle où ma maman joyeuse et pleine d'entrain avait traversé l'étendue glacée pour faire des courses sur le continent et préparer à manger pour sa famille.

— C'est pour ça que tu nous as fait déménager sur l'île. Tu voulais qu'elle soit proche de Mamie. Et toi, tu pouvais rentrer tous les soirs. Tu as sacrifié ta carrière…

Il m'interrompt d'une voix forte et tranchante.

— Ça n'a jamais été un sacrifice, tu m'entends ? (Il baisse de quelques décibels avant de continuer.) On fait ce qu'il faut pour sa famille. Après mon accident, elle est restée à mes côtés.

— Ton accident ?

Je marche sur des œufs, priant pour qu'il fasse enfin la lumière sur ce mystère que je n'ai jamais réussi à résoudre.

— Qu'est-ce qui t'est vraiment arrivé au visage, papa ?

Il ne répond pas et je suis convaincue d'avoir dépassé les limites. Sa voix brise enfin le silence.

— Je déchargeais un cargo. Tu étais encore tout bébé. Une chaîne a lâché et m'a frappé en pleine tête. Ça m'a cassé la mâchoire et la joue ; et ça m'a endommagé le nerf facial.

La honte me submerge. Si je n'avais jamais vraiment cru à la rumeur de la bagarre de bar, je n'avais pourtant rien fait pour la démentir non plus.

— Et à peine un mois plus tard, ajoute-t-il, elle a commencé à traverser son premier épisode sombre.

— Oh, papa, je murmure.

Les éléments s'assemblent peu à peu. Le premier incident de ma mère – une dépression post-partum ou un trouble bipolaire – avait coïncidé avec l'accident qui avait défiguré mon père. Tout comme ma promesse non tenue avait coïncidé avec l'accident de train. Je ferme les yeux et je perçois enfin la vérité.

— Ce n'était pas ta faute.

— J'ai jamais dit que ça l'était.

Pourquoi ne peut-il pas être tendre, rien qu'une fois ?

— Et sa noyade… son suicide, dis-je en me frottant la gorge. Tu n'étais pas en cause, papa. C'était moi. Je ne te l'ai jamais dit. J'avais trop honte. Je suis partie pour l'école, ce matin-là, tu vois, alors qu'elle…

— Arrête tout de suite ! lâche-t-il d'un ton sans réplique. Tu sais ce que c'est, ton problème, Erika Jo ? Tu n'arrives pas à accepter le fait que la vie ne soit pas toujours une chaîne de causes à effets. La vérité, c'est que parfois, des choses terribles se produisent sans aucune foutue raison valable. Apprends à vivre avec, bon sang.

Je reste assise à mon bureau longtemps après avoir dit au revoir à mon père. Je n'obtiendrai jamais de réconfort auprès de lui. Je ne l'entendrai jamais me dire que tout va bien, que j'étais juste une petite fille et qu'il m'aime, même si je n'ai pas été capable de sauver ma mère… ou, trente ans plus tard, ma fille.

Je dois me rendre à l'évidence. Mon père ne me pardonnera jamais.

Tout simplement parce que, dans son esprit, il n'y a rien à pardonner. Il ne m'a jamais tenue pour responsable.

Je pose la tête sur mon bureau et je pleure, tandis qu'un soulagement salvateur déferle en moi.

43

Erika

Avec son esprit de contradiction, le mois d'avril pointe son nez et traîne avec lui sa météo de bottes en caoutchouc et parka. Le pont de glace a-t-il gelé sur le détroit ? Max, le copain de Kate, pourra-t-il venir comme prévu ? J'espère que mon père est prudent quand il se rend à la bibliothèque pour donner des cours à Jonah.

Je traverse à vive allure le parking souterrain de l'immeuble de Fairview, où je dois faire une visite, quand un autre SMS de Tom me parvient. C'est amusant, ces appels téléphoniques quotidiens et ces messages. J'ai presque l'impression de les connaître, Olive et lui. Mieux encore, j'ai appris qu'Annie était en pleine forme. En ce moment, elle aide Olive à répéter une chanson pour le concert du printemps à l'école. Je lève mon téléphone et lis son message.

Un de mes étudiants a fait un selfie avec son portable pendant un examen ! Sérieusement...

Je m'arrête devant l'ascenseur pour taper ma réponse.

Tellement portés sur leurs portables, ces gamins. ☺

Mon téléphone tinte en même temps que la cabine d'ascenseur.

Oui ! Carrément insupportables. Espérons quand même que leurs résultats d'examen seront à leur brillante image.

Je monte au premier étage. Je souris comme une gamine tenant un cerf-volant quand la porte de l'ascenseur s'ouvre sur le hall d'entrée. Et là, à ma plus grande surprise, je tombe nez à nez avec Emily Lange.

— Erika, dit-elle en tendant sa carte de visite. Tu es magnifique.
— Merci.

Elle est magnifique, elle aussi, mais je ne peux pas me résoudre à le lui dire. Son carré blond et lisse met en valeur ses pommettes saillantes, tout comme sa robe portefeuille bleu marine souligne la finesse de sa silhouette. Elle a vieilli depuis la dernière fois que l'on s'est vues mais elle est belle, surtout quand elle sourit. Difficile de croire que derrière ce doux sourire se cache la femme qui a failli me mettre à la rue.

Mes mains tremblent lorsque je glisse sa carte de visite dans mon sac.

— Je… je croyais que j'allais m'entretenir avec Janice Newmann.
— J'ai demandé à Janice d'organiser cette visite. Je n'étais pas certaine que tu accepterais de me voir, sinon.

Elle a raison. Si j'avais su, j'aurais envoyé Allison.

J'affiche mon expression de combattante.

— J'ai bien peur que tu ne perdes ton temps. Les trois derniers appartements ont été vendus, vois-tu.

C'est la vérité. Ce matin, j'ai soumis l'offre groupée présentée par M. Tai, l'assistant d'un milliardaire asiatique, encore un investisseur que je ne rencontrerai jamais en personne. Mais l'offre était « anémique », de l'opinion de Stephen. Il a fait une contre-proposition et laissé à M. Tai jusqu'à minuit pour donner sa réponse. Jusque-là, les trois appartements sont encore disponibles.

— Merde, lâche Emily. Mon client était intéressé par les appartements deux et quatre.

Elle contemple les lambris en noyer du hall d'entrée, le sol en marbre et les éclairages dernier cri.

— Ça ne m'étonne pas, ajoute-t-elle. Stephen Douglas a des goûts irréprochables. J'ai suivi ce projet immobilier depuis le premier jour. Je pensais vraiment obtenir l'exclusivité, tu sais. (À en juger par la douceur de son regard et de son sourire, elle n'est pas au courant que je lui ai volé ces ventes.) Toutes mes félicitations, au fait.

Je glisse une mèche de cheveux derrière mon oreille.

— Merci.

Le précepte de ma mère me revient en mémoire, totalement hors sujet.

L'exploratrice avisée analyse son périple précédent...

Mais qu'y a-t-il à analyser ? C'était moi, la victime. Emily m'a mis des bâtons dans les roues ! Elle n'a pas honoré sa promesse.

Je hausse les épaules.

— Stephen n'a pas encore signé cette dernière offre.

Je lui annonce la nouvelle d'un ton nonchalant, bien que nous sachions toutes les deux qu'une offre sur le tapis donne toujours davantage de valeur à un bien immobilier.

— Tu veux les voir ? je lui demande.

Elle est derrière moi tandis que j'ouvre la porte du premier appartement, puis de l'autre, juste en face. Je lui fais visiter les deux, lui montre la technologie dernier cri de tous les équipements, les placards Poggenpohl, le marbre Thassos et les éléments Waterfront.

— Splendide. Ça te dérange si je fais une vidéo ?
— Vas-y.

Pendant qu'elle arpente les lieux avec son appareil, j'appelle Carter.

— Tu n'imagines même pas qui essaie d'acheter deux appartements de Fairview, je murmure. Emily Lange. Je m'attends à une grosse offre, plus importante que celle de Tai.

— Putain de merde. C'est impossible.
— Quoi ? Pourquoi ?

— Le concours est dans moins de quatre semaines. Je suis en train de regarder le dernier classement en date. Si tu boucles cette vente, tu t'attribues d'office une place dans le top cinquante.

— D'accord. Et j'ai loupé un épisode, alors ?

— Cette vente propulserait sûrement Emily dans le top cinquante aussi. C'est ce que tu veux, Blair ? Putain, non. Écoute-moi bien. Rappelle Tai. Fais-lui accepter la contre-proposition. Et cette fois, boucle-moi cette putain de vente.

— Mais Carter… (J'entends un cliquetis lorsqu'il raccroche.) Merde.

Je me mords la lèvre, le téléphone semble peser une tonne dans ma main. Je finis par appeler M. Tai.

— Je pense que ça pourrait marcher, dit Emily en rangeant son appareil dans son sac.

Je prends une profonde inspiration.

— Je suis désolée, Emily. C'était mon client au téléphone. Il vient d'accepter la contre-proposition.

Elle me dévisage d'un air sceptique, comme si elle savait au fond d'elle-même que j'avais saboté toutes ses chances.

— Erika, s'il te plaît, n'en faisons pas un combat personnel. Je sais ce que tu penses de moi. Je ne me pardonnerai jamais de t'avoir laissée te planter en même temps que le marché immobilier. Donne-moi une chance de m'expliquer.

Je suis désolée, Kristen. Essaie de comprendre, s'il te plaît. Je me sens... tiraillée.

— Je ne veux rien entendre, dis-je en percevant l'intonation du Cap' Franzel dans chacune de mes syllabes.

— J'ai été lâche, dit-elle en m'ignorant. Et terrifiée de couler à mon tour. On a tous été pris par surprise, quand la bulle immobilière a éclaté. J'étais trop impliquée. J'avais deux douzaines d'employés qui comptaient sur moi. Des gens qui avaient des familles à nourrir, Erika. Ils étaient sous ma responsabilité.

Je plante mon pouce dans ma poitrine.

— J'avais une famille à nourrir, moi aussi.

— Ton ex-mari est médecin. Tu avais un filet de sécurité. Du moins, c'est comme ça que j'ai essayé de raisonner.

— Eh bien, tu avais tort. Tu m'avais donné ta parole. Je t'ai crue quand tu m'as dit que tu ne jouerais pas la clause de non-concurrence, que tu me laisserais prendre ma liste de clients. Tu n'as pas tenu ta promesse.

Et si on se retrouvait pour dîner, plutôt que pour déjeuner ?

Je dois faire une visite de dernière minute, ce matin.

— Oui, dit-elle en se massant le front. J'ai fait un choix un choix égoïste, je l'admets. J'ai choisi de sauver mon agence, et la seule façon de le faire était de conserver les investisseurs asiatiques, ces clients que je t'avais promis. (Elle baisse la tête.) C'était un coup bas et je donnerais n'importe quoi pour revenir en arrière.

Si seulement je pouvais rejouer cette minuscule seconde du passé, tout serait différent aujourd'hui. Si seulement je pouvais remettre les compteurs à zéro.

— Je suis sincèrement désolée. J'aurais dû répondre à tes appels mais c'était plus facile pour moi de t'éviter. J'ai eu envie de m'expliquer tellement de fois, mais je ne pouvais pas. J'avais trop honte.

Je fais un pas en arrière, ses mots frôlent la vérité d'un peu trop près – ma vérité.

Elle prend une profonde inspiration et sa voix se teinte de passion.

— Mais surtout, je suis désolée que tu te retrouves coincée dans une agence sans âme. (Elle plonge son regard dans le mien.) Je suis désolée que tu laisses Carter Lockwood te marcher sur les pieds. Je suis désolée qu'à cause de moi, de mon erreur passée, tu sois trop effrayée à l'idée de suivre ton rêve et de créer ta propre agence. C'est… c'est ça qui me fait le plus honte. Parce que tu es une championne, Erika. Tu l'as toujours été. Tu as tout ce qu'il faut pour réussir. Tout, sauf la conviction que tu es compétente et digne de tes rêves.

Elle sourit mais des larmes perlent à ses cils.

— Bonne chance, Erika. À un de ces jours.

44

Annie

Alors c'est donc ça, être malade de peur, de fierté et d'inquiétude, simplement parce qu'une fillette monte sur scène et s'apprête à chanter *America the Beautiful* ? Et qu'on veut la voir briller comme jamais on n'a rien voulu dans sa vie ? Annie est assise tout au bord de sa chaise dans l'amphithéâtre bondé de l'école, entre Tom et Rory.

La lumière baisse lentement et Olive avance sur la scène. Un unique projecteur l'éclaire. Elle porte la robe à rayures bleues et blanches et les collants rouges qu'Annie lui a achetés. Son corps oscille comme si elle était sur le point de tomber, et son visage est blanc comme un linge. Même à cette distance, on perçoit la terreur derrière les verres épais de la fillette.

Annie en a le souffle coupé. Elle se mord l'articulation du doigt et récite un million de prières pour qu'Olive se souvienne des paroles, que les gens l'applaudissent, que sa maîtresse la félicite et que ses camarades de classe l'apprécient.

Le silence s'épaissit et Annie jurerait entendre les battements de son cœur. Ou bien est-ce le cœur d'Olive ?

Allez, ma puce. Tu vas y arriver. Imagine que tu es assise sur un banc dans le parc, ou debout sur ton lit, ou en route pour l'école avec moi. Dans ces millions d'endroits où on a répété.

— *Oh, beautiful*, entonne Olive d'une voix chevrotante, *for spacious skies*.

Le cœur d'Annie se fend en deux. Les larmes lui montent aux yeux et elle se penche en avant. Rory glisse sa main dans la sienne. Elle la serre et ne la lâche pas avant qu'Olive ait terminé. Rory, Tom et elle se lèvent d'un bond. À travers ses larmes, Annie voit Olive sourire, saluer d'une révérence comme elle le lui a enseigné. Un tonnerre d'applaudissements résonne dans tout l'amphithéâtre.

Annie n'avait jamais entendu quelque chose d'aussi merveilleux.

Annie se rend dans les coulisses avec les autres mamans et aide Olive à enfiler son manteau et son écharpe.

— Je suis tellement fière de toi, ma puce.

— Je t'ai vue, s'écrie Olive. Tu m'as applaudie.

— Oui. Tout le monde t'a applaudie.

Elle attire le petit corps contre le sien et l'enlace.

— Tu vois ce qui se passe quand on est déterminée à réussir quelque chose ? On offre aux autres une magnifique chanson.

Ce soir-là, ils fêtent tous les quatre cette réussite au Georges, le restaurant préféré d'Olive. La fillette ne touche presque pas à ses pâtes, préférant revivre ses cinq minutes de gloire sur scène, encore et encore.

À leur retour, Rory invite Annie chez lui. Il a téléchargé un film, *Happiness Therapy*, et ils s'installent côte à côte dans le canapé inconfortable de Rory, mais le film est en français. Au bout de dix minutes, Annie s'agite. Heureusement pour elle, Rory a préparé un bel assortiment d'apéritifs.

— Hmm, murmure-t-elle, les yeux fermés, tandis que le petit four au fromage fond dans sa bouche.

Elle avale et en choisit un autre dans l'assiette.

— Allez, un dernier. Non, deux. Allez, faut pas se mentir. Encore trois et j'arrête.

Rory s'esclaffe.

— Tu es un rêve pour n'importe quel chef cuisinier, Annie. Si je gagne ce concours, on ira au Ducasse ensemble, toi et moi, d'accord ?

— Oui. Rendez-vous pris ! Et c'est moi qui régalerai.

Il incline la tête.

— Tu as eu beaucoup de rendez-vous comme ça, Annie ?

Elle renâcle et fait mine de compter sur ses doigts. Elle laisse retomber sa main et se tourne vers Rory.

— Je vais te raconter mon pire rendez-vous, dit-elle, en omettant le fait que c'était le seul et unique rendez-vous de sa vie. C'était un rendez-vous à l'aveugle. Ma copine Leah avait arrangé le coup avec son cousin, Ennis.

— Ennis ?

— Je sais, ça craint. Et le pire reste à venir. On est allés voir le film *Interstellar* et crois-moi sur parole quand je te dis : le plus… long… film… du monde. Je n'avais rien avalé de la journée – enfin, depuis plusieurs heures – et je crevais de faim. Le mec n'a même pas proposé d'acheter quelque chose à grignoter. Pour finir, au milieu du film, quand mon estomac gargouillait tellement fort que les gens m'adressaient des regards noirs à trois rangs de là, j'ai dit à Ennis que j'allais me chercher un truc à manger. Il m'a jeté un billet de 10 dollars et m'a dit : « Vas-y, fais-toi plaisir. » J'étais trop furax.

Rory éclate de rire.

— Alors tu lui as jeté son billet de 10 dollars à la figure ?

Elle grimace.

— Oh, ben non. J'ai acheté des Twizzlers et un cornet de pop-corn XL ! Et toi, alors ? C'est quoi, ton pire cauchemar avec une fille ?

Il bombe le torse de façon théâtrale.

— Oh, tu devrais le savoir. J'ai autant de chance qu'un Irlandais sur un tonneau de Guinness, en matière de femmes.

— Ha ! Dommage que tu sois allemand.

— Oui, mais je suis à moitié irlandais. La famille de ma mère est originaire du comté de Cork.

— Ce qui explique pourquoi tu t'appelles Rory.

— Oui. Je suis un Allemand d'origine irlandaise expatrié en France.

Annie acquiesce et se sent si proche de Rory, une âme de sang-mêlé comme elle.

— La famille de ma mère biologique vient du Mexique. Je connais ce sentiment, de n'avoir sa place nulle part.

Rory grimace.

— Une place nulle part ? Mais non, au contraire, Annie. On a de la chance, toi et moi. On a une place partout, pas à un seul et unique endroit.

Une faille s'ouvre dans l'esprit d'Annie, et les

aspects de sa personne qu'elle prenait pour des défauts basculent dedans. Ses pensées, ses insécurités s'inversent. Pour la première fois de sa vie, elle comprend que ses origines ethniques pourraient être un facteur d'inclusion, et non d'exclusion, si seulement elle les acceptait.

À minuit, Rory raccompagne Annie devant l'appartement de Tom, de l'autre côté du couloir.
— J'aime bien quand tu viens regarder des films chez moi, Annie, même si tu ne les regardes pas vraiment. En fait, j'aime bien quand tu viens, tout court, sans raison particulière.
Annie sourit, sent la chaleur du bras de son ami contre le sien.
— Ça me plaît aussi.
Avant qu'elle ne s'en rende compte, il se penche vers elle. Leurs nez se cognent et leurs lèvres se rencontrent. Annie est prise de vertige. Elle perd l'équilibre et s'affale contre la porte pour ne pas tomber. Elle sent la bouche tiède de Rory sur la sienne, ses mains qui lui encadrent le visage. Merde alors ! C'est son premier baiser ! Et c'est sacrément agréable.
Soudain, la porte contre laquelle elle a pris appui s'ouvre. Annie n'a pas le temps de se redresser, elle bascule en arrière et tombe dans l'entrée, chez Tom.
— Oh, Annie, ma belle, excuse-moi.
Elle lève la tête, désorientée par le vertige. Le magnifique visage de Tom est au-dessus d'elle.
— J'ai entendu qu'on collait une grosse tarte contre la porte et…
Il laisse flotter la fin de sa phrase quand il comprend ce qu'il vient d'interrompre.

— C'était moi, dit Annie en saisissant sa main tendue pour se relever. La grosse tarte, c'était moi.

Rory reste là en silence, attendant visiblement que Tom s'en aille. Mais ce dernier s'attarde, pensant sûrement qu'il serait impoli de partir alors qu'ils sont tous les trois dans son entrée. Devrait-elle dire quelque chose, du genre : « Pourriez-vous nous excuser, Tom, le temps que je finisse de goûter aux lèvres de ce garçon ? » Son esprit s'embrouille. Oui, elle a vraiment apprécié la douceur de ce baiser. Mais Tom, l'homme sur lequel elle avait presque tiré un trait, vient tout juste de l'appeler « ma belle ».

Elle se tourne vers Rory et le prend dans ses bras pour son étreinte fraternelle habituelle.

— Merci pour le film. À demain.

Malgré l'embarras suscité par sa chute, elle est sur un petit nuage lorsqu'elle entre dans l'appartement.

45

Erika

Vingt-huit étages plus bas, à 18 heures, heure de pointe, la circulation se traîne sur la Ire Avenue. Je termine ma conversation avec le cabinet d'avocats et me laisse aller sur le dossier de ma chaise. J'ai vendu tous les appartements de Fairview. Je vais entrer dans le top cinquante. Stephen Douglas est satisfait. Allison est satisfaite. Je devrais l'être, moi aussi.

Je me redresse quand l'immense silhouette de Carter apparaît dans l'embrasure de ma porte.

— Tu vas adorer, Blair, dit-il en entrant à grandes enjambées dans mon bureau. Le *New York Times* vient d'appeler. Ils font un reportage : « Les femmes qui mènent le renouveau immobilier de Manhattan. » Ils vont faire le portrait de cinq agentes.

Je le dévisage et j'attends la suite.

— Tu fais partie des cinq.

Je me relève brusquement.

— Le *New York Times* ? Tu es sérieux ?

— Ils veulent organiser une séance photo chez toi, ainsi qu'une interview. Ça paraîtra à la mi-juin. Dans la rubrique « Business » du dimanche.

— La rubrique « Business » du dimanche, je répète en essayant de digérer la nouvelle.

Figurer dans le *New York Times*, voilà quelque chose que je n'aurais jamais imaginé, encore moins dans la rubrique « Business ».

— Emily Lange fait-elle partie des quatre autres ?

— Comment veux-tu que je le sache ? me dit-il avec un regard en coin. Oh, bon Dieu, Blair, ne viens pas me dire que tu te sens encore coupable à cause du Fairview ?

— Ces seize appartements, dis-je en m'asseyant sur le rebord de mon bureau. Je lui ai volé ces ventes, Carter.

— C'est le jeu, dans ce milieu. C'est comme ça que ça marche.

— Je ne l'ai même pas laissée faire une offre.

— Stephen ne l'aurait pas acceptée, de toute façon. T'ai comptait acheter les trois d'un coup. Tu voyages en première classe sur la compagnie Culpabilité et le moment est venu que tu atterrisses. (Il me tend un post-it.) Appelle cette journaliste. Fais l'interview. Ça va nous apporter un sacré paquet d'affaires à l'agence.

Carter se fiche bien qu'un article dans le *New York Times* puisse marquer un grand tournant dans ma carrière. Pour lui, chaque élément est examiné à l'aune de son propre intérêt.

Mais je suis bien placée pour parler. Voilà des années que je suis motivée par la colère, la culpabilité et la vengeance.

Je lui prends le post-it des mains et j'espère de tout mon cœur ne pas ressembler à mon patron.

— C'est bien, Blair. (Il m'assène une claque dans le dos avec une telle force que je suis projetée en avant.)

Le banquet de cérémonie se tiendra au Waldorf-Astoria, le 20 mai. Il te faut combien de tickets ? demande-t-il en enfonçant la main dans sa poche intérieure, d'où il sort un éventail de tickets.

Le banquet. LE banquet en l'honneur des cinquante meilleurs agents de Manhattan. Tous mes efforts, mes succès, tout ce pour quoi j'ai œuvré des années durant sera célébré à cette soirée. Je dresse une liste rapide. J'avais imaginé que Kristen et Annie se joindraient à moi. Ce ne sera pas le cas. Kate est trop occupée. Mon père ne fera jamais le voyage jusqu'ici. Je ne demanderai jamais à Brian. Alors qui sera assis à ma table ?

— Deux, s'il te plaît, dis-je en espérant pouvoir trouver une personne disposée à m'accompagner.

Il est 5 heures du matin et je discute avec Tom, enveloppée dans ma robe de chambre. Le soleil se cache encore derrière l'horizon et l'unique lumière provient de ma cafetière dans la cuisine.

— Vous savez quoi ? Je vais avoir un article dans le *New York Times*.

— C'est fantastique ! On ne vous arrête plus. Je suis encore en train de digérer le fait que vous fassiez partie des cinquante meilleurs agents immobiliers de Manhattan.

— J'ai donc été conviée au dîner de cérémonie. Le problème, c'est qu'Annie est à l'étranger et je ne sais pas trop qui d'autre inviter.

Je me pince l'arête du nez et grimace. Je suis pitoyable.

— C'est quand ?

— Le 20 mai.

— Merde. J'espérais que vous diriez le 3 juin. Je reviens à Washington pour un séminaire. Vous pourriez demander aux quarante-neuf autres participants de changer la date ?

— Je m'en charge tout de suite.

Je souris en imaginant un rendez-vous avec Tom, même si c'est tiré par les cheveux.

— Vous resterez longtemps ? je lui demande.

— Non, un court séjour de cinq jours. Olive m'accompagne. Elle va passer un peu de temps chez les parents de Gwen en Virginie.

— Annie sera donc toute seule à Paris ?

— Oui.

Il hésite et quand il reprend la parole, il semble légèrement plus grave :

— Et je serai seul, moi aussi. À quelques heures de New York. Je me disais que je pourrais venir en train.

Un silence s'installe. Suis-je censée répondre ? Mon pouls palpite dans mon oreille.

— Oh, dis-je enfin, avec mon éloquence habituelle.

— Est-ce que, à tout hasard, vous auriez envie qu'on se voie ? Boire un verre, peut-être ? Ou mieux encore, dîner ensemble ?

Je me lève et l'excitation pétille en moi. Je me rends à la cuisine, ouvre mon agenda au mois de juin. Chaque case de vendredi et samedi est vide. Je vais enfin rencontrer Tom !

Je tourne les talons et saisis mon reflet dans la vitre du micro-ondes. Mon Dieu, j'ai l'air tout simplement extatique. Je fais volte-face et ferme les yeux, prise de honte. Qu'est-ce que je suis en train de faire, à envisager un rendez-vous avec un homme ? Ma fille a disparu. Comment puis-je oser un seul instant être heureuse ?

— Je suis désolée, dis-je à Tom en me posant la main sur le front. Ce week-end-là, je ne serai pas dispo.

— Je comprends. Tenez-moi au courant si votre emploi du temps venait à changer.
— D'accord.
Mais il ne changera pas. Tant pis pour ce que pense Kate. Être heureuse m'apparaît comme une véritable trahison.

46

Erika

Chaque année, les courtiers et les agents les plus influents de la ville se retrouvent au banquet annuel de l'Association des agents immobiliers de Manhattan. C'est un étalage éhonté de réussite professionnelle, un défilé de fourrures et de bijoux, de limousines noires, de montres qui coûtent plus cher que la maison de mon père. Chaque année, j'ai trouvé une excuse pour y échapper. Les grandes soirées ne sont pas ma tasse de thé, et la seule fois où j'y suis allée, je me suis sentie aussi mal à l'aise qu'une mennonite à un défilé de Mardi gras.

Mais ce soir, j'y suis obligée. Carter a réservé une table en mon honneur. Et j'attends ça depuis presque un an.

Le vase de fleurs des champs que m'a fait livrer Tom se reflète dans le miroir de ma coiffeuse. J'accroche un collier de diamants autour de mon cou. Puis je l'enlève. Je sélectionne un collier de perles que je présente sur ma gorge, avant de le ranger dans la boîte à bijoux. C'est une des plus importantes soirées de ma vie et je n'arrive pas à prendre une décision ! Je jette finalement mon dévolu sur une chaîne en argent que les filles m'avaient offerte pour la fête des Mères.

Je regarde l'heure. Le chauffeur doit déjà m'attendre en bas. Sans réfléchir, je prends un selfie que j'envoie à Kate.

> Comme Cendrillon, me voilà en route pour le bal.
> J'aurais aimé que tu sois là.

J'appuie sur ENVOYER. Je me masse la gorge jusqu'à ce que la douleur s'estompe, puis je tends le bras vers les deux tickets sur ma coiffeuse. J'en prends un et laisse tomber l'autre dans la poubelle.

Je cale mon sac à main Chanel sous mon bras, redresse les épaules et traverse la salle de bal en quête de Carter et de mes collègues. L'immense salle est pleine de tables rondes, chacune décorée de chandeliers extravagants et de fleurs exotiques. Un orchestre de jazz joue dans un coin et l'endroit bruisse d'énergie. Je salue d'un hochement de tête les visages familiers, des courtiers avec qui je négocie et collabore depuis des années. Ils sont par groupes, à boire, rire et échanger des anecdotes. Je repère les stars du milieu, Skip Schmid et Kris Seibold, Brian Huggler et Megan Doyle. Je prie pour qu'ils m'incluent à leurs conversations, qu'ils me tapotent le dos comme si je faisais partie de la bande. Ils se contentent de me rendre mon hochement de tête lorsque je passe près d'eux.

Je trouve ma table dans la partie gauche de la salle. Comme les autres, la table trente-trois est ornée d'un gigantesque arrangement floral. Mais la différence réside dans l'étiquette spéciale – une étoile dorée qui indique qu'Erika Blair occupe la vingt-quatrième place au classement général. Vingt-quatrième ! Les appartements de Fairview ont tenu leur promesse. Je sors mon téléphone pour prendre une photo mais le range aussitôt.

Où sont les autres membres de la Lockwood Agency ? Je choisis ma chaise et m'accorde un instant pour savourer ce moment – mon moment, rien qu'à moi. J'y suis arrivée, comme je l'avais promis à Kristen en août dernier. J'ai réussi, non seulement à intégrer le top 50, mais même le top 25. Alors pourquoi ai-je l'impression d'être une usurpatrice, ce soir ?

Mon esprit s'envole vers Emily et le texto de félicitations qu'elle m'a envoyé après l'annonce des vainqueurs.

> Tu es entrée dans le top 50. J'ai toujours su que tu irais loin.

Mais savait-elle que je pourrais aller trop loin ? A-t-elle découvert que je lui ai volé l'exclusivité de cette vente ?

Mon téléphone bipe et je le soulève. Mon cœur fait un bond quand je vois apparaître un e-mail de Rech-1Miracle. Voilà presque deux mois qu'elle ne m'a pas écrit. J'ouvre le message.

> Félicitations.

C'est tout. Rien qu'un seul mot. Est-ce aimable ou sarcastique ? Je contemple le simple mot. Kristen l'aurait ponctué d'une demi-douzaine de points d'exclamation et d'émoticônes. Annie, elle, perçoit la vérité. Cet instant n'est pas à la fête. J'ai confondu ce qui est important et ce qui compte vraiment.

> J'aimerais que tu sois ici, ma chérie. Je t'aime.

Je clique sur ENVOYER et je déplie le programme de la soirée. Comme si les dieux de l'éthique conspiraient contre moi, mes yeux se posent aussitôt sur : *Emily Lange de la Lange Agency, récipiendaire du Prix philanthropique*. Emily est mise à l'honneur, ce soir, non pas pour une raison importante, comme le top 50 des agents immobiliers, mais pour une cause qui compte vraiment – son agence a créé une association caritative chargée de trouver des logements aux soldats vétérans sans domicile fixe. Je me lève, j'ai soudain besoin de prendre l'air. Je suis presque dans le couloir quand je la vois, debout près du bar. Un petit groupe s'est massé autour d'elle. Elle parle avec animation, elle agite les bras et les mains. Emily a toujours su raconter de bonnes histoires. Elle lève l'index – signe immanquable qu'elle s'apprête à délivrer la chute de son anecdote. Et effectivement, le groupe éclate de rire. Karen Quinn lui prend la main. La femme en face d'elle lui effleure le bras. L'homme derrière elle, son nouveau mari, j'imagine, passe un bras autour de sa taille. Tellement de contacts humains. Tellement d'amour dans son cercle.

— La voilà !

Je fais volte-face. Carter et son épouse, Rebekah, se hâtent jusqu'à moi, martinis à la main. Dieu soit loué ! Mon cercle à moi arrive enfin.

— Salut, dis-je. Tu es magnifique, Rebekah.

— Hein que oui ? affirme Carter en lui pinçant les fesses.

J'ai envie de vomir.

Derrière eux, Allison arrive, vêtue d'une courte robe argentée. Elle est accompagnée d'un couple élégant, ses parents sans doute, et d'un jeune homme qui doit être son compagnon. Elle ne fait pas les présentations.

Je la prends dans mes bras.

— Sans toi, je ne serais pas ici ce soir.

— On ne peut jamais savoir, rétorque-t-elle. On va chercher notre table ?

Je retourne à la table trente-trois, dans l'espoir qu'elle me paraisse plus accueillante maintenant. Nous prenons place. La chaise vide à côté de moi brille comme sous un projecteur, une fusée de détresse. Il manque une personne dans le cercle des huit. Annie aurait dû être ici.

Lisa Fletcher, la présidente de l'association cette année, monte sur scène et tapote le micro.

— Bienvenue à vous, agents immobiliers de Manhattan !

La foule s'enflamme et les gens se dirigent vers leurs chaises. De l'autre côté de la table, j'entends Carter parler à la mère d'Allison :

— Votre fille a tout compris. À la Lockwood Agency, peu importe comment vous le faites. L'important, c'est de boucler la vente.

Je le dévisage. Tout à coup, je comprends. J'aime le marché de l'immobilier. Mais je déteste travailler pour Carter. Et je déteste vendre des biens à des gens que je ne rencontre jamais.

Tu as tout ce qu'il faut pour réussir. Tout, sauf la conviction que tu es compétente et digne de tes rêves.

Emily a raison. Quand mon agence a coulé, j'ai cessé de croire en mes rêves. J'ai décrété que je n'en étais pas digne, tout comme je ne me sens pas digne de l'amour d'Annie ou de mon père. Mais ce rêve est toujours là, en dormance, comme une marguerite flétrie qui attend le soleil. Je veux rouvrir la Blair Agency. J'en ferai une petite agence à échelle humaine. Et je mettrai tout en œuvre, à partir d'aujourd'hui, pour prouver que j'en suis digne.

Je cherche mon sac à main d'un geste fébrile, mon cœur s'emballe. Je prends un stylo et griffonne un mot sur ma serviette en papier.

Tu avais raison, Emily. Et je te pardonne. Je suis désolée d'avoir mis si longtemps. Les choses qu'on peine à accepter chez soi sont parfois celles qu'on refuse de pardonner aux autres, je crois. Je te demande pardon, moi aussi.

Je prends mon sac et me lève. Je passe derrière Carter et chuchote :

— J'arrête.

Je dépose au passage la serviette sur la table d'Emily et m'éclipse de la salle de bal.

47

Annie

Salut, Krissie. Olive et moi, on sera au parc des
Buttes-Chaumont, aujourd'hui. On te retrouve au
temple de la Sibylle.

Un pas en avant, un pas en arrière. C'est ce qu'Annie
a fini par comprendre avec Olive. Elle est particulièrement féroce par ce tiède après-midi de lundi, alors
qu'elles marchent en direction du parc.

— Moi, je m'en vais, tu sais. Et toi, tu viens pas
avec moi.

Il y a deux mois, Annie aurait été décontenancée.
Aujourd'hui, elle comprend. La séparation, même de
quelques jours, est très déstabilisante pour la fillette.
Annie connaît ce sentiment mieux que quiconque. Elle
adresse un sourire à Olive.

— Je sais, ma puce. Jeudi prochain, le 1er juin
– c'est dans dix jours – tu vas revoir tes grands-parents.
Tu vas t'amuser comme une folle.

— Hm hmm, et toi, tu peux pas venir.

Elles entrent dans le parc des Buttes-Chaumont et
Annie lève les yeux vers le temple de la Sibylle perché

sur un rocher qui surplombe le lac. Krissie est-elle là-haut, à l'attendre ? Est-ce aujourd'hui qu'elle la retrouvera enfin ?

— Allez, gente demoiselle, lance Annie. On fait la course jusqu'en haut.

Vingt minutes plus tard, à mi-chemin du sommet, Olive s'attarde derrière.

— Je suis fatiguée, dit-elle.
— Ce n'est plus très loin, dit Annie, essoufflée.
— Non. Je préfère ici !

Olive sort du sentier et marche sur une parcelle de pelouse. Elle s'abrite les yeux du soleil et regarde en contrebas. Trente mètres au-dessous d'elles, des enfants sautent à la corde et font des galipettes près du lac.

— Hé, on était là-bas l'autre fois.
— Tu as raison, dit Annie, derrière elle. On a déjeuné juste ici, sur la colline.

Olive s'affale au sol.

— Je veux manger ici, aujourd'hui.
— Mais Olive…
— S'il te plaît, Annie, c'est bien, ici.

Annie pose le regard sur le temple, puis soupire et pose le panier du pique-nique. Elle n'a pas le cœur de lui refuser ça, en ce moment où elle est si fragile. Elle étale une couverture et prend place à côté de la fillette. L'herbe épaisse fait un matelas spongieux sous elles.

— Tu vas me manquer, Olly Pop.

Elle ouvre le panier et lui tend un sandwich au beurre de cacahuètes et au Nutella, son préféré. Olive ignore le sandwich et s'allonge sur le dos pour contempler le ciel.

— C'est vraiment le plus chouette endroit du monde, dit-elle.

Annie s'allonge aussi, de manière qu'elles soient côte à côte.

— Je l'aime aussi.

Elle croise les mains derrière la tête et regarde les énormes nuages cotonneux qui filent au-dessus d'elles.

— Parfois, à notre maison de vacances de Chesapeake Bay, je restais étendue pendant des heures et je cherchais des formes aux nuages. (Elle inhale les parfums de terre et de nature, et redevient la jeune fille de treize ans.) Ma sœur me trouvait idiote.

— Tu es idiote. Et en plus, tu es bête.

— C'est vexant de me dire ça, Olive.

Olive ne répond pas et Annie se redresse sur un coude.

— Je parie que tu ne sais pas ce qu'on dit quand on a vexé son amie sans le vouloir.

— Mais si, je sais ! On dit : « Je m'excuse. »

Annie pose la main sur le bras d'Olive.

— Et l'autre amie dit : « Ce n'est pas grave. »

Elles restent allongées en silence, les yeux au ciel. Olive reprend enfin la parole.

— À mon école, on a lu une histoire sur un peuple qui s'appelle les Mokens. Ils vivent au bord de la mer, très loin.

— C'est vrai, dit Annie. Le peuple moken vit près de la mer d'Andaman, en Asie du Sud-Est.

Olive la considère un instant comme si elle était un génie.

— Ouais. C'est là que j'irai vivre quand je serai grande.

Annie cueille un brin d'herbe.

— C'est vrai ? dit-elle avant de glisser le brin entre ses pouces et de souffler pour produire un petit sifflement. Pourquoi ?

— Les Mokens partagent tout. Et ils ne s'inquiètent jamais.

— Ça m'a l'air plutôt cool. Peut-être que je viendrai avec toi.

— Mais tu sais pas le plus génial de tout. Chez les Mokens, il n'y a pas de mot pour dire « au revoir ».

Annie ferme les yeux de toutes ses forces et attend que sa poitrine se desserre. Elle grave ces mots dans son esprit : peu importe comment, elle doit trouver le moyen de ne jamais quitter cette enfant.

Ce soir-là, quand Tom a lu une histoire à Olive, qu'Annie est venue lui faire un bisou et lui souhaiter bonne nuit, la jeune femme se rend à la cuisine pour grignoter quelque chose. En passant devant le salon, Tom l'appelle.

— Annie ? Tu aurais une minute ?

Elle sursaute. Une minute pour lui ?

— Oui, bien sûr.

Elle entre dans le salon où Tom est installé dans le canapé, un roman de David Baldacci sur les genoux. Bon, pourquoi pas ? Pour une fois qu'il n'est pas au téléphone. Elle prend place à l'autre bout du canapé.

— Ça va aller, en notre absence ? demande-t-il en posant le livre de côté, ouvert à l'envers. Je te laisserai la carte bancaire. Et il y a Rory juste à côté.

Depuis sa chute dans le hall, Tom s'imagine qu'ils sont en couple. *Qu'est-ce que vous faites ce week-end, Rory et toi ? Tu peux inviter Rory à dîner, si tu veux.* Il faut qu'elle remette les pendules à l'heure, lui dire que, oui, Rory est drôle et gentil et adorable, mais que c'est juste un ami, rien de plus. Le cœur d'Annie est disponible, s'il veut s'en emparer.

— Je m'en sortirai très bien toute seule.

Il acquiesce.

— Tu vas nous manquer.

Annie se mord la lèvre pour éviter qu'un sourire ne prenne son visage en otage.

— Vous me manquerez aussi, tous les deux.

— J'espère que tu sais à quel point je t'apprécie. Tu es la plus belle chose qui soit arrivée à Olive. Elle a retrouvé sa joie de vivre, même si elle fait beaucoup d'efforts pour prétendre le contraire.

Annie sourit.

— Je l'adore.

Il pivote pour lui faire face.

— Je réfléchis souvent à l'automne prochain. Ça va me faire beaucoup de peine de te perdre. Si jamais tu décides que tu veux du changement et que tu envisages de quitter Haverford, sache que Georgetown est une excellente université.

Du changement… une si jolie perspective. Elle se plaisait à Haverford, mais c'était avant l'accusation humiliante. Et si jamais elle retrouvait Kristen ? Elles ne pourraient plus se rendre visite d'un coup de taxi.

Il hausse les épaules.

— Je sais que ce n'est pas idéal, mais je tenais à te le proposer, au cas où.

Une minute… Est-il en train de lui demander de le rejoindre à Georgetown ? Une bulle se forme dans son ventre.

— Je pourrais m'y inscrire ? C'est qu'on est déjà en juin.

Il lui adresse un sourire qui pourrait dissiper tous les nuages d'un jour gris.

— Je pourrais faire en sorte que ça marche. Leurs critères d'admission ne sont pas plus sévères qu'à Haverford. Tu es plutôt bonne élève, non ?

Elle se détourne. Merde ! Comment a-t-elle pu être aussi débile ? Elle rougit. Elle ferme les yeux et s'oblige à lui avouer la vérité.

— Non. J'ai été renvoyée. J'ai été accusée de plagiat. Mais je suis innocente. Je le jure.

Il grimace.

— Tu l'as expliqué au doyen de l'université ?

Elle secoue la tête.

— Je ne peux pas. Je ne veux pas. Tout ce que je peux dire, c'est qu'il y a eu un concours de poésie. Et un des juges – une prof de littérature d'une autre fac – a reconnu mon poème. (Elle secoue encore la tête, tentant de chasser le mauvais souvenir.) Un de ses étudiants le lui avait présenté au premier semestre.

— Alors quelqu'un t'a volé ton poème.

— Je… c'est… ce n'est pas tout à fait ça.

Elle le dévisage en priant pour qu'il la croie.

— Vous devez me faire confiance, ajoute-t-elle. Jamais je ne copierais le travail de quelqu'un d'autre.

Il se mord l'intérieur de la joue et acquiesce lentement.

— Je te crois. Remplis le dossier d'inscription. Je me charge du reste.

48

Erika

Mercredi matin, en baskets et legging de sport, je franchis d'un pas alerte le hall d'entrée et les portes vitrées. Je tourne en direction du magasin de photocopies sur la West 56th Street et je mets mes écouteurs. Aussitôt, quelqu'un me les arrache des oreilles. Je pousse un cri et j'aperçois Carter.

Lundi, je lui ai envoyé ma lettre de démission officielle. J'ai envoyé à Allison tous mes contacts et mes listes. Je l'ai remerciée et lui ai dit que j'étais convaincue qu'elle arriverait à tout gérer seule. Elle m'a répondu sur-le-champ, demandant quand je pourrais passer pour vider mon bureau. Carter n'avait pas pipé mot, à ma grande surprise. Jusqu'à maintenant.

— Qu'est-ce qui se passe, Blair ? Dis-moi ce que tu veux. Tu veux une augmentation ? J'augmente ta commission de 0,5.

Je force l'allure, mais il me suit à grandes enjambées et parle d'une voix haletante.

— Tu veux un chauffeur personnel ? Je t'en trouverai un. J'ai besoin que tu reviennes au boulot très vite, genre hier.

Je m'arrête brusquement devant l'entrée du parc et me tourne vers lui.

— Combien d'argent ai-je rapporté à l'agence, Carter ?

Il cille.

— J'en sais foutrement rien. Des millions. Sans hésiter. Et tu pourrais en rapporter encore plus. L'année prochaine, tu seras dans le top dix, j'en suis persuadé.

Je rive mon regard dans le sien.

— Quand est-ce que tu en auras assez, Carter, hein ?

— Quoi ? (Il lâche un rire nerveux.) Jamais. J'en aurai jamais assez. Tu le sais parfaitement, Blair.

Je lui souris, pas un sourire moqueur mais un sourire d'approbation sincère.

— Merci, Carter. Tu m'as donné un boulot quand j'en avais besoin, et pour ça, je te serai éternellement reconnaissante. En échange, j'ai consacré tout mon temps à cette agence. Le moment est venu pour moi de reprendre les rênes de ma vie. Je crois que j'ai enfin réussi à chasser ce qui me pèse et à trouver ce qui m'apaise. Je vais faire quelque chose qui compte vraiment. (Une petite décharge électrique me parcourt l'échine.) Je lâche prise. Je vais devenir la personne que mes filles attendaient de moi – la personne que j'attendais de moi-même. Je vais prendre le risque. Et tu sais pourquoi ? Parce que je suis digne de mes rêves.

Je fouille dans ma poche d'où je sors la carte de visite cornée que Kristen m'avait fabriquée, des années plus tôt.

— Je rouvre la Blair Agency, dis-je, et ces mots, prononcés à voix haute, m'enchantent et me font rire.

Et pendant que j'y suis, tiens, je vais aller faire du cerf-volant.
 — Putain, mais qu'est-ce qui te prend ?
 — C'est vrai, hein ? C'est Un Miracle, non ?

49

Annie

En ce jeudi matin, le premier jour de juin, la valise rose et verte d'Olive est ouverte sur le sol de sa chambre. Dehors, un chauffeur patiente dans une Mercedes noire pour emmener Tom et Olive à l'aéroport.

— C'est bien, dit Annie, accroupie près de la valise. Tu n'as pas oublié de prendre ta brosse à dents.

Olive est assise sur le lit et coiffe sa poupée avec des gestes appliqués.

— Tu vas rester ici, toute seule ?

Annie sourit et tire la fermeture Éclair du bagage.

— Oui, mais je vais passer du temps avec Rory. Et bien sûr, je passerai une bonne partie du temps à penser à toi, tu vas me manquer, ma puce.

— Et tu seras là quand je reviendrai ?

— Bien sûr.

— Promis ?

Annie l'attire contre elle et l'enlace.

— Oui, Olive, c'est promis. (Elle lui tapote la joue.) Allez, il faut se grouiller, maintenant. Ton papa t'attend.

La pluie tapote les vitres de l'appartement sombre et morne. Annie s'affale dans le canapé et essaie de compter les heures qui lui restent à passer dans cet endroit froid et silencieux avant le retour de Tom et Olive, avant que l'appartement reprenne vie. Elle envoie un autre texto à Rory, au cas où il aurait manqué celui qu'elle vient d'envoyer, et celui d'avant encore.

T'es chez toi ? Tu veux passer un moment avec moi ?

Elle pourrait partir à la recherche de Krissie mais ces derniers temps, quelque chose la pousse à abandonner sa quête. Comme Olive, Annie veut croire que sa sœur est quelque part, juste hors de portée de vue. Parfois, si l'on y regarde de trop près, on cesse de croire aux miracles.

Elle met ses écouteurs et monte le son, elle essaie de combler le vide qu'elle ressent. Que va-t-elle bien pouvoir faire pendant cinq jours ? Une seule tâche figure à son emploi du temps : remplir le dossier d'inscription à Georgetown.

Elle se lève et traverse le couloir d'un pas traînant. Georgetown lui offrirait un nouveau départ, dans un nouveau campus où personne ne la soupçonnerait de plagiat. Un endroit différent, excitant, comme dirait sa sœur. Et cerise sur le gâteau, elle resterait près de cette gamine qu'elle a appris à aimer. Et de son papa.

Elle tourne à gauche, pour aller à sa chambre. Elle arrive à hauteur de celle d'Olive quand elle se fige. Elle tourne les talons et regarde à l'autre bout du couloir.

Son pouls s'accélère. La porte de la chambre de Tom est ouverte, aujourd'hui. C'est étrange. A-t-il oublié de la fermer ?

Elle avance dans cette direction. Le sol du couloir grince et elle sursaute.

— Reprends-toi ! se fustige-t-elle.

Elle continue à pas de loup – pourquoi marcher sur la pointe des pieds quand elle est seule à la maison, elle l'ignore. Elle atteint la porte ouverte, le cœur battant.

Elle jette un œil dans la chambre et contemple les quartiers privés de Tom pour la première fois. Son lit est soigneusement fait, une couette blanche et des oreillers marron. Un petit fauteuil en cuir occupe un angle. Elle regarde par-dessus son épaule, comme si quelqu'un pouvait l'observer. Mais elle est seule, bien sûr. Pendant cinq jours.

Elle fait un petit pas en avant dans le repaire intime de Tom Barrett. Le plancher est frais sous la plante de ses pieds nus. Elle s'approche du bureau, remarque les pièces de monnaie posées là, les reçus éparpillés. Elle se tourne vers le dressing. Elle regarde autour d'elle, puis elle ouvre doucement les deux portes.

Ses vêtements sont suspendus avec soin, les pantalons d'un côté et les chemises de l'autre. Elle sent le parfum de sa lessive, ces effluves propres et frais, discrets. Elle caresse les vestes. Elle approche son visage des chemises et inhale profondément, ferme les yeux et imagine qu'elle se love contre son cou.

Soudain, une main lui agrippe l'épaule.

— Hé ! hurle-t-elle.

Elle fait volte-face, une main sur la gorge.

— Qu'est-ce qui te prend, de venir en douce comme ça ? dit-elle en arrachant ses écouteurs.

Le visage de Rory se couvre de taches rouges.

— Désolé, Annie. J'ai reçu ton texto – tes trois textos. J'ai cru que tu avais besoin d'aide. J'ai frappé longtemps à la porte mais tu n'ouvrais pas.

Les écouteurs vibrent dans la paume de sa main, la musique est si forte qu'elle peut même entendre les paroles. Elle l'éteint.

— Comment tu es entré ?

— Le professeur Barrett m'a laissé une clé, en cas d'urgence.

Depuis combien de temps l'observe-t-il ? L'a-t-il vue sentir les vêtements de Tom comme un chien policier ?

— Et t'as jamais entendu parler d'un téléphone, mec ?

Il regarde la petite chambre autour de lui, comme s'il ne remarquait que maintenant qu'ils se tiennent tous les deux dans le dressing de Tom.

— Qu'est-ce que tu fais, Annie ?

Elle le dévisage, muette. Sentir la garde-robe de son futur mari ne semble pas la meilleure explication à fournir. Elle se dirige vers la porte d'un pas décidé et ignore sa question.

— Allez, viens. On n'est pas censés être ici.

Mais il ne bouge pas. Il arque les sourcils et lui adresse un sourire malicieux, ce sourire adorable qui dévoile sa petite fossette.

— Tu espionnais le professeur Barrett !

Elle renâcle.

— Mais oui, bien sûr...

— Tu...

L'expression amusée disparaît de son visage et il semble soudain abasourdi.

— Tu es amoureuse du professeur Barrett ?

L'espace d'un millième de seconde, Annie est tentée de lui dire la vérité. Oui, elle éprouve une attirance irrépressible pour Tom Barrett. Elle s'inscrira sans doute à Georgetown cet automne et peut-être qu'un jour, Tom, Olive et elle formeront une famille. Mais la tendresse qu'elle lit dans les yeux de Rory lui souffle qu'il n'a pas envie d'apprendre qu'elle aime quelqu'un d'autre. Elle essaie de répondre par un éclat de rire.

— Tu perds la boule ou quoi, mon vieux ?
— Oui ! dit-il en se prenant la tête entre les mains. Je risque de perdre la boule si je ne suis pas certain d'une chose. (Il la prend par les bras.) Est-ce que tu as des sentiments pour moi, Annie ?

Annie essaie de déglutir mais elle a la bouche sèche.

— Je t'aime bien, Rory, vraiment. Mais…

Il porte un doigt à ses lèvres.

— Ne finis pas ta phrase, s'il te plaît. Sinon, je n'aurai plus d'espoir.

Pareil pour moi, si je continue à chercher Krissie.

— Je vais y aller, dit-il en lui embrassant le front.

Ses yeux expriment une telle douleur qu'Annie détourne le regard.

Elle attend le cliquetis de la porte d'entrée qui se referme derrière lui, avant d'éclater en sanglots. Elle vit sa première déception amoureuse et cette douleur est la pire qui soit. Car c'est celle d'un autre.

50

Erika

La qualité la plus utile que j'aie développée au fil des ans, dans ma carrière d'agent immobilier, c'est la capacité à évaluer quelqu'un en une poignée de secondes. Depuis deux jours, ce jeune type à la barbe fournie dans le Joe Coffee de Columbus Avenue. Il est assis en devanture en compagnie d'une jolie brune, ils ne semblent pas remarquer les piétons qui promènent leurs chiens, ou les bus qui passent en trombe. Ils ont une trentaine d'années, je dirais. Et ils sont amoureux. Cela se voit à la manière dont il glisse la main sous les cheveux de la jeune femme et lui caresse la nuque, à la façon dont elle sourit et le regarde aller jusqu'au comptoir pour lui commander une tasse de thé.

Ma boîte mail émet un tintement qui me tire de ma contemplation voyeuriste. J'ai le souffle coupé en apercevant l'objet du message : FILLE PERDUE. Enfin ! J'écris désormais régulièrement à Annie mais c'est le premier e-mail qu'elle m'envoie depuis ce banquet de cérémonie.

C'est curieux, l'amour – ceux qui refusent de prendre
des risques avec leur cœur risquent leur cœur.

Je relis le message, puis encore une fois. Que cherche-t-elle à me dire ? J'ai beau fouiller parmi mes souvenirs, cette citation n'y figure pas. Mais je connais Annie, c'est exactement le genre de choses qu'elle pourrait écrire. Je pose les doigts sur mon clavier.

C'est très joli, ma chérie, mais je ne suis pas certaine
de comprendre.

Je pose le menton dans ma main et fixe mon téléphone pendant cinq minutes, dans l'attente de sa réponse. Le barbu attire à nouveau mon attention. Il me rappelle quelqu'un mais je ne me souviens pas qui. Je l'ai déjà vu quelque part, mais où ? Hier, ils avaient étalé un plan de la ville devant eux sur la table mais je ne les classe pas dans la catégorie des touristes. Aujourd'hui, ils se blottissent l'un contre l'autre devant un ordinateur portable. Ils cherchent un appartement, j'en suis persuadée.

Et le souvenir me revient brusquement. C'est le réceptionniste du Kleinfelt – l'immeuble du détective Bower. Le type que j'avais rencontré en février. Et que j'avais ignoré quand il m'avait parlé de son projet d'achat immobilier.

Pour la première fois depuis que j'ai lamentablement arnaqué Emily, je suis prise d'une envie de vendre un bien immobilier. Mais cette fois, mon travail ira de pair avec ma vie, au lieu de la remplacer. Plus de vente à des millionnaires anonymes, mais à des gens comme ces deux-là, qui travaillent dur et qui cherchent le foyer de leurs rêves.

Je dresse une liste dans mon esprit – les éléments indispensables dont ils n'ont sans doute pas conscience. Ils sont jeunes et en bonne santé, donc il leur faut un quartier près d'un parc où tout est accessible à pied. Ils sont branchés, donc une adresse plutôt non conventionnelle et rigolote – un petit appartement à Harlem, peut-être.

Mon cœur s'emballe. C'est exactement pour cela que je suis tombée amoureuse de ce milieu de l'immobilier ! Je me lève pour aller me présenter mais plonge avant cela la main dans mon sac. J'ouvre le boîtier de cartes de visite provisoires que j'ai fait imprimer avec mon adresse mail et mon numéro de téléphone. J'en sors une.

J'ai les yeux qui brûlent lorsque je regarde la carte, exactement la même qu'avait imaginée Kristen, des années plus tôt. *J'espère te rendre fière, mon enfant d'amour.* Je m'éclaircis la gorge et m'approche du couple.

— Bonjour. Excusez-moi, vous ne travaillez pas au Kleinfelt Building, par hasard ?

— J'y travaillais, oui.

— Je suis Erika Blair, nous nous sommes croisés l'hiver dernier. Vous ne vous en souvenez sûrement pas.

Il se lève et tend la main.

— Je m'appelle Nathan Jones. Et voici ma femme, Natasha.

— Bonjour, dit la femme en faisant un geste vers Nathan. Je vous présente le nouvel infirmier de Lenox Hill. Nate a obtenu son diplôme le week-end dernier.

— Félicitations. Et vous cherchez un appartement ?

— Et on a de sérieuses déconvenues en voyant les prix affichés, dit-il.

Un sourire apparaît lentement derrière son épaisse barbe.

— Hé, mais ça me revient maintenant. Vous êtes agente immobilière, c'est ça ? Sauf que vous ne prenez plus de nouveaux clients.

— Eh bien, les choses ont changé. Je suis entre deux boulots. Je peux vous montrer des biens et rédiger des contrats de vente mais la mauvaise nouvelle, c'est que je ne peux pas prendre de commission.

Ils échangent un regard.

— C'est quoi, l'arnaque ? demande Natasha.

— J'ai une clause de non-concurrence dans mon ancien contrat, qui court sur six mois. Quand elle viendra à terme, je pourrai ouvrir ma propre agence. (Je pose ma carte de visite entre eux sur la table.) Gardez-la pour la suite. En attendant, j'aimerais beaucoup vous aider à trouver votre bonheur, si vous le souhaitez.

Il est 16 heures quand je rentre chez moi, et mon téléphone se met à sonner. C'est Tom, comme me l'indique le numéro.

— Salut, dis-je en m'arrêtant un instant dans le hall.

— Bien le bonjour des États-Unis, dit-il.

Il me faut un moment pour comprendre que Tom est là, à quatre heures de route de moi.

— Comment s'est passé le séminaire ?

— Je dirais 12 sur 20. Non, peut-être 15.

— Alors ça devait être 20 sur 20. Vous êtes du genre à noter sévèrement.

— C'était sympa de revoir mes collègues. Et vous ? Comment se passe la journée ?

— Parfaitement. Je viens de rencontrer un jeune couple adorable. Je vais les aider à trouver la maison de leurs rêves. Ou au moins un petit studio douillet.

Il rit.

— Très cool. Et vous ? Vous avez rencontré votre agente immobilière ?

Je souris et cale le téléphone entre ma joue et mon épaule.

— Oui. Elle m'a montré six locaux. À première vue, deux feraient l'affaire pour la Blair Agency. Mais quelque chose me dit que ça n'ira pas.

Je jette un coup d'œil aux brochures dans ma main et je souris en voyant l'indicatif du Maryland sur le numéro de téléphone que j'ai griffonné sur la couverture.

— J'ai six mois pour me décider à trouver un bureau, alors je ne vais pas prendre de décision hâtive.

— C'est plutôt sensé.

— Et vous savez quoi ? Mon interview avec le *New York Times* est toujours d'actualité. Je pensais qu'ils allaient me remplacer par une autre agente quand je leur ai annoncé que j'avais quitté la Lockwood Agency, mais ils veulent toujours faire un article sur moi. Ils viennent dimanche.

— Eh bien, s'il vous faut un assistant, je serai encore là. S'il faut en arriver là pour vous rencontrer enfin, je suis prêt.

Sa voix est un tiers sérieuse, deux tiers séductrice. Voilà plusieurs semaines que Tom n'a plus parlé de me rencontrer en personne. Je continue à discuter avec lui mais refuse d'aller plus loin. Pour une raison qui m'échappe, je peux accepter une amitié à distance, alors qu'une véritable relation en chair et en os me paraît indécente.

Plusieurs secondes s'écoulent. J'essaie de trouver une réplique, quelque chose d'intelligent et de spirituel, quelque chose qui pourrait détendre l'atmosphère.

— Écoutez, Erika. Je crois que je vous fais peur et ça m'inquiète. Peut-être que je donne une orientation à notre relation qui ne vous convient pas.

Oui, ai-je envie de hurler. Vous me foutez carrément la trouille. J'ai beau faire de mon mieux pour lâcher prise, le passé s'agrippe toujours à moi. Je ne suis pas sûre de mériter le bonheur.

— Ce qu'il y a, c'est que vous me plaisez vraiment, poursuit-il. Vous êtes la première personne avec qui j'arrive à parler avec une telle facilité, depuis la mort de Gwen. Je me réjouis toute la journée à l'idée d'entendre votre voix, le soir venu.

Un désir incontrôlable me submerge. J'ai envie de rencontrer cet homme, ce lien qui me connecte à Annie, qui est devenu mon ami et mon confident. Mais est-ce que je mérite de connaître l'amour ? Va-t-il m'accepter, malgré mes défauts, malgré le fait que j'aie plus de mauvais côtés que de bons ? Suis-je assez courageuse pour entrouvrir à nouveau mon cœur rouillé, sachant qu'il pourrait tomber en miettes ? Et plus important encore, aurait-ce été le souhait de Kristen ?

La citation de ce matin me revient soudain à l'esprit.

C'est curieux, l'amour – ceux qui refusent de prendre des risques avec leur cœur risquent leur cœur.

Je comprends enfin l'avertissement de ma fille. Mon cœur se flétrit. Si je n'offre pas une chance à l'amour, il risque de faner pour de bon. Ni Annie ni Kristen ne le souhaiteraient.

Je serre le téléphone dans ma paume moite.

— Merci, mais je n'aurai pas besoin d'un assistant dimanche.
— Bon, écoutez, je suis dés…
— Mais j'aimerais beaucoup vous voir samedi, si vous êtes libre.

Je raccroche et mon estomac se serre. Qu'ai-je fait ? Annie veut peut-être que je prenne des risques avec mon cœur, mais je dois lui dire ce qui est en train de se passer. Je vais dîner avec son patron demain soir et elle n'en sait rien. Si elle l'apprend, elle saura que je l'ai surveillée en cachette. Et elle sera vexée, à n'en pas douter.

J'allume mon ordinateur portable et lui envoie un e-mail, mon unique moyen de communication avec elle – si elle les lit, ce qui n'est pas certain. Je mets Un Miracle en copie.

Salut, ma chérie,
Il faut que je te dise quelque chose. Je te demande de rompre le silence, rien qu'une fois. Pourrait-on avoir une conversation face à face, peut-être par Facetime ou Skype ? J'ai quelque chose de très important à te dire.

Je me mords la lèvre. Elle va croire que j'ai des nouvelles de Kristen et c'est injuste de ma part.

Ça n'a rien à voir avec ta sœur, au passage.
Je t'aime autant qu'un nez aime le parfum d'une rose.
Maman

51

Annie

Une bougie est posée sur la table en métal et vacille dans la brise du crépuscule. Annie est assise sur le petit balcon qui surplombe la rue de Rennes silencieuse et elle recopie ses citations préférées dans un cahier rose. Elle les rédige de mémoire, elle les connaît par cœur. Les mots de son arrière-grand-mère Louise, de sa grand-mère Tess et de sa mère, ceux qui réconfortent tant Annie, trouveront peut-être un jour la même résonance auprès d'Olive.

Elle lève le stylo de la page et contemple le ciel sans étoiles. Elle se sent si banale et vide, ce soir, comme un pain sans levure. Tous ceux qui la faisaient sourire sont partis – même Rory. Comment va-t-il ? Elle grimace et revoit l'expression peinée de son visage, ce matin.

Ses pensées dérivent vers sa maison, sa mère. Depuis que sa tante Kate lui a appris que sa mère était entrée dans le top 50, Annie a de plus en plus de mal à garder ses distances. Comment sa mère a-t-elle fêté son succès ? Qui était présent à la cérémonie pour la féliciter et l'encourager ? Sait-elle à quel point Annie est fière d'elle ?

Un souvenir refait surface dans son esprit. C'était un ou deux mois après la séparation de ses parents. Annie et Kristen venaient d'intégrer la Columbia Grammar and Prep School, une école privée très réputée de Manhattan où son père avait insisté pour les inscrire. Krissie et elle prenaient part au concert d'automne de la chorale. Les parents étaient invités au spectacle de l'après-midi, suivi d'un goûter dans le hall de l'école.

Elle se tenait à côté de Krissie et des nouvelles amies de Krissie, elle les écoutait pouffer de rire et médire de gens qu'elle ne connaissait pas. Elle scrutait le hall décoré, dans l'espoir de repérer sa mère au cœur de la foule. Les adultes attendaient là, les hommes en costume et les femmes en robe et escarpins. Du haut de ses onze ans, Annie se sentait pourtant gênée, elle craignait que malgré l'uniforme de l'école, ses bonnes notes ou son nom de famille, une fillette boulotte à la peau brune comme elle risque de ne jamais trouver sa place parmi ces gens si élégants.

Elle avait fini par trouver le visage de sa mère dans le public. Le soulagement l'avait submergée. Elle se fichait bien qu'elle soit si en retard, qu'elle ait manqué l'intégralité du concert parce qu'elle avait dû rester travailler à son nouveau bureau. Elle était là !

— Annie ! Kristen ! avait dit sa mère en se frayant un chemin jusqu'à elles.

Ses cheveux sombres étaient plaqués sur son crâne. Elle avait dû être surprise par une averse. Mais aux yeux d'Annie, elle était belle à couper le souffle dans son tailleur vert éclatant, celui qu'elle avait trouvé en solde chez TJ Maxx.

— C'est qui, celle-là ? avait demandé une des filles d'un ton incrédule.

Annie s'était tournée brusquement, frissonnante, sur la défensive. Elle avait remarqué les regards curieux, la façon dont les filles détaillaient sa mère, la jaugeaient, l'examinaient à la loupe. Quelqu'un avait chuchoté :

— Regardez-moi son sac en simili cuir.

— C'est votre mère ? avait demandé Heidi Patrick par-dessus les rires.

Alors qu'Annie était sur le point de dire oui, Kristen l'avait devancée.

— Non, avait-elle affirmé d'une voix étrangement monocorde. C'est notre nounou.

Annie avait vu sa mère reculer, comme si elle avait été brusquement repoussée. Elle avait arrangé ses cheveux avant d'avancer à nouveau vers elles et elle affichait cette fois l'air respectable d'une gouvernante. Elles étaient parties vingt minutes plus tard, Kristen à deux pas derrière sa mère et Annie. Elles n'avaient jamais reparlé de cet incident.

Annie masse un nœud dans sa gorge, elle aimerait tant pouvoir dire à sa mère combien elle est fière d'elle. Avant d'avoir le temps de changer d'avis, elle va dans les paramètres de son téléphone et redonne accès au numéro de sa mère. Quelques secondes plus tard, son portable bipe.

Elle lit le dernier message maternel. Des gouttes de pluie commencent à tomber et mouchent la flamme de la bougie. D'un seul coup, le mal du pays qu'elle avait refoulé déferle en elle.

Il n'y a qu'un endroit au monde où elle voudrait être, en cet instant, et c'est chez elle, avec sa mère.

52

Erika

En peignoir, je fais le tour de chaque pièce. Je retire un pétale fané d'un vase sur la table basse et j'allume les bougies sur le manteau de la cheminée. On est samedi, il est 18 h 30, et l'appartement est fin prêt pour la séance photo du *New York Times* demain. Et pour mon premier rendez-vous avec Tom ce soir.

Mon estomac fait un petit salto et je vais m'habiller dans ma chambre. J'ouvre mon iPad et le place sur ma coiffeuse. Deux minutes plus tard, je discute sur Facetime en essayant des robes. Non, pas avec Annie. Elle n'a jamais répondu à mon e-mail. J'écarte ma déception, et je regarde l'écran où Kate est assise dans son canapé, Lucy sur les genoux.

— Tu es sûre que ça me va ? je lui demande en reculant et en lissant ma robe blanche sans manches.

— Ça dépend. Tu veux que le mec tombe amoureux de toi ? Si tu ne veux pas, alors tu ferais mieux d'aller te changer.

— Je te le revaudrai vraiment, je lui répète pour la centième fois. Je ne serais pas en train de faire ça si tu ne m'avais pas aidée à voir à quel point j'étais devenue lamentable.

— Tu aurais fini par t'en rendre compte. Ça sautait aux yeux.

Je lève le majeur en direction de l'écran. Elle éclate de rire.

— Je savais que tu retrouverais l'amour – non qu'il s'agisse d'amour. C'est peut-être juste de l'attirance physique, ce qui va très bien aussi.

— Sérieusement, Kate. J'aurais pu finir ma vie seule et triste comme…

J'allais dire « comme papa ». Mais je ne suis pas sûre qu'il soit seul et triste. Il est grognon et têtu, mais malgré ça, il est entouré d'une communauté, un groupe d'insulaires profondément attachés à lui, sur cette île – même s'ils ne l'apprécient pas tous.

— Comment ça se passe, avec Max ? Il est content d'être de retour sur l'île ?

Kate me raconte leurs randonnées, leurs balades à vélo et leurs longues conversations.

— Il espère m'offrir une bague d'ici Noël.

Un mois plus tôt, elle espérait qu'il la lui offrirait pendant l'été. Elle doit se méfier, protéger son cœur. Max la fait mariner. Je prends une profonde inspiration et me souviens de ce que ma grand-mère Louise m'avait dit après la mort de ma mère. « Tu sais quoi, Riki ? Celle qui aura le plus de plaies et de pansements au cœur gagnera la partie, d'accord ? »

Avait-elle raison ? Les cicatrices et les ecchymoses sur notre cœur pourraient-elles être des objets de fierté, comme des médailles de guerre, plutôt que de honte ?

— Je suis contente pour toi, frangine, lui dis-je.

Je sursaute quand la sonnette retentit à l'entrée.

— Oh, merde !
Je vérifie que je n'ai pas renversé mon verre de vin et que je ne me suis pas tachée. Ô miracle, je n'ai rien sur moi.
— Il est déjà là !
— Vas-y, me dit Kate d'un ton calme. Amuse-toi bien. Appelle-moi demain.

J'ai la main sur la poignée, l'autre sur mon cœur battant. Je compte jusqu'à cinq, pour ne pas paraître trop impatiente. Puis j'ouvre la porte en grand.
Un bel homme brun au large sourire se tient devant moi, un bouquet de fleurs fatiguées entre les mains.
— C'est pour vous, dit-il. Elles n'ont pas supporté les quatre heures de train aussi bien que je l'espérais.
Je regarde le bouquet enveloppé dans du Sopalin, un assortiment éclectique de tournesols et de tulipes frêles, d'œillets bleus et de roses molles.
Il grimace.
— J'ai laissé Olive choisir.
Comme un glaçon sur un trottoir brûlant, je fonds.

Si cette soirée était un tutoriel pour remonter sur la scène des rendez-vous amoureux, je lui attribuerais une note de cinq étoiles. Tom Barrett est beau, d'une façon amicale qui n'intimide pas. Dans le style John Cusack plutôt que Jon Hamm, et ça me plaît. Après un verre de vin, je me détends.
À 20 heures, nous sortons dîner au Marea, un restaurant italien tranquille au sud de Central Park. Nous sommes installés à une table éclairée par une chandelle près de la fenêtre et Tom commande une bouteille de vin.

Il secoue la tête.

— Je n'arrive pas à croire que je sois assis là, en face de vous. Vous êtes encore plus belle que je ne l'imaginais.

Le rouge me monte aux joues et je détourne le regard.

— Mais oui, bien sûr.

— Si, c'est vrai, insiste-t-il avec un sourire avant de lever les mains. Bon, d'accord, j'avoue. J'avais vu une photo de vous.

— Ah, espèce de petit espion !

Il éclate de rire, et moi aussi. Comme d'habitude, la culpabilité m'envahit, mais cette fois, je m'efforce de la chasser, comme l'aurait voulu Kristen.

Quand il reprend la parole, c'est d'une voix plus douce.

— Sérieusement, Erika, quelle qu'ait été votre apparence, je serais assis ici, avec un sourire ridicule plaqué sur le visage, à savourer chaque minute en votre compagnie.

Mon ventre s'emplit du battement de centaines d'ailes de papillons. C'est peut-être le vin, ou la lueur des chandelles, ou la profondeur du regard de Tom, mais je me sens en sécurité ce soir. Et heureuse. Comme si les morceaux de mon cœur, les éclats blessés et ensanglantés, se recollaient doucement, à la manière dont Kate me l'avait annoncé.

Nous parlons d'Annie – notre unique point commun – mais nous discutons également de livres, de films et même de politique. La conversation dévie sur Olive et il évoque la raison qui l'a poussé à s'installer à Washington.

— Je voulais qu'elle soit près des parents de Gwen. Et Georgetown est un beau coin. Je trouve que c'est une association parfaite de l'énergie urbaine et de la quiétude résidentielle.

— Un peu comme un Picasso mélangé à un Norman Rockwell ?

— Tout à fait. J'ai même convaincu Annie de s'inscrire à l'université là-bas. Bien évidemment, j'avais un objectif en vue. Olive s'est attachée à elle et j'aimerais que cette relation perdure.

— Mais Annie va retourner à Haverford… non ? Je… je ne savais pas qu'elle avait prévu de changer de fac…

— Oh, eh bien, je n'en suis pas certain.

Il détourne le regard comme s'il était gêné pour moi. Et il a raison. J'ai beau avoir changé, je ne sais toujours rien des projets de ma fille.

— J'ai tant de trous à combler dans notre relation. Quand elle reviendra à la maison, je lui demanderai – non, je la supplierai – de me pardonner.

Il m'adresse un regard interrogateur mais je secoue la tête.

— C'est une longue histoire.

— Vous avez élevé une jeune femme incroyable, Erika. Quand Annie acceptera de briser le silence, je suis persuadé que vous redeviendrez les meilleures amies du monde.

Nous profitons autant que possible de notre soirée. Après dîner, nous partageons une coupe de glace avec la même cuillère. Ce simple geste intime déclenche un frisson dans ma colonne vertébrale.

Il est 23 heures quand nous nous arrêtons à une terrasse de café. Tom commande du calvados, une eau-de-vie à la pomme qu'on fait en Normandie. Une douce mélodie de jazz s'échappe de l'établissement.

Nous savourons notre boisson en observant les jeunes qui se préparent à sortir. Comme d'habitude, je scrute chaque visage et une part de moi-même espère toujours voir le ravissant sourire de Kristen, ou entendre son rire musical tandis qu'elle et ses amis s'apprêtent à danser toute la nuit. Mais, contrairement à la femme triste que j'étais l'hiver dernier, je suis désormais capable de sourire devant ces gamins insouciants, plutôt que d'être blessée à l'idée que ma fille ne soit plus parmi eux.

Tom explique :

— Quelqu'un m'a dit un jour que la guérison débute quand on commence à penser aux défunts le sourire aux lèvres, plutôt que les larmes aux yeux.

— Ça me plaît beaucoup.

Il acquiesce.

— Je suis heureux que vous ayez enfin accepté de me rencontrer, dit-il. Vous n'imaginez pas comme j'étais dépité quand vous m'avez envoyé bouler.

Je ris.

— Je ne vous ai pas envoyé bouler. (Mais je retrouve aussitôt mon sérieux.) Je ne pensais pas mériter... tout ça. J'avais une mauvaise opinion de moi-même. C'était plus simple de vous laisser croire que j'étais quelqu'un d'unique, mais de loin. Plutôt que de risquer de vous décevoir en face à face.

— Quoi ? Vous voulez dire que vous n'êtes pas parfaite ? me taquine-t-il.

— L'automne dernier, j'ai commis une terrible erreur.

Mon cœur s'emballe. Je parle à toute vitesse, je sais que je pourrais changer d'avis dans l'instant, et qu'il est capital de ne pas changer d'avis.

— Le jour où le train a déraillé, Kristen m'avait demandé de l'accompagner à la fac en voiture avec Annie. J'ai fait passer mon travail avant elles. Et elle traversait un épisode maniaque que je refusais de voir. Je m'étais convaincue qu'elle irait mieux une fois sur le campus. Annie serait là pour elle. (Je lève les yeux vers lui.) Ma mère... souffrait de troubles psychologiques, elle aussi. J'étais terrifiée à l'idée que ma fille puisse subir le même sort. Alors j'ai fait mine que cela n'existait pas.

Les larmes me brouillent la vue. Au lieu de me détourner, envahie de honte, je rive mon regard dans le sien. À mon grand soulagement, ses yeux sont déterminés, doux et indulgents.

— Et vous avez le sentiment que l'accident est votre faute ?

Je porte la main à mes lèvres jusqu'à retrouver enfin mon calme.

— Oui. Mon père... Il m'a aidée à comprendre que la vie n'est pas forcément une chaîne de causes à effets. J'essaie d'apprendre quelque chose que j'aurais dû apprendre des années plus tôt. Pouvoir me pardonner. J'espère que cela se produira quand je présenterai de véritables excuses à Annie, quand je saurai qu'elle m'a pardonnée, elle aussi.

Il est minuit quand nous avançons paisiblement dans Central Park. Il me prend la main et ce geste semble totalement naturel.

— Je reviens aux États-Unis en août, tu sais. J'aimerais que tu rencontres Olive. Elle va t'adorer.

J'essaie de ne pas m'emballer, mais au fond de moi, je fais des roues et des sauts périlleux.

— Et Annie sera rentrée à la maison, dis-je en enjambant une fissure dans le trottoir. J'ai tellement hâte de lui dire qu'on s'est rencontrés. Je pense qu'elle sera contente.

— Je pense aussi.

Nous continuons à marcher dans un silence amical.

— Est-ce que tu essaies d'éviter de marcher sur les fissures ? demande-t-il avant de ralentir pour inspecter ma démarche. Mais oui !

Il éclate de rire et passe un bras autour de mes épaules.

— Tu es aussi superstitieuse que je l'étais avant, ajoute-t-il.

— Toi ? Un prof de biochimie ? Tu es superstitieux ?

— Je l'étais, oui.

— Attends, laisse-moi deviner, dis-je en marchant en crabe pour le regarder. Tu as mené une étude sur cent éviteurs-de-fissures et cent marcheurs-sur-fissures, et tu as découvert qu'il n'y avait aucune différence dans leurs épisodes de malchance.

Il m'attire contre lui et écarte une mèche de cheveux de ma joue.

— Est-ce qu'on t'a déjà dit que tu étais une petite maligne ?

Je souris et savoure la sensation de sa main sur ma joue. Mon cœur s'emballe et j'essaie de maintenir une conversation légère.

— Alors, monsieur le professeur, pourquoi n'es-tu plus superstitieux ?

— Après que Gwen a été tuée, j'ai laissé tomber ces idioties. (Il dépose un baiser sur le sommet de mon crâne.) Toutes ces années passées à éviter les échelles et les chats noirs n'ont servi à rien.

Les lampadaires dessinent un chemin ambré et nous marchons en silence devant des appartements à plusieurs millions de dollars.

— Si seulement la vie pouvait être aussi simple, dis-je. Balancer une pincée de sel par-dessus son épaule pour se protéger des tragédies de l'existence. Je ne sais pas comment tu fais. Si Kristen avait été tuée par un conducteur en état d'ivresse, je ne suis pas sûre que j'aurais réussi à pardonner un jour.

— C'est ça qui a été le plus difficile.

— Tu as rencontré le conducteur ? dis-je d'une voix douce.

— La conductrice, me corrige-t-il.

Je le sens se raidir et je lève les yeux. Sa mâchoire est agitée d'un léger tressautement. Il se tourne vers moi, les yeux embués.

— C'était ma femme, la conductrice ivre.

Nous trouvons un banc niché à l'abri d'un sycomore. Tom me raconte l'après-midi où sa femme l'avait appelé au travail et lui avait demandé d'aller récupérer Olive à la garderie.

— Elle m'avait dit qu'elle avait oublié son rendez-vous chez la manucure. Bon Dieu, comme j'étais agacé. (Il a un regard vague.) J'étais en train de rédiger un article et je menais un bras de fer contre le temps, je devais rendre mon travail à 17 heures. Je lui avais expliqué d'un ton sarcastique que c'était largement plus urgent que ses ongles. Je ne pouvais pas – je ne voulais pas – m'interrompre. Elle était mère au foyer, je lui avais dit de trouver une solution.

Il place ses coudes sur ses cuisses et croise les mains, tête baissée.

— J'ai rejoué cette conversation dans ma tête, des centaines de fois. Je me demande encore comment j'ai pu ne pas entendre les accents alcoolisés dans sa voix. Si j'avais su qu'elle avait bu, j'aurais lâché tout ce que j'étais en train de faire.

— Mais tu ne savais pas. Et tu ne peux pas te fustiger pour quelque chose que tu n'aurais jamais fait en ayant toutes les cartes en main.

Tandis que je prononce ces mots, je me demande à qui je parle, à Tom ou à moi-même.

Il se passe la main sur le visage.

— Elle ne buvait plus depuis qu'elle avait appris sa grossesse, et bêtement, je pensais que le pire était derrière nous. (Il soupire et se tourne vers moi.) Excuse-moi. Je ne voulais pas ternir notre soirée.

— Pas du tout, je suis heureuse que tu arrives à en parler, dis-je en lui caressant le dos.

— Tu sais, ces paquets que j'ai trouvés cachés partout dans la maison ? Les cadeaux de Gwen où elle avait écrit « Ne pas ouvrir » ?

— Oui, dis-je en me rappelant l'histoire qu'il m'avait racontée quelques semaines plus tôt.

— Ils étaient pour elle, pas pour moi. Des bouteilles de vodka – à moitié vides, pour la plupart. (Il baisse à nouveau le menton.) Bon Dieu, j'ai été un mari minable. Je passais tellement de temps au travail. Je ne me suis jamais complètement investi dans notre mariage. Pas étonnant qu'elle se soit remise à boire.

— Tu sais, la honte... C'est vraiment un paquet qui devrait rester fermé avec une étiquette « Ne pas ouvrir ».

Nous échangeons un sourire. C'est étrange de ressortir ainsi des vérités qui m'ont torturée des mois durant, tout comme pour Tom. Mais c'est libérateur, aussi.

Grâce à Un Miracle, à Annie, à Kate, et même à mon père, les fers de la honte qui m'emprisonnaient sont en train de se détacher lentement. Demain, je supplierai Kate d'appeler Annie. Je lui demanderai de me pardonner. Et peut-être qu'alors, ces fers s'ouvriront enfin.

Nous retournons chez moi et il passe un bras sur mes épaules, un geste décontracté qui me donne l'impression que nous sommes de vieux amis. En arrivant à l'immeuble, il me prend les mains.

— J'ai passé un très bon moment, Erika. Tu es exactement comme je l'espérais, tu sais.

Aurait-il pu dire quelque chose de plus parfait ? Je repense au désastre que j'étais, il y a encore quelques mois, et je remercie Un Miracle en silence.

— Je retourne à Washington demain matin, dit-il. Tu aurais le temps de me retrouver pour boire un café avant mon départ ?

Je contemple ses yeux bruns et doux. J'aime beaucoup cet homme, cet homme qui a souffert de la perte d'un être cher, comme moi, et qui connaît les conséquences d'une vie déséquilibrée. Cet homme qui revient vivre aux États-Unis bientôt. Cet homme qui m'aide à croire que je suis digne de mes rêves.

Mon interview avec le *New York Times* n'aura pas lieu avant demain midi. Je calcule rapidement depuis combien de temps je discute avec Tom. Deux mois, trois semaines et cinq jours, grosso modo. Le délai est-il assez long pour que je puisse coucher avec lui ? Non. Je ne peux pas.

Ou bien si ?

Je prends une profonde inspiration et je lui adresse un sourire tremblant.

— Et si on buvait un café maintenant ?

Je dresse un inventaire express tandis que nous traversons le hall d'entrée. Soutien-gorge et culotte assortis ? C'est bon. Jambes rasées ? C'est bon. Draps propres ? Ils feront l'affaire.

J'ouvre la porte de l'appartement et j'entre sans même prendre le temps d'allumer la lumière. Mais Tom prend son temps. Il retire ses chaussures et les met de côté avec soin. Je le conduis au salon. Il lance sa veste sur un fauteuil avant de s'approcher de moi. Il m'attire tendrement dans ses bras.

Ses lèvres trouvent les miennes et je ferme les yeux, prise par le vertige des émotions. Des sensations délicieuses me traversent. La douceur de ses lèvres contre les miennes. L'odeur délicate de son savon. Le goût d'alcool et de pomme sur sa langue.

— Tu es sûre ? demande-t-il en s'écartant un instant pour me regarder droit dans les yeux. Je ne veux pas précipiter les choses.

Précipite les choses, s'il te plaît !

— Je sais très bien ce que je fais, tu peux me croire sur parole.

53

Annie

Impossible d'arriver à New York sans éprouver cette sensation électrique, même pour Annie qui y a passé toute sa vie. Il est 1 heure du matin – 7 heures à Paris. Son vol a été retardé et elle n'a pas dormi depuis vingt-quatre heures, mais ses yeux sont grands ouverts comme ceux d'un faon. Elle regarde par la vitre de son Uber tandis qu'elle traverse l'Harlem River et entre dans Manhattan. Dix minutes plus tard, ils arrivent dans Central Park. L'endroit est calme, éclairé par la faible lumière des lampadaires. Ils longent le zoo. Sur les trottoirs flânent de rares promeneurs nocturnes et Annie scrute chaque visage, attend contre tout espoir d'apercevoir celui d'une jolie blonde... avec son bébé.

Quelques minutes plus tard, ils émergent de Central Park et tournent à droite dans Central Park West. Annie lâche un petit cri. Elle est presque chez elle !

Mais sans Krissie. Le brouillard familier de la culpabilité menace de s'élever à nouveau. Elle s'était promis de retrouver sa sœur et de la ramener à la maison. Sa mère est-elle encore en colère ? Lui pardonnera-t-elle ? A-t-elle réussi à accepter son chagrin ?

Annie lève la tête. Elle redresse les épaules. Passer ces trois mois avec Olive lui a ouvert de nouvelles perspectives, ce qu'elle conçoit presque comme un instinct maternel. Une mère ne renonce jamais à son enfant... même s'il n'est pas le sien.

Le chauffeur s'arrête devant le grand immeuble. Elle jurerait qu'il n'a jamais été aussi joli. Elle contemple la grande arche de l'entrée, par où les carrioles tirées par des chevaux déposaient jadis leurs passagers. Elle attrape son sac, remercie le chauffeur et s'élance sur le trottoir.

Elle déverrouille la porte à l'aide de sa clé et elle entre. Elle prend une profonde inspiration, inhale les parfums familiers de la maison – la lotion purifiante au citron de sa mère, les effluves des fleurs dans les vases. L'endroit lui a tant manqué.

— Maman ?

Elle accroche son sac à main sur le crochet de l'entrée et suspend ses clés à côté. Peu importe qu'il soit 1 heure du matin, elle va se ruer dans la chambre de sa mère et sauter sur son lit. Elle a tellement hâte de voir son expression quand elle comprendra.

L'appartement est plongé dans l'obscurité à l'exception du halo des lampadaires. Elle manque de trébucher sur une paire de chaussures à l'entrée. Des chaussures en daim. Des chaussures en daim *d'homme*.

Oh-mon-Dieu. Il y a un homme ici ? Visiblement, des choses ont changé !

Elle se fraye un chemin jusqu'au salon et allume une lampe. Une bouteille de vin et deux verres encombrent la table basse. Elle soulève la bouteille. Vide. Totalement incroyable. Tante Kate avait raison.

Sa mère a sacrément bien appris à lâcher prise. Peut-être a-t-elle renoncé à sa colère, aussi. Tant mieux. Oui. C'est le miracle qu'Annie attendait. Peut-être qu'elle arrivera à regarder sa fille à nouveau, à lui parler, à lui permettre de s'excuser.

Elle jette un coup d'œil dans le couloir. Un rai de lumière s'échappe de sous la porte de la chambre maternelle. Une minute… Sa mère est dans la chambre ? Avec un mec ? Annie fait volte-face, gênée. C'est sa mère, après tout.

Elle s'affale dans le canapé. On dirait bien que la surprise est pour elle ! Alors, qui est ce mec ? Est-ce qu'il a pensé à mettre un préservatif ? Et si c'était juste un connard qui cherche un coup d'un soir ? Sa mère ne connaît rien aux relations amoureuses du XXIe siècle.

Peu importe qu'Annie n'y connaisse rien non plus.

À l'autre bout de la pièce, elle repère une veste abandonnée négligemment sur un fauteuil club. Annie y va et la prend. Elle est en lin couleur café au lait, comme celle de Tom. Sa poitrine se serre. Qu'est-il en train de faire en cet instant, à Washington ? Il doit dormir, sans doute. Pense-t-il à elle ? Est-ce qu'elle manque à Olive ? Est-ce qu'elle lui manque, à *lui* ?

Elle porte la veste à son nez et inhale. Elle dégage l'odeur de Tom.

Exactement la même odeur.

Annie lâche la veste. La pièce tournoie autour d'elle. Elle retourne au hall d'entrée, à demi inconsciente, le cerveau embrumé.

Elle s'accroupit et inspecte une chaussure. Son cœur bat la chamade. *Faites que j'aie tort, s'il vous plaît !* Mais elle est bien là, la tache rose clair de la glace à la fraise d'Olive.

Elle porte la main à sa gorge. Non. Non ! Elle se prend la tête à deux mains et tourne sur elle-même. Il ne peut pas être ici. Il est à Washington. Et il ne connaît même pas sa mère.

Mais cette veste… ces chaussures… Il est dans la chambre. Avec sa mère. Et ils se sont enfilé une bouteille de vin entière.

Elle parcourt le couloir d'un pas lent et déterminé jusqu'à la porte fermée de la chambre.

54

Erika

Je ferme les yeux et j'essaie de me concentrer sur la chaleur des lèvres de Tom sur mon cou. Mais c'était quoi, ce grincement ? On aurait dit le bruit de la porte. Je caresse son dos musclé et je refuse d'admettre qu'il puisse y avoir un bruit de pas dans le couloir. Parce que, merde enfin, je vais faire l'amour ! Le timing est franchement cruel pour un cambriolage.

— Erika, murmure Tom, la main sur ma cuisse. Il y a quelqu'un chez toi ?

Je dois rassembler toute ma volonté pour le repousser. J'attrape sa chemise, laissée en boule au pied du lit.

— Attends, je vais aller voir, lui dis-je.

— Non. Reste ici. Je vais jeter un coup d'œil.

Torse nu, il se rend à la porte. Je devrais paniquer à l'idée que quelqu'un se soit introduit chez moi, mais je ne pense qu'à ses larges épaules, à la façon dont son torse s'affine à la taille…

À l'instant où il tend la main vers la poignée, la porte s'ouvre à la volée.

Je crois tout d'abord à une hallucination.

— Annie ?

Je saute du lit, vaguement consciente d'entendre la couture de ma culotte craquer.

— Annie ! Oh, mon Dieu, Annie !

Je me précipite vers elle et l'enlace.

— Tu es revenue, ma puce !

Elle se raidit et s'arrache à mon étreinte. Son visage est constellé de taches rouges. Elle m'a surprise au lit avec un homme... et pas n'importe quel homme. Son patron. Au lieu de lui laisser le temps de s'habituer à la situation, j'ai tout fait dans son dos.

— Tu ne vas pas y croire, Annie, dis-je avec un rire nerveux. Devine qui est là ?

— Comment tu as pu me faire ça ? (Elle se tourne vers Tom.) Et vous ? Qu'est-ce que vous faites ici ?

Ses lèvres tremblent. Elle plaque sa main sur sa bouche et ses yeux s'embuent.

Tom la prend par les bras.

— Annie, ma belle, je suis désolé.

Elle se dégage.

— Ne m'appelez pas « ma belle » ! Et toi, dit-elle en se tournant vers moi, tu crois que tu es la seule pour lui ? Il téléphone tous les soirs à...

Elle laisse mourir sa phrase et son visage se décompose.

— Oh... mon Dieu, c'est avec toi qu'il parlait !

Oui, elle a été prise au dépourvu. Oui, c'est peut-être un peu bizarre. Mais pourquoi une telle colère ?

C'est alors que je comprends enfin.

Ma fille est tombée sous le charme de Tom Barrett. Et moi aussi.

— Annie !

Je m'élance à sa poursuite dans le couloir, en essayant

de fourrer mes bras dans les manches de la chemise de Tom.

— Attends ! C'est ma faute. J'aurais dû te prévenir. Je voulais le faire. Tom et moi, on est devenus amis.

— Amis ? N'importe quoi ! (Elle se prend la tête entre les mains comme si elle risquait d'exploser.) Tu as fait ça parce que tu me détestes !

Mon cœur se brise.

Tom entre dans le salon, toujours torse nu, et il récupère sa veste sur le fauteuil.

— J'ai mis un sacré bazar, je suis tellement désolé, Annie. Je n'ai jamais voulu te blesser. Crois-moi, je t'en prie.

Le son des sanglots de ma fille, sa douleur si évidente et profonde réveillent quelque chose de viscéral. Elle a besoin de moi. Et cette fois, je serai là pour elle.

Je regarde Tom.

— Va-t'en. S'il te plaît. Tout de suite.

— Je t'en prie, Erika, laisse-moi expliquer…

— Va-t'en.

Il secoue la tête.

— Je suis sincèrement désolé.

J'entends le bruit de ses pas dans le hall mais je ne peux pas le regarder. La porte s'ouvre et se referme.

La rage d'Annie éclate alors.

— Tu parlais avec lui depuis le début ? Tout le temps que j'étais là-bas ?

— Je suis désolée, ma chérie. C'était mon seul lien avec toi.

— Et est-ce que tu as cherché Krissie, au moins ?

Un couteau me transperce le cœur. Elle m'en veut encore. Je baisse la tête.

— Alors ?

— Non. Je suis tellement désolée, Annie. Il faut qu'on l'accepte. Elle est morte. Je suis tellement, tellement désolée.

Elle tourne les talons. Je marche dans son sillage en direction du hall. Elle arrache son sac et ses clés du crochet. Je suis prise d'un vertige. Ma fille s'en va... encore une fois. Elle ne parle plus, m'écarte à nouveau de sa vie. Je l'attrape par le bras.

— Je t'aime.

Je porte la main à ma bouche pour étouffer un sanglot.

— Je t'aime, ma gentille Annie, dis-je encore d'une voix brisée. Mon miracle.

— Tu aurais dû y penser avant de coucher avec lui !

Elle ouvre la porte puis la claque derrière elle.

55

Annie

Annie est installée sur la banquette arrière d'un taxi et s'essuie les yeux avec sa manche. Quelle idiote ! Elle regarde par la fenêtre, regrettant que Rory ne soit pas là. Il saurait exactement quoi dire. Elle sort son téléphone et tapote son nom mais se ravise. C'est mal de lui demander son amitié quand il souhaite clairement autre chose. Les carottes sont grillées, dirait-il. Elle appelle son père à la place. Quand elle arrive à la porte de son appartement, il l'attend avec une boîte de mouchoirs.

Elle est presque en hyperventilation lorsqu'elle essaie d'expliquer la situation. Il la saisit par les poignets.

— Calme-toi. Tu es en train de me dire que ta mère t'a piqué ton copain ?

— Oui ! Non. Je… je ne sais pas. Elle ne savait pas. Mais quand même ! C'est tellement mal ! Et c'est flippant !

— Ce qui est flippant, c'est qu'une jolie gamine de vingt ans soit attirée par son patron. Il a quel âge, ce type ?

Elle fait volte-face, poings fermés.

— Sûrement ton âge, papa. Et tu sais quoi ? Il est prévenant. Il respecte mes opinions. On parle. Il écoute.

Le visage de son père se décompose.

— Oh, papa. Je ne voulais pas…

Il lève la main.

— J'ai pigé. C'est une figure paternelle. Le genre de père que tu aurais voulu avoir.

— Non ! C'est pas ça.

Mais à l'instant même où elle proteste, elle perçoit une once de vérité dans cette analyse.

56

Erika

Une heure s'écoule avant que je ne parvienne à me relever dans le hall d'entrée. Je longe le couloir jusqu'à la salle de bains. J'ouvre le robinet au maximum. J'attrape un gant de toilette et efface la moindre trace de maquillage. Mon visage redevient pâle et quelconque, comme doit l'être celui d'une mère qui vient de perdre sa fille.

Il est 5 heures du matin, je suis debout près de la cheminée et je parle avec Kate. Je sors une autre carte de visite de la boîte et la jette au feu. La flamme s'élève et faiblit à nouveau.

— Mon Dieu, mais comment ai-je pu être aussi bête ? J'aurais dû lui dire, je savais qu'il fallait lui en parler. Et une fois encore, je n'ai pas écouté, je ne me suis pas arrêtée alors que quelque chose me faisait douter.

— Comment tu aurais pu savoir ? Et puis c'est totalement déplacé. Il a quoi ? Quarante ans ?

— Peu importe. J'aurais dû en parler à Annie. (Je jette une autre carte de visite dans le feu.) Je suis une mère horrible. Une personne horrible.

— J'avais un pressentiment avec cette histoire de prof, je me disais que ça risquait de se retourner contre toi. Mais sérieusement, Rik, prends un peu de recul. Tu as vu le type, rien qu'une nuit – enfin, bon, presque une nuit. Bref. Ne laisse pas tout ça te perturber. Tu as parcouru trop de chemin pour faire marche arrière maintenant.

— Tu l'aurais vue, Kate. Je l'ai perdue. Elle m'en veut et m'accuse. Et dix fois plus, maintenant. Elle ne reviendra jamais.

Je sors une autre carte de visite et la contemple.

— On aurait pu penser que j'avais tiré des leçons, depuis le temps... Les rêves sont bons pour les abrutis.

Je jette la boîte par terre et les cartes s'éparpillent.

— Qu'est-ce qui ne tourne pas rond chez moi, Katie ? Pourquoi je fais du mal à tous ceux que j'aime ? J'ai perdu mes deux filles.

J'éclate en sanglots.

Quand Kate prend la parole, sa voix est grave et sérieuse.

— Notre mère a baissé les bras, Rik. Bon sang, ne renonce pas, toi aussi.

C'est comme si la pièce était soudain privée d'air. Il me faut un moment pour retrouver mon souffle et mes esprits. Et un sentiment m'envahit soudain, un instinct maternel si primitif, si puissant et si féroce que j'ai l'impression de sentir mon sang couler dans mes veines. Je me lève et prends une profonde inspiration.

Ma sœur a raison. Ma mère souffrait d'une maladie mentale. Elle m'a abandonnée quand j'avais tant besoin d'elle, non pas parce qu'elle le souhaitait, ni parce que j'étais méchante, mais parce qu'elle avait perdu espoir. Elle n'avait plus la force de se battre, pour sa vie, pour sa famille.

Mais moi, si. J'ai la force.

— Il faut que je te laisse, Kate. Ma fille a besoin de moi.

57

Annie

C'est dimanche, Annie se réveille. Chaque instant mortifiant lui revient en mémoire. Elle rejette la couette sur le côté et frotte ses yeux douloureux. Dehors, le soleil s'insinue entre les lattes des volets. Elle regarde l'heure. Midi moins cinq ? Son horloge interne est aussi embrouillée que son cerveau, apparemment.

Elle se dirige pieds nus dans le salon et se fige en voyant sa mère près de la fenêtre. Elle a les yeux gonflés et rouges, les cheveux emmêlés. A-t-elle passé toute la nuit ici ?

— Bonjour, Annie.

Elle l'imagine à nouveau en culotte et soutien-gorge, descendant de son lit la veille au soir, et son sang ne fait qu'un tour. Elle tourne les talons et repart vers la chambre. Elle entend les pas de sa mère derrière elle. Soudain, on lui agrippe le bras. Elle fait volte-face.

— Lâche-moi !

— Non !

La voix de sa mère est forte et déterminée.

— Tu es ma fille. Tu m'as chassée de ta vie. Tu avais besoin de prendre tes distances. J'ai compris.

Je le méritais. Mais tu ne me quitteras pas une deuxième fois, Annie Blair, pas avant d'avoir écouté ce que j'ai à te dire.

Annie lâche un soupir. Elle passe devant sa mère d'un air morne et se laisse tomber dans le canapé.

— Je ne veux pas entendre tes explications.

Mais le fait qu'elle se soit installée prouve le contraire. Pour compenser, elle tourne le dos à sa mère et enfonce son visage dans un coussin.

— Annie, ma puce, je suis tellement désolée.

Elle pose une main sur son épaule et Annie hume les doux effluves de son parfum.

— J'aurais dû te demander pardon il y a si longtemps, continue-t-elle, mais je le fais maintenant. Pardonne-moi, s'il te plaît. Je ferais n'importe quoi, *n'importe quoi*, pour arranger la situation entre nous.

— Va-t'en, dit-elle.

Elle imagine Olive allongée sur le canapé, cachant son visage exactement comme elle. Elle doit avoir l'air idiote mais elle s'en contrefout. S'il y a bien un moment où elle peut jouer les gamines de cinq ans, c'est maintenant.

— Je sais que tu me détestes, affirme Annie en relevant la tête. Tu me reproches la mort de Krissie.

Sa mère semble abasourdie.

— Non, ma chérie, non. Non. Non. Non. (Son menton tremble et elle secoue la tête.) Je suis tellement, tellement désolée. Je ne t'ai jamais accusée. Tu comprends ?

Annie se redresse.

— Tu refusais de me regarder, après l'accident. Tu refusais de me parler.

— J'avais trop honte, dit sa mère en s'asseyant à côté d'elle pour lui essuyer les yeux avec sa manche. Je t'aime. J'étais... Je suis encore... terrifiée à l'idée que tu n'arrives plus jamais à m'aimer.

— Hein ? Mais pourquoi ?

— Tu sais pourquoi. Je n'ai pas tenu ma promesse. Je n'aurais jamais dû vous laisser prendre le train. J'aurais dû te demander pardon, te supplier de me pardonner, depuis des mois.

Annie grimace.

— Ça ne dérangeait pas Krissie. C'est moi qui avais râlé pour prendre le train.

— Oui, mais parce que tu savais que Krissie n'était... pas dans son état normal.

Annie regarde sa mère. Elle acquiesce.

— J'ai ignoré tes avertissements. Tu as essayé de me le dire, ce matin-là, mais je ne t'ai pas écoutée.

Annie prend un petit coussin qu'elle pose contre sa poitrine comme un bouclier.

— Tu pensais que je serais avec elle, murmure-t-elle. Tu m'as demandé de veiller sur elle. Et je ne l'ai pas fait.

— J'avais tort. Je n'aurais jamais dû placer ce fardeau sur tes épaules. C'était moi le parent, et toi l'enfant.

Elle prend le visage d'Annie entre ses mains et le contemple. Son regard est si intense, Annie sait qu'elle doit écouter.

— Protéger Kristen n'était pas ton devoir. Je suis désolée de t'avoir donné l'impression que ça l'était. Tu n'étais qu'une enfant. Rien qu'une enfant.

Dans le ton de sa mère, dans son regard implorant, Annie comprend qu'elle a dû souffrir d'une certaine culpabilité dans son enfance, elle aussi. Un jour, elle lui posera la question, mais pas maintenant.

À l'autre bout de la pièce, un téléphone sonne. Ça vient du sac à main de sa mère.

— Vas-y, parle-lui, dit Annie d'une voix boudeuse et immature, incapable de s'en empêcher. Ça m'est bien égal.

— Ce n'est pas Tom. Mais il m'a appelée, oui. Hier soir.

— Tant mieux. Je suis super contente pour vous.

— Je lui ai dit que je ne voulais plus le revoir. Je lui ai demandé de ne plus m'appeler. (Elle sourit et caresse le bras d'Annie.) Bon, et si on rentrait à la maison pour prendre le petit déjeuner ? Je vais nous préparer des pancakes aux pépites de chocolat. Ou bien tu préfères peut-être déjeuner directement ? On parlera toute la journée, et toute la nuit, et toute la journée de demain. Autant que tu voudras. Je répondrai à toutes tes questions sur Tom et moi.

— Est-ce que…

— Non. Ma puce, je te jure qu'on n'a pas couché ensemble.

— Mon Dieu, maman ! Ce n'était pas ma question !

Annie grogne et se détourne, mais en secret, elle est soulagée.

— J'allais te demander si tu comptais m'en parler un jour… de toi et… *lui*.

— Oui. Je t'ai envoyé un e-mail où je te demandais de m'appeler.

Annie ferme les yeux, et sa colère commence à desserrer son étreinte autour de son cœur.

— Exact. C'est pour ça que je suis rentrée à la maison. Tu semblais si… désespérée.

Sa mère sourit.

— Je l'étais. Je voulais vraiment que tu sois au courant. Et bêtement, je pensais que tu serais contente.

Annie se mord la lèvre. Elle devrait être contente, oui. Tom serait parfait pour sa mère. Mais pour l'instant, elle n'est pas d'humeur charitable.

— Alors appelle-le, dit Annie, prenant une fois encore la franchise d'Olive Barrett comme modèle. C'est peut-être toi qui devrais aller à Paris et devenir jeune fille au pair.

Sa mère l'attire dans ses bras.

— J'ai eu mon premier rendez-vous avec Tom Barrett et c'était aussi le dernier. Je vais bloquer son numéro sur mon portable, si tu m'expliques comment faire. (Elle sourit et lui tend la main.) Allez, ma chérie. Rentrons à la maison. Je veux m'occuper uniquement de toi.

Le téléphone se remet à sonner. Cette fois, Annie n'attend pas. Elle traverse la pièce d'un pas déterminé et sort l'appareil d'un geste brusque.

— Allô ! aboie-t-elle, certaine que Tom Barrett est à l'autre bout du fil.

Elle écoute, puis tend le téléphone à sa mère.

— C'est le *New York Times*.

58

Erika

Parfois, la vie nous offre des moments de lucidité si puissants qu'il est impossible de les ignorer, des moments où les situations se cristallisent, si bien qu'en prenant notre décision, nous sommes motivés non par la peur, ni par l'espoir, mais par l'intime conviction de faire le bon choix. Ma grand-mère Louise aurait dit que ces moments nous accompagnent en permanence, mais que nous sommes en mesure de les percevoir seulement lorsque notre cœur et notre esprit sont prêts à les accueillir.

Je serre le téléphone dans ma main. Mindy Norton du *New York Times*, plutôt vexée, m'explique qu'elle attend dans le hall d'entrée de mon immeuble depuis une demi-heure.

— Je suis désolée, Mindy. Vraiment désolée. Mais je ne vais pas pouvoir faire l'interview aujourd'hui.

À l'autre bout de la pièce, Annie m'adresse un regard interrogateur.

— Vous annulez ?

Mindy paraît exaspérée et je ne peux pas lui en vouloir. J'ai gâché sa journée entière et j'ai également dû mettre en l'air sa deadline au journal.

— Bon, écoutez, dis-je d'un ton enthousiaste. J'ai une idée.

Je parcours le répertoire de mon téléphone jusqu'à trouver son numéro :

— Appelez Emily Lange. Elle serait parfaite pour cet article.

— Elle est dans le top 50 ?

— Non. Mais elle devrait. C'est mon ancienne responsable. Son agence organise des œuvres caritatives partout en ville. C'est non seulement une agente immobilière exceptionnelle, mais aussi une femme extraordinaire.

— Oui, mais j'imagine qu'elle ne sera jamais disponible au pied levé, rétorque Mindy.

— Pour le *New York Times* ? Croyez-moi, elle se rendra disponible.

— Très bien. Mais Erika, vous m'avez fait faux bond. Cet article est important. Nous comptions sur vous.

— Je sais, oui. Je suis sincèrement désolée. (Je regarde Annie et je souris.) Mais voyez-vous, ma fille compte sur moi, elle aussi. Et elle compte à mes yeux…

Je raccroche et Annie se précipite vers moi.

— Le *New York Times* allait t'interviewer ?

— Plutôt incroyable, hein ? J'avais oublié qu'ils devaient venir aujourd'hui.

Elle m'attrape le bras.

— Rappelle-les. On peut être à la maison d'ici

vingt minutes. Il faut que tu fasses cette interview, maman ! C'est énorme !

Mon cœur est sur le point d'exploser. Ma fille est fière de moi, comme je l'avais toujours espéré. Il faut que je sois fière de moi-même, aussi.

— Merci, ma chérie. Mais crois-moi, Emily Lange le mérite bien plus que moi.

— Tu la détestes depuis des années, cette femme.

— Oui, toutes ces années gâchées par la colère. Emily n'a pas tenu sa promesse, tu vois. (J'adresse un clin d'œil à ma fille.) Comme ça nous arrive à tous, de temps à autre.

Annie me sourit.

— Eh ben. C'est plutôt généreux de ta part, de lui offrir un article dans le *Times*.

Je me frotte le menton, comme mon père l'a fait en me donnant cette même réponse :

— Il fallait bien que je commence quelque part.

59

Erika

Comme toujours lorsqu'il s'agit de guérison, le temps et l'attention sont indispensables. Mais l'amour fait des miracles. Annie et moi savourons nos longues promenades dans le parc, nous regardons des films en pyjama. Elle me raconte sa quête infructueuse de Krissie, sa déception et sa frustration. Elle est pourtant toujours convaincue que sa sœur rentrera à la maison en août, quand elle aura enfin trouvé ce qu'elle cherche.

Elle me parle de son ami Rory et de son premier baiser. Nous discutons jusqu'aux petites heures du matin et versons une certaine quantité de larmes. Lentement, notre amitié renaît. Elle est humiliée par l'épisode avec Tom, et moi aussi. Et s'il a essayé de me contacter deux fois en une semaine depuis l'incident, je n'ai pas décroché. J'en ai fait la promesse à Annie et je la tiendrai.

Elle ne m'accuse pas pour la mort de sa sœur, comme je l'avais pensé, et j'essaie de trouver des petits gestes pour lui faire comprendre que je tiens à elle. Je ne veux plus jamais qu'elle doute de l'amour que je lui porte. Aujourd'hui, nous plantons des fleurs dans les pots sur le balcon. Les pentas de Kristen, c'est ainsi que nous les appelons.

— Tu continues à la chercher, maman ?

— Partout où je vais, finis-je par lui avouer. Je la chercherai toujours, sans doute.

— Elle va revenir, me dit Annie avec une telle conviction que j'en frissonne.

Je me lève et m'étire le dos.

— Annie, tu sais à quel point j'ai apprécié tous les e-mails que tu m'as envoyés ? dis-je en l'attirant contre moi. Toutes ces petites phrases étaient comme une bouée de sauvetage, vraiment.

Elle fait un pas en arrière, le visage grave.

— Je ne t'ai pas envoyé ces e-mails, maman. Je te le jure.

Je la regarde avant de me tourner à nouveau vers le pot de fleurs. Je tapote la terre dans l'espoir qu'Annie ne remarque pas le tremblement de mes mains.

Je feuillette mon livre de recettes en cette fin de lundi après-midi, quand Annie entre en trombe dans la cuisine, hors d'haleine.

— Elle est rentrée ! Krissie est revenue !

Je me tiens au plan de travail pour ne pas tomber.

— Quoi ?

Elle rit et me tend son téléphone. Je regarde fixement le texto de Brian.

Il faut absolument que tu viennes, Annie. Tout de suite. Avec ta mère, s'il te plaît.

Mon cœur bat la chamade.

— Oh, Annie. Tu ne crois pas…

— Si !

Elle me prend dans ses bras et nous tournoyons.

— C'est exactement ce que je crois ! s'écrie-t-elle. Krissie m'a dit qu'elle reviendrait à l'été. (Elle a le visage rose de joie.) Elle est chez papa ! Il faut qu'on y aille. Tout de suite !

Elle me traîne presque dans le couloir jusqu'au hall d'entrée et nous franchissons la porte. Un million de pensées envahissent mon esprit, et celle qui culmine au sommet de ce tas informe se résume à : *Dieu, je t'en supplie, ne déçois pas Annie une nouvelle fois.*

Elle papote non-stop sur la banquette arrière du taxi.

— Elle a dû aller chez papa parce qu'elle pensait que tu péterais un plomb en la voyant. Tu te souviens comme tu étais furax, la fois où elle avait passé la nuit chez Allie et qu'elle avait oublié de te prévenir ?

— J'étais folle d'inquiétude. Et cette tête de linotte s'est contentée de hausser les épaules en disant : « Oups, ça m'était sorti de l'esprit. »

Je serre le genou d'Annie à l'endroit qui l'a toujours chatouillée. Elle s'esclaffe et je souris. Malgré moi, un vent d'espoir souffle en moi. Et si elle avait raison ?

Et si elle avait tort ?

— Appelle ton père avant qu'on arrive. Demande-lui ce qu'il voulait dire exactement dans son texto.

— Pas question. Krissie veut nous faire une surprise. Je ne vais pas la gâcher.

Je la regarde serrer les mâchoires, déterminée. Elle croit vraiment que sa sœur est vivante. Après tout ce temps, elle a encore la foi. J'en suis à la fois heureuse et terrifiée. Ma fille croit encore aux miracles. Et c'est une bonne chose. Je l'espère.

À l'instant où Brian ouvre la porte, avant même qu'il ait le temps de prononcer le moindre mot, je comprends que le pressentiment d'Annie n'est pas le bon. Je me tourne vers elle et vois son visage pâlir subitement.

— Non, s'écrie-t-elle avant d'éclater en sanglots.

Le cœur de ma fille se brise. Encore une fois.

Je l'attire dans mes bras et elle s'accroche à moi, comme elle le faisait, enfant. Je la berce, dessine des cercles sur son dos secoué de pleurs.

— Je suis là, Annie, je murmure – ces mots que j'aurais dû prononcer dix mois plus tôt. Je suis là.

Nous suivons Brian dans la salle à manger. Il fait un geste vers une boîte en carton sur la table. Je prends la main d'Annie et j'essaie de ne pas trembler en voyant l'étiquette. CNST. DACC.

À une époque, ces acronymes n'auraient eu aucun sens à mes yeux. Mais cette innocence n'est plus. Conseil national de la sécurité des transports. Division d'assistance dans les catastrophes de la circulation. Les lettres capitales me secouent comme les répliques d'un tremblement de terre. Les effets personnels de Kristen. Pourquoi n'ont-ils pas été livrés à mon appartement, comme je l'avais demandé ? Je jette un coup d'œil au tampon postal. Cette boîte est ici depuis deux semaines. Je me tourne vers Brian.

— J'ai pas fait attention, dit-il en lisant mes pensées. Je suis désolé, vraiment.

Les larmes lui montent aux yeux et il baisse la tête.

Je laisse échapper un long soupir, et avec lui, plusieurs décennies de colère et de rancœur. Notre séparation n'était pas due qu'à Brian. J'y ai joué un rôle, moi aussi. Brian était malheureux. Mais plutôt que d'affronter le problème, je l'ai évité. Je n'ai pas cherché d'aide psychologique. J'ai concentré toute mon attention sur mes filles et j'ai enfoui mes émotions. J'ai choisi de passer au-dessus de ma douleur, et en dessous, sans jamais accepter de la traverser véritablement. Tout comme je l'ai fait après la mort de Kristen.

Je lui touche le bras et lui adresse ces paroles que j'aurais dû lui adresser depuis longtemps :

— Je suis désolée, moi aussi.

Annie est assise entre Brian et moi dans le canapé. Le téléphone portable de Kristen est posé sur la table basse devant nous, à côté de son passeport, de sa montre, du pendentif Tiffany que lui avait offert Brian pour son treizième anniversaire. Brian prend le sac à main dans la boîte, puis l'ordinateur portable et le chargeur. Il sort enfin le dernier objet. Un recueil d'adages doré.

Annie réprime un cri.

— Oh, mon Dieu ! Elle avait le cahier avec elle tout ce temps-là ! Elle avait dû le retrouver quand j'étais allée lui chercher le mien. C'est pour ça qu'elle est partie si vite, en fait.

J'attrape le cahier, sachant déjà ce que je vais y trouver. Je feuillette les pages. Pas le moindre commentaire rédigé au crayon.

Je lève la tête et mon regard capte celui d'Annie.

— Oh, merde. (Elle se couvre le visage.) Je te demande pardon, maman. Je peux t'expliquer. C'était mes commentaires, que tu as lus.

Je pose la main sur mon menton tremblant.

— Je sais.

— C'est vrai ?

J'acquiesce.

— Tu m'as guidée. Mais pourquoi, Annie ? Pourquoi voulais-tu que je croie que les commentaires étaient de ta sœur ?

— J'ai pensé que, venant de Krissie, ils auraient plus d'impact. Je veux dire, c'est ta vraie fille, explique-t-elle en détournant le regard. Ta fille biologique.

— Oh, Annie.

Je prends son visage entre mes mains et contemple ses yeux noirs.

— Tu es ma vraie fille. Tu ne pourrais pas être plus à moi. Tu comprends ? C'était à toi que j'essayais de faire plaisir, Annie Blair. C'est pour toi que j'essayais de changer.

— C'est vrai ?

Je l'attire contre moi et l'étreins avec une telle force qu'elle pousse un cri. Brian se joint à nous. Ensemble, dans un cocon d'amour, nous laissons couler notre tristesse, ouvertement cette fois, sans honte ni déni, sans colère ni incrédulité. Dans l'acceptation. Notre Kristen est morte, mais elle ne nous quittera jamais totalement.

Annie recule enfin. Elle incline la tête et regarde la pièce autour d'elle.

— Hé, vous avez entendu ?

— Quoi ?

— C'est Krissie. Elle secoue la tête en nous disant qu'on est une bande de lopettes. Elle dit que le moment est venu de passer à autre chose et d'avancer dans la vie.

Pour la première fois, cette phrase prend un sens dans mon esprit. Passer à autre chose. Avancer ne signifie pas pour autant s'éloigner et oublier. Cela signifie au contraire continuer à marcher, tous ensemble, sur un nouveau chemin de vie, un chemin inconnu et parfois effrayant, imprévisible. Et à chacun de nos pas, nos passions seront plus fortes, nos chagrins plus douloureux, nos rires plus faciles, car nous aurons aimé d'un amour sincère et profond.

60

Annie

Annie ne divulguera jamais certains secrets échangés entre elle et sa sœur. Ses parents ne connaîtront jamais la véritable raison qui l'a empêchée d'être dans le train avec Kristen. Elle les laissera croire, comme depuis dix mois, qu'elle avait oublié son téléphone ce matin-là et qu'elle était allée le chercher à l'appartement. Ils penseront toujours qu'elle avait pris une année sabbatique pour surmonter son deuil. Ils ne sauront jamais qu'elle avait avoué, à tort, ce plagiat au printemps précédent, et qu'elle avait été renvoyée pour un an. Elle ne leur dira jamais que c'était Krissie qui avait « emprunté » son poème. Krissie n'avait pas pensé à mal quand elle avait copié un poème dans le cahier d'Annie et se l'était approprié. Comment pouvait-elle savoir que, le semestre suivant, Annie choisirait justement ce poème-là, qu'elle le présenterait au concours de poésie d'Haverford ? Et quelles étaient les chances que le docteur Natoli, la prof de littérature de Krissie à l'université de Pennsylvanie, soit membre du jury destiné à sélectionner le vainqueur du concours de poésie, et qu'elle reconnaisse le poème en question ?

Ses parents ne sauraient jamais rien de tout ça, tout comme Krissie n'en avait jamais rien su.

Un autre secret qu'Annie gardera à jamais pour elle, c'est celui révélé par Wes Devon. Elle ne parlera jamais à ses parents de la grossesse de Krissie. Cela apporterait un deuxième deuil à la famille, et elle n'est pas certaine qu'ils soient en mesure de supporter un nouveau chagrin.

Elle a aussi tiré un trait sur autre chose : elle n'essaie plus de convaincre sa mère qu'elle ne lui a pas envoyé ces e-mails. Qu'est-ce que ça change, finalement ? Ces messages ont rempli leur rôle initial. Sa mère a appris à pardonner et à lâcher prise. Elle croit à nouveau aux miracles – ou presque, du moins.

Annie range ces secrets dans les poches les plus profondes de son cœur. Ainsi qu'un autre, bien à elle...

Douze jours se sont écoulés depuis qu'Annie a dit au revoir à Olive, en lui promettant d'être là à son retour. Et chaque matin, quand Annie se réveille dans sa chambre d'antan, à cinq mille kilomètres de cette enfant qui l'attend, elle éprouve un poids suffoquant dans la poitrine – le fardeau écrasant d'une promesse non tenue.

Alors elle lui écrit des lettres, elle lui envoie des petits cadeaux, comme ce recueil d'adages qu'elle a enfin terminé d'écrire. Mais Annie le sait bien. Les cadeaux sont les pâles substituts de l'amour.

Par une chaude journée de juin, Annie est allongée sur son lit et essaie d'écrire un poème pour la première fois depuis un an, quand une petite bulle verte s'affiche sur son téléphone. Un texto... de Rory ! Son cœur s'envole. Elle n'avait pas eu la moindre nouvelle du garçon depuis leur conversation gênée dans le dressing de Tom.

J'ai gagné le concours, Annie ! Mon canard en croûte de poivre sera au menu de Ducasse !

Annie éclate de rire et saute de son lit.
— Waouh !
Elle danse dans sa chambre, agite les poings dans l'air comme si elle venait de marquer le but de la victoire.

Félicitations ! lui écrit-elle en réponse. Je t'envoie un e-mail tout de suite. J'ai trop de choses à te dire dans un seul texto !

Elle ouvre le clapet de son ordinateur portable. Ses doigts volettent au-dessus du clavier, toutes les pensées indomptées et turbulentes s'échappent soudain de la cage de son cœur.

Cher Rory, toi le chef à la renommée bientôt internationale,
Je suis grave fière de toi ! Tu m'entends ? Je hurle
« Félicitations ! » par-dessus l'océan Atlantique, et je te tape virtuellement dans la main. Sérieusement, j'ai mal aux jambes après mes dix minutes de danse de la joie — bon, OK, non, disons quatre minutes... Tu sais ce que je pense de l'exercice physique ! Sérieux, je suis trop heureuse ! J'ai toujours su que tu allais gagner ! Le seul truc qui me saoule vraiment, c'est que toi, l'amoureux de viande, de beurre et de sucre, tu puisses être aussi fichûment maigre !

Annie rit, mais contrairement aux taquineries et aux moqueries qu'elle s'infligeait dans le passé, elle ne rit plus d'elle-même, désormais. Elle est plutôt imposante, comme fille. Elle le sera sans doute toujours. Que ce soit dans son ADN ou le résultat de son histoire d'amour avec la nourriture en général, cette petite couche supplémentaire de graisse fait partie de ce qu'elle est. Et c'est seulement une partie d'elle. Un élément parmi tant d'autres. Elle est intelligente, elle est une poétesse plutôt douée. Elle est indépendante, compétente, comme Krissie avait essayé de lui dire. Deux mois à Paris le lui ont prouvé. Ses pensées s'envolent vers sa mère, vers Olive et Rory. Et par-dessus tout, elle est digne d'être aimée. Vraiment.

Nos conversations me manquent, Rory. La semaine dernière, nous avons ouvert une boîte – qui contenait les effets personnels de Krissie. C'était la dernière preuve nécessaire. Je me suis trompée. Elle est vraiment morte, Rory. Je le sais, maintenant. J'ai fait la paix avec cette idée, ma mère aussi. Elle et moi, on a enfin retrouvé nos marques, ensemble. Enfin, à part pour une chose.

Annie ferme les yeux de toutes ses forces, puis elle rédige une version résumée de la comédie dramatique qui s'est jouée entre elle, Tom et sa mère.

Je me rends à présent compte que j'ai effleuré l'amour du doigt. Je ne l'ai pas véritablement touché, mais je sais que ça m'arrivera un jour. Cette révélation ne parvient pourtant pas à soulager mon cœur humilié. J'étais idiote, Rory. Je ne crois pas que j'arriverai à

nouveau à regarder Tom en face. Mais Olive me manque tellement que c'en est douloureux. Ça me tue d'imaginer qu'elle se sente abandonnée. Ou… peut-être qu'elle s'en sort très bien sans moi. Comme je l'ai fait avec Tom, peut-être que là aussi, je surestime l'affection que madame la chef m'accorde.
Dis-moi, Rory, elle va bien ? Elle pose des questions à mon sujet ?

Les larmes lui montent aux yeux.

Oh, Rory, je regrette tant de choses.

Elle s'arrête sur cette dernière phrase, surprise que les mots aient ainsi glissé à travers ses doigts. Que regrette-t-elle exactement ? D'être allée à Paris ? Non. D'avoir eu de l'affection pour Tom et Olive ? Jamais. Son plus grand regret, c'est la façon dont elle a traité Rory. Est-il trop tard ?
Ses mains posées sur le clavier, elle peine à trouver le ton adéquat.

Assez parlé de moi. Je suis si fière de toi, Rory Selik, mon ami, toi qui m'as appris que j'avais ma place partout. En attendant notre prochaine rencontre, marine bien dans ta sauce délicieuse, prends soin de toi et, s'il te plaît, fais un câlin et un gros bisou à Olive de ma part.
Bises, Annie

Elle se dégonfle à la dernière seconde et efface le mot *bises*.

La réponse de Rory lui parvient trois minutes plus tard, sous forme d'un texto de deux lignes.

Il faut le plus grand courage pour contacter quelqu'un qui vous a rejeté. Je l'ai fait, Annie, alors à ton tour.

Le soleil faiblit à l'ouest, teintant le ciel d'orange et de rose. Annie jette un œil par les portes-fenêtres. Sa mère est assise sur une chaise longue sur le balcon, un roman sur les genoux. Mais elle regarde dans le vide, comme si elle rêvait d'un lieu lointain, ou d'une personne. Tom lui manque-t-il ? Non. Sa mère l'a dit elle-même, elle le connaissait à peine. Et puis c'est trop douloureux de penser que la tristesse sur son visage puisse être le résultat de son intrusion à elle.

Elle ouvre la porte et le visage de sa mère s'adoucit dans un sourire.

— Salut, ma puce. Le coucher de soleil est magnifique.

— Je repars.

Sa mère se redresse.

— À Paris ?

Annie acquiesce.

— J'ai un travail à terminer.

Sa mère se lève et attire Annie dans une étreinte.

— Tu as raison. Il y a une petite fille là-bas qui a besoin qu'on lui dise au revoir correctement. (Elle fait un pas en arrière et incline la tête.) Ça ira de voyager toute seule ?

Annie sourit et relève le menton.

— Ouais, pas de souci. Et toi ? demande-t-elle en détournant le regard. Tu vas te retrouver toute seule, une fois encore.

— Tout va bien, ma puce.

Elle se rassied et lui fait une place à côté d'elle sur la chaise longue.

Annie s'y installe et son cœur se serre. Elle dit que ça va mais Annie voit bien que sa mère se sent seule. Si seulement elle pouvait rencontrer un homme – ou bien en revoir un qu'elle connaît déjà. L'idée qui la taquinait commence à refaire surface.

— Maman ? Tu te souviens quand tu m'as appelée, l'après-midi où Krissie… est morte ?

Le mot ripe toujours dans sa gorge.

— Tu m'as dit que tu t'apprêtais à déjeuner avec quelqu'un. C'était qui, cet homme ?

Sa mère lui adresse un geste évasif de la main.

— C'était après une visite. J'étais tombée sur un ancien collègue de Century 21, à l'époque où je travaillais à Madison. John Sloan. Tu l'as rencontré il y a longtemps mais tu ne t'en souviens sûrement pas.

— Tu l'as revu, depuis ?

— Non. Il a essayé de me contacter plusieurs fois mais je n'avais pas le courage de parler avec lui. Pas après tout ce qui s'est passé.

Annie se redresse.

— Mais tu es plus forte, maintenant. Appelle-le, ce John Sloan. Vois si ça peut marcher entre vous !

Sa mère sourit.

— Je vais y réfléchir.

— Maman, s'il te plaît, fais-le ! Appelle-le ! Dès demain !

— Arrête, Annie. (Elle l'attire dans le creux de son bras.) J'ai tout ce qu'il me faut. On forme une super famille, toi et moi.

— Oui, c'est vrai.

Annie se blottit contre elle et contemple le ciel. La lune apparaît derrière un voile de nuages et le pouce de sa mère lui caresse le bras.

— Mais maman, il y a un truc qui me trotte sans arrêt dans la tête.

— Qu'est-ce que c'est, ma puce ?

— Tu crois que Tom a fait tout le trajet du retour pour Washington sans chemise sous sa veste, dans le train ?

C'est le premier fou rire qu'elles partagent depuis des années.

61

Annie

Annie le perçoit immédiatement. Rory se tient plus droit, il parle plus clairement, sa démarche est plus déterminée. Et quand il regarde Annie, son visage n'est plus constellé de taches rouges. Gagner ce concours lui a donné une assurance nouvelle – qui frôle presque l'arrogance !

Il attend de l'autre côté de la douane quand Annie arrive à l'aéroport Charles-de-Gaulle. Elle court vers lui et il la prend dans ses bras.

— Annie, mon amie ! Bienvenue !

Ses oreilles semblent plus grandes que jamais et elle jurerait qu'il a encore maigri depuis qu'elle l'a quitté, deux semaines plus tôt. Mais aux yeux d'Annie, il n'a jamais été plus mignon... ni plus sexy. Il lui fait la bise, puis se penche en arrière pour la regarder de la tête aux pieds. Elle s'apprête à croiser les bras devant sa poitrine, mais se ravise et les laisse retomber.

— Tu as changé, Annie. Tu es forte, mon amie. Et très... *zuversichtlich*.

Elle se dit que ça doit être le mot allemand pour *confiante*. Son cœur s'envole. Il doit voir en elle le même changement qu'elle perçoit en lui.

— Je me sens *zuversichtlich* ! Sérieusement, je me sens mille fois mieux qu'à notre dernière rencontre. (Elle dépose un baiser sur sa joue.) Merci de m'avoir aidée à me relever. Et merci d'être presque le meilleur ami que j'aie jamais eu.

— Presque ? fait-il d'une voix indignée. Non mais, Annie !

Annie éclate de rire.

— D'accord, d'accord. LE meilleur ami que j'aie jamais eu.

Il relève le menton et acquiesce.

— Et le plus beau, aussi.

Annie secoue la tête et le pousse gentiment, d'un geste taquin.

— Tu connais l'expression « Arrête de te la jouer » ?

Il rit.

— Je ne vais pas arrêter de me la jouer, non. Mon canard est maintenant au menu de Ducasse, le meilleur restaurant de Paris !

Elle lève le poing pour le cogner contre celui de Rory.

— Et je t'y invite. Ce soir. J'ai réservé une table depuis New York et je n'ai pas honte de dire que j'ai dû faire jouer mes relations pour nous obtenir une réservation. Heureusement pour nous, tu es une célébrité chez Ducasse. On a une table pour deux à 20 heures. On dégustera ton canard au poivre, on prendra des photos qu'on postera sur Instagram et Snapchat. Et c'est moi qui régale !

Rory sourit… non, il grimace. Pas de doute. C'est bien une grimace.

— Il y a un problème ? Tu ne veux pas y aller ?

— Si, Annie. Mais ça te dérange si Laure vient avec nous ? On avait prévu de…

— Laure ? l'interrompt Annie. C'est qui, Laure ?

— Ma camarade de classe, la fille que tu avais croisée aux Deux Magots, notre premier soir ensemble. Tu m'as dit qu'il ne fallait pas laisser tomber. J'ai suivi ton excellent conseil, Annie. Et voilà, depuis sept jours, on est inséparables. Tu es intelligente, mon amie américaine !

Le cœur d'Annie plonge alors qu'elle essaie d'afficher un sourire factice.

— Hm hmm. Un génie, je dirais même.

Il lui prend la main.

— C'est cool que tu sois revenue.

Et c'est ça, le problème, avec le premier amour. Il arrive dans son déguisement d'amitié et repart après vous avoir lacéré le cœur à coups de canif.

Il est presque midi quand ils parviennent à l'immeuble de la rue de Rennes. Annie connaît bien leur routine du samedi. Tom et Olive seront assis à la table de la cuisine, en train de manger des sandwichs au beurre de cacahuètes et au Nutella et de planifier leur promenade de l'après-midi au parc. Une bulle d'amour grandit dans son ventre. C'est là que se trouve son cœur, là où est Olive.

— J'y vais, dit Rory en se tournant vers son appartement.

— Merci, Rory. À bientôt.

— On prévoit le dîner chez Ducasse une autre fois ?

Elle acquiesce.

— Oui. Attendons.

Le temps de digérer le fait que le seul type qui m'ait jamais manifesté un minimum d'intérêt soit désormais « pas séparable » d'une fille qui tiendrait sans problème tout entière dans la jambe droite de mon pantalon.

— Rory ? dit-elle juste avant qu'il ne referme la porte. Promets-moi qu'on restera toujours amis.

Il lève la main.

— Parole de scout.

Annie appuie sur la sonnette et attend. Son cœur lui martèle la poitrine. Elle panique. Revenir ici à l'improviste, c'était une erreur. N'a-t-elle donc tiré aucune leçon de sa dernière visite surprise ? Et s'ils ont une nouvelle nounou ? Elle entend un bruit de pas. Puis la porte s'ouvre à la volée.

Tom fronce les sourcils.

— Annie ?

Puis la joie éclate sur son visage.

— Annie !

C'est peut-être son imagination, mais elle croit le voir jeter un coup d'œil derrière elle. Espère-t-il que sa mère l'ait accompagnée ? Elle remarque l'espace d'une seconde la déception sur son visage, mais il se ressaisit aussitôt. Exactement comme sa mère.

Il l'attire à l'intérieur et la prend dans ses bras, ce signe d'affection qu'elle avait un jour imaginé être plus qu'un geste paternel.

Dans la cuisine, j'entends Olive s'écrier : « Annie ? » Une chaise tombe, suivie d'un tonnerre de petits pas sur le sol. Olive prend le virage dans un dérapage contrôlé et se fige à l'instant où elle voit Annie.

Cette dernière prend une profonde inspiration. Elle s'est préparée au courroux d'Olive. Elle s'accroupit pour se mettre à la hauteur de la fillette, un fossé de plusieurs milliers de kilomètres les séparent actuellement.

— Salut, ma petite puce. Je suis revenue.

Olive croise les bras devant sa poitrine.

— Va-t'en. Je suis pas ta petite puce. T'habites plus ici.

Annie avance doucement.

— Je suis vraiment désolée, Olly. Tu sais, après ton départ, je me suis sentie très seule ici. Alors je suis rentrée chez moi. Et je me suis fait mal, sans le vouloir.

Elle prend garde de ne mettre sa peine de cœur sur le compte de personne d'autre. Elle ne se l'est pas encore avoué complètement, mais avec le recul, elle s'est infligé seule cette blessure. Elle est tombée amoureuse de ce que Tom représentait : une famille et la sécurité d'un foyer. Elle a tout cela, à présent. Elle jette un coup d'œil en douce à cet homme, à côté d'elle.

— Mais je vais bien mieux, ajoute-t-elle.

Tom lui adresse un sourire mélancolique :

— Tant mieux.

Olive tape du pied.

— Mais tu aurais pu me le dire, hein !

Sa voix se brise et le cœur d'Annie aussi. Elle comprend Olive, qui tente de masquer sa tristesse par un accès de colère. Elle le fait aussi, de temps à autre.

— Tu as raison, Olly. J'aurais dû t'appeler. J'ai été égoïste. J'ai eu tort.

Elle s'est rapprochée au point de pouvoir lui prendre les mains.

— Hé, tu te souviens ce que disent les amies quand elles se sont fait de la peine ?

Les lèvres d'Olive tremblent et elle chasse ses larmes d'un battement de paupières.

— Oui, bébête ! Elles se disent : « Pardon. »

— Tout à fait, répond Annie en prenant le visage de la fillette entre ses mains. Pardon d'être partie, Olive. Je suis vraiment désolée.

Olive lève vers Annie ses yeux embués de larmes et immenses derrière les épais verres de ses lunettes. Elle lui adresse un sourire tremblant, comme si son cœur hésitait à se briser ou à guérir.

— Et l'autre amie dit : « Ce n'est pas grave. »

Annie passe les deux jours suivants à faire les courses, la lessive, et à organiser leur retour aux États-Unis huit semaines plus tard. Partout où elle va, Olive la suit et ne traîne plus à deux pas derrière elle.

— Tu vas quitter Paris dans sept semaines, à partir d'aujourd'hui, dit Annie en aidant Olive à réaliser un puzzle. Le 7 août.

Olive se détourne.

— Non, c'est pas vrai ! Je reste ici.

— Ah bon ? Tu n'as pas envie de rentrer chez toi ? Dans ton si joli pays, « *America the beautiful* » ?

— C'est pas joli. C'est moche.

— Bon, alors je ne pourrai plus te voir.

Olive relève brusquement la tête.

— Mais tu seras loin de chez moi, de toute façon. Non ?

Elle dévisage Annie. Cette dernière sort de sa poche la lettre d'admission à l'université.

— Je vais m'installer à Georgetown.

Olive ne la quitte pas des yeux.

— C'est... c'est là-bas que j'habite.

— Je sais. Je l'ai annoncé à ton papa hier soir. Je ne serai plus ta nounou, mais j'aimerais bien qu'on reste amies.

Olive incline la tête.

— Pourquoi tu seras plus ma nounou ?

— Tu n'as plus besoin d'une nounou. Tu vas entrer au CP, tes grands-parents vivent à côté. Moi, je serai super occupée avec mes cours, mais je viendrai te voir souvent.

Olive fait la moue et semble cogiter un moment. Puis elle se glisse de sa chaise et vient se coller contre Annie.

— Mais j'aime bien avoir une nounou, moi.

— Et moi, j'aime bien être ta nounou, dit-elle en la prenant sur ses genoux. Ne t'en fais pas, tu vas me voir tellement que tu en auras marre.

Annie jurerait qu'elle voit s'évaporer les derniers nuages de tristesse dans le regard d'Olive. La fillette se blottit contre elle.

— Ben j'espère que t'aimes bien regarder la chaîne Nickelodeon. Chez moi, je regarde toujours Nickelodeon, et c'est MA télé.

Annie sourit à l'enfant et lui embrasse le sommet de la tête.

— J'adore Nickelodeon. Et je t'adore.

62

Annie

Les jours raccourcissent en ce mois de septembre. Annie se languit de Paris, des pâtisseries et de son ami Rory, mais elle se sent chez elle à Georgetown, même si elle n'y est que depuis une petite semaine. Elle est installée à son bureau dans sa minuscule chambre du dortoir de Copley Hall. Il lui reste cinq minutes avant que sa nouvelle amie, Juana Rios, ne passe la chercher pour le petit déjeuner. Elle récupère son téléphone et appelle l'agence Century 21 de Madison, dans le Wisconsin.

— Pourrais-je parler à John Sloan ? demande-t-elle à la réceptionniste.

— Un instant, s'il vous plaît, je vous le passe.

Annie agrippe son téléphone et écoute la tonalité. Elle a hésité à faire cela depuis des semaines. Il faut que ça marche.

— John Sloan, annonce une voix.

Son cœur s'emballe. C'est là qu'elle joue le tout pour le tout. Il faut qu'elle parvienne à convaincre John Sloan, l'homme qui venait d'inviter sa mère à déjeuner en cette tragique journée, de la recontacter. Au moins une fois.

Annie se redresse.

— Oui, bonjour, monsieur Sloan. Je m'appelle Annie Blair. Vous êtes un ami de ma mère, Erika Blair.

— Oui. Bien sûr. Annie. (Son ton cordial vire aussitôt à l'inquiétude.) Erika va bien ?

Elle agite son poing en l'air. Oui ! Il se préoccupe d'elle !

— Elle… elle va bien. Vous avez une minute à m'accorder ?

— Absolument.

Annie lui parle de l'évolution de sa mère, de ce qui s'est passé cette année, elle lui explique qu'elle veut aider sa mère à trouver l'amour, la seule chose qui manque encore à sa vie. Elle ferme les yeux.

— Alors, voilà, vous voudriez bien me rendre un méga-giga service ? Et la recontacter ?

Il hésite.

— Je viens de rencontrer quelqu'un, Annie. Ce n'est pas une histoire sérieuse mais…

— Appelez-la, s'il vous plaît. Rien qu'une dernière fois.

M. Sloan lâche un petit rire.

— J'en serais ravi, Annie. Ta mère est une femme formidable.

Annie pousse un soupir soulagé.

— Merci !

Elle raccroche et espère qu'un jour elle cessera de se sentir coupable d'avoir interféré entre sa mère et un homme qui aurait été parfait pour elle.

63

Erika

Octobre est arrivé, le mois préféré de Krissie. Un an plus tôt, j'avais annoncé à Kate que nous allions répandre les cendres de Kristen à cette période. J'espérais, contre toute attente, que ce jour ne viendrait jamais. Qu'au terme de l'année, j'aurais retrouvé ma fille et que ce terrible cauchemar ne serait plus qu'un mauvais souvenir. À dire vrai, mes espoirs se sont réalisés. J'ai retrouvé ma fille, bien que ce ne soit pas la fille que je cherchais. Et Annie ? Elle qui cherchait sa sœur a trouvé une amie en la personne d'une fillette dont le cœur cabossé avait besoin de soins et d'attention. Mieux que tout, je crois que nous nous sommes retrouvées, Annie et moi.

L'après-midi est chaud, en ce vendredi, et je suis assise sur un banc devant la résidence étudiante de Copley Hall, à l'université de Georgetown. Je discute au téléphone avec Kate en attendant qu'Annie sorte de cours.

— Max et moi, on devrait arriver demain vers midi, dit Kate. Molly m'a prévenue qu'elle attendrait la fin de la cérémonie avec les enfants avant de venir.

— Oui, elle pense que c'est mieux comme ça.

— J'ai hâte de voir enfin ta maison en bord de mer. Ça doit être splendide à cette époque de l'année.

— J'ai hâte aussi de te la montrer. C'est mon île Mackinac de la côte Est. J'y passe beaucoup de temps.

— Super. Tu t'es rapprochée d'Annie. À ce propos, elle m'a dit que tu discutais pas mal avec une ancienne conquête du Wisconsin et qu'il vient dîner samedi soir. C'est quoi, l'histoire ?

— John Sloan n'est pas une ancienne conquête. C'est un vieil ami qui vit à plusieurs centaines de kilomètres de chez moi. Je n'arrive pas à croire que je l'aie laissé me convaincre de venir ce week-end.

— Je peux t'assurer que les relations à distance provoquent des contacts sexuels torrides. N'exclue pas cette possibilité, Rik. Annie et moi, on te soutient à fond.

— Ma fille adorerait que je tombe amoureuse.

— Elle se sent toujours coupable de s'être immiscée entre Tom et toi.

— Je sais. J'aimerais bien la convaincre que ça n'a pas d'importance. C'était une amourette idiote. Je le connaissais à peine, ce type.

Et je ne suis pas en train de scruter les alentours en ce moment même dans l'espoir de l'apercevoir sur le campus dans sa veste marron, se pressant pour faire cours.

— Tu as parcouru un sacré chemin, dit Kate d'une voix tendre. Papa avait raison, l'hiver dernier, quand il nous disait à Annie et à moi qu'il faudrait un vrai miracle pour te faire changer.

J'ai un frisson dans la nuque.

— Papa a dit ça ?

— Hm hmm. Tu lui as parlé depuis ?

— Je lui ai envoyé les infos de la cérémonie par e-mail mais je n'ai jamais eu de nouvelles.

— Appelle-le. Fais-lui une invitation en bonne et due forme.

— Non. Je préfère lui éviter d'avoir à trouver une excuse bidon.

De l'autre côté du parc, j'aperçois ma fille.

— Annie est arrivée, Kate. Je t'aime. À demain.

Je me lève et adresse un salut de la main à mon adorable fille. Elle porte une robe bleu cobalt et n'a jamais été aussi rayonnante.

— Tu es belle, lui dis-je en lui déposant une bise sur la joue.

— Toi aussi.

— Hé, je m'exclame en saisissant ses jolis doigts au vernis violet. Tu n'as pas gratté ton vernis.

— Et ouais ! Incroyable, hein ? Et attends que je te parle de Luis, le cousin de Juana. Il suit un cursus d'anthropologie. Il est canon, maman. J'ai envoyé sa photo à Rory, et même lui est d'accord. Tu sais quoi ? Juana m'a dit qu'il aimait les filles rondes.

— Un garçon intelligent, dis-je.

Bras dessus, bras dessous, nous avançons vers la résidence.

— Tu t'es décidée à accepter le boulot ?

Je souris. Quand Emily Lange m'a appelée et m'a remerciée pour le *New York Times*, nous avons fini par déjeuner ensemble la semaine suivante. Je lui ai raconté comme j'avais été minable, je me suis excusée à n'en plus finir. Je lui ai demandé pardon, face à face, cette fois, ce que j'aurais dû faire depuis longtemps. Au dessert, elle m'a proposé un poste dans son agence.

— Non, dis-je à Annie. C'était une très belle attention de sa part mais je lui ai dit que j'allais rouvrir la Blair Agency. (Je lève les yeux vers elle pour observer sa réaction.) J'ai trouvé le bureau parfait à Easton.
— À Easton ? C'est vrai ? Youpi, maman !
— C'est petit mais le rythme sera bien plus tranquille. Une partie de mes bénéfices ira à l'Alliance nationale des maladies mentales.
— Génial. Tu es motivée pour samedi soir ? Ton super rendez-vous ?
Elle écarquille les yeux d'excitation.
— Totalement, dis-je en espérant être convaincante.

Après un dîner de crevettes sur la terrasse avec Annie, à écouter ses anecdotes à propos de Georgetown, de ses nouveaux amis et d'Olive, je suis allongée dans mon lit, incapable de trouver le sommeil. Par la fenêtre ouverte, j'entends le doux ressac de la mer qui me fredonne une berceuse. Mes pensées flottent d'Annie à Kristen, à la cérémonie de commémoration de demain en compagnie de Brian, de Kate et de Max, et plus tard, l'arrivée de Molly et de ses enfants, ainsi que de John Sloan. Pourquoi ai-je la sensation que quelque chose – ou quelqu'un – manque à l'appel ?

À 2 h 23, je suis toujours éveillée et j'allume mon ordinateur portable. Je me connecte à ma boîte mail et cherche le réconfort d'Un Miracle, cette force mystérieuse qui m'a guidée comme l'étoile polaire pendant un an.

Je lui écris désormais comme à un ami, qu'il s'agisse d'Annie ou de Kate, ou de quelqu'un d'autre, je n'en saurai peut-être jamais rien. Je n'ai jamais été pratiquante mais je crois en Dieu. Dans un recoin de mon cœur, j'aime penser que c'est ma mère qui m'envoie ces messages mystiques, ou peut-être ma grand-mère Louise. D'où qu'ils viennent, ils m'apportent un grand réconfort au cours des nuits comme celle-ci, où la vie est un immense océan furieux plutôt qu'un long fleuve tranquille.

Cher Miracle,
Demain, je vais répandre les cendres de Kristen dans la Chesapeake Bay. Je serai entourée de personnes qui l'aimaient, et qui m'aiment. Des gens qui m'ont soutenue dans cette épreuve, cette année et bien plus encore. Pourtant, quelque chose de terriblement étrange se produit. Je me rends compte que je souhaite la présence de mon père par-dessus tout, à mes côtés. Oui, cette vieille baderne qui ne sait jamais quoi dire, ce ronchon-grognon qui me donne sans cesse l'impression d'être une fillette qui aurait avalé sa langue. Je voudrais qu'il soit là, avec moi.
Après une vie de colère, je comprends enfin. Parfois, il faut retourner une pierre pour découvrir son côté lisse et doux. Je crois que j'ai enfin découvert son côté doux... et le mien.

Les larmes se frayent un chemin dans ma gorge.

J'aimerais pouvoir le remercier. Je lui dirais qu'il a fait de son mieux pour ses filles. Comme je l'ai fait avec les miennes. Mais le temps et la distance ont définitivement fermé la porte des discussions. Elles seraient maladroites et guindées, comme d'habitude. Si seulement la vie nous permettait de remettre les compteurs à zéro.

Je suis presque assoupie quand le tintement me réveille. J'allume ma lampe de chevet et je prends mon téléphone sur la table. J'y trouve deux petites phrases :

On remet les compteurs à zéro 365 fois par an.
Ça s'appelle minuit.

J'ai la chair de poule. Ce sont exactement les mots qu'avait employés mon père un an plus tôt, ce soir de septembre après la mort de Kristen, quand Kate avait mis le haut-parleur du téléphone.
Mon père serait-il Un Miracle ?
Et l'adresse IP virtuelle, alors ? Mon père ne saurait jamais comment tricher sur sa localisation. Je cogite quelques minutes avant de comprendre : Jonah saurait, lui, et il passait tous ses après-midi en sa compagnie.
D'un coup, les pièces du puzzle se mettent place. Papa s'est servi du recueil d'adages de Kate. L'objet des messages, *Fille perdue*, prend désormais tout son sens. C'était moi, la fille perdue. Pas Kristen. Ni Annie. Mon père voulait un miracle – que sa fille, si perdue, lui revienne. Je plaque la main sur ma bouche et un gémissement s'élève dans ma poitrine. Mon père m'aime.

C'est toi, papa.

Je pianote sur mon clavier et les larmes brouillent les mots sur l'écran.

Je comprends maintenant pourquoi tu m'as fait venir sur l'île. Il fallait que je regarde en face cette vérité que j'avais fuie toute ma vie.

Tu m'as sauvée, papa, de tant de façons différentes. Je sais que la situation est un peu étrange entre nous. Elle le sera sûrement toujours. Mais je t'aime. Je voudrais juste que tu le saches.

J'écarte les mains du clavier. Mon père est un homme fier, c'est un fait. Faire étalage de ses émotions le met mal à l'aise. Ces e-mails anonymes lui ont permis de me donner des conseils – sa manière bien à lui de prouver son amour – sans être gêné. Pourquoi voudrais-je le priver de cela ?

J'appuie sur la touche effacer jusqu'à ce que mon message disparaisse tout entier. Puis j'en rédige un nouveau.

Merci. Je ne l'oublierai pas, Platon.

La même réplique que je lui ai faite un an plus tôt.

64

Erika

Le ciel, ce matin, est constellé de nuages gris et bas qui menacent d'éclater d'un instant à l'autre. J'ai rassemblé les ingrédients pour préparer le plat préféré de Kristen, des cakes au crabe. Nous les mangerons ce soir, quand tout le monde sera rassemblé. Pour l'instant, je suis assise sur la terrasse à l'arrière de la maison, à côté d'un magnifique vase d'orchidées envoyé par Wes Devon, et je bois mon café tandis qu'Annie discute avec Rory au téléphone.

Je tends l'oreille en percevant un bruit de moteur et un crissement de graviers dans l'allée. Je me lève d'un bond. Oui ! Kate et Max sont pile à l'heure.

Je descends les marches en trombe et contourne la maison au pas de course. Kate sort de la voiture et se précipite vers moi, bras écartés.

— Salut, frangine ! lui dis-je en la faisant tournoyer.

— Rik ! Mais ça alors. Tes cheveux, ils sont si longs et si beaux. Tu as l'air en pleine forme. Et jeune. Pas aussi jeune que moi, évidemment, mais tu es à nouveau toi-même.

Je lui assène une petite tape sur le bras, puis je me tourne vers un grand mec aux cheveux blonds en bataille. Il pose la main sur la nuque de Kate et tend l'autre vers moi.

— Salut, Riki. Moi, c'est Max.

— Je suis si ravie de faire ta connaissance, Max.

Et c'est vrai. S'il fait le bonheur de Kate, alors j'en suis heureuse moi aussi. Et s'il lui brise le cœur, je serai là pour aider ma sœur à se relever.

Derrière moi, j'entends une autre portière de voiture s'ouvrir. Je pivote. Une paire de bottes se pose lourdement sur le gravier et mon père sort péniblement.

— Papa ? dis-je en portant la main à ma bouche. Tu es venu !

— J'ai pensé que Kristen ne serait pas vexée que je m'incruste à sa commémoration.

Je souris et secoue la tête.

— Elle en serait honorée.

Ma voix se brise et j'enlace le corps raide de mon père.

— J'en suis honorée, moi aussi.

Brian arrive ensuite. Il a emmené avec lui sa petite amie, une blonde discrète au doux sourire. Un an plus tôt, j'aurais été furieuse. C'est une cérémonie familiale. Mais ma définition du mot « famille » a changé. Mon comportement aussi. Nous essayons chacun de combler le vide à notre manière : Brian avec ses copines, mon père avec ses beuveries du samedi soir. Je suis bien placée pour le savoir. Pendant trop longtemps, j'ai essayé de le combler par le travail, par les faux espoirs, même. Mais j'ai fini par le comprendre : ce n'est pas le temps qui guérit les blessures, ce ne sont pas les biens matériels qui remplissent le vide qui nous habite. C'est l'amour.

La pluie s'attarde en début de cérémonie. Nous formons un cercle sur le rivage, tous les sept, et nous partageons nos souvenirs de Kristen. Elle revient à la vie à travers nos histoires. Nous rions aux anecdotes idiotes, comme la fois où elle s'était approchée en kayak d'un dangereux tourbillon qu'on surnommait Le Vortex, simplement parce qu'elle avait envie de le voir de près.

— Je n'aime toujours pas employer le terme « morte », dit Annie. Je préfère imaginer qu'il est 2 heures du matin et que ma sœur vient de sauter dans son lit, heureuse et engourdie de sommeil après avoir organisé une méga fête qui aura duré presque vingt ans.

Je ris à travers les larmes, l'amour que j'éprouve pour mes filles déborde.

Elle tire une feuille de papier de sa poche.

— J'ai écrit un poème, dit-elle avant de s'éclaircir la voix. Ça faisait un moment que je ne m'y étais plus essayée, alors je suis un peu rouillée. *Ode à Krissie*.

Je la prends par la taille. Les larmes tracent des sillons sur mes joues tandis que je l'écoute lire.

Assise sur sa balançoire, une jeune femme
Vit des hauts et des bas, en mouvement, toujours.
Elle pouvait danser parmi les étoiles un jour,
Et plonger aussitôt vers les tréfonds de son âme.

Face à elle, moi, de l'autre côté du feu
J'ai soufflé un vent frais dans ses flammes
Cherchant à sécher le flot de ses larmes.
Pour l'aider et l'apaiser, j'ai fait de mon mieux.

Un matin, seule et sans prévenir, elle décolle
D'un saut leste, elle abandonne son perchoir
Laissant revenir doucement la balançoire
Loin de la terre et si loin de moi, elle s'envole.

Et voilà cette balançoire en équilibre
Plus la moindre oscillation, le chagrin se tait
La femme qui sans cesse descendait ou montait
A enfin trouvé le repos et la paix. Libre.

L'un après l'autre, nous répandons les cendres dans la baie. Quand c'est au tour de mon père, une rafale de vent balaie la rive et renvoie les cendres sur lui.

— Je suis couvert de Kristen, déclare-t-il en détendant aussitôt l'atmosphère. Elle s'accroche à moi !

Oui, me dis-je, Kristen est partout autour de nous. Elle sera toujours là.

Brian termine la cérémonie par une courte prière, souhaitant à Kristen – et à nous tous – de trouver la paix, dans l'espoir d'être à nouveau réunis un jour. Nous écrivons chacun un message secret à Kristen sur des queues de cerfs-volants que nous lâchons dans le ciel. Je contemple les sept cerfs-volants s'élever entre les nuages et, pour la première fois, je m'autorise à croire que ma fille a trouvé sa place.

Une bruine se met à tomber doucement et Brian vient me dire au revoir.

— Restez pour le dîner. Tous les deux, dis-je.

— Merci, il faut qu'on rentre. Mais merci, Erika.

Je marche vers la maison en protégeant mes yeux de la pluie, quand je sens mon père à mes côtés. Il ne passe pas un bras autour de mes épaules, ne m'attire pas en une tendre étreinte. Il me lance sa veste à carreaux d'un geste brusque.

— Merci.

Je la place au-dessus de ma tête, l'odeur de tabac m'enveloppe. Nous pataugeons à l'unisson dans l'herbe humide. Quelque part dans la baie, le tonnerre gronde.

— Je n'arrive pas à croire qu'une année entière s'est écoulée. Que j'ai réussi à y survivre.

— Ta mère serait fière de toi.

Je ne recevrais jamais meilleur compliment. Les larmes me montent aux yeux. Je ne me tourne pas vers lui, que ce soit pour lui éviter la gêne, ou me l'éviter à moi-même, je ne sais pas.

— Je n'y serais pas arrivée sans les citations, dis-je d'une voix qui se brise. Ces e-mails, ils m'ont sauvé la vie.

— N'importe quoi. Tu en as toujours été capable.

Exactement ce que Glinda, la bonne fée du Nord, dit à Dorothy dans *Le Magicien d'Oz*.

Je glisse ma main dans le creux de son coude. Il se raidit l'espace d'une seconde puis se détend. De sa grosse paluche rêche, il tapote la mienne.

— Tu es une gentille fille.

Je resserre mon étreinte sur son bras, j'ai la gorge trop nouée pour parler.

Si seulement je n'avais pas attendu toutes ces années pour taper trois fois des talons dans mes souliers magiques.

Il est presque 18 heures, le parfum des cakes au crabe et du pain à l'ail emplit la cuisine. Kate, Molly et moi buvons un verre de vin et discutons en terminant les derniers préparatifs du dîner.

— Bon, voilà, dis-je.

Je mets de côté la sauce rémoulade et consulte à nouveau mon téléphone dans l'attente d'un texto.

— John ne viendra pas. Appelons tout le monde, le repas est prêt.

— Détends-toi, me rétorque Kate. Il a dit qu'il arriverait à 6 heures.

Mon estomac se serre et je m'approche de la fenêtre. Dehors, mon père, Jonah et Sammie font des ricochets dans l'eau. Où est Annie ?

— Je n'aurais jamais dû accepter qu'il vienne aujourd'hui. C'est trop…

La sonnette m'interrompt. J'ai le cœur au bord des lèvres.

— Vas-y, dit Kate en me serrant doucement la main.

Je replace une mèche de cheveux derrière mon oreille quand Annie arrive en trombe dans la cuisine, en portant une grosse boîte en carton.

— Livraison spéciale, annonce-t-elle en faisant de la place sur la table. C'est pour toi.

— Pour moi ? Où est John ?

— J'en sais rien, moi.

Mon père et les enfants arrivent à leur tour dans la cuisine.

— Hé, c'est quoi ? demande Sammie.

Tout le monde se regroupe autour de moi tandis que j'ouvre la boîte. J'écarte les rabats du carton et je hoquette en voyant le contenu.

Une veste d'homme marron.

Mon cœur s'emballe. Je sens une main se poser sur mon épaule.

— Bonsoir, Erika.

Cette voix ! Je me retourne. Mon esprit refuse tout

d'abord d'y croire. Mais je le vois, là, devant moi. Il prend la veste dans ses mains et l'enfile.

Elle lui va parfaitement.

— Oh, mon Dieu, je murmure. Tu es venu.

Quelque part derrière moi, mon père lâche un petit rire. Kate s'esclaffe. Un flash d'appareil photo se déclenche soudain. Je me tourne pour apercevoir le visage rayonnant d'Annie.

— C'est… c'est toi qui as tout organisé ?

Elle acquiesce.

— On était tous de mèche. Même John Sloan a joué le jeu.

Depuis son fauteuil roulant, le visage de Jonah s'éclaire. Les larmes me brouillent la vue. Je me blottis entre les bras de Tom.

Il me serre si fort que j'étouffe presque.

— Tu m'as manqué, Erika.

Je ferme les yeux et laisse les larmes couler sur mes joues.

— Hé, dit une petite fille. Et moi, alors ?

Je baisse les yeux vers une fillette aux joues rebondies, aux lunettes roses, une dent en moins dans son beau sourire.

— Olive ! Je suis ravie de te rencontrer, ma jolie.

— On va manger ou pas ? demande-t-elle.

Tom grogne et tout le monde éclate de rire.

— Bien sûr, je réponds. Venez, asseyez-vous tous.

Je sers le cake au crabe, m'arrêtant sans cesse pour contempler Tom et Olive. Je m'efforce d'assimiler l'idée qu'ils sont là, chez moi. Quand j'arrive à Annie, je dépose un baiser sur le sommet de sa tête.

— Merci, je lui murmure.

Mon père verse le vin puis prend place en bout de table. Je me glisse sur la chaise à côté de Tom.

Bientôt, le bourdonnement joyeux des conversations envahit la salle à manger. La vaisselle tinte et les voix s'entremêlent. Je savoure l'instant et j'essaie de le graver à jamais dans ma mémoire.

Quatorze mois plus tôt, j'étais convaincue que le monde s'était effondré. Il ne s'est pas effondré, non, le chemin de ma vie a pris un virage serré et brutal, et je ne serai plus jamais la même. C'est dans les moments comme celui-là, quand le bonheur me tend la main, que Kristen me manque le plus douloureusement. Elle devrait être là, elle devrait voir ces relations se tisser et grandir – les anciennes comme les nouvelles –, elle devrait partager notre joie.

J'essuie une larme au coin de mon œil. Sous la table, Tom pose une main rassurante sur mon genou.

Je contemple les visages que j'aime tant autour de cette table : Kate et mon père, Annie, Tom et Olive, Molly, Jonah et Sammie. Ils ont été le socle sous mes pieds quand j'ai touché le fond.

Je me souviens alors d'un adage de ma mère, celui qui m'a accompagnée sur mon chemin, à travers cette épreuve.

Ne confonds pas ce qui est important et ce qui compte.

En face de moi, Olive taquine Annie.

— Ha ha ! Moi, je vais avoir deux boules de glace au dessert, et toi, t'en auras qu'une seule.

Annie secoue la tête :

— Je vois que tu n'oublies pas de faire le compte.

Moi, je crois l'entendre dire : « Je vois que tu n'oublies pas ce qui compte. »

Et elle a raison. C'est vrai. Avec l'aide de ma famille et de mes amis, à travers le chagrin, le pardon, l'acceptation et l'amour… beaucoup d'amour… ma quête s'arrête ici. J'ai chassé les ombres poussiéreuses du passé qui pesaient sur mon cœur, et j'ai enfin trouvé ceux qui m'apaisent.

La photocomposition de cet ouvrage
a été réalisée par
GRAPHIC HAINAUT
59163 Condé-sur-l'Escaut

Imprimé en France par **CPI**
en avril 2020
N° d'impression : 3038706

S28777/03